Crônicas dos Senhores de Castelo

Efeito Manticore

LIVRO 2

Crônicas dos Senhores de Castelo

Efeito Manticore

Livro 2

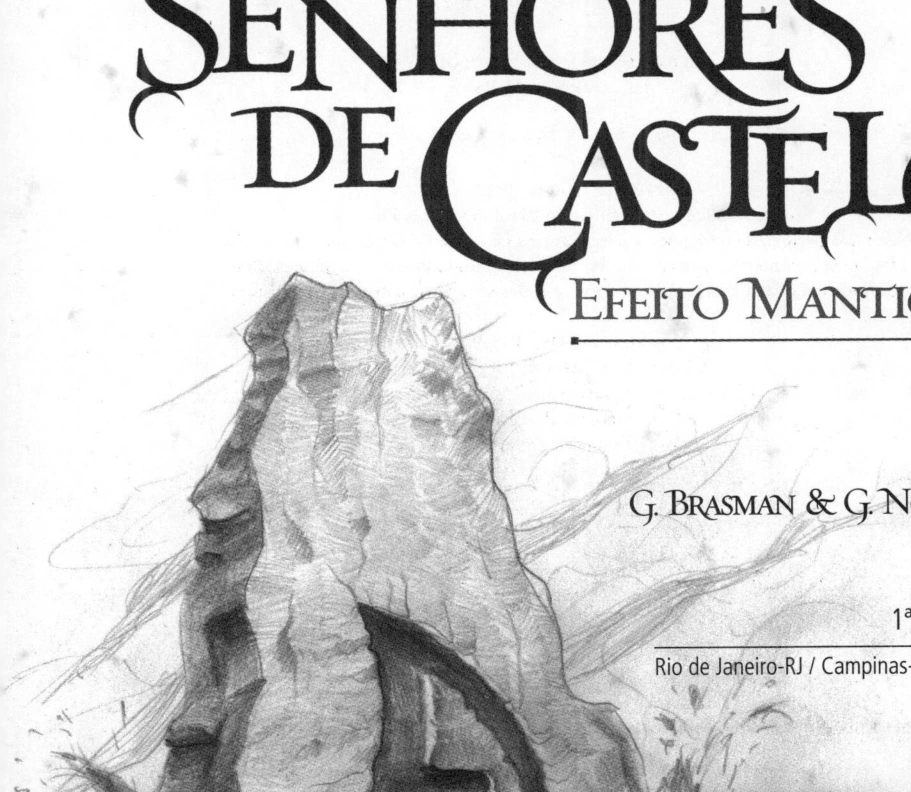

G. Brasman & G. Norris

1ª edição

Rio de Janeiro-RJ / Campinas-SP, 2012

Verus editora

Editora
Raïssa Castro

Coordenadora editorial
Ana Paula Gomes

Copidesque
Maria Lúcia A. Maier

Revisão
Cleide Salme

Projeto gráfico
André S. Tavares da Silva

Ilustrações (capa e miolo)
Marcos Vinicius Mello

ISBN 978-85-7686-179-9

Verus Editora Ltda.
Rua Benedicto Aristides Ribeiro, 55
Jd. Santa Genebra II - 13084-753
Campinas/SP - Brasil
Fone/Fax: (19) 3249-0001
www.veruseditora.com.br

CIP-BRASIL. CATALOGAÇÃO NA FONTE
SINDICATO NACIONAL DOS EDITORES DE LIVROS, RJ

B831c

Brasman, G., 1976-
Crônicas dos Senhores de Castelo : efeito manticore, livro 2 / G. Brasman & G. Norris ; [ilustração de Marcos Vinicius Mello]. - 1.ed. - Campinas, SP : Verus, 2012.
il.

ISBN 978-85-7686-179-9

1. Ficção brasileira. I. Norris, G. II. Mello, Marcos Vinicius. III. Título.

12-1742 CDD: 869.93
CDU: 821.134.3(81)-3

Revisado conforme o novo acordo ortográfico

A Nelson Amaral (*in memoriam*), cuja vida sempre me inspirou e trouxe valores inestimáveis de honra, humildade, perseverança e amor.

G. Norris

A todos os fãs de ficção e fantasia que, como eu, buscam transformar a imaginação em realidade.

G. Brasman

Agradecimentos

Nosso agradecimento especial a Mauricio de Sousa e sua Turma da Mônica, Asimov e suas histórias de robôs, Tolkien e seu insuperável *Senhor dos anéis*. Aos criadores de *Jornada nas estrelas*, *Perdidos no espaço*, *Guerra nas estrelas*, *Harry Potter* e todas as histórias fantásticas que amamos desde a infância.

Agradecemos também aos criadores de *games*, principalmente à Sony Corporation (Japão), que, em 2011, mostrou ao mundo como tratar os clientes quando ocorre uma falha. E a Stephen King, por nos mostrar que há monstros dentro de nós. E que, às vezes, eles vencem.

Sumário

Recado aos fãs dos Senhores de Castelo

Muito do que escrevemos neste livro se deve, principalmente, a vocês. Foram vários pedidos para que contássemos mais sobre o Multiverso, sobre a mitologia dos Senhores de Castelo e também sobre os personagens.

Para aqueles que vivem as histórias e, sobretudo, se emocionam com elas, revelamos alguns segredos e reservamos muitas novidades, além de muita diversão.

Também temos a honra e o orgulho de dizer aos exploradores de aventuras que este livro é o primeiro *crossover* de literatura de que temos notícia. A obra que escolhemos para fazer este *crossover* também é de fantasia. Trata-se de um livro de contos escrito por Estus Daheri (Thiago Tizzot) e ilustrado pelo incrível John Howe (artista que ilustrou os livros e filmes do *Senhor dos anéis* e *O hobbit*). O nome do livro é *A ira dos dragões*, e aproveitamos para deixar a dica de tê-lo em sua coleção.

Agradecemos ainda a todos que nos enviaram *e-mails*, resenhas, mensagens, conversas, e pelas excelentes ideias que nos serviram de inspiração. Com certeza, sua voz foi e continuará sendo ouvida, e o Multiverso se expandirá cada vez mais.

Um forte abraço!

G. Brasman & G. Norris

Prelúdio

Há muitas e muitas eras, seres naturalmente mágicos chamados Espectros ameaçavam destruir o equilíbrio de todo o Multiverso, aniquilando tudo que existia.

Para combatê-los, uma sábia chamada Nopporn, descendente de uma das primeiras raças sapientes, convocou os principais líderes, regentes, imperadores e soberanos de todos os planetas civilizados para formarem um grupo de combate especial chamado Senhores de Castelo.

Depois de mais de uma década de guerras devastadoras, os Senhores de Castelo conquistaram a vitória. Os poucos Espectros sobreviventes foram aprisionados em pedras preciosas mágicas, que foram incorporadas a seres colossais, naturais dos confins do Multiverso.

Assim surgiu a Ordem dos Senhores de Castelo, formada por seres únicos, que usam seus dons, habilidades e artefatos de poder para incentivar a paz e a prosperidade pelos quatro quadrantes do Multiverso.

REGISTROS

Os manticores são animais selvagens e extremamente perigosos. A boca possui duas fileiras de dentes pontiagudos, e as garras negras são capazes de cortar até mesmo diamantes. O focinho, apesar de achatado, e o corpo enorme e avermelhado lembram um leão, mas seu tamanho é duas vezes maior. A pele é de couro grosso e resistente.

Alguns possuem potentes asas membranosas, que se assemelham às de dragões; e têm escamas escuras e largas em vez de penas. Na ponta da cauda, esses manticores alados possuem ferrões venenosos, que lançam espinhos contra suas vítimas. Os manticores são muito ágeis e se alimentam de carne de qualquer espécie. Excelentes caçadores, atacam em bando e são selvagens na defesa de seu ninho, onde seus ovos ficam fortemente guardados. O ovo de um maticore, por possuir grandes poderes, é muito procurado por magos e feiticeiros. O único ninho conhecido fica na ilha de Edimgrir, no planeta Breasal, de onde poucos voltaram com vida.

RELATO DO MAGO ZOLOTAR, EM FRAGMENTO DE PERGAMINHO
PLANETA BREASAL

Embora os Senhores de Castelo mantenham seus registros atualizados e tenham grupos de navegadores em constante busca por novas passagens nos Mares Boreais, ainda existem muitos mundos e universos não mapeados. É impossível saber quantos planetas e reinos não estão catalogados.

Durante meu exílio, antes de conseguirmos derrotar Kendal, conheci um desses lugares. Chama-se Breasal, e seus habitantes não sabiam sequer da existência do Multiverso.

Mas o mais estranho é que a Maru mágica vibra de forma diferente naquele planeta. Fazer um encanto ali é muito mais difícil que nos outros mundos pelos quais passei. Embora eu tenha estudado muito, esse mistério continua sem solução.

REI LARYS, EM SEU DIÁRIO PESSOAL
REINO DE AGAS'B, PLANETA AGABIER

Prólogo

Planeta Breasal
Ano 3257 da Ordem dos Senhores de Castelo

O calor extremo e o vapor dos gases vulcânicos tornavam o ambiente praticamente insuportável, menos para os manticores. Há milênios, túneis e cavernas são utilizados como ninho dessas criaturas, onde centenas delas protegem sua única rainha. Como ela gera pouquíssimos ovos a cada século, os manticores são muito raros e defendem seu território com ferocidade extrema. Ao lado da rainha, os mais velhos vivem centenas de anos no centro escaldante do maior dos vulcões, deixando a caça e a proteção dos túneis a cargo dos mais jovens.

Uma antiga lenda afirma que o ovo de manticore possui poderes incríveis, gerando cobiça em magos e feiticeiros. A última vez que alguém invadiu o ninho foi um século atrás, quando um homem chamado Volgo tentou, sozinho, conseguir um ovo de manticore. Mas fracassou e quase perdeu a vida.

Agora, cem anos depois, sabendo que a rainha está novamente em época de chocar, Volgo, o ambicioso e incansável feiticeiro, enviou três de seus melhores guerreiros em busca de um daqueles tão cobiçados ovos.

O trio entrou no vulcão sorrateiramente, esgueirando-se por passagens estreitas, adiando ao máximo o encontro com os manticores que vigiavam o sistema de túneis até o ninho, no centro do vulcão.

Na frente do grupo estava Willroch, um homem de pele escura, cabelos crespos e curtos, que vestia um manto negro com detalhes em violeta. Antigamente conhecido como poeta, hoje sua fama é de ser um mago sem escrúpulos e ganancioso.

O segundo era Grot, um maktu* de dois metros de altura. O corpo musculoso e a pele avermelhada conferiam-lhe uma aparência selvagem. Uma protuberância óssea no topo do crânio careca deixava-o ainda mais ameaçador. Os dois longos e pontiagudos dentes na mandíbula seriam capazes de arrancar um braço humano com apenas uma mordida. No braço esquerdo, uma malha de metal, com grandes espinhos, protegia desde o ombro até o punho. Além da malha, vestia apenas uma saia de peles, adornada com ossos. Sua única arma era uma enorme lança prateada.

A última integrante do grupo era Ivora. A pele clara, jovem e lisa, combinava com uma longa cabeleira escura. Sua beleza era realçada por um corpete e botas de couro negro. Em um dos braços, uma grossa tira do mesmo couro estava enrolada. Um par de asas membranosas destacava-se nas costas. Na cintura, duas espadas, feitas de rocha avermelhada, brilhavam como brasas vivas.

O trio avançou silenciosamente montanha adentro, sem precisar utilizar tochas, pois as paredes eram repletas de cristais fosforescentes, que iluminavam os estreitos corredores de rocha.

– Este lugar fede mais que o campo de escravos – falou Grot.

– Espero que esse ovo valha mesmo a pena – sussurrou Ivora, irritada, com dois caninos pontiagudos à mostra na boca de lábios vermelhos.

– E por que demônios Volgo não veio com a gente?

– Ele tem outras coisas para fazer – repreendeu Willroch, falando o mais baixo que conseguiu. – Agora fiquem quietos ou vão acabar nos matando!

---

* Seres do planeta Mak, do primeiro quadrante dos Mares Boreais. Alguns clãs da floresta sofrem com a escravidão de seus habitantes. Fortes e resistentes, os maktus das florestas foram escravizados para fazer parte de jogos de gladiadores e outras perigosas formas de entretenimento.

Ivora e Grot, dois dos asseclas de Volgo.

Willroch, Ivora e Grot continuaram movendo-se silenciosamente por mais uma hora dentro do vulcão, até que chegaram a uma enorme abertura rochosa, que parecia um salão.

– Será que não tem outro caminho? – perguntou Grot, preocupado, com a voz grossa ecoando pelo salão.

– Eu acho que não – falou Ivora, olhando em volta. – Vamos ter que arriscar e atravessar até o outro lado.

– Falem mais baixo – sussurrou Willroch, zangado.

Sem se importar com o comentário, Ivora esticou as asas membranosas e alçou voo, pousando vários metros à frente. Willroch e Grot a seguiram rapidamente. Exatamente quando atingiram o meio do salão rochoso, inúmeros rugidos reverberaram pela caverna. De fissuras nas paredes, dezenas de manticores surgiram, cercando Willroch, Ivora e Grot e impossibilitando que retornassem para o túnel pelo qual vieram.

Cerca de trinta manticores fitavam os invasores rosnando e arranhando o chão com as garras negras. Como em uma dança macabra, moviam-se em círculo, aproximando-se lentamente do trio.

Um manticore rajado de negro e vermelho retesou o corpo e rugiu violentamente. Em seguida, saltou contra o trio, iniciando o ataque. Imediatamente os outros também atacaram.

Willroch começou a murmurar, lançando encantamentos violeta que explodiam contra os manticores, deixando vários deles fora de combate. Grot rosnava ferozmente e atacava com violência os animais com sua lança prateada. Ivora lançou-se ao ar e, com as duas espadas em brasas, golpeava os manticores sem piedade.

No meio da batalha, um som límpido, como se várias harpas fossem tocadas em conjunto, reverberou pelas paredes da caverna. Os cristais fosforescentes começaram a vibrar intensamente, e a parede e o chão começaram a tremer. Um pequeno rio de lava que passava no interior do salão se agitou, fazendo a rocha líquida borbulhar, como se fosse explodir.

Desequilibrado, Willroch caiu e foi atacado por um manticore. Desviando do ataque, deu um soco energizado por magia violeta, que lançou o animal contra a parede quente da caverna. Grot foi atacado por trás e, sem conseguir desviar a tempo, foi mordido na perna. Enfurecido, agarrou a cabeça do animal e bateu-a violentamente contra o solo. Ivora, apesar das escoriações nos braços e de ter sangue escorrendo do canto da boca, não parou de lutar com suas espadas flamejantes.

Dois grandes manticores rugiram e pularam sobre Willroch com as garras estendidas e com a boca aberta de forma ameaçadora. Ele esticou os braços para cima e disparou uma rajada lilás que atingiu o dorso do primeiro manticore, fazendo-o cair fumegante ao lado do rio de lava.

O outro manticore estava prestes a atingir Willroch, mas Grot atacou com sua lança de prata e atravessou o peito da fera. Então Grot torceu o cabo da lança e girou a arma com força, jogando o animal dentro da lava.

– Malditos monstros! – exclamou Grot com raiva, mancando por causa da perna ferida.

Willroch não agradeceu por ter sido salvo. Afinal, era o líder do grupo e jamais se mostraria fraco diante de um ex-escravo como Grot.

Não imaginei que fossem tantos, pensou Willroch, contrariado. Estava cansado, suando muito e com os olhos ardendo por causa dos gases vulcânicos.

Mas, quanto mais tempo lutavam, mais manticores surgiam, avançando contra o trio.

– Temos que sair daqui – Willroch gritou –, ou eles vão nos fazer em pedaços!

– Lá! – Grot apontou para trás de uma pedra enorme, onde havia uma abertura grande. – Pode ter uma saída!

– Ivora! Abra caminho! – Willroch gritou, logo depois de lançar uma sequência de rajadas violeta que explodiram em vários manticores.

Ivora deu um salto mortal no ar, desviando de um ataque, e cruzou as espadas vermelhas na frente do rosto. De sua boca, como em um beijo mortal, surgiram fagulhas vermelhas e alaranjadas que, quando passavam pelas espadas, cresciam e se tornavam pequenas bolas de fogo flutuante, que imediatamente ganhavam forma humanoide.

Cada uma daquelas formas era um fogrin. Vermelhos como lava e com orelhas pontudas, na barriga protuberante e transparente podia-se ver uma labareda flamejante no lugar das entranhas. Suas pequenas asas rubras batiam freneticamente. Fagulhas saíam dos dentes pontudos, emitindo chiados maníacos, como risadas malévolas.

Sob o comando de Ivora, cada fogrin começou a voar e a se jogar contra a cabeça dos manticores, que, apesar de não se queimarem, ficavam com a visão nublada quando as pequenas criaturas explodiam em chamas, enchendo o ambiente de fumaça e vapor.

Graças aos fogrins, Willroch, Grot e Ivora se esgueiraram para trás da grande pedra. Apesar de feridos, correram pelo túnel estreito o mais rápido que puderam. Mesmo depois que saíram do vulcão, continuaram correndo pelo solo negro da ilha de Edimgrir. Grot, por causa da perna ferida, saltava e se apoiava na lança.

Correram até um campo longo e seco, onde se certificaram de não ter sido seguidos, e, finalmente, pararam para descansar. O calor do vulcão e o péssimo odor de enxofre deram lugar a uma brisa suave, que refrescava os corpos suados e cansados. O sol já estava se pondo, trazendo atrás de si o manto escuro da noite.

Após uma breve pausa, seguiram em silêncio até as ruínas de pedra de uma vila, que havia séculos estava desabitada. Entraram nos destroços de um antigo templo, sem teto e com trepadeiras secas que invadiam todo o ambiente. No lugar onde seria o altar, uma fagulha violeta flutuava.

Willroch suspirou e gesticulou, invocando o feitiço de contato com seu mestre. Após alguns momentos, a fagulha se transformou em uma grande chama viva e brilhante. No centro, tremeluziu a figura de um homem de costas. Era careca, de aparência esquelética e com tatuagens aparentes na cabeça e no pescoço. Vestia uma magnífica túnica vermelha com detalhes dourados na barra e nas mangas. Na cintura, um belo cinto ornado com fios dourados.

– Mestre Volgo... – Willroch começou a falar, com a voz trêmula.

– Não me diga que vocês não conseguiram nenhum ovo. – Volgo o interrompeu, sem se virar e com evidente insatisfação.

– É impossível! – Willroch continuou, ofegante. – Há muitos deles. Não conseguimos passar do primeiro salão.

– O impossível só existe para os fracassados! – Volgo sibilou, ainda de costas, com a voz cavernosa.

Willroch inflou-se de ódio e mordeu o lábio com raiva, mas abaixou a cabeça.

– Eu quase perdi a perna quando fui mordido por um deles! – Grot reclamou, frustrado, apoiando-se na lança. – Não tivemos nenhuma chance!

Volgo virou-se repentinamente. Através da chama mágica, fitou profundamente a perna do maktu e sacudiu a cabeça em silêncio, visivelmente contrariado.

– Tem que haver outro jeito de dar cabo dos manticores e conseguir um ovo – concluiu Ivora, com uma voz doce, sorrindo para a figura de Volgo.

– Seus incompetentes! Vou ter que resolver isso pessoalmente! – gritou ele, contrariado. – Encontrem-se comigo em Agas'B o mais rápido possível. Não temos muito tempo – concluiu rispidamente.

Volgo passou a mão na frente da imagem e sumiu. A chama na frente do trio se transformou em fumaça violeta e translúcida, dissipando-se no ar em seguida.

O grupo estava arrasado pelo fracasso na missão. Sem alternativas, seguiriam as ordens de seu mestre. Em silêncio, voltaram a correr em direção ao litoral da ilha de Edimgrir, para embarcar e sair daquele planeta através dos Mares Boreais. Viajariam sem parar diretamente para o reino de Agas'B, no planeta Agabier.*

Em outro planeta do Multiverso, Volgo estava em pé em um velho navio de madeira com três grandes velas em formato de asa de dragão. Nos mastros, pequenas bandeiras triangulares tremulavam com a brisa suave. As tábuas do tombadilho estavam cobertas de pinturas de marujos. Exceto por Volgo, o convés estava vazio. Apesar do fracasso de seus asseclas, ele já estava preparado para aquilo. Sempre estava preparado para eventualidades. E, agora, sabia exatamente o que precisaria fazer.– Capitão Tempestuoso! – gritou Volgo, aparentemente para o vazio. – Venha aqui imediatamente.

Uma nuvem, como uma pequena tempestade, flutuou de dentro do navio e se concentrou ao lado de Volgo. Em poucos instantes, de dentro da névoa, surgiu a figura de um homem. Sua aparência assemelhava-se a um guerreiro espadachim, com duas grandes espadas às costas. Até mesmo a roupa, uma espécie de quimono de pano negro e corpete e ombreiras de couro, diferenciava-o das figuras tradicionais dos homens do mar. Seus olhos eram cinzentos, como se uma tormenta os tivesse dominado.

– Vamos para Agabier – ordenou Volgo, dirigindo-se ao jovem. – Temos que partir imediatamente!

* Planeta do quadrante 1. Possui pouca magia natural e é pouco desenvolvido tecnologicamente. É dividido em reinos independentes, e o maior deles é Agas'B. O atual rei é Larys, pai da princesa Laryssa.

– Imediatamente – repetiu mecanicamente o jovem, com visível indiferença.

De seus olhos, uma fumaça tempestuosa surgiu e escorreu até as pinturas de marujos nas tábuas do tombadilho. Magicamente, as figuras ergueram-se, finas como lascas de madeira, e começaram a trabalhar para iniciar a viagem.

Em pé na proa, Volgo olhava para a espuma que se formava na frente do navio.

Vou conseguir um ovo de manticore, pensou, *nem que para isso eu tenha que matar todos aqueles incompetentes.*

Festival da Luz Crescente

Planeta Agabier, reino de Agas'B
Vinte dias depois

O Festival da Luz Crescente é a maior festa do reino de Agas'B e foi criado há três anos, para comemorar o retorno do rei legítimo ao trono. Durante sete dias, o povo de todo o reino festeja alegremente, participando de comemorações, jogos, espetáculos e outras atrações patrocinadas pelo rei. Todos comentam sobre como o reino de Agas'B foi libertado das garras do tirano Kendal por dois Senhores de Castelo, uma princesa e um autômato dourado.

Para a felicidade do rei Larys, esse terceiro festival contaria com a presença dos responsáveis pela libertação do reino. Sua filha, Laryssa, que havia se tornado aprendiz de Senhora de Castelo,* conseguira permissão especial da Ordem dos Senhores de Castelo** em Ev've e poderia participar das festividades. Também prometeram participar Kullat, Senhor de Castelo do planeta Oririn, que tem o poder de manipular energias mágicas com as mãos, e Thagir, pistoleiro e Senhor de Castelo do planeta Curanaã. Até mesmo Azio, o autôma-

---

* Título conferido pela Ordem dos Senhores de Castelo a seres com poderes e/ou habilidades especiais. Os membros da Ordem não devem interferir diretamente na evolução natural da sociedade, mas têm como um dos principais objetivos incentivar a paz, a ordem e a prosperidade nos mundos e universos onde atuam.

** Grupo que segue as regras e normas estabelecidas pelo Conselho de Nopporn. Sua sede fica na ilha de Ev've, no centro do Multiverso, e possui várias subsedes em todo o Multiverso.

to dourado que destruiu o Globo Negro, enviara uma mensagem informando que chegaria a tempo para o festival.

Dare, nomeada a nova Senhora de Castelo de Agas'B, e seu parceiro Aesalon não puderam participar, pois estavam em outra parte do planeta, numa missão dada pelo Conselho local.

As comemorações se iniciam na primeira noite de lua crescente do nono mês. No meio da praça central de Alons, há um monumento feito de um mineral cinzento, encantado pelo próprio rei Larys. A escultura forma duas enormes mãos espalmadas, uma de frente para a outra. Uma delas é enfaixada desde o pulso até a primeira dobra dos dedos, representando as manoplas de Jord,* as faixas mágicas nas mãos de Kullat. No pulso da outra mão, há um grande bracelete com uma pedra preciosa esculpida, representando Thagir e a Joia de Landrakar.** Durante todos os dias do festival, uma chama esverdeada brilha entre as palmas, marcando a duração da maior festa do reino.

Na primeira noite, o rei Larys faz um discurso na praça principal da cidade de Alons, dando início às festividades. A praça possui quatro grandes vias de acesso que acabam no monumento das mãos espalmadas, onde um púlpito é erguido anualmente para o discurso do rei. Em todas as outras cidades do reino, o discurso e o início das comemorações são realizados por representantes da família real.

Durante o segundo e o terceiro dias, ocorrem concursos de fantasias e de carroças enfeitadas. Neste ano, em Alons, a ganhadora foi uma mulher que se fantasiou de Yaa, a Mãe de Todas as Fadas.

---

* Faixas mágicas que foram incorporadas a Kullat durante uma de suas missões. Canalizam e dão forma à energia de seu portador. A lenda ainda fala do cajado de Jord, desaparecido há milênios.

** Gema que é utilizada por pistoleiros para armazenar e carregar armas magicamente. Sabia-se da existência de cinco dessas joias que ainda estavam ativas, mas Thagir sacrificou uma delas numa batalha em Agas'B há três anos.

No desfile de carroças, o vencedor foi um fazendeiro que enfeitou dois carroções com flores exuberantes e várias armações leves, lembrando ninfas das florestas.

Era a quarta noite de festividades e várias tochas iluminavam a praça com chamas amareladas. Crianças corriam ao redor das mesas, brincando e rindo alegremente. Várias tendas de bebidas e comidas estavam armadas ao redor da praça, exalando odores convidativos. Palcos foram armados para as apresentações, realizadas durante todo o quarto dia. Vários soldados do povo Maiole* andavam em ronda, alertas a qualquer perigo contra a família real. Outros Maioles, que não eram soldados ou guerreiros, ajudavam nas tendas, trazendo receitas de seu povo.

O rei Larys estava sentado em uma enorme mesa de madeira, igual a várias outras espalhadas pela praça. Apesar de ter estatura mediana, sua postura era a de um líder nato. Cabelos curtos, castanho-claros, já apresentando tons esbranquiçados devido às agruras da vida, e olhos verdes que demonstravam ser ele um homem inteligente e de caráter forte. No dedo, um belo anel esmeralda refletia à luz das tochas.

A seu lado, sua filha, a princesa Laryssa, olhava distraída para a apresentação de dois músicos no palco principal. A brisa da noite balançava suavemente seus curtos cabelos negros. Apesar de ser uma guerrina,** não estava de uniforme e trajava um belo vestido cintilante, que deixava à mostra as costas e também uma cicatriz no ombro esquerdo, decorrente de um ataque desferido por Kendal três anos atrás. Nos braços, usava lindas joias e braceletes. Por baixo do

---

* Guerreiros humanoides com características anfíbias. Vivem na bacia Iori. Pouco se sabe sobre eles, apenas que são dotados de inteligência e organização militares.

** Guerrin/Guerrina: aprendizes de Senhores de Castelo. Durante o treinamento na academia, utilizam vestes de tecido cuja coloração indica o nível de aprendizado.

vestido, usava calças escuras e, na cintura, uma bainha finamente trabalhada alojava uma pequena espada com cabo de madrepérola.

– Eles não disseram quando vão chegar, papai? – Laryssa perguntou ansiosa, arrumando os cabelos e olhando para a entrada principal da praça.

– Recebi um pergaminho que dizia que chegariam entre ontem e hoje – disse o rei sorrindo, lembrando que a mensagem fora entregue por um morcego albino, o que lhe causou espanto. – Está nervosa?

– Um pouco – confessou, encabulada. – Já passamos do meio do festival e nenhum deles chegou. Se ao menos ele... – a frase morreu em seus lábios.

O rei sorriu e acariciou o rosto de Laryssa com ternura, mas não forçou a filha a continuar, pois sabia que a espera para rever Kullat estava sendo bastante angustiante para ela. Ele sabia que ela se apaixonara pelo Senhor de Castelo e, mesmo que o relacionamento dos dois não tivesse evoluído para algo mais sério, ela ainda mantinha acesas as chamas da esperança em seu coração.

Os músicos, que tocavam uma melodia alegre com flauta de osso e bandolim, terminaram a apresentação sob aplausos e assovios. O rei abandonou seus pensamentos, levantou-se e aplaudiu com alegria, acenando para os músicos.

– Aqueles ali merecem mesmo um aplauso real! – exclamou uma voz masculina atrás de Laryssa.

Mesmo sem se virar, ela sorriu largamente, pois havia reconhecido aquela voz.

– Kullat! – disse ela, levantando-se e abraçando um homem alto e robusto.

O rei viu, sorridente, a filha abraçando um homem de manto e capuz brancos. As mãos estavam enfaixadas até a primeira dobra dos dedos. Pouco de seus olhos era visível sob a sombra do capuz. O rei reconheceu, com alegria, o Senhor de Castelo de Oririn.

– Que saudade de vocês! – Kullat exclamou com alegria, retribuindo carinhosamente o abraço.

– Ei, princesa! Guarde um pouco para mim – disse com alegria outro homem, logo atrás de Kullat.

O rei Larys sorriu ao ver Thagir, o outro Senhor de Castelo que ajudara a salvar seu reino. Com alegria, notou que Thagir estava exatamente como ele se lembrava. Vestia uma calça marrom com vários bolsos, uma longa casaca verde de couro e, nos pulsos, um bracelete com uma joia cada. Apenas a barba mudara um pouco, estava maior que da última vez que o vira, acentuando ainda mais aqueles estranhos tons avermelhados, que contrastavam com os cabelos negros como a noite.

– Finalmente! – exclamou o rei com evidente alegria. – Estávamos muito ansiosos pela chegada de vocês!

– Majestade – Thagir inclinou-se com respeito, sendo imitado por Kullat, que havia terminado de abraçar a princesa Laryssa. – Agradecemos seu convite e sua hospitalidade.

– Por favor! Não precisamos ser tão formais assim – o rei sorriu e abriu os braços. – Venham cá, meus amigos!

O rei abraçou Thagir com alegria. Depois abraçou Kullat, e a princesa fez o mesmo com Thagir.

– Sentem-se conosco – disse Larys, fazendo um sinal para uma moça em uma barraca. – Temos muito que conversar.

– Pelo jeito, chegamos bem na hora do jantar – disse Kullat, esfregando as mãos enquanto se sentava. – Por acaso, temos costelas de címalo? – complementou, arrancando risadas de todos.

– Temos sim, mas você deve tirar esse capuz para comer – Laryssa respondeu, fingindo estar brava.

– Ah, não! Já vão começar de novo com essa história de capuz... – Thagir disse enquanto se sentava. – Eu já disse mil vezes que ele fica melhor quando não podemos vê-lo!

Todos riram, e Kullat puxou o capuz para trás, fazendo uma careta para o amigo. Laryssa sorriu satisfeita. Sem capuz, percebeu que Kullat não mudara muito. O rosto continuava arredondado, e os olhos, escuros e alegres. Os cabelos estavam mais compridos e com mais mechas brancas nas têmporas. Só estranhou o cavanhaque que contornava a boca, deixando o queixo mais quadrado.

– O que é isso? – perguntou, apontando para o queixo de Kullat. – Uma moda nova em Oririn?

– Não exatamente – sorriu o cavaleiro, passando a mão pela boca e alisando os pelos negros. – Tivemos alguns contratempos em Tazore* e acabei não me barbeando.

– E no navio vindo para cá – Thagir complementou –, ele resolveu fazer o serviço pela metade e ficou com essa sujeira no queixo!

– Muito engraçado, senhor "barba longa"! – Kullat retrucou, debochando da barba espessa do amigo. – Você que deveria ter raspado a sua enquanto estávamos nos Mares Boreais.

– Negativo! Minha esposa gosta de mim com barba – Thagir retrucou. – E tem outra coisa. Imagine se chego sem barba em casa e minhas filhas não me reconhecem? Com que cara eu ficaria?

– É verdade. Podem achar que é o padeiro e chamá-lo de papai! – Kullat riu.

Thagir deu um soco de leve no amigo, que fez uma careta exagerada de dor.

– Oba! A comida chegou! – Kullat exclamou, eufórico, quando a atendente começou a trazer as bandejas com o jantar.

Ele continua o mesmo, pensou Laryssa, alegre. *Só espero que tenha mudado um pouco de opinião sobre relacionamentos*, divagou sorridente.

Durante a refeição, conversaram animadamente, relembrando suas aventuras em Agas'B. Thagir e Kullat também contaram sobre

* Planeta do primeiro quadrante dos Mares Boreais. Muito conhecido pela flor de Raige, uma planta capaz de afetar seres com poderes energéticos.

algumas das missões e aventuras que tiveram nos últimos anos. Kullat mostrou uma cicatriz no pescoço, resultado de um ataque inesperado em Tazore.

– Se não tivessem sido covardes, não teriam me atingido por trás – comentou, pegando uma costela de címalo assada.

– Temos que estar sempre preparados – complementou Thagir. – É o que meu pai sempre diz.

– Seu pai deve ser um homem muito sábio – disse Larys. – Gostaria de conhecê-lo.

– Espere um pouco, tenho uma coisa aqui comigo – disse o pistoleiro, batendo nos bolsos da casaca verde, como se procurasse algo. Sorriu ao encontrar o que procurava e retirou um fotograma tridimensional de um bolso. – Foi tirada na última virada de ano. Toda a minha família está aqui. Aquele senhor no centro é o meu pai, e a senhora fofa é a minha mãe.

Larys e Laryssa olharam atentamente para o fotograma tridimensional, em que várias pessoas, vestidas com roupas claras, celebravam e sorriam. O pai de Thagir, apesar de grisalho, tinha um ar jovial e estava abraçado a uma senhora de rosto redondo, rosado, e com um sorriso muito simpático. Três homens, quatro mulheres e algumas crianças, todos com belos sorrisos, posavam ao redor do casal.

– São seus irmãos? – perguntou Larys.

– Sim – confirmou Thagir. – E estas em pé são minhas cunhadas. As duas meninas sentadas no chão, com coroas de princesa, são minhas filhas. Minha esposa está abaixada ao lado delas.

– Elas são lindas! – Laryssa comentou, olhando para as duas princesas no fotograma.

– É uma família muito bonita – Larys complementou. – Mas onde você estava?

– Eles foram inteligentes – Kullat disse, zombeteiro, intrometendo-se na conversa. – Deixaram que o mais feio de todos fizesse o fotograma!

– Pena que você não estava lá – respondeu Thagir –, senão eu poderia estar no fotograma.

– Pois é, mas daí a foto ficaria horrível!

Kullat fez uma careta para Thagir, que fechou o punho de forma falsamente ameaçadora.

– Vocês são sempre assim? – Laryssa perguntou, divertindo-se com a situação.

– Só quando estamos entre amigos – Kullat respondeu, pegando outro pedaço de costela da bandeja. – Mas vamos mudar de assunto? Como está sendo seu treinamento na Academia? O velho Ur'dar* continua chato como sempre? – perguntou, referindo-se a um dos dez anciãos que formavam o Conselho de Nopporn, também conhecido como Conselho de Ev've.

– Ah, não fale assim dele! – ela respondeu e deu um tapa de leve na perna de Kullat, fingindo indignação. – Ele é um ótimo Gaijin.** E saiba que é bem provável que ele se torne o próximo Daimio*** no lugar de N'quamor**** – continuou, mencionando o atual regente, também chamado de Conselheiro Supremo. – E aposto que ele será responsável por uma era muito melhor.

---

* General Ur'dar: ancião da ilha de Ev've, também chamado de General de Kroa. Responsável pelo resgate de mais de 150 mil kroanos escravizados. Possui mais de dois metros de altura e quatro braços. Pacifista e inteligente, é uma lenda em vários mundos e reinos.

** Como são chamados cada um dos dez anciãos que formam o Conselho de Nopporn.

*** Daimio, ou Conselheiro Supremo: como é chamado o regente do Conselho de Nopporn.

**** Atual regente de Ev've. Senhor de Castelo de Oririn, conhecido por sua capacidade estratégica e por seus valores sobre justiça e paz. De pele escura e cabelos longos, é hábil com magia e feitiços. Sua regência é chamada de Era Oririana, na qual vários Senhores de Castelo importantes, como Thagir, Kullat e Plodu tiveram suas histórias registradas.

– Impossível! – Kullat gracejou, após uma mordida na costela de címalo. – Todo mundo sabe que N'quamor é o melhor de todos os anciãos.

– Você diz isso só porque ele é de Oririn – Thagir gracejou, piscando para Laryssa divertidamente. – Acho que está mais do que na hora de acabar com essa Era Oririana.

– Você está louco? – disse Kullat ofendido, mas rapidamente percebeu que estava sendo alvo de uma brincadeira e sorriu. Fechando o punho, que brilhou intensamente, disse de modo desafiador:
– Eu ainda te pego, seu pistoleiro de araque.

– Quando quiser. Estou mesmo louco para te dar uma nova sessão de treinamento – disse Thagir despreocupadamente, cruzando os braços com um sorriso matreiro no rosto. Kullat fez uma careta e voltou sua atenção para a comida na mesa. Pegou uma asa de frango e a mordeu, satisfeito com o sabor delicioso.

Laryssa sorriu, feliz por ter amigos como eles. Apesar de serem dois dos Senhores de Castelo mais poderosos e respeitados de toda a Ordem, eram extremamente simples e amigáveis.

Pena que Azio ainda não chegou, pensou a princesa. *Se ele estivesse aqui, a festa estaria perfeita!*

Laryssa deu de ombros, afastando o pensamento. Então lhes contou sobre seu treinamento na Academia em Ev've e como estava se saindo nos estudos teóricos e práticos. Depois, foi a vez do rei Larys contar sobre a situação do reino, informando que o povo estava muito mais próspero do que há três anos e que a fome estava praticamente erradicada de Agas'B.

Conversaram animadamente por horas, quando outro espetáculo se iniciou no palco principal. Era uma peça de teatro feita por um grupo de crianças que contava a história da lamparina âmbar, uma lenda muito comum no Multiverso.

– Já ouvi falar dessa lenda – Thagir disse, ao ver as crianças representando no palco.

– É uma das histórias de Carimm?* – Kullat perguntou, após beber um pouco de vinho.

– Precisamente – uma voz familiar respondeu ao longe.

Todos olharam ao redor, espantados. Não conseguiam localizar de onde vinha a resposta. Laryssa apontou para uma silhueta na escuridão, sob uma árvore. A sombra caminhou até a mesa e, à medida que avançava, o corpo foi iluminado pela luz das tochas, revelando um tronco dourado, largo e forte. Na cabeça ovalada, dois olhos piscavam verde e azul.

– Azio! – Laryssa gritou de alegria ao ver o autômato.

– Latinha?! – Kullat exclamou com espanto ao ver Laryssa se levantar.

Azio estava diferente. Sob a pele dourada, notava-se o desenho de músculos delineados. O pescoço era forte, em conjunto com os ombros e braços. O abdômen se mostrava reto, sustentando o peito largo e musculoso. As pernas eram longas, e os pés, como botas douradas.

Laryssa olhou para Azio com espanto, pois sua aparência reproduzia com muita vivacidade o corpo humano.

– Azio... – a princesa ficou com a voz embargada de emoção por rever o amigo de infância e não conseguiu continuar a frase.

– Olá, princesa, é um prazer revê-la – a voz suave e alegre saía pelos orifícios que formavam a boca do autômato, que fixou o olhar em Laryssa, como se admirasse uma obra de arte. Um momento depois, virou-se para os demais e complementou, curvando-se levemente em um cumprimento. – Rei Larys, Kullat e Thagir. É um prazer revê-los também.

---

* Coletâneas de lendas e mitos comuns em todo o Multiverso. Embora possuam versões diferentes em cada cultura, o significado moral permanece inalterado.

– Seja bem-vindo de volta! – o rei exclamou, fazendo um sinal para Azio se sentar. Ele também estranhou a nova aparência de Azio e não conseguiu esconder o ar confuso.

– É muito bom poder estar de volta – disse o autômato dourado sentando-se em uma tora ao lado da princesa, pois o banco de madeira não suportaria seu peso.

– De volta à sua casa! – Laryssa complementou, abraçando novamente o amigo. Sorridente, continuou: – Mas o que foi que aconteceu com você? Está tão diferente! Parece muito mais...

– Humano? – perguntou Azio diante da hesitação da princesa. – Era o que queria dizer?

– Não era exatamente isso – respondeu Laryssa um pouco encabulada –, mas, já que mencionou...

– Muitas coisas aconteceram depois que saí de Agas'B – respondeu Azio, piscando os olhos. – Podemos dizer que são algumas melhorias.

Apesar de parecer apenas com uma máquina, a princesa sabia que seu antigo guarda-costas era um ser vivo, com emoções e consciência próprias. Ela o amava como a um velho amigo, e era visível que o sentimento era recíproco.

– Latinha, diz pra gente o que andou aprontando – Kullat disse, pegando outro copo de vinho. – Não encontrou nenhum outro sobrevivente do seu mundo?

– Viajei muito pelo Multiverso. Procurei em vários planetas – Azio respondeu, com evidente tristeza. – Cheguei até a encontrar o corpo de uma binaliana, mas estava morta havia muitos séculos. As probabilidades indicam que sou o último sobrevivente do planeta Binal.

– Sinto muito, meu amigo – Kullat disse, com pesar.

– Não perca as esperanças – disse Thagir. – O Multiverso é muito grande. Talvez tenha um grupo inteiro de binalianos escondido em algum lugar.

– Isso mesmo! – Laryssa exclamou, animada. – Prometo que vou buscar informações sobre isso com a mestra Raissa. Ela é chefe das bibliotecas das Quatro Torres de Ev've.* Tenho certeza de que vamos encontrar alguma coisa nos arquivos da Ordem.

– Muito obrigado – Azio agradeceu, mais animado. – Com novas informações, minhas chances de encontrar outros da minha raça aumentarão muito!

O barulho de talheres indicava que as pessoas comiam bem. As atendentes andavam entre as mesas, retirando pratos vazios e trazendo outros cheios, sempre com um sorriso amigável. O cheiro da comida era gostoso, e o povo estava muito feliz com o festival. Thagir se serviu de vinho e, quando virou a garrafa, um brilho metalizado surgiu em seu punho direito.

– Vejo que conseguiu consertar seu bracelete – Azio disse ao ver a peça rica em detalhes, feita por um hábil artesão. No centro, uma joia emitia um brilho azul suave.

– Ah! – Thagir exclamou, mostrando o punho ao autômato. – Esse bracelete não é meu. O meu foi destruído para sempre. O meu irmão me emprestou o dele, até que eu consiga encontrar o bracelete que foi roubado de meu pai.

– E conseguiram alguma pista do paradeiro do bracelete do seu pai? – perguntou o rei, curioso.

– Ainda não – Kullat interveio, após um gole de vinho. – Mas vamos dar mais uma olhadinha por aí. Tenho certeza de que vamos achá-lo. Afinal, o Multiverso é tão pequenininho...

Thagir riu do amigo e o empurrou com o braço. Larys estava satisfeito por finalmente ter todos os salvadores de Agas'B a seu lado novamente. Ele se lembrou da batalha pelo Globo Negro e do vento

---

* A ilha de Ev've possui quatro grandes torres, cada uma delas é regida por um ancião e possui centros de treinamento, refeitórios, acomodações e bibliotecas. A maior delas fica no centro da ilha, chamada também de Torre de Nopporn.

carregando as cinzas de Kendal três anos antes. Olhou para o anel esmeralda no dedo indicador, absorto em pensamentos, e recordou-se da longa jornada para a reconstrução do reino. A miséria diminuía, as cidades prosperavam, e os Maioles começaram uma relação tímida, mas genuína, com os demais povos, estabelecendo-se como guardas reais. O rei sabia que ainda tinha muito a fazer, mas estava satisfeito com o progresso alcançado até então. Com um sorriso, retornou à conversa e todos continuaram a aproveitar a noite com grande alegria.

O Bobo e o Ladrão

Estavam tão animados que não perceberam como era tarde. De repente, um sino soou alto cinco vezes. Todos que estavam no festival silenciaram e olharam para o céu estrelado, pois havia começado uma linda apresentação de fogos de artifício que explodiam no ar, formando imagens de pessoas do reino, do símbolo de Agas'B e, no final, de cenas dos libertadores de Agas'B e de Azio destruindo o Globo Negro, que explodiu em milhões de fragmentos coloridos.

As pessoas aplaudiram alegremente e, ao final do *show*, um representante do rei anunciou que as atividades do quarto dia haviam se encerrado e que as do quinto começariam na manhã seguinte, ao alvorecer.

A multidão começou a se espalhar e a retornar para casa, mas algumas pessoas preferiram curtir um pouco mais a noite e voltaram a se sentar para conversar e jogar cartas.

– Bem, meus amigos – disse o rei, bocejando –, a noite foi maravilhosa, mas preciso dormir – finalizou, piscando um olho para Laryssa.

Um tumulto, com gritos e insultos numa mesa mais afastada, interrompeu o rei. Curioso com o barulho e acompanhado dos amigos e da filha, foi ver o que estava acontecendo.

Dois homens trocavam golpes diante de uma pequena multidão que se aglomerou para ver a luta, formando um círculo ao redor dos lutadores.

O mais forte, de cabelos escuros, tórax largo e musculoso, tentava socar o adversário de roupas cáqui, que desviava com agilidade. Contudo, ao tentar desviar de outra investida, perdeu o equilíbrio, foi agarrado e arremessado contra uma mesa de madeira.

Abrindo passagem na multidão, o rei aprisionou o homem forte com uma esfera verde, vinda de seu anel. Ao ver o soberano, ele arregalou os olhos e baixou a cabeça, em sinal de respeito.

– Vejam só! É você, Corning? – Kullat ironizou, pegando o homem que havia sido jogado sobre a mesa e erguendo-o pela gola. – Imaginei que você poderia estar aqui! – exclamou, segurando o encrenqueiro no ar como se ele não tivesse peso.

– Mas o que está acontecendo aqui? – perguntou o rei, após soltar o outro homem da bolha verde, que se ajoelhou diante do rei, em sinal de respeito. – Conte-me o que aconteceu – repetiu o rei, mais calmo.

– Majestade – a voz do homem era baixa e respeitosa –, estávamos jogando biso* e aquele homem roubou nas cartas – finalizou apontando para Corning, ainda preso pela gola.

– Conheço este homem aqui e suas habilidades com as cartas – Kullat disse baixando o homem, mas mantendo-o preso. – Se me permitir, vou conversar a sós com ele.

Antes que o rei pudesse falar, uma figura estranha apareceu, saindo da multidão que rodeava o local. Era um homem magro, com roupa colorida e sapatos pontudos. O casaco tinha abas que formavam ângulos agudos, em pedaços pretos, brancos e laranja. Usava um chapéu de três pontas, com pequenos chocalhos pendurados. Ao ver o rei, arregalou os olhos e fez uma reverência desengonçada, fazendo barulho com os guizos do chapéu e arrancando risos de quem estava ao redor.

– Magnânimo – o homem de roupas coloridas suplicou com uma voz infantil e sem malícia –, não o execute, por favor!

O rei ficou surpreso com a patética figura e com o pensamento absurdo de uma execução por uma simples discussão. Kullat revi-

---

* Jogo de cartas apreciado em vários planetas. Utiliza o baralho do cavaleiro, o mais comum do Multiverso.

rou os olhos, em sinal de desaprovação. Sabia que, onde o Ladrão estava, o Bobo estaria também. Para evitar mais confusão, pediu ao rei para levar os dois dali. O rei concordou. Kullat segurou o Bobo com a mão livre e saiu, carregando os dois homens que esperneavam, suspensos no ar.

O rei liberou o outro homem e voltou para a mesa, ainda confuso.

– Não precisa se preocupar, majestade – Thagir disse, alegremente. – Conheço aqueles dois. Kullat vai dar um jeito neles.

Só não sei o que estão fazendo aqui, pensou o pistoleiro. *Kullat vai ter que me explicar essa história.*

Um Favor

Kullat andou até uma tenda e baixou os dois homens, que eram seus velhos conhecidos. Conhecia o Ladrão pelo nome de Corning, mas tinha certeza de que esse não era seu verdadeiro nome.

Era um homem atlético e com cabelos claros. Excelente jogador de dados e cartas. Também muito inteligente e hábil com facas e arco. Sempre furtivo e silencioso, tinha fama de roubar reis, magos e imperadores. Tinha problemas com dívidas de jogos e sempre estava em apuros com os cobradores.

O Bobo era seu parceiro inseparável. Kullat perguntou algumas vezes o nome dele, mas a resposta sempre foi uma interminável ladainha, sem nunca obter a resposta. Sempre vestido como um bobo da corte, era astuto, apesar de aparentar ser extremamente inocente e não ter noção de perigo ou de responsabilidade. Era bastante magro e flexível, às vezes sendo até mesmo mais leve do que aparentava. Tinha um equilíbrio fora do comum, o que o tornava um malabarista incrivelmente habilidoso.

– Então, senhores – Kullat disse, irônico –, aprontando de novo?

– O homem que não sabe perder – Corning respondeu sorrindo.

De repente, o Bobo se jogou aos pés de Kullat e lhe agarrou o manto.

– Por favor, não me mate! – suplicou, com um drama exagerado na voz. – Me acorrente, me chicoteie, mas não me mate!

Tufos de cabelos ruivos saíam por debaixo do chapéu pontiagudo, combinando com os olhos claros e as sardas do rosto. O Ladrão balançou a cabeça negativamente e bufou, sentindo o que chamava de "vergonha alheia". Kullat riu do homem e o levantou com facilidade.

– Talvez eu os mate sim – disse, coçando o cavanhaque como se estivesse em dúvida –, mas isso vai ter que ficar para depois. Agora eu quero saber o que é que vocês estão fazendo aqui. Vocês deviam estar com Anteos! *

– Viemos jogar cartas antes – disse o Bobo, gesticulando como se distribuísse cartas invisíveis.

O Ladrão suspirou, resignado. Devia ter imaginado que o Bobo confessaria infantilmente que eles tentavam "ganhar" algumas moedas de bolsos descuidados na festa.

– Preciso que vocês evitem confusão por aqui! – Kullat olhou diretamente para Corning, sabendo que os problemas seriam mais com ele do que com o Bobo. – Além disso, quero saber se conseguiram alguma pista nova sobre o bracelete.

– Oh, céus! – o Bobo exclamou, fazendo um gesto contra o peito como se estivesse se esfaqueando. – Esquecemos completamente do bracelete. Como somos distraídos! – finalizou com uma cara séria, balançando negativamente a cabeça.

– Não é bem assim... – disfarçou o Ladrão, fuzilando o Bobo com o olhar.

– Isso não importa agora – concluiu Kullat, sem conseguir conter o riso. – Conseguiram ou não alguma pista?

– Na verdade, não – disse o Ladrão. – Chegamos há poucos dias e não tivemos tempo de conversar com o tal de Anteos.

– Em vez disso, resolveram aproveitar o festival para surrupiar algumas pessoas! – Kullat exclamou, sério.

– A culpa é minha, mestre! – exclamou o Bobo, ajoelhando-se e erguendo as mãos como se estivesse orando. – Eu queria assistir aos espetáculos... eles me fazem lembrar de meu pai – finalizou,

* Dono de uma loja de armamentos no reino de Agas'B. Foi pistoleiro na juventude. Conhece e admira a história dos pistoleiros.

enxugando no manto do cavaleiro algumas lágrimas que começaram a escorrer pelo rosto pálido.

– Ele fazia espetáculos também? – Kullat perguntou, condoído com a tristeza do Bobo e ajudando-o a se levantar.

– Ele quem? – respondeu o Bobo, levantando-se e limpando a poeira dos joelhos.

– Seu pai! – replicou Kullat, confuso. – Ele também participava de festivais?

– Meu pai? – disse o Bobo fazendo uma careta. – Pelo que sei, ele nunca foi a nenhum festival. Ele era mineiro!

– E por que o festival faz você se lembrar de seu pai?

– Quem disse isso? – perguntou o Bobo com uma expressão de incredulidade.

– Ah! Deixe pra lá! – Kullat desistiu, fazendo um sinal com a mão. – Não sei por que insisto em tentar conversar com você – finalizou, abanando a cabeça negativamente.

– O que foi? – disse o Bobo de forma inocente, levantando as mãos.

– Corning! – Kullat chamou, deixando o Bobo de lado – Agora que já vieram até aqui, aproveitem o resto da noite, mas nada de roubos ou brigas – disse o cavaleiro, apontando o dedo ameaçadoramente para o Ladrão. – Quero que partam amanhã cedo para falar com Anteos sobre a pista que ele diz ter achado. Ajude-me a achar o bracelete, Corning, e sua dívida comigo estará paga – Kullat finalizou, olhando para o Ladrão.

Se fosse uma dívida de jogo ou em dinheiro, ele não se importaria. Existiam planetas inteiros em que ele era procurado por não ter pago alguma coisa. Mas a sua dívida com Kullat era diferente, era uma dívida pessoal por algo que ocorrera muito tempo atrás. Não era por honra, mas, em seu íntimo, sabia que devia muito ao cavaleiro. Suspirando, o Ladrão concordou e empurrou o Bobo para longe.

– Ei! – Kullat gritou para a dupla. – Guardem isto.

O cavaleiro retirou um pequeno broche prata em formato de dragão de um bolso do cinto e o jogou para o Ladrão, que o apanhou no ar.

– O que é isso? – ele perguntou, guardando o broche com cuidado no bolso interno da jaqueta.

– É para eu poder me comunicar com vocês.

E então Kullat encerrou a conversa. Recolocou o capuz, encobrindo o rosto numa profunda escuridão, e alçou voo.

Enquanto retornava à praça, relembrou que Thagir não sabia que ele havia pedido a ajuda de Anteos, de Corning e do Bobo para tentar achar o bracelete roubado do pai do pistoleiro. Com Anteos procurando pistas de seu possível paradeiro, Kullat colocou o Bobo e o Ladrão para segui-las e tentar encontrá-lo.

Quero ver a cara do Thagir quando eu lhe entregar o bracelete, pensou Kullat, sorridente, na escuridão da noite.

A noite avançou e as tochas começaram a se apagar, deixando apenas uma leve fumaça branca nas pontas. Algumas pessoas limpavam as mesas, outras recolhiam as sobras de comida, enquanto o rei e seus colegas se dirigiam ao local onde passariam a noite. Kullat os encontrou na entrada da estalagem.

Durante todas as festividades, a família real confraterniza com o povo, e o rei Larys, com sua comitiva, faz questão de ficar em hospedarias das cidades do reino, o que é motivo de muita alegria para os súditos. Por iniciativa própria, nesse período o rei não aceita luxo e vive como qualquer um de seu povo, a fim de lembrar como é importante estar em contato com aqueles que acreditam em sua liderança; aqueles que dão, efetivamente, poder ao seu reinado.

– O que é que esses dois estão aprontando por aqui? – perguntou Thagir para Kullat, enquanto subiam as escadas de madeira, que rangeram ruidosamente com o peso de Azio atrás deles.

– Ah, você sabe. Estão fazendo... coisas... – Kullat desconversou. Não queria revelar nada ainda.

Thagir compreendeu que o amigo escondia alguma coisa, mas também sabia que Kullat lhe contaria tudo quando fosse a hora.

– Juro que, em se tratando desses dois, prefiro mesmo nem saber – Thagir finalizou, levantando uma mão como se afastasse algo ruim.

Todos entraram sem alarde, e o dono da estalagem, orgulhoso pelo fato de o rei ter escolhido o seu estabelecimento, sorriu de modo cordial. Era um homem jovem, de longos cabelos loiros e com um farto bigode. Assim que viu o rei e seus amigos, pegou uma chave e prontamente a entregou ao soberano.

– Por favor, poderia entregar para os nossos amigos a chave daquele outro quarto que pedi para reservar? – o rei lhe perguntou, recebendo a chave. Virando-se para os Senhores de Castelo, perguntou: – Vocês não se importam em dividir um quarto com Azio?

– De maneira alguma – Kullat replicou. – O Latinha é um excelente companheiro.

Azio olhou para Kullat e seu peito estalou. Por um momento, parecia que o autômato responderia algo, mas permaneceu calado.

– Aqui está. Segundo quarto à direita depois da escada – disse o estalajadeiro, entregando-lhes a chave e apontando a escada no fundo da recepção. – Princesa, por favor, aguarde um minuto – disse, fazendo um sinal para Laryssa. Então se abaixou atrás do balcão para surgir em seguida com um pacote embrulhado em papel pardo. – Um mensageiro trouxe uma encomenda há pouco para Vossa Majestade.

– Oh, nossa! – ela exclamou, eufórica. – Muito obrigada!

Laryssa abriu o embrulho e retirou dois frascos de cristal finamente trabalhados. No interior de cada um havia um líquido rosado. Quando abriu um deles, um aroma doce e suave de flores tomou conta do ambiente. Derramou uma gota em cada pulso e os esfregou no pescoço.

– Que maravilha! Agora sim estou me sentindo uma mulher completa. Na pressa de fazer as malas, esqueci meus perfumes no palácio – complementou, ao ver a expressão de dúvida no rosto de Kullat. – Ainda bem que há boticários por esses lados. O que acha desta fragrância? – finalizou, aproximando-se e oferecendo o pescoço ao cavaleiro.

– Muito boa! – Kullat respondeu, aspirando o ar. – Parece a festa das flores que fazemos na primavera em Oririn.

– Um dia quero conhecer esse festival – disse Laryssa, encarando Kullat. – Você me leva?

O rei pigarreou forçadamente, e a princesa ficou encabulada por estar flertando na frente de seu pai. Apesar de não ser mais criança, ela sabia que era desconfortável para ele vê-la agindo como mulher. Para quebrar a tensão, ela se virou novamente para o estalajadeiro e lhe perguntou:

– Senhor, aquele outro quarto que pedi para que fosse reservado já foi ocupado?

– Não, majestade. Seus hóspedes ainda não chegaram. Mas não se preocupe, deixarei alguém de prontidão para recepcioná-los, caso cheguem durante a noite.

– Muito obrigada – ela respondeu decepcionada, dirigindo-se para o quarto e sendo seguida pelos demais.

– Vem mais alguém para o festival? – Azio perguntou com a voz metálica, amplificada no corredor.

– Sim, meu amigo – ela respondeu, sem parar de andar. – Teremos mais dois ilustres visitantes. Mas, por hora, vamos para nossos quartos. Tenham todos uma boa noite de sono.

O autômato e os Senhores de Castelo se entreolharam, mas não falaram nada e seguiram para outro quarto. O cômodo era bem grande e possuía três camas, além de uma penteadeira e uma mesa com quatro cadeiras.

Kullat e Thagir se lavaram em bacias com água, que estavam sobre a mesa, e se deitaram, dormindo quase de imediato. Azio ficou algum tempo na janela, olhando o céu escuro. Pouco depois fez um movimento como se suspirasse e se deitou também. A cama rangeu com seu peso. O autômato parecia estar cansado e, em vez das gemas que formavam seus olhos se apagarem, como usualmente acontecia, a pele dourada ao seu redor as cobriu, como se fossem pálpebras. Ele havia mudado muito nos últimos três anos. Muito mais do que todos poderiam imaginar.

No quinto dia, o grupo aproveitou todas as atrações do festival. Vários artistas e trupes se reuniram em Alons para se apresentar, levando alegria para todos. Durante todo o dia, Kullat insistiu em saber quem eram os convidados de Laryssa, que ainda não haviam chegado. Mas a princesa, divertindo-se à custa do Senhor de Castelo, não cedeu. Ele teria uma grande surpresa.

O Desafio

No sexto dia de festividades, a cidade de Alons recebeu muitos estrangeiros, vindos de vários lugares, inclusive de outros planetas espalhados pelo Multiverso. Alguns eram comerciantes do reino de Goperati, ao sul de Agas'B, outros eram viajantes, que passavam pela cidade e resolveram aproveitar os espetáculos e a boa comida. A razão de tanto alvoroço era a corrida Rimetus, que seria realizada nas planícies de Alons.

Rimetus é uma corrida muito simples, mas extremamente perigosa. Os competidores montam em animais chamados manxes e correm por um circuito de obstáculos. Abolida por Kendal, foi trazida de volta pelo rei Larys. Ele mesmo havia sido um corredor muito hábil quando era um jovem príncipe, e hoje, como rei, tem uma vaga cativa na corrida do Festival da Luz Crescente.

As corridas ocorrem ao ar livre, e a Mãe de Todas as Fadas cedeu ao rei vários globos voyences,* que flutuam por todo o circuito, permitindo que o público acompanhe cada etapa da emocionante competição.

Na corrida, são utilizados os manxes, animais alados, um pouco maiores que cavalos e que possuem corpo de felino, robusto e alongado, coberto com uma penugem macia que termina numa longa cauda, com um tufo de pelos no final, como se fosse uma bandeira. A cabeça é larga e cheia de penas, que contrastam com três olhos

* Esferas mágicas que permitem ver determinado evento em tempo real. Por magia, o globo consegue transmitir imagens e sons. Seu alcance é de cem quilômetros.

pequenos. Resistentes, são capazes de correr durante horas. Uma sela é colocada no dorso do animal, permitindo que abra os dois pares de asas facilmente. Uma correia de couro, presa ao bico amarelo e largo, confere ao competidor controle sobre a montaria.

A corrida seria realizada de manhã bem cedo, e, por isso, o rei Larys, sua comitiva e amigos acordaram logo após o nascer do sol. Arquibancadas se espalhavam por toda a volta da linha de largada. No total, vinte competidores participariam naquele ano, incluindo o rei Larys. Cada concorrente tinha uma bandeira que representava seu mundo ou clã. A multidão trazia faixas coloridas para torcer por seus corredores preferidos.

Hyno, de Kynis,* era um deles. Chantal, bela humana do planeta Wend,** arrancava suspiros com seus cabelos perolados e sua pele morena. Dividia admiradores com outra mulher, Willana, que, por ser uma representante do reino de Agas'B, era muito festejada. O grande campeão do ano anterior, e defensor do título, era Oedi, um homem-felino do planeta Ghos.***

Os competidores, acompanhados de seu manx e de seus auxiliares, enfileiravam-se lado a lado, próximos à sua respectiva bandeira, em um local reservado antes da largada. Um odor suave de menta perfumava o local. Ao lado de cada manx, havia uma pequena caixa quadrada de madeira cheia de folhas verdes serrilhadas. Os animais as mastigavam, emitindo um estranho ronronar.

---

* Situado no segundo quadrante dos Mares Boreais. Seus habitantes são altos, de pele cinza e orelhas de duas pontas. Chamados por alguns de Elfis, ou Elfos, são excelentes guerreiros e magos.

** Um dos planetas da Tríade, que, junto com Cila e Dorot, formam um comércio único entre seus habitantes. Está situado no segundo quadrante dos Mares Boreais.

*** Ghos fica no primeiro quadrante dos Mares Boreais. Os ghosianos possuem pelos longos por todo o corpo e andam tanto em duas,como em quatro patas. Uma cauda longa confere equilíbrio ao corpo ereto. Possuem orelhas felinas e são capazes de ouvir à grande distância.

Manxes em voo livre.

Os competidores estavam se preparando e fazendo os ajustes finais para a corrida que começaria em breve. Alguns se concentravam em silêncio, outros faziam exercícios. Um pouco mais afastado, embaixo de uma árvore, o atual campeão, Oedi, fazia uma série de alongamentos. Seus longos pelos laranja, rajados de amarelo, reluziam à luz da manhã, o que o deixava parecido com um gato gigante se espreguiçando.

Um dos participantes, que pela aparência meio humana meio inseto Thagir classificou como um habitante do planeta Volar,* estava nervoso e gritava com seu manx, como se o animal entendesse o que ele dizia. Como estavam bem próximos, Thagir ouviu os

* Situado no segundo quadrante dos Mares Boreais, seus habitantes são como insetos humanoides. A raça inclui seres como abelhas, gafanhotos e grilos. Volar é conhecido pelo excelente mel que produz nas colônias de Apis.

gritos, mas não compreendeu o que estava sendo dito, porque ele não usava a língua comum do Multiverso.

Larys, que vestira um traje de tecido leve e luvas de couro para segurar melhor as rédeas de sua montaria, explicava o funcionamento e as regras para Thagir e Kullat, que nunca haviam ouvido falar daquele esporte. Laryssa arrumava a sela no manx do pai com a ajuda de Azio, que parecia prestar atenção ao relato do rei.

– Espalhados por todo o circuito, juízes e auxiliares estarão prontos a atuar, caso alguma regra seja quebrada, ou se alguém precisar de ajuda – e o rei apontou para três agasbianos e um maiole que estavam sentados sobre enormes escaravelhos coloridos. – Uma das principais regras é que não é permitido qualquer tipo de violência contra os outros competidores. Este é um esporte de habilidade e velocidade, mas também uma prova de honra e coragem.

– Honra e coragem, que bezzzteira! – disse alto o volariano na língua comum, sem se virar. Seu sotaque era extremamente carregado.

– Desculpe – falou o rei de forma seca para o homem-inseto. – O que você disse?

– Izzzto é uma bezzzteira! – retrucou, virando-se ao falar. Apesar de vacilar um instante ao reconhecer o rei, continuou: – Ezzzta corrida não é para covardezzz, isto é verdade. Mas não tem nada a ver com honra. Ezzzta porcaria de honra zzzerve bem para ozzz malditozzz Zzzenhores de Cazzztelo. Que Bogomol* ozzz leve para o além – terminou com um agitar de asas e uma imprecação típica dos volarianos.

– Ei! – Kullat exclamou, fazendo os punhos brilharem. – Que história é essa de malditos Senhores de Castelo?

---

* Referenciado em Volar como o Grande Deus da vida, seu corpo é composto de vários tipos de insetos.

Kullat parou na frente do volariano, olhando para cima e o encarando. A criatura era grande, com cerca de dois metros de altura, quatro braços escuros e cheios de uma penugem dura feito espinho. O corpo era delgado e coberto de placas de tom verde-escuro, como a carapaça de um gafanhoto. Tinha um par de longas e finas asas nas costas, que vibravam sem parar. Laryssa e Azio ficaram atrás de Kullat, como se apoiassem a ação do Senhor de Castelo. O volariano não se intimidou e encarou de volta, criando um som com o roçar nervoso das asas.

– Calma! – Thagir interrompeu, segurando o amigo. – Acho que estamos tendo algum mal-entendido aqui, senhor...?

– Me chamo Zzzeth.

– Sr. Zeth. O senhor sabe que está falando com Larys, rei deste reino e seu anfitrião nestas festividades?

– Claro que zzzei – falou com segurança e emitiu um zumbido que soou como uma risada. Então continuou: – O rei pode até achar que izzzto aqui é apenazzz um jogo, mazzz, para o meu povo, a Rimetuzzz é um modo de vida. Esta corrida não é zzzobre coragem e honra. Ela é uma prova de que os volarianozzz são ozzz melhorezzz domadorezzz de manx de todo o Multiverzzzo.

– Encontramos cada um, hein? – Kullat sussurrou para Thagir, fazendo o pistoleiro sorrir. O volariano olhou para Kullat com seus olhos de inseto, duas grandes órbitas escuras e compostas de incontáveis facetas.

– Zzz – zumbiu, cuspindo um líquido gosmento e amarelado no chão, diante de Kullat. – Nem mezzzmo zzze um de vocêzzz, Zzzenhores de Cazzztelo nojentozzz, ezzztivezzzem competindo, conseguiriam nozzz vencer.

Os olhos de Kullat brilharam prateados. Já ia protestar quando sentiu a mão de Thagir lhe apertar o ombro, um sinal de que deveria se acalmar.

– É uma pena que um de nós dois não possa participar da corrida – interrompeu o pistoleiro, apontando para si e para Kullat. – Só assim poderíamos saber se os Senhores de Castelo conseguem vencê-lo ou não.

– Você nunca zzz ganharia de mim em uma corrida – exclamou Zeth, zumbindo. – Eu o dezzzafio a tentar! – terminou, cuspindo novamente uma gosma amarelada no chão.

Thagir ficou em silêncio e olhou diretamente para o rei, como se esperasse algo.

– Tenho um péssimo pressentimento sobre isso... – Kullat balançou a cabeça negativamente, ao ver a troca de olhares entre o pistoleiro e o rei.

– Bem, eu gostaria muito de ver isso – Larys falou, com um sorriso cúmplice para Thagir. Retirando as luvas de couro, jogou-as para Thagir. – Como anfitrião, tenho a prerrogativa de indicar alguém como meu corredor oficial. Nomeio Thagir, de Newho, como meu representante nesta corrida.

– Então, está resolvido. Eu aceito o seu desafio! – Thagir respondeu, olhando maliciosamente para o volariano.

– Mazzz... – Zeth começou a protestar.

– Mazzz coisa nenhuma, colega – interrompeu Kullat jocosamente. – O seu azar foi ter mexido com esse cara aqui. Ele nunca diz não para um desafio.

O volariano ficou tão irritado que imediatamente deu as costas e saiu, arrastando seu manx.

– Não sabia que você cavalgava em manx – disse a princesa para Thagir.

– Bem, espero que alguém me diga como é que se faz.

– Você nunca montou um deles? – Larys perguntou, incrédulo.

– Não estou nem um pouco surpreso com essa informação – Azio disse, com um estalo.

O rei suspirou, espantado com a atitude de Thagir. A corrida começaria em poucos minutos, e o pistoleiro não sabia nada sobre como montar um manx.

É loucura!, pensou o rei, espantado e alegre ao mesmo tempo, *mas, já que chegamos até aqui, vamos ver no que vai dar. Pelo menos será divertido.*

Cores e Conselhos

– Bom, temos pouco tempo para explicações – o rei iniciou. – As regras da competição, eu já lhe falei quais são. Agora vamos escolher uma montaria adequada para você. Uma das partes mais importantes da competição – o rei começou a andar até onde estavam os manxes – é saber escolher em qual animal correr.

– Como assim? – questionou Thagir, olhando para os animais que estavam pastando calmamente. – Não posso montar o seu?

– Pode – respondeu o rei sorridente –, mas eu escolhi um que seria bom para mim. E recomendo que você escolha um que considere bom para você.

– Mas são todos tão parecidos! – complementou Thagir com uma careta.

– Como assim, parecidos? Não está vendo as diferenças entre eles? – Larys perguntou, incrédulo.

– Ah! – Kullat sorriu. – Eu sei o que está acontecendo. É que nosso amigo aqui tem um pequeno probleminha.

– Não é um problema! – Thagir corrigiu, irritado. – É só um efeito colateral pelo uso do meu Coração de Thandur.*

– Ainda não entendi! – a princesa retrucou.

– Eu explico, Altíssima – Kullat continuou, sorridente, apontando para os manxes. – Thagir, o que está vendo aqui?

– Não podia ir direto para a explicação? – Thagir questionou, contrariado.

* Gema única que Thagir utiliza no bracelete esquerdo. Seu poder torna a visão do portador mais aguçada e altera a percepção do tempo, tornando os acontecimentos mais lentos que o normal.

Kullat mostrou os dentes ao amigo, um sorriso de quem estava se divertindo muito, e permaneceu com o braço apontado para os animais. O pistoleiro suspirou e respondeu:

– Vejo vários animais, todos muito parecidos.

A princesa olhou para os animais. Cada manx era nitidamente diferente um do outro. Variavam em cores, alguns eram azuis, outros, laranja. Havia outros com pelagem cinza ou verde. Ela não conseguia entender o que Thagir estava tentando dizer. Kullat se divertia com a situação. Azio ficou parado, olhando para os animais com uma expressão de total falta de compreensão. A princesa não conseguiu mais se conter.

– Então? Vão explicar?

– Claro, claro, Excelentíssima – Kullat retrucou, divertindo-se com a careta de Laryssa. – O uso do Coração de Thandur tem muitas vantagens, como ter uma ótima visão mesmo à longa distância, conseguir enxergar com pouca luz, e outra coisa que nem eu entendo direito, mas que faz com que ele consiga ver as coisas como se estivessem acontecendo em câmera lenta.

– Entre outras coisas – falou Thagir, piscando para Larys.

Kullat fez uma breve pausa, mas, percebendo que a princesa estava ficando aborrecida, continuou:

– Mas isso teve um preço. Nosso amigo aqui não consegue distinguir muito bem as cores.

Alguns estalos foram emitidos pelo peito de Azio, e Laryssa e o rei ficaram boquiabertos. Era quase inconcebível o que haviam escutado. Os manxes eram todos coloridos e cada um tinha uma cor predominante e chamativa. Mas, para Thagir, eram todos muito semelhantes, porque, apesar de enxergar as cores, ele não conseguia distinguir muito bem as nuances dos tons.

– Bem – o rei suspirou, olhando para Thagir –, este é mais um motivo para você ter o meu respeito. Não deve ser fácil.

– Já estou acostumado – respondeu Thagir. – Só não me acostumei ainda com as piadinhas do meu amigo aqui – finalizou, dando um soco de leve em Kullat, fazendo todos rirem.

Uma corneta soou ao longe. Os manxes se agitaram e um deles deu um pequeno salto para trás.

– A primeira corneta! – o rei disse. – É o sinal de que os participantes da corrida devem se preparar. A largada ocorrerá no terceiro toque, o que ocorrerá em breve.

– Bem, será que alguém pode me ajudar a escolher uma montaria? – Thagir pediu, aproximando-se de um dos manxes e alisando o belo pescoço do animal, que ronronou alto e se esfregou no Senhor de Castelo.

– A escolha se dá principalmente pelas cores – Larys disse. – Tons entre o laranja e o vermelho são sinais de força e potência de arranque, chegando mais rápido à velocidade máxima. Tons entre o amarelo e o verde representam animais que demoram mais para atingir a velocidade máxima, mas, em compensação, são mais resistentes e se deslocam mais rápido que os outros. E, por fim, há os manxes com pelagens entre o azul e o violeta, muito mais ágeis, apesar de menos velozes. O melhor é quando conseguimos achar algum misto, com duas tonalidades. É raro, mas não impossível. Ouvi uma vez que existiu um manx todo branco. Era o mais rápido, mais ágil e mais forte de todos. Praticamente insuperável!

– O par de asas também deve ser bem examinado – Azio complementou, com autoridade. – As membranas devem ser lisas e sem estrias.

Thagir pediu que indicassem quais eram os mais ágeis, pois, como nunca havia montado um manx, preferiu destreza a velocidade e potência. Dos três com essas características, Thagir escolheu um chamado Ox. Sua pelagem era roxa, contrariando a opinião de Azio, que era favorável a um animal mais veloz. Mas, para deixar claro que escutara os conselhos do autômato, verificou cuidadosamente as asas de Ox antes de se decidir.

No caminho para a pista, o rei aproveitou para passar mais algumas informações importantes.

– A primeira parte é terrestre – explicou. – Você deve correr pela planície e passar entre as bandeiras azuis que demarcam o trajeto. Às vezes é preciso passar literalmente por dentro da marca. Depois da planície, há as colinas e o bosque, repletos de obstáculos. Depois de passar por duas grandes colunas de rochas no final do bosque, você deve decolar.

– Decolar?

– Na verdade, é bem simples – e Larys apontou para uma presilha ao lado da sela –, basta soltar esta fivela e o manx abrirá as asas.

– E se eu não conseguir soltar a fivela a tempo? – Thagir indagou.

– Espero que consiga. O precipício tem uma queda de trezentos metros – o rei fez uma pausa, olhando para Thagir. – Nunca vi isso acontecer, e espero que esta não seja a primeira vez.

– Tomara – respondeu o outro.

– Tomara mesmo – Kullat riu, tentando quebrar a tensão.

O segundo soar de corneta alertou que a partida estava próxima.

O rei desejou boa sorte ao pistoleiro e começou a se retirar da pista. Laryssa beijou o rosto barbado de Thagir e logo alcançou o pai, seguida por Azio.

– Boa corrida, velho amigo – Kullat sorriu, ao abraçar o pistoleiro. – Tente chegar inteiro ao final.

Thagir riu do amigo e voltou a olhar o manx. Estava acariciando o pescoço da criatura quando Oedi apareceu. O ghosiano estava sem camisa, deixando o peito largo à mostra. Seus pelos laranja, com listras amarelas, pareciam refletir a luz do sol. Vestia calças escuras e botas de couro douradas.

– Entor* Thagir – disse, com uma reverência. – Um conselho: não deixe aquele volariano insano lhe tirar a razão. Serenidade é uma grande vantagem na Rimetus. É a primeira vez que você corre, não é?

– Na verdade, também será a primeira vez que montarei um manx – Thagir respondeu. – Mas como você sabe o que aconteceu e que eu vou correr?

– Tenho ótimos ouvidos – Oedi mexeu as orelhas, mostrando seus dotes felinos. Apontou para a árvore onde ele estava se alongando e continuou: – Apesar de estar distante, não tive como não escutar. Desculpe-me, não foi minha intenção me intrometer.

– Tudo bem – respondeu Thagir, sorridente. – É bom poder contar com os conselhos de um campeão. Tem mais alguma dica?

Oedi sorriu, mostrando os longos caninos, e reforçou a explicação do rei, mas comentou algo essencial. Se um corredor passasse por fora de alguma marcação, deveria retornar e passar novamente. Caso contrário, seria desclassificado. Também disse que, além dos juízes e do pessoal de suporte, naquele ano alguns soldados Maiole ficariam a postos em escaravelhos e aranhas gigantes para auxiliar qualquer eventualidade.

O corneteiro já se posicionava para comandar a largada.

– Boa sorte, Entor Thagir. Espero que consiga chegar na frente dele – disse Oedi, apontando com o focinho felino para o volariano.

– Obrigado – respondeu Thagir. – Quanto ao esquisitão ali, tenho certeza de que, se eu não vencê-lo, você o fará. Tenha uma excelente corrida, meu amigo!

Eles se curvaram em respeito e apertaram as mãos. Pouco tempo depois, todos os competidores estavam enfileirados na linha de partida. Apesar de centenas de pessoas estarem assistindo à com-

* Forma respeitosa que os ghosianos tratam as pessoas. Numa tradução aproximada para a língua comum, seria como "senhor" ou "prezado".

petição, o silêncio era absoluto. Thagir tentava controlar seu manx, mas sem sucesso. O animal estava muito agitado e arisco. Tentou até bicá-lo uma vez. Ele olhou novamente para o ghosiano que estava a seu lado

– Oedi, só mais uma coisa. Como faço para domá-lo? – perguntou, apontando para sua montaria.

O corneteiro fez um gesto e todos os competidores ficaram em posição.

– Trate-o com carinho! – Oedi respondeu, afagando a orelha de seu manx avermelhado.

O corneteiro, com um forte sopro, emitiu o sinal e deu início à corrida.

A Corrida Rimetus

Os manxes arrancaram com grande velocidade, para delírio da multidão, que explodiu em palmas e gritos de alegria, torcendo por seus favoritos. Todos os competidores dispararam, mas o manx de Thagir resfolegou e começou a andar vagarosamente.

– Vamos lá, Ox – disse Thagir, chamando o manx pelo nome e alisando os pelos da cabeça do animal, imitando o gesto de Oedi. O animal imediatamente ficou calmo e seu corpo relaxou. Thagir, sentindo-se mais confiante, falou baixinho: – Não quer chegar em último lugar, quer?

Segurando firme as rédeas, deu uma leve batida com os pés no torso do manx, que empinou as patas dianteiras e, soltando um som parecido com um rugido, começou a correr velozmente. Thagir quase caiu, mas não demorou muito para se adaptar aos passos rápidos de sua montaria. Cada passada era um pequeno solavanco, compensado pela postura do cavaleiro. Thagir viu que não estava muito distante do último colocado.

– Vamos para lá. Assim poderemos acompanhá-los e torcer por Thagir – disse o rei após a largada, indicando uma arquibancada que ficava em frente a três enormes globos voyences, que transmitiam cenas da corrida.

A primeira parte do percurso era na planície e formava um circuito sinuoso. O manx do pistoleiro era excepcionalmente ágil e não perdia velocidade, mesmo quando precisava fazer curvas fechadas. Thagir e sua montaria adaptaram-se um ao outro muito bem e começaram a ganhar terreno. Rapidamente, três concorrentes foram ultrapassados. Os competidores ziguezagueavam pelas bandeiras coloridas e desviavam das grandes rochas que bloqueavam o caminho. O terreno irregular e as várias fissuras no solo também eram dificuldades a ser vencidas.

O último obstáculo, antes de chegar às árvores, era uma sequência de quatro aros distantes dez metros um do outro. À frente de Thagir havia quatro competidores que ainda não haviam entrado na mata. Eles estavam muito próximos uns dos outros e pulavam quase simultaneamente os aros. Quando saltaram o último, um dos manxes mordeu o outro, e eles caíram embolados no chão. Os outros dois concorrentes não conseguiram desviar a tempo e também caíram sobre os demais.

O pistoleiro afrouxou as rédeas, deixando Ox livre para correr. A ideia deu certo, sua montaria ficou ainda mais ágil e rápida. O manx deu um salto curto e parou sobre o aro. Agilmente, pulou por sobre todos os outros competidores caídos e retomou o caminho rumo à mata.

– Você foi realmente uma excelente escolha – disse Thagir para sua montaria. – Vamos ver como nos saímos no bosque.

Deu mais um toque com os pés no dorso do manx, mas deixou as rédeas frouxas, permitindo mais uma vez que o animal controlasse os movimentos. A estratégia deu resultado, pois ganhavam terreno a cada curva.

Na arquibancada, Kullat estava animado como uma criança diante de um brinquedo novo. Ele abraçou a senhora a seu lado e, apontando para o globo voyence, disse com orgulho:

– Aquele lá é meu amigo. Viu como ele corre bem?

A senhora, contagiada pela alegria daquele desconhecido de branco, também começou a torcer por Thagir.

– Veja só – disse o rei para Laryssa –, o Thagir já tem até fãs!

A princesa sorriu e voltou a atenção para os globos, vendo que a corrida agora acontecia na mata.

As árvores eram altas. A maioria cônica, lembrando muito algumas das plantas silvestres que existiam em Curanaã, o planeta natal de Thagir. Assim que entraram na mata, sentiu o cheiro agradável e fresco da natureza, o que lhe transmitiu uma sensação de calma e alegria. O manx seguiu a trilha, que começava com duas bandeiras azuis amarradas em árvores e continuava como se formasse um corredor de bandeiras.

O caminho formava uma subida. Seu manx parecia não se importar com a inclinação e manteve o mesmo ritmo. Por duas vezes, as manobras para fazer curvas fechadas quase derrubaram o pistoleiro. Uma curva à direita obrigou-os a subir por dentro de um riacho límpido e com poucas pedras. Os movimentos ritmados de sua montaria espalhavam água por todos os lados.

Poucos metros à frente, Thagir enxergou alguns dos competidores e, equilibrando-se para não cair, deu uma olhada para trás para ver quão longe estava dos outros corredores. Demorou alguns segundos para que o primeiro deles aparecesse, comprovando que o pistoleiro e seu manx haviam ganhado terreno novamente.

Um som ao longe despertou os sentidos de Thagir, fazendo-o acionar o poder do Coração de Thandur, que tornava sua visão mais nítida, ampliava a percepção periférica e também destacava qualquer coisa diferente no ambiente. Quando o barulho de água caindo ficou mais forte, ele viu qual seria seu próximo obstáculo. À sua frente havia um grande paredão rochoso, de uns oitenta metros. Do alto do paredão, uma cascata caía lindamente até atingir um pequeno lago que transbordava em um ponto mais abaixo e alimentava o pequeno riacho por onde eles estavam seguindo agora.

As marcações do percurso prosseguiam em uma curva à direita da cascata e entravam novamente na mata. Thagir, graças ao poder da joia, percebeu que à esquerda, bem escondida atrás de uma enorme rocha, havia uma pequena bandeira verde.

Curioso, conduziu seu manx por dentro do rio, recebendo um refrescante banho de cascata até chegar atrás da grande rocha.

– Um atalho! – exclamou contente.

Pelo globo voyence, o rei e os demais assistiam a todos os movimentos do pistoleiro. O rei sorriu ao ver Thagir se dirigindo para a bandeira verde.

– Ele encontrou o atalho – disse sorrindo. – Suas chances aumentarão muito agora.

Atrás da rocha havia uma grande rachadura, que seguia até o topo do paredão. Seu manx pareceu hesitar. Então Thagir o afagou atrás da orelha, bem sobre uma mancha. O animal se arrepiou e ronronou.

– Vamos lá, meu amigo. Vamos ver do que mais você é capaz! – falou suavemente, instigando o animal a prosseguir.

Com um só movimento, cavaleiro e montaria lançaram-se para dentro da rachadura e iniciaram a escalada. O manx apoiava as patas em fissuras e utilizava as poderosas garras para vencer a parede rochosa. Thagir teve de se apoiar nos estribos e abraçar o pescoço do manx para não cair, e, em poucos minutos, estavam no topo do paredão, ao lado do pequeno rio de onde brotava a cascata.

– Muito bem, garoto! – Thagir exclamou, acariciando o animal.

Por um momento ele parou, estupefato, pela imensa beleza à sua volta. Estava em um dos locais mais altos de toda a floresta e, para onde olhasse, via o topo das árvores, como uma pintura silvestre. O sol estava alto, e o céu tinha poucas nuvens.

Seu manx chacoalhou-se, irrequieto, trazendo-o de volta à realidade. Ele estava numa corrida e não podia parar.

Continuaram a correr, mas as marcas que delimitavam o percurso o confundiram. Não sabia se devia seguir para a esquerda ou para a direita. A dúvida durou pouco tempo. Do meio da mata, Oedi apareceu, correndo em disparada. Por um breve momento, o ghosiano se espantou ao ver Thagir à sua frente, mas, com um sorriso de alegria, passou velozmente e fez sinal para que viesse atrás dele.

Thagir e seu manx saíram velozmente, entrando no bosque logo atrás de Oedi, sendo seguidos pelos outros corredores, entre eles Zeth, o volariano.

Acidente de Percurso

O percurso dentro do bosque era uma longa descida por uma trilha estreita, cheia de cipós, árvores caídas, pequenas pedras e muitas curvas. A umidade e o calor desgastavam os cavaleiros e os manxes, que já não corriam tão rapidamente. Zeth, o volariano, ganhou algumas posições e estava poucos metros atrás de Thagir, que manobrava sua montaria para não dar espaço para o concorrente ultrapassar.

Thagir passou rapidamente por um tronco e reduziu um pouco a velocidade para poder fazer uma curva, quando foi surpreendido pelo volariano, que manobrou sua montaria e usou o corpo do manx de Thagir como apoio, fazendo-o escorregar na terra úmida da trilha e perder uma posição.

– Então você joga sujo – gritou Thagir contrariado, voltando a correr antes que fosse ultrapassado por mais alguém.

Continuaram a descer, mas agora o caminho era mais largo, plano e reto. Oedi estava na frente e o volariano estava bem a seu lado. Thagir vinha logo atrás, seguido de perto por outros três corredores. Duas colunas de pedras entalhadas estavam a algumas centenas de metros à frente.

Deve ser o início da parte aérea, pensou o pistoleiro já se preparando para soltar as amarras das asas de seu manx. *Mas o que é que aquele cara está fazendo?*, perguntou-se, quando viu Zeth esticando a mão em direção à montaria de Oedi. Ele parecia estar tentando pegar alguma coisa na sela do adversário.

Dois juízes, montados em escaravelhos coloridos, estavam sobrevoando a área e supervisionando os corredores na passagem.

O volariano soltou as asas de seu manx assim que passaram pelas colunas, saltando sobre o precipício. Mas alguma coisa estava errada com Oedi. Apesar de uma das asas ter sido liberada, as do lado direito pareciam não estar totalmente esticadas.

A multidão nas arquibancadas ficou em total silêncio, olhando com perplexidade para o globo voyence e vendo Oedi cair com seu manx, rodopiando em direção às pedras no fundo do precipício. Os juízes tentaram alcançá-lo, mas os escaravelhos eram lentos e não conseguiriam chegar a tempo.

Thagir liberou as asas de seu manx, que se agitaram energicamente, fazendo um barulho como o de pássaros quando alçam voo. O pistoleiro se agarrou na rédea do manx, que aumentou a velocidade e, com um impulso, se lançou no vazio. Contudo, em vez de seguir em frente, Thagir deu um mergulho veloz atrás de Oedi.

O pistoleiro ativou a magia do Coração de Thandur e o tempo ficou mais lento. Era como se tudo estivesse ocorrendo mais devagar. Oedi e o manx caíam com expressões desesperadas. Um brilho surgiu no bracelete direito de Thagir e, em instantes, uma arma de cano largo e ovalado se materializou em sua mão. Ele mirou e disparou uma esfera azul gelatinosa que atingiu com perfeição o alvo. A estranha substância se chocou contra Oedi e sua montaria, grudando-os na parede de rocha.

A multidão soltou um grito de êxtase ao ver que Oedi e seu manx haviam sido salvos pelo Senhor de Castelo.

– Isso! Ele é meu amigo! Ouviram? Meu amigo! – Kullat pulava e gritava com alegria e orgulho. A senhora e outras pessoas em volta também pulavam alegremente.

Thagir estabilizou seu voo. Oedi fez um sinal que estava bem e balançou as mãos indicando que o pistoleiro deveria continuar. Instigando e manobrando de volta sua montaria, ele retornou para a corrida, passando por argolas suspensas, largos canos voadores e barreiras giratórias.

Nesse ponto da corrida, os manxes com maior resistência e maior explosão tiveram nítida vantagem. Zeth, que também optara por um manx mais ágil, acabou sendo ultrapassado, ficando em quarto lugar. Thagir, bastante atrás, era o quinto colocado.

O caminho aéreo formava uma curva descendente e retornava até um ponto na parede do precipício, obrigando os corredores a entrar em uma caverna.

Oedi ficou feliz ao ver o pistoleiro desaparecer caverna adentro, ainda no páreo da corrida. Alguns soldados Maiole, montados em enormes aranhas, juntamente com os dois juízes da passagem, ajudavam-no a se soltar da gelatina azulada que lhe salvara a vida.

Assim que o pistoleiro entrou na caverna, sentiu-se mais confiante, afinal, tinha uma vantagem competitiva que poderia ajudar. Sua visão no escuro era muito boa. Thagir conseguiu chegar perto do volariano, que tentava empurrá-lo contra as paredes, mas, em um erro de manobra, não conseguiu fazer uma curva e se chocou contra uma estalactite, perdendo a posição para o pistoleiro.

Thagir saiu por uma rachadura na enorme parede de rocha. Estava no meio do caminho entre o bosque e a planície da primeira parte da corrida. Essa última parte da competição era uma linha reta, até a chegada.

Hyno, o kyniano cinzento de orelhas pontudas, estava em primeiro lugar. Chantal, a mulher de cabelos perolados, foi ultrapassada por Willana, a bela humana, e perdeu o segundo lugar. Thagir conseguiu reduzir bastante a distância entre ele e Chantal, mas era seguido de perto por Zeth.

Poucos metros os separavam da linha de chegada e a corrida ainda não estava definida. Os manxes, quase emparelhados, voavam como flechas. Hyno inclinou o corpo para frente, diminuindo o atrito com o ar, e conseguiu se manter na liderança. A mulher se posicionou atrás dele, aproveitando o vácuo. Com um puxão forte, fez uma manobra brusca, dando uma meia-lua no ar e passando acima do kyniano.

Nas arquibancadas, todos estavam com os olhos vidrados nos globos voyences. Quando Willana passou pela linha de chegada, a multidão explodiu em alegria. Papéis picados e enormes bolhas coloridas foram lançados ao ar, criando uma festa espetacular. Gritos de alegria podiam ser ouvidos em todos os lugares.

Hyno passou imediatamente atrás e ficou em segundo lugar. O manx de Chantal deu um disparo nos metros finais e, por meio corpo, ganhou o terceiro lugar, à frente de Thagir, que terminou em quarto, seguido pelo volariano.

Kullat, o rei, a princesa e até Azio correram para abraçar o pistoleiro, que, apesar de todas as chances contrárias, havia se saído muitíssimo bem na corrida.

– A sorte foi ter achado aquele atalho! – disse Thagir, arfando de cansaço. O pistoleiro transpirava muito e tinha os cabelos revoltos. – Mais sorte ainda foi ter encontrado um animal tão espetacular como este – complementou, afagando o manx, visivelmente esgotado.

– Não seja tão modesto! – disse o rei, com alegria. – Você se saiu muito bem.

– Não o deixe tão confiante – Kullat brincou. – Senão ele vai querer deixar de ser um Senhor de Castelo para ficar voando por aí!

Todos riram da brincadeira. Inclusive a senhora, que seguiu Kullat e sorria um sorriso banguela.

Várias outras pessoas vieram cumprimentá-lo com alegria, como se ele fosse o campeão. Momentos depois, os três primeiros colocados subiram ao pódio e ganharam medalhas em reconhecimento à sua colocação. Willana recebeu um troféu das mãos do rei e o levantou acima da cabeça, chorando de emoção e sendo ovacionada pela multidão. Thagir não admitiu, mas ficou visivelmente feliz em chegar à frente do volariano.

Zeth foi desclassificado e proibido de participar de qualquer outra corrida Rimetus em Agas'B. Os juízes, que estavam nas duas colunas de pedra, comprovaram, após uma rápida análise em um globo voyence, que o volariano lançou uma gosma que colou as asas da montaria de Oedi.

Na manhã seguinte, Thagir e Kullat foram ao centro de cura para ver o ghosiano. Ele só estava em observação, uma vez que não se machucara na queda. Ao ver o pistoleiro, os olhos em fenda de Oedi se dilataram e ele sorriu ao abraçar aquele que o salvara.

– Devo minha vida a você – disse, com a voz embargada. – Muito obrigado.

O pistoleiro agradeceu e recebeu com carinho as palavras de Oedi. O peito largo do ghosiano fora raspado e partes dos braços também. Isso porque a substância disparada por Thagir grudara-lhe no corpo, e os médicos tiveram de raspar os pelos para retirá-la.

– Sinto muito pela depilação – disse Thagir, ao olhar os buracos na pelagem alaranjada.

– Ah! Nada que o tempo não resolva, Entor Thagir – Oedi exclamou, com um ronronar parecido com um riso.

– Ainda bem que você usa calças – Kullat comentou, com uma risada.

Oedi e Thagir gargalharam com o comentário.

– O rei ordenou que daqui para frente sejam tomadas novas medidas de segurança no penhasco para evitar problemas no futuro – Kullat informou, após pararem de rir.

– Fico feliz em saber. Quero participar da corrida no ano que vem. Preciso recuperar o título – respondeu Oedi, com um leve ronronar.

– Desejo-lhe boa sorte, caro amigo. Tenho certeza de que ainda vai ganhar muitas corridas – disse Thagir. – Se eu estiver por aqui no próximo ano, se prepare. Não vou lhe dar nenhuma chance!

Todos riram. Ao saírem, os Senhores de Castelo se despediram com votos de melhora. Voltaram para a festa para comer e assistir aos outros espetáculos, que começariam após o almoço.

Mestres Castelares

As ruas próximas à praça principal estavam cheias, pessoas olhavam as mercadorias nas tendas e assistiam às apresentações artísticas. O dia estava lindo, com céu limpo e temperatura agradável. O aroma delicioso de comida impregnava o ar, convidando as pessoas a experimentar as delícias do festival.

Laryssa voltou para a estalagem para esperar suas "visitas misteriosas", e o rei continuou na praça central, conversando com seus súditos. Kullat, Thagir e Azio passearam pela cidade e chegaram a um pequeno comércio. Uma jovem os atendeu com um sorriso e anotou os pedidos. Suco gelado de frutas para Kullat, cerveja clara para Thagir e, para Azio, apenas água. Ficaram ali por cerca de uma hora, conversando.

– Acho que seria bom voltarmos – Kullat disse, terminando o quinto copo de suco. – Talvez os convidados de Laryssa tenham chegado.

– É melhor mesmo, senão você vai explodir de tanto tomar suco – respondeu Thagir, deixando uma pequena pedra turquesa como pagamento, o que era muito mais que o necessário para pagar a conta.

Os três seguiram de volta para a estalagem e encontraram a princesa no salão principal, acompanhada de duas pessoas. A primeira era uma mulher um palmo mais alta que Laryssa. De corpo atlético, vestia roupas de couro branco, com argolas de metal que prendiam as vestes nas pernas e nos braços. Tinha cabelos longos e lisos, cujas mechas brancas de pontas amareladas caíam-lhe às costas, passando pelo meio de um par de asas de lindas penas bege.

*Harpiana,** pensou Thagir.

A segunda pessoa era um homem careca, de cabeça alongada e olhos grandes, com íris em forma de fenda, como as de um gato, mas que mudavam constantemente de cor, alternando entre azul e amarelo. Alto e magro, tinha a pele prateada com vários desenhos escuros, pontos e linhas que formavam ângulos retos e curvas sinuosas. Vestia um elegante manto cinza.

Kullat e Thagir perceberam, pelas tatuagens fantasmas, que os dois novos visitantes eram Senhores de Castelo. As tatuagens fantasmas, resultado de uma mágica secreta, são feitas pelos próprios Conselheiros de Ev've. Somente outros Senhores de Castelo conseguem identificá-las, após o devido treinamento. Normalmente, a tatuagem aparece como uma runa etérea, localizada próxima à cabeça. Com o tempo, a visualização acontece de forma natural.

Quando um Senhor de Castelo se forma na Academia, recebe uma tatuagem fantasma mágica e cabe a ele escolher o que quer como símbolo. Kullat escolheu o símbolo de Oririn, dois círculos entrelaçados, sendo um deles incompleto. Thagir preferiu a imagem de um Trogon, um antigo animal de seu planeta que lembra um gigantesco elefante lanoso, com quatro presas enormes e afiadas.

Quando Kullat e Thagir olharam para as tatuagens fantasmas dos dois visitantes, ficaram confusos. Apesar de verem apenas dois Senhores de Castelo, havia três tatuagens fantasmas. E como Laryssa ainda não era uma Senhora de Castelo, o terceiro símbolo não poderia ser dela. Reparando no homem calvo, estranhamente duas runas distintas tremulavam no ar, sobre sua cabeça. Uma era um desenho de quatro linhas tortas, separadas ao meio por um ponto, a outra tinha a forma de uma ave parecida com um gavião.

---

* Os harpianos são habitantes do planeta Hárpia, do segundo quadrante dos Mares Boreais. Possuem um par de asas que lhes permitem voar. Excelentes gladiadores e hábeis caçadores, usam diversas armas para combate.

– Rhu'ia – exclamou Thagir, usando a saudação típica dos Senhores de Castelo e fazendo uma reverência.

Kullat fez o mesmo. Os olhos de Azio piscaram e ele imitou os Senhores de Castelo, curvando-se em respeito aos visitantes. O cumprimento foi devolvido da mesma forma pelos novos visitantes. Laryssa sorriu ao ver os amigos.

– Chegaram bem na hora – exclamou a princesa. – Permitam-me apresentar-lhes meus mestres, que acabaram de chegar do Conselho de Senhores de Castelo de Agas'B. Esta é Driera, Senhora de Castelo e membro do Conselho de Hárpia, do segundo quadrante* dos Mares Boreais.

– Ah, os famosos Kullat e Thagir – disse Driera com uma voz doce e bela, como um canto de pássaro. – E Azio, claro. Laryssa fala muito de vocês.

– Estes são Iki-Dau – Laryssa continuou, apontando para o homem calvo de pele cor de prata –, Senhores de Castelo de Doxo,** no quadrante 2.

O homem deu um passo à frente e curvou o corpo esguio e alto. A capa cinza balançou suavemente.

– Prezados castelares*** e poderoso Azio – a voz era dobrada, como se duas pessoas falassem ao mesmo tempo –, eu-e-eu temos muito prazer em conhecê-los.

---

* Os planetas do Multiverso são classificados em quatro quadrantes, baseados no grau de desenvolvimento tecnológico e na intensidade da magia natural existente.

** Localizado no segundo quadrante dos Mares Boreais, é um mundo pequeno e com grandes relações comerciais com outros planetas. Possui um único continente dividido em sete grandes regiões. Seus habitantes são adeptos de magia.

*** Como é chamado um Senhor de Castelo na língua comum. Também é sinônimo de veterano; muito usado por Senhores de Castelo após o fim dos estudos na Academia.

– O prazer é nosso – Thagir respondeu, visivelmente confuso. – Mas não entendi uma coisa. A princesa o apresentou como Senhores, no plural. Além disso, estou vendo duas tatuagens fantasmas – disse o pistoleiro, apontando para o ar acima da cabeça calva do homem.

– Sua lendária visão não está errada, somente seu conceito. Eu-e-eu somos dois Senhores de Castelo, mas em um só corpo – concluíram Iki-Dau com o estranho eco na voz.

– Deixem isso para depois! Quero mostrar um monte de coisas para vocês – disse Laryssa entusiasmada, pegando Driera e Iki-Dau pelas mãos. – Temos que encontrar meu pai e apresentá-los antes da festa.

Confuso, Kullat recebeu um olhar do amigo que significava "explicações mais tarde".

– Nós seis... ou sete – falou Kullat, confuso e alisando o cavanhaque – nos vemos mais tarde então. Foi um prazer!

Azio se ofereceu para ir com eles e pareceu alegre quando a princesa concordou. Depois que o grupo saiu, Kullat olhou para o amigo.

– Laryssa pode explicar melhor depois – o pistoleiro disse, antes que o cavaleiro começasse a perguntar sobre Iki-Dau. – Tenha calma.

– Tudo bem – Kullat suspirou e deu de ombros. Sorrindo para o amigo, perguntou se não queria mais um suco de frutas.

Thagir riu e concordou com a cabeça. Saíram para a rua, deixando as dúvidas de lado, e foram apreciar a festa e o artesanato nas diversas barracas. Algum tempo depois, voltaram para a praça. O *show* já havia começado quando chegaram à mesa do rei. Kullat sentou-se ao lado de Azio, Iki-Dau e Driera. Thagir ficou com uma cadeira entre Laryssa e o rei Larys.

A peça era um *show* performático. Quatro grandes esferas aquosas, como enormes bolhas de sabão, flutuavam no palco principal.

Atrás delas, duas mulheres e dois homens de Arthúa,* todos muito bem-vestidos; concentrados, faziam movimentos sincronizados, e, a cada gesto, a água fazia um movimento diferente. Era um balé mágico que demonstrava o poder natural dos arthurianos em vibrar a sua Maru** na mesma frequência que a água.

Um grupo de músicos criava a atmosfera do espetáculo, rufando tambores de forma ensaiada quando as revoluções de água se chocavam dentro das bolhas. De repente, por detrás dos manipuladores, surgiram pulando acrobaticamente mais duas mulheres e dois homens, todos jovens e belos. Com movimentos ritmados, mergulharam, um em cada bolha, formando ondas multicoloridas que se espalharam por toda a extensão das redomas. Os manipuladores mudaram os movimentos e fizeram com que a água começasse a girar, enquanto os jovens dançarinos bailavam lindamente.

Em sincronia, os artistas pularam com graça e leveza de suas esferas para outras, criando efeitos luminosos espetaculares, que refletiam a luz do sol, acompanhados pelos sons maravilhosos. A música foi acelerando até ganhar um ritmo frenético, dando a deixa para que as esferas começassem a se unir, formando um único cubo líquido. Os artistas dançavam suavemente, em pares, e, como se estivessem em um baile, rodopiavam e nadavam em harmonia, encantando a todos.

Os bailarinos começaram a nadar em círculos, cada vez mais rápido, agitando intensamente a água colorida. No ápice da música, os dois casais se abraçaram e o cubo explodiu, jogando uma enor-

* Planeta situado no segundo quadrante dos Mares Boreais. Os arthurianos possuem pele azul e dois sistemas respiratórios independentes, permitindo que fiquem horas debaixo d'água sem precisar respirar.

** Frequência elementar, harmonia que gera a vida e a matéria. A Maru existe em quatro níveis diferentes de modulação: magia, matéria inerte, matéria orgânica e energias (elétrica, magnética, sonora, gravitacional, calórica, luminosa, vital etc.).

me onda na direção da plateia. As pessoas fecharam os olhos e gritaram, esperando o banho que receberiam. Mas a água desviou de tudo em seu caminho, fazendo voltas no ar como se estivesse viva. Com suavidade, os manipuladores dominaram todos os pingos voadores e os fizeram subir sobre a multidão, formando um enorme redemoinho, que girou velozmente, tornando-se um brilho multicolorido e explodindo em fagulhas lindíssimas e em milhares de faíscas no exato momento em que a música acabou.

A multidão aplaudiu calorosamente o espetáculo. Assobios e gritos ecoaram pela praça, e o próprio rei e seus convidados ficaram em pé para bater palmas, felizes com a magnitude do *show*. Depois da ovação, os artistas agradeceram os aplausos e se retiraram. Os músicos voltaram a tocar, animando a festa e incentivando todos a dançar. Algumas crianças correram animadamente com doces e brinquedos nas mãos, gritando e rindo, contentes por participar do festival.

– Cavaleiro – disse Laryssa, levantando-se com um sorriso –, aceita ter seus pés pisados por alguém?

– Hum... Não danço muito bem... – Kullat murmurou.

– Nem eu – ela sorriu. – Apesar de ser uma princesa, nunca tive oportunidade de colocar esse talento à prova. Pelo menos não em público.

– Então vamos testar suas habilidades. Além do mais, preciso mesmo falar com você – disse Kullat.

Os olhos da princesa brilharam quando escutou a frase. Ela então sorriu e se levantou, estendendo a mão para Kullat. O peito de Azio chiou e estalou, e ele mexeu o braço, como se quisesse impedir que a princesa se levantasse, mas, no instante seguinte, baixou-o sobre a mesa.

Kullat e Laryssa misturaram-se ao povo e começaram a dançar alegremente. Apesar de não saberem dançar, estavam se saindo razoavelmente bem. Mas, na segunda música, um pouco mais agitada, a princesa pisou no manto do cavaleiro e ambos rolaram pelo chão. Eles riram e se levantaram, limpando o pó da roupa. Saíram do meio dos outros dançarinos e foram parar ao lado de uma barraca de gelado de frutas.

– Você bem que poderia ter me ensinado esse passo antes – Kullat falou, sorridente.

– Engraçadinho! – brincou Laryssa, dando-lhe um leve soco no braço. – Seja cavalheiro e peça um gelado para nós.

– Claro, Altíssima – ele respondeu, fazendo sinal para o atendente, que lhe entregou duas porções, uma para ele e outra para Laryssa.

– E então? O que quer falar comigo? – indagou-lhe a princesa, mexendo nervosamente nos cabelos, imaginando se finalmente Kullat tocaria no assunto do que acontecera entre eles três anos antes, quando viajaram sozinhos para Goperati.

– Ah, sim! – respondeu ele alegremente. – É sobre Iki-Dau.

– O que tem ele? – perguntou ela, confusa.

– Essa coisa de "eu-e-eu" – Kullat falou curioso.

– Ah! É isso? – ela disse, desapontada, olhando para Kullat enquanto ele colocava um grande pedaço de gelado na boca.

Ela suspirou e pensou: *Ele não tem jeito mesmo. Mas um dia as coisas ainda podem mudar.* Deixando o assunto de lado, respondeu:

– Iki-Dau são meio, como posso dizer... diferentes – Laryssa parecia não encontrar as palavras certas para explicar. – Eles nasceram com duas consciências.

– Você quer dizer duas personalidades – Kullat corrigiu.

– Não. Quero dizer duas consciências mesmo – retrucou a princesa. – Eles possuem um só corpo físico, mas nele existem duas pessoas distintas, o Iki e o Dau. Você notou os olhos deles? Sempre mudando de cor?

– Sim, reparei. É uma coisa muito esquisita.

– Então – continuou Laryssa, remexendo em uma fruta do pote –, quando os olhos mudam de cor constantemente e a pele tem linhas retas e curvas ao mesmo tempo, as duas consciências estão compartilhando o corpo. Quando os olhos ficam amarelos e a pele fica só com linhas retas, é Iki quem está no controle. Já o Dau tem olhos azuis e sua pele possui somente sinuosidades e círculos.

Iki (esquerda). Dau (direita). Iki-Dau (centro).

Kullat, saboreando o último pedaço do seu gelado de frutas, ficou em silêncio, como se esperasse uma continuação.

– Demora um pouco, mas depois de um tempo a gente se acostuma – frisou Laryssa, mexendo em seu gelado, sem comê-lo.

– Você não vai comer? – disse Kullat, apontando para o pote da princesa.

– Deixe de ser guloso – respondeu ela, sorridente. – Voltando ao assunto, Iki me falou uma vez como é a troca de consciência. Imagine que a mente deles é uma casa com uma sala e dois quartos. Quando os dois estão na sala, o controle é dividido. Quando um deles entra num quarto, o que fica na sala assume o controle da casa. Se a porta do quarto fica fechada, nenhum sabe o que o outro está fazendo. É como uma barreira natural da mente deles.

– Já aconteceu de os dois estarem nesses "quartos" ao mesmo tempo? – Kullat indagou, abocanhando um pedaço de fruta dela. Ela riu.

– Eu nunca vi, mas Driera me disse que isso acontece de vez em quando – Laryssa respondeu.

– Grande Khrommer!* – Kullat exclamou, surpreso.

– Eu até que tive sorte. Enquanto os outros guerrins têm dois mestres em campo, eu tenho três.

– Isso é muito esquisito – Kullat exclamou, fazendo uma careta. – Todos em Doxo são assim?

– Não. Eles são os únicos, e ninguém sabe explicar como isso aconteceu – Laryssa respondeu, olhando um bonito casal que dançava alegremente.

– Mas como é que eles fazem quando Iki quer uma coisa e Dau quer outra? – perguntou Kullat.

– É meio estranho. Eles conversam entre si até chegarem a um acordo. O pior é que eles são muito diferentes.

– Diferentes como?

– Iki é mais reservado e muito teórico. Dau gosta mais de ação e normalmente é alegre.

– Quando você pensa que já viu de tudo no Multiverso... – Kullat exclamou, com um sorriso. – Só não entendi uma coisa. Como é que ele tem duas tatuagens?

* Deus adorado principalmente em Oririn, planeta natal de Kullat. Também é chamado de Deus da Cidade de Prata, além das planícies vermelhas.

– É simples – Laryssa respondeu, enquanto remexia o gelado de frutas de seu pote. – Cada consciência passou nos testes da Academia* individualmente. Além disso, outro teste foi feito com ambos ao mesmo tempo, para garantir que não tivesse conflito durante as missões. Por isso ele tem duas tatuagens, uma para cada consciência.

Eles ficaram em silêncio por alguns momentos, admirando as pessoas, e Kullat pensou sobre como Iki-Dau passaram no teste V, que recebeu esse nome em homenagem a seu ídolo, Monjor V.**

Então relembrou que o teste, desenvolvido diretamente pelos anciãos, é a prova final que define se o guerrin se tornará ou não um Senhor de Castelo. Apesar de ser simulado, é tão real e complexo que o aprendiz só sabe que está em provação depois que é finalizado.

O teste V simula uma situação em que o aprendiz deve fazer uma escolha de vida ou morte, sucesso ou fracasso. Pode ser salvar uma entre duas pessoas, mas o teste não permite que ambas sejam salvas ao mesmo tempo. Em toda a história da Academia, não se tem registro de que alguém tenha conseguido esse feito. O aprendiz acaba sempre salvando uma delas ou não salvando nenhuma. Ao salvar alguém, ele será confrontado pela segunda parte do teste e terá de explicar, para quem sobreviveu, os motivos de sua escolha. No final, os anciãos analisam as decisões tomadas e seus motivos.

Kullat afastou esses pensamentos, pois não queria reviver as lembranças de seu próprio teste. Sempre que o fazia, ficava muito triste.

---

* São testes físicos e psicológicos que avaliam o candidato antes da entrada na Academia e durante o período em que o guerrin estuda. Os testes incluem, além de conhecimentos básicos sobre culturas e povos, problemas de lógica, moral e comportamento. O desafio final, que certifica que o estudante está apto a se formar Senhor de Castelo, é o teste V.

** Herói das Guerras Espectrais. Líder nato, poderoso e estrategista. Desapareceu nas Guerras Espectrais.

– E Driera? – Kullat perguntou, voltando a questionar a princesa. – Sei que os harpianos são ótimos caçadores, mas nunca ouvi nada sobre ela.

– Como assim, você nunca ouviu nada sobre ela? – disse a princesa, ironicamente. – Ela é uma das mais famosas mestras da atualidade na Academia!

– Hum... – ele murmurou, dando de ombros e jogando seu pote vazio no lixo. – Faz tempo que não vou à Academia.

– Será que isso não é um sinal – Laryssa disse, maliciosamente – de que alguns Senhores de Castelo da "velha guarda" têm medo de que alguém mais novo seja melhor do que eles?

– Ah! – Kullat exclamou, sorridente, sem perceber o tom irônico.

Erguendo o dedo indicador, o cavaleiro produziu um brilho na ponta do dedo, criando intensas faíscas azuis. Laryssa ouviu um leve zumbido, como uma descarga elétrica. Kullat sorriu.

– Acho que o "velho" aqui ainda é um dos campeões na escala Tesla – concluiu, apagando as faíscas com um gesto.

A escala Tesla avalia os Senhores de Castelo anualmente em Ev've, por testes e simulados. O *ranking* é mantido pelos bibliotecários, para garantir o registro das informações. A escala é utilizada para auxiliar na designação dos Senhores de Castelo mais aptos para cada missão. A maioria dos Senhores de Castelo atinge entre quinhentos e oitocentos níveis Tesla, e somente alguns anciãos conseguem ultrapassar o nível mil. Kullat e Thagir obtiveram resultados próximos de mil antes mesmo de se formarem na Academia.

– Exibido! – Laryssa sorriu, olhando para Kullat com carinho.

Então ela se lembrou novamente das semanas que eles passaram juntos no reino de Goperati, ao sul de Agas'B. Quem não conhecesse o passado deles, poderia estranhar que uma guerrina tivesse tanta liberdade com um dos mais poderosos Senhores de Castelo de todos os tempos. Mas a história dos dois tinha momentos que apenas eles conheciam, e que permitia esse tipo de intimidade.

A música parou e todos que dançavam aplaudiram os músicos.

– É melhor voltarmos para a nossa mesa – disse a princesa, olhando para o palco.

– Claro, claro. Estou querendo mais um pedaço de frango mesmo – disse Kullat, indicando para que ela fosse na frente. – Mas me diga, Driera luta bem?

– Sim, muito. Ela é bastante hábil com a lança. Mas o que me espanta é o poder dela, ou melhor, o dom que ela tem.

– Sua Realeza poderia compartilhar comigo qual seria esse tal poder?

– Se você parar de me chamar assim, eu lhe digo – brincou Laryssa, dando-lhe um tapa no ombro.

– Desculpe-me, majestade – disse ele, com falsa seriedade. – Por favor, diga-me qual é o poder dela.

Laryssa meneou a cabeça sorridente. Realmente o bom humor de Kullat era insuperável.

– Ela tem o poder de introspecção táctil, prezado senhor – ela disse, ainda sorrindo. – Às vezes, ela é capaz de ver o passado de alguém que já morreu, se tocar no corpo ou em um pertence do falecido. Ela entra em uma espécie de transe. É muito estranho.

– Sinistro! – exclamou Kullat. – E...

– Agora chega dessa inquisição – concluiu Laryssa, empurrando Kullat de volta à mesa. – Vamos aproveitar os espetáculos. Depois eu lhe conto mais.

Ela saiu na frente. Kullat deu de ombros e a seguiu. Quando chegaram à mesa, ele pensou ter visto os olhos de Azio piscarem em vermelho, mas, ao olhar novamente, viu que o autômato estava com a habitual expressão neutra no rosto.

No alto do céu, uma figura pairava no ar, batendo as asas membranosas com rapidez. Era Ivora, assecla de Volgo, que, apesar de um pouco camuflada pelas nuvens, parecia um pássaro agourento em sua roupa negra. Ela observava o festival com olhos atentos. Após uma última análise, riu de forma sádica e voou rapidamente em direção a uma floresta a alguns quilômetros de Alons.

Preparação

Em uma clareira no meio da floresta, Willroch estava sentado em uma grande pedra, talhada com um semblante feminino. Concentrava-se para a batalha que estava prestes a acontecer, refletindo sobre sua vida e sobre o que havia acontecido com ele nos últimos anos.

Há tempos havia firmado um pacto mágico com Volgo, prometendo servi-lo em troca de poder. Mas seu mestre desaparecera sem deixar pistas e, depois de meses de espera, concluiu que tivesse morrido. Abandonou outro assecla de Volgo, chamado Bemor Caed, e viajou sozinho pelos confins do Multiverso, aproveitando-se das pessoas, roubando riquezas e conseguindo novos conhecimentos mágicos.

Porém, dois anos atrás, uma pequena fagulha violeta surgiu de repente à sua frente. Espantado, usou um feitiço e a fagulha se transformou numa grande chama violeta, transmitindo a imagem e a voz de seu antigo mestre, Volgo. Consternado, Willroch ajoelhou-se e, novamente, jurou-lhe lealdade. Volgo a aceitou e lhe contou que havia ficado preso numa rocha mágica, no fundo do mar de Oririn, por nove anos.

Encontraram-se então no planeta Kynis, onde Bemor Caed prosseguira sozinho com a missão, o que seria muito útil a Volgo no futuro. Depois viajaram para Agabier para encontrar outro assecla, Kendal, que não respondia a seu chamado. Mas descobriram que ele se transformara em pó ao falhar em sua missão de conseguir o poder do Globo Negro.* Mesmo abalados com a perda, Volgo e

* Artefato mágico destruído durante a retomada do reino de Agas'B no planeta Agabier.

Willroch continuaram a viajar pelo Multiverso, preparando os próximos passos do plano e recrutando novos servos.

Willroch voltou ao presente quando escutou um gemido de Grot, o maktu de pele avermelhada, que enrolava um pano embebido em unguento no ferimento da perna, causado pela mordida de um manticore. Sua enorme lança prateada estava fincada ao chão, servindo-lhe de apoio.

Há dias que essa ferida está aberta, pensou Willroch, *e parece que está cada vez pior. Espero que isso não atrapalhe o plano.*

Ivora, que voava por sobre a floresta, ao ver a clareira no meio da mata, diminuiu a velocidade e pousou suavemente, ao lado da enorme cabeça de pedra em que Willroch estava sentado.

– Sugadora – disse Volgo, com sua voz cavernosa. – Eles já estão lá?

O mago surgiu de trás da enorme pedra esculpida. Os detalhes dourados da túnica rubra reluziam à luz do sol. Segurava o cajado com as mãos esqueléticas.

– Estão – respondeu Ivora, hesitante. – Mas temos um problema. Há outras duas pessoas com eles. Um homem prateado e uma mulher alada.

– Como é um festival, provavelmente são convidados de outros reinos ou até mesmo embaixadores – Willroch disse, pulando do topo da pedra e pousando ao lado de Ivora.

Volgo concordou com a cabeça.

– Muito bem. Vocês já sabem o que fazer. Lembrem-se – disse, apontando um dedo ameaçador ao grupo –, eles devem ser separados.

– Então, finalmente nós vamos lutar? – Willroch perguntou, sorrindo em antecipação ao prazer da luta.

Volgo deu alguns passos, aproximando-se do grupo.

– Nós, não. Vocês!

Fim de Festa

Era o entardecer do sétimo e último dia do Festival da Luz Crescente. Assim como na abertura, o discurso do rei era o evento principal, e também era proferido nas demais cidades por representantes da família real. A multidão esperava ansiosamente pela mensagem do monarca para, uma vez mais, ouvir suas palavras de coragem e sabedoria, renovando assim a esperança no futuro do reino.

Os últimos raios de sol tornavam aquele entardecer muito agradável. A brisa fresca trazia um leve aroma da floresta, perfumando a cidade. O rei subiu ao púlpito vestindo uma linda camisa branca, com detalhes vermelhos. Sobre a cabeça, a coroa real brilhava, refletindo a luz do pôr do sol. Percorreu, com seus olhos verdes, a grande plateia à sua frente. Homens, mulheres e crianças esperavam em silêncio pelo pronunciamento. Atrás dele, Kullat, Thagir, Driera e Iki-Dau, além de Laryssa e Azio, permaneciam em silêncio.

Quando o rei acabasse o discurso, a luz entre as palmas rochosas do monumento brilharia com mais intensidade e todos se ajoelhariam, inclusive o rei, para agradecer por mais um ano de paz e prosperidade. O brilho entre as palmas se extinguiria, e o festival teria chegado ao fim.

O rei desenrolou um papiro, mas não teve tempo de começar a falar. Um barulho estranho, como o bater de asas, muitas asas, foi ouvido por todos. O som aumentou, parecendo que centenas de pássaros voavam em direção ao centro da praça. O rei Larys olhou para o céu, mas não viu nada.

De repente, bolas de fogo cruzaram o firmamento, como se lançadas de catapultas, atingindo algumas casas próximas ao púlpito.

A multidão começou a gritar e a correr desesperadamente. Outra bola de fogo surgiu, mas o rei conseguiu fazer uma barreira esmeralda com o anel mágico, protegendo todos ao redor.

– Estamos sendo atacados! – Laryssa gritou, ficando ao lado do pai.

No céu, Ivora pairava no ar, agitando as enormes asas negras e membranosas. Segurava as espadas de rocha avermelhada em posição de ataque. Atrás dela, uma infinidade de fogrins voava freneticamente.

– Fogrins, ataquem! – ordenou, apontando para a praça. – Destruam tudo! – concluiu, com uma risada impiedosa.

O movimento caótico dos fogrins se organizou e, em conjunto, eles atacaram com grande agilidade. Como balas de canhão, jogaram-se contra as casas e pessoas, explodindo em chamas.

Rapidamente, os Senhores de Castelo começaram a lutar. Kullat lançou bolas de energia branca que se chocavam com as criaturas e as transformavam em vapor, protegendo assim as pessoas do ataque. Thagir tirou das costas um bastão de combate e materializou uma espingarda curta, começando a atirar uma espécie de energia plasmática azulada. Cada tiro fazia um fogrin explodir no ar. Azio entrou em módulo de combate. Diferentemente do que o pistoleiro se lembrava, o autômato parecia muito maior. Um canhão surgiu no ombro esquerdo, e nos braços apareceram duas grandes metralhadoras. As pernas foram cobertas com camadas de metal, ficando mais grossas.

– Melhorias – o autômato disse, ao ver o espanto de Thagir. Então começou a atirar, fazendo um barulho ensurdecedor e acertando os fogrins no ar.

Laryssa, o rei, Driera e Iki-Dau protegeram-se atrás do escudo esmeralda do rei, sob um ataque massivo daquelas criaturas.

No céu, Ivora assistia a tudo com um sorriso malévolo nos lábios carmim. O pânico se instaurou nas ruas. Pessoas corriam e gritavam, algumas com queimaduras horríveis. Várias casas foram consumidas por labaredas gigantes. Uma nuvem densa de fumaça tomou conta da praça, subindo aos céus.

Gritos, vindos de uma rua lateral, chamaram a atenção de Thagir. Uma criatura enorme, de pele vermelha, aterrorizava a multidão com uma lança prateada. Alguns soldados Maiole o atacaram, mas foram mortos com golpes violentos e ágeis. Grot saboreava cada momento da luta.

– Kullat! – gritou Thagir, apontando com o bastão de combate para a enorme criatura. – Detenha aquela maluca que eu vou dar um jeito naquele monstro.

Grot sorriu ao ver o pistoleiro correndo em sua direção, rugiu com satisfação e correu para o centro da rua.

Driera saiu de trás do escudo mágico do rei e, com Kullat, levantou voo. As mãos dele brilhavam intensamente em labaredas brancas. Seus olhos eram dois riscos prateados na escuridão do capuz. Driera sacou sua lança retrátil, batendo fortemente as asas e acompanhando Kullat.

Ela é uma guerreira!, Ivora pensou, espantada ao ver a mulher de asas bege e roupa branca, vindo em sua direção com uma arma na mão. *Não importa, vai morrer do mesmo jeito.*

Pairando no ar, Ivora ergueu as espadas vermelhas próximas ao rosto. Como fizera no vulcão dos manticores, soprou com força, gerando uma infinidade de fagulhas.

Em instantes, uma nova legião de fogrins atacou furiosamente.

No Calor das Batalhas

– Temos que sair daqui! – gritou o rei, levantando o escudo contra um grupo de fogrins que mergulhou contra eles.

Laryssa lutava com sua espada, rebatendo as criaturas para longe. Com a mão livre, pegou uma lança que um soldado Maiole havia derrubado e ficou de costas para o pai, atacando os fogrins que tentavam passar por baixo do escudo. Uma das criaturas investiu contra ela, com um riso maníaco e soltando fogo pela boca. Laryssa desviou agilmente do ataque e estocou o estômago protuberante e semitransparente do fogrin. A ponta da lança derreteu e, do furo na barriga, lava escorria como sangue. Com um grito, a criatura tremeu até explodir em uma fumaça negra, deixando um cheiro ácido no ar.

Os olhos de Iki-Dau trocavam de cor rapidamente, em ciclos de azul e amarelo. Ele fez um gesto com as mãos e saiu de sua boca uma fumaça azulada, que rapidamente se dividiu em várias partes, cada uma formando uma grande ave, de espécie completamente desconhecida. As fumaças vivas voaram por baixo do escudo, deixando um rastro azul. Com violência, atacaram os fogrins.

Larys, suando pelo calor das explosões, baixou o escudo esmeralda. Usar a magia do anel era desgastante e consumia muita de sua energia. Olhando ao redor, viu que outro grupo de fogrins voava em sua direção, com labaredas saindo das bocas abertas.

– Zontas aera, me tis floges tóra – murmurou, invocando um encanto.

Um vento forte surgiu e, como um tufão, rodopiou velozmente, tragando os fogrins. As criaturas tentavam fugir, mas a força do vento os arrastava violentamente de volta. A massa de ar começou a girar mais rápido e se tornou mais estreita. Os fogrins se chocavam violentamente uns contra os outros, explodindo em faíscas vermelhas. O encanto deu certo, mas exauriu ainda mais as forças do rei.

Azio combatia as pequenas criaturas de fogo, mas não conseguia mantê-las afastadas. De repente, um grande grupo de fogrins, enfileirados, investiu contra o autômato. Em linha, como se fossem tiros de canhão, um após o outro, voaram velozmente e explodiram no corpo dourado de Azio, que foi jogado violentamente ao chão, tamanha a força do ataque.

– 01010000 %01010001 %%01010000 – praguejou em binaliano.

Como um boneco sem cordas, caiu para trás. Um buraco no peito deixava entrever circuitos e músculos dourados. Faíscas multicoloridas se espalhavam e os olhos piscaram uma vez, apagando-se em seguida.

– Azio! – exclamou Laryssa, ao ver o autômato tombar inerte.

Sem hesitar, ela correu até o amigo. Tentando manter a formação do grupo, Larys e Iki-Dau a seguiram.

Ao ver que estavam rodeados novamente de fogrins, o rei, concentrado, fechou os olhos, criando uma forte redoma de proteção com a luz esmeralda de seu anel. Larys não sabia por quanto tempo suportaria manter aquela barreira. Não era mais um jovem aventureiro que buscava recuperar seu reino, mas um rei, já desacostumado com o calor das batalhas.

Thagir deixou a praça e perseguiu Grot, que havia fugido pela rua. Apesar de mancar e puxar uma das pernas com dificuldade, o enorme guerreiro era rápido. Na fuga, empalou uma aranha gigante e golpeou dois soldados Maiole. Thagir, ainda correndo, girou uma peça na base de seu bastão, liberando um gancho. Mirou e, com um estampido, disparou. Preso a um fino cabo de metal, o gancho se enroscou nas pernas de Grot. O maktu caiu, batendo violentamente com o rosto no chão. Com sangue a escorrer pelo canto da boca, livrou-se rapidamente do cabo e do gancho e encarou o pistoleiro, que conseguiu alcançá-lo com a manobra. Ao redor, casas queimavam.

Grot investiu contra Thagir, que desviou em vez de se defender. Se o pistoleiro fosse atingido por um único golpe, certamente teria os ossos quebrados. A luta do homem contra o monstro continuou no meio da rua, em meio às casas em chamas. Ambos sentiam o calor, e a fumaça lhes machucava a garganta, fazendo os olhos lacrimejarem.

O maktu parecia ser menos afetado que o pistoleiro, ganhando uma vantagem na luta. Combatia como um macaco, pulando e correndo em quatro patas. Thagir, porém, era muito mais ágil, mantendo distância e desviando dos ataques, ao mesmo tempo em que golpeava duramente o inimigo com seus bastões de combate.

Grot conseguiu acertar Thagir de raspão, jogando-o no chão. Um de seus bastões caiu longe com o golpe. Ele tentou se levantar, mas o maktu pulou em cima dele, atacando com a lança prateada. Arfando, Thagir conseguiu pegar uma adaga de dentro da casaca verde. A ponta vermelha brilhou e, com um golpe forte e seco, penetrou na boca do maktu. Grot saltou para o lado, uivando de ódio e dor. Livre do abraço mortal, Thagir se pôs de pé, pegou a lança do próprio Grot e golpeou a cabeça do inimigo. Seu braço tremeu com o impacto, arrancando uma das enormes presas do maktu, que rodopiou no ar, caindo com um baque seco. Thagir materializou seu revólver de três canos vermelho e o apontou para Grot, mas ele girou o corpo ainda no chão, agarrou a casaca de Thagir com os pés e o jogou violentamente contra uma casa em chamas. A parede da frente, fragilizada pelo fogo, desmoronou, prendendo Thagir dentro da casa incendiada.

Ainda tonto e com a boca sangrando, Grot recolheu a lança e correu, mancando pela rua, de volta para a praça.

Os fogrins emitiram grunhidos que pareciam gargalhadas e investiram com grande velocidade contra Kullat e Driera. Cercados, eles abriam passagem com rajadas e golpes de lança.

– Eles são muitos! – Driera exclamou, golpeando outro fogrin, que explodiu em fagulhas. – Não vamos conseguir passar.

Kullat brilhou os punhos intensamente, gerando um violento arco energético que foi crescendo e ampliando à sua frente. A luz branca se chocou contra os fogrins, desintegrando dezenas de criaturas e impregnando o ar com cheiro de enxofre.

Graças aos fogrins à sua frente, Ivora recebeu um impacto menor, mas ficou desnorteada por tempo suficiente para que Driera a atacasse com sua lança retrátil, fazendo-a recuar e se defender com suas espadas. Faíscas surgiram quando as armas se chocaram.

Kullat soltou outro raio de energia acertando o peito de Ivora, que rodopiou no ar com o corpo cheio de faíscas azuladas. Aproveitando a vantagem, Driera acertou um poderoso golpe nas asas negras da adversária.

– Maldita! – Ivora gritou, e, contorcendo-se de dor, conseguiu agarrar Driera. As duas rodopiaram no ar, em queda livre.

Antes que Kullat pudesse ajudar, uma rajada violeta atravessou seu corpo, rasgando-lhe a roupa e causando-lhe dores horríveis. Seu manto espectral, capaz de protegê-lo de grandes ataques, ficou em retalhos. O choque continuou a percorrer seu corpo, fazendo-o cair.

Em suas memórias, reconheceu a rajada que o acertara, como se carregasse uma assinatura. Várias vezes, aquele tipo de energia já o castigara, causando-lhe as mesmas dores que sentia naquele momento. Tal poder pertencia a alguém que lhe fora muito querido em um passado remoto, quando ainda era um guerrin na Academia. Um poeta que conseguia expressar tão bem sentimentos virtuosos como amor e paixão. Um antigo amigo que, por sede de poder, se transformara num adversário perigoso. Um homem que Kullat já havia enfrentado várias vezes, e cujos poderes rivalizavam com os seus.

Willroch!, pensou Kullat, caindo como um meteoro.

Quedas

Kullat caiu como uma rocha. A rajada violeta que o atingiu em pleno ar o paralisou e ele bateu com violência no solo, levantando poeira e cascalho. Uma fumaça fina subiu pelos buracos chamuscados de sua veste branca. Ao se levantar, o tecido brilhava em alguns pontos, regenerando-se e ganhando novamente a aparência espectral. Kullat olhou em volta, procurando Willroch.

Willroch foi um poeta muito reconhecido em Oririn, com odes que eram cantadas por menestréis e trovadores. Seus escritos sobre magia e poesia eram lidos por todo o Multiverso. Seu talento conquistou o amor de Masel, uma linda jovem de cabelos loiros e sorriso encantador. Mas, apesar de toda a fama, ele queria mais. Para isso, buscou poderes e magia em artefatos e manuscritos proibidos, manipulando reis, feiticeiros e ditadores para consegui-los. Suas ações desencadearam-lhe a queda, e, em pouco tempo, sua reputação ruiu. Acabou perdendo a mulher, e os amigos o abandonaram. Os centros de estudos não requisitavam mais sua presença, e seus versos foram ignorados pelos menestréis. Ganhou o apelido de poeta louco de Oririn, e desde então sua busca por poder aumentou.

– Olá, velho amigo! – disse uma voz grave e conhecida atrás do cavaleiro.

Kullat se virou e os dois homens se encararam. As vestes negras de Willroch contrastavam com o manto branco de Kullat, como forças contrárias da natureza. Amigos no passado, mas inimigos no presente.

– Saudações, poeta louco! – respondeu Kullat, quebrando o silêncio com as mãos brilhando prateadas.

– Há quanto tempo, Kuga! – exclamou Willroch, sorrindo e relembrando um antigo apelido de Kullat dos tempos de criança. Seus olhos negros encaravam o cavaleiro, e de suas mãos emanavam ondas de energia lilás.

Kullat estava com os punhos cerrados. Sob a escuridão do capuz, seus olhos brilhavam prata. As chamas das Faixas de Jord tremulavam, expressando toda a sua fúria.

Rapidamente, Willroch levantou voo, investindo diretamente contra Kullat, que também partiu contra seu antigo amigo. Os dois se chocaram em pleno ar, em uma explosão de faíscas brancas e violetas. Caíram perto de uma casa em chamas, longe do centro da praça. Alheios a tudo ao redor, iniciaram uma batalha mortal.

Willroch disparou contra Kullat, que desviou do ataque e contra-atacou com duas esferas de energia. A primeira passou bem perto do rosto do poeta, sem acertá-lo. A segunda acertou-o na perna. Com uma careta de dor, Willroch revidou, invocando um tentáculo de energia, que se enrolou no tornozelo de Kullat, arremessando-o ao chão. O baque fez com que o cavaleiro sentisse um gosto de sangue na boca. Então, concentrado, disparou uma rajada que cortou o tentáculo, fazendo Willroch recuar. Kullat se levantou e disparou novamente.

Ambos lutavam com raios e feitiços, criando explosões coloridas ao redor. Kullat acertou um soco energizado no peito de Willroch, recebendo em troca uma rajada no ombro, cambaleando para trás. O poeta louco conjurou mais tentáculos, chicoteando-os no ar e acertando Kullat. A túnica branca rasgou, e um vergão rubro surgiu na pele do cavaleiro, ardendo como se um chicote de verdade tivesse atingido o local.

Das mãos de Willroch saíram dois raios púrpura. A energia era caótica, com faíscas lilases e violeta. Kullat ergueu um escudo azulado para se proteger. O contato entre as energias provocou um estrondo. Milhares de faíscas multicoloridas explodiram, criando uma chuva de centelhas entre os dois homens.

Compenetrado, Kullat transformou seu escudo em uma rajada, que empurrava a luz lilás de volta para Willroch. Os dois permaneciam concentrados e nenhum cedia à vontade do outro. O treinamento de Kullat e sua meditação permitiram ao Senhor de Castelo maior sensibilidade. Ele podia sentir o calor do fogo ao redor, o piso áspero debaixo dos pés, a Maru fluindo de seu corpo para as manoplas de Jord ganhando forma e poder. Fechou os punhos em um brilho intenso e ampliou a rajada violentamente, desfazendo por completo a magia de Willroch.

O impacto foi brutal. Para Willroch, era como se ele tivesse dentro de um furacão, sem chance de se proteger ou de atacar. Então caiu de costas, tremendo e com várias faíscas azuis a lhe percorrer o corpo. Olhou para cima e viu Kullat, os olhos brilhando intensamente sob a sombra do capuz.

– Acabou, Willroch.

O poeta fez uma careta de dor e começou a gargalhar, para espanto de Kullat.

– Não, Kuga – respondeu, rindo. – Isso é só o começo!

Deitado, Willroch tocou o chão com a mão. De repente, enormes tentáculos violeta explodiram do solo e agarraram Kullat. O cavaleiro se assustou e não conseguiu se defender a tempo. Fortes como aço, os tentáculos se enrolaram em seu corpo e o seguraram firmemente. Ele tentou destruir aqueles apêndices asquerosos, mas, a cada vez que tentava se libertar, seu poder era imediatamente absorvido pelos tentáculos.

– Ah... – Willroch suspirou, fechando as mãos e fazendo com que os tentáculos se enrolassem ainda mais em Kullat. – Eu gostaria muito de relembrar os bons tempos. Mas, infelizmente, vamos ter que esperar mais um pouco.

Kullat cerrou os dentes. O brilho em suas mãos se intensificou, fazendo Willroch sorrir ao ver as chamas brancas serpenteando os punhos fechados do ex-amigo e sendo absorvidas pelos tentáculos.

– Agora preciso achar aquela princesinha linda!

– Laryssa? O que quer com ela? – Kullat indagou, furioso.

– Na hora certa, você vai saber – respondeu Willroch. – Mas, como prova de nossa amizade, fique com isso. Acredite, você vai precisar se quiser salvar a princesa.

Então retirou uma bolsa de couro do cinto e a colocou no chão. Com uma gargalhada, levantou voo e gritou:

– NOS VEMOS EM BREASAL!

Do alto, Willroch viu Kullat debater-se inutilmente, preso ao abraço que sugava sua Maru mágica. Viu também Grot sair da rua lateral e correr em direção ao centro da praça, onde Laryssa estava sob a redoma criada pelo rei Larys. O poeta sorriu, satisfeito.

Após Kullat ser atingido pela primeira rajada de Willroch, Ivora e Driera caíram sobre algumas barracas, próximas ao púlpito. Driera levantou-se e pegou sua lança. O primeiro golpe foi fraco por causa da tontura causada pela queda. Ivora, com o corpo dolorido, defendeu-se. Mas, com maestria, as duas começaram a lutar sem descanso. Espadas flamejantes contra a lança prateada. Ivora lutava furiosamente. Driera era mais racional, valendo-se da técnica de golpes precisos e calculados.

Uma horda de fogrins atacava a barreira verde do rei, explodindo contra a redoma mágica. Usavam a mesma estratégia que derrubara Azio. O rei Larys transpirava com o calor e, com muito esforço, mantinha viva a magia.

Iki-Dau controlavam, de dentro da redoma, as últimas aves de sombra e fumaça mágica, que tentavam manter as criaturas de fogo afastadas. Laryssa pensou em convocar alguns animais para ajudar, mas eles certamente sairiam machucados. Olhou para o pai e viu que ele estava esgotado. Os fogrins cuspiam fogo, queimando o solo e criando uma densa fumaça escura. A queda da redoma era apenas questão de tempo.

Mudanças Inesperadas

Driera havia conseguido jogar Ivora ao chão. Pronta para atacar, a Senhora de Castelo acabou recebendo um chute que a fez cambalear para trás. Ivora aproveitou o momento e criou dezenas de fogrins.

– Queimem tudo! – gritou, ainda deitada.

Os fogrins voaram caoticamente, explodindo sobre casas, atacando todos na praça e encobrindo a fuga de Ivora. Driera foi cercada. Lutando contra as criaturas, tentava mantê-las afastadas das pessoas.

Correndo como um macaco colérico, Grot despontou em uma rua lateral. Com a lança às costas, ia furiosamente de encontro a Laryssa e os demais. Com um urro, chocou o enorme corpo contra a barreira mágica de Larys. O som do impacto estremeceu a praça como um terremoto. A proteção verde se despedaçou como se fosse vidro, lançando fragmentos esmeralda por todos os lados.

Sem hesitar, Grot empurrou Iki-Dau, fazendo-os voar e se chocar contra uma árvore. O rei foi agarrado e, com um movimento circular, foi jogado longe, caindo de costas e desmaiando com o baque. Grot suspendeu Laryssa, segurando-a firmemente pelos ombros.

Willroch flutuava ao lado de Ivora, que havia acabado de chegar.

– Todos os nossos inimigos estão fora de combate! – exclamou, satisfeito.

– E a princesa foi capturada – complementou Ivora, com a voz melodiosa. Os longos dentes caninos tornavam seu sorriso ao mesmo tempo encantador e aterrorizante.

– O plano de separá-los funcionou perfeitamente! – Willroch exclamou, com orgulho.

– Você vem com a gente – disse Grot, ainda segurando a princesa no ar.

– Não dessa vez! – Laryssa respondeu. E, com raiva, gritou: – MATYSYLU!

O corpo da princesa brilhou e piscou. A luz formava a figura de um enorme urso, e seus olhos assumiram um aspecto selvagem. Ela urrou como um animal e desferiu um golpe fortíssimo, obrigando Grot a soltá-la. Livre, deu mais dois socos no estômago do maktu, que se contorceu para frente, recebendo uma violenta joelhada no queixo e rolando para trás, batendo fortemente as costas no chão.

Surpreso e sem entender como aquela pequena mulher poderia ter ficado tão forte, cuspiu sangue no solo empoeirado. A princesa saltou sobre ele, apertando-lhe a garganta e tentando sufocá-lo.

A reação de Laryssa foi tão inesperada que Willroch e Ivora não tiveram tempo de reagir. Antes que tomassem alguma atitude, disparos de esferas eletrificadas vieram das barracas e os atingiram, jogando-os para trás no ar. Driera havia derrotado os fogrins que a cercaram e voltava à luta. Girando rapidamente a lança, disparava seguidamente esferas de energia estática. Willroch murmurou algumas palavras, e uma parede lilás apareceu à sua frente. Cada esfera energética que estourava contra a barreira criava pequenas rachaduras na proteção.

– Temos que acabar com ela! – Willroch gritou.

Ivora cruzou as espadas vermelhas à sua frente, pronta para criar mais fogrins, quando um forte deslocamento de ar quente e um barulho ensurdecedor empurraram-na para longe. Algum tipo de bomba havia explodido muito perto dela.

Willroch viu, espantado, que Azio, embora caído no chão, estava com um braço levantado e disparava pequenos projéteis contra eles. Ivora voou para longe, sendo seguida pelos mísseis.

– Por Shakes!* – Willroch exclamou, vendo Ivora subir em direção aos céus.

Aquele robô se recuperou mais rápido do que deveria, pensou Willroch, surpreso.

Driera alçou voo sem parar de disparar, obrigando Willroch a ficar na defensiva.

Grot, numa atitude desesperada, conseguiu se levantar e saltou com todas as suas forças. Ele e a princesa subiram vários metros e, instantes depois, caíram com grande velocidade. O maktu girou o corpo no ar, fazendo com que Laryssa ficasse debaixo dele. Quando caíram, todo o peso de seu enorme corpo prensou a princesa contra o chão. O choque foi tão violento que ela o soltou, totalmente sem ar, permanecendo caída na poeira da estrada. O avatar do urso piscou duas vezes e se apagou.

– Agora é a minha vez! – Grot disse, prendendo Laryssa com os grandes pés peludos enquanto pegava a lança nas costas. Mas, nesse meio-tempo, sentiu um forte empurrão, que o jogou muitos metros além de onde estava a princesa.

Para sorte de Laryssa, Thagir apareceu na rua lateral coberto de fuligem e com a roupa chamuscada. Ele mancava e segurava algo nas mãos. O ar à sua frente vibrava e um som reverberante penetrava em todo o corpo do maktu. Thagir disparava uma arma sônica.

Grot se levantou, urrando como um animal. A seu lado, Larys estava caído. Ao ver que Willroch se defendia de Driera e que Azio atacava Ivora, agiu por instinto. Agarrou o rei desacordado e disparou pela rua, desaparecendo da vista de todos.

---

* Shakes ou Shakesavon: feiticeiro antigo e criador de vários escritos de magia, amor e desilusão. Trovador e poeta, o auge de seus manuscritos foi entre 2590 e 2613, segundo o calendário da Ordem dos Senhores de Castelo.

– Grot! Não! – Willroch gritou, irado, vendo o maktu fugir da batalha.

A barreira lilás estremecia a cada rajada de Driera. Willroch, ao ver que Thagir apontava a arma sônica em sua direção, entendeu que não conseguiria vencê-los sozinho. Começou a fazer movimentos circulares com as mãos e entoou um canto. O ar ao seu redor girou até se tornar um pequeno ciclone violeta, que brilhou intensamente, forçando seus inimigos a fechar os olhos. Quando o brilho se apagou, não havia mais sinal de Willroch.

Kullat estava sem fôlego e tentava, em vão, se libertar. Sentia-se cada vez mais fraco. Os tentáculos absorviam sua Maru, e as ventosas violeta grudadas no corpo impediam seus movimentos.

Um zumbido machucou-lhe os ouvidos, e de repente os tentáculos tremeram, começaram a afrouxar e a diminuir de tamanho. Em instantes, caíram moles e sem vida, desfazendo-se em uma poeira lilás. Livre, Kullat viu Thagir segurando uma estranha esfera amarela. Tinha apêndices de vidro nas laterais e o centro era oco.

– Arma sônica – esclareceu o pistoleiro, diante do olhar de dúvida do amigo.

– Obrigado – disse o outro, abaixando-se sobre os calcanhares e tentando recuperar o fôlego.

Kullat pegou a pequena bolsa de couro deixada por Willroch. Sentiu algo rígido por debaixo do couro. Abriu o saco com rapidez e dele retirou uma estranha pedra com aspecto gelatinoso, que emanava um fraco calor, como se tivesse ficado ao sol por algum tempo. Dentro da pedra, um líquido turvo e borbulhante parecia sempre se mover para uma mesma direção.

– Por Khrommer, mas o que é isso? – perguntou, levantando a rocha na altura dos olhos.

– Pensamos nisso depois! Agora temos um problema – disse o pistoleiro, olhando para Kullat. – Eles levaram o rei.

Dilema Real

A praça de Alons estava caótica. Casas em chamas e gritos de socorro vinham de todas as partes. Kullat guardou a pedra no cinto e, com Thagir, foi ao encontro de Laryssa. Azio continuava deitado, com o buraco no peito soltando faíscas. Iki-Dau ainda estavam desacordados. Driera, que perdeu momentaneamente a visão por causa do clarão, pousou ao lado do grupo e correu para ajudar Iki-Dau. Ela sorriu ao ver que eles abriram os olhos.

– Meu pai! – Laryssa exclamou, ainda tonta pela luz. – Temos que encontrar meu pai!

Ela ia começar a correr atrás do pai, mas um grito desesperado chamou sua atenção. Uma casa grande, de dois andares, estava em chamas. O fogo consumia tudo, fazendo fumaça negra subir aos céus. Em uma janela do segundo andar, uma mulher, com um bebê no colo, gritava e gesticulava desesperadamente.

Kullat tentou voar, mas estava fraco e caiu poucos metros à frente. Driera olhou para Laryssa com seriedade.

– Temos que ajudar essa gente – disse, batendo as asas bege e voando até a mulher. – Preciso de ajuda! Há mais pessoas aqui!

E agora? Preciso salvar meu pai... Mas e essa gente?, pensou Laryssa, repleta de dúvidas.

Confusa, saiu de seus pensamentos ao ver que o telhado de outra residência ruiu bruscamente, espalhando chamas e destruição. Rapidamente entendeu que teria de fazer uma escolha. Com um aperto no coração, e sabendo que não tinha chance de resgatar seu pai sozinha, resolveu ajudar seu povo. O grupo se espalhou pela praça e começou a resgatar o máximo de pessoas que podia.

Mesmo se sentindo fraco, Kullat criou pequenas barreiras de energia, protegendo as pessoas enquanto elas saíam das construções em chamas. Thagir socorreu os feridos, improvisando um hospital a céu aberto na praça. Dau assumiu o controle do corpo e, com seu poder de manipular o calor, extinguiu o fogo das casas. Laryssa ordenou aos soldados Maiole que ajudassem os Senhores de Castelo, retirando as pessoas e apagando os incêndios.

Com a situação um pouco mais sob controle, Laryssa correu até Azio, que ainda estava deitado, com faíscas saindo do peito. Ao chegar perto do autômato, tomou um susto. Ele a encarou serenamente. Por um momento, ele parecia estar admirando a face da princesa.

– Você está bem? – Laryssa perguntou.

– Não posso perder você, princesa – ele respondeu em voz baixa, em devaneio. Com a grande mão metálica, acariciou com ternura o rosto de Laryssa. Ao ser tocada, ela sentiu a pele arrepiar. Desconcertada, levantou-se e ajudou Azio a se levantar também. Ele parecia ter perdido momentaneamente as funções motoras, pois andava com dificuldade.

Uma hora e vários incêndios depois, o grupo se reuniu novamente no centro da praça. A noite havia chegado e todos se sentiam extremamente cansados. Azio já conseguia se movimentar melhor, mas ainda não estava totalmente recuperado e o buraco no peito ainda era evidente. Kullat estava visivelmente debilitado, muita da sua energia havia sido absorvida pelos tentáculos ou utilizada durante os incêndios. Iki-Dau haviam fraturado duas costelas, e Thagir tinha uma queimadura feia na perna.

– Agora temos que achar meu pai – Laryssa disse, com a voz cansada e angustiada. Sabia que a decisão de ajudar as pessoas era a correta, mas o preço da escolha era alto. Sentiu os olhos lacrimejarem, mas resistiu à vontade de chorar. Ao ver os olhos de Laryssa, Kullat lembrou-se novamente do teste V, em que sucesso e fracasso andam lado a lado.

– Calma, princesa – Azio respondeu, aproximando-se dela. – Nós o encontraremos.

– Não sabemos para onde o levaram – ela soluçou e, sem conseguir mais resistir, começou a chorar.

Azio a abraçou com ternura. Diferentemente de outras épocas, quando a pele de Azio era gélida e sem vida, a princesa sentiu um estranho calor vindo do autômato, como se agora ele fosse quase humano. Seus braços de metal a confortavam com afeto, e ela se deixou abraçar.

– Aquela coisa que sequestrou o rei correu por essa rua – disse Kullat, quebrando o silêncio e apontando para a larga avenida por onde Grot fugira. – Onde ela termina?

– Ela margeia a floresta e segue até a cidade de Fordwolk – Laryssa respondeu, após sair do abraço de Azio.

– Eu vou até lá! – Driera disse. – Vocês precisam de cuidados. Eu patrulho a estrada de cima.

– Não acho uma boa ideia – Kullat afirmou, sério. – Você vai estar sozinha. Contra Willroch, isso pode ser fatal – concluiu.

– Quanto mais demorarmos, mais longe eles irão com meu pai! – Laryssa exclamou, desesperada. – Já ajudamos as pessoas, agora precisamos salvar o meu pai.

– Não temos saída – o pistoleiro suspirou. – Driera não pode ir sozinha, e nenhum de nós está em condições de acompanhá-la.

– Eu estou! – retrucou Laryssa.

– Não. Você não está preparada para isso – Thagir respondeu, enfático. – Iremos todos, assim que tivermos condições.

Laryssa bufou, descontente.

– Você viu o que eles fizeram quando estávamos juntos – Iki-Dau responderam, com uma careta de dor causada pelo golpe sofrido nas costas. – Imagine se formos pegos à noite e separados. Não teríamos a menor chance.

Thagir, Kullat e Driera concordaram com a cabeça, mas Laryssa ficou transtornada.

– Se vocês não vão, então vou eu! – exclamou rispidamente a princesa, gesticulando indignada. – E vou agora! É o *meu* pai que está em perigo.

– Guerrina! – Iki-Dau exclamaram severamente. Com sua voz duplicada, a chamada parecia ainda mais grave. – Iremos apenas quando estivermos prontos. Você está sob nossa responsabilidade e deve nos obedecer. Eu-e-eu dizemos que você deve ficar aqui.

Laryssa resmungou, olhando com ódio para Iki-Dau. Ela sabia que deveria prestar obediência a seus mestres. Então se calou e desabou em um banco chamuscado. Olhando para o vestido rasgado, pensou: *Pai, prometo que vou encontrá-lo. Aguente firme!*

Barulhos na Floresta

Nas horas que se seguiram, Thagir tratou a perna queimada com algumas ervas. Iki-Dau receberam um encanto de um curandeiro local. Kullat comeu bastante para repor as energias. Azio passou a madrugada inteira se autorreparando. Quando surgiu na praça, não apresentava nenhum sinal de que havia sido ferido. A princesa trocou de roupa, abandonando o vestido rasgado. Usava uma túnica escura, calças de couro e botas de caçador. A espada de cabo de madrepérola pendia-lhe da cintura. Estava pronta para resgatar seu pai.

Ela pediu a um soldado Maiole que trouxesse comida e bebida em mochilas de couro. Abastecidos, Driera e Kullat levantaram voo. Momentos depois, o restante do grupo começou a correr pela avenida, seguindo a mesma direção. Decidiram ir a pé para não correr o risco de perder alguma pista.

– Eles entraram na floresta em algum momento – Thagir disse, concentrado. – Temos que começar a busca por lá. Quem encontrar algo primeiro convoca os outros com o chamado fantasma.

O pistoleiro se referiu ao método, também conhecido como bússola castelar, quando os Senhores de Castelo vibram a tatuagem fantasma de tal forma que os outros castelares consigam localizá-la, mesmo a grandes distâncias.

A rua principal cortava a cidade como uma linha grossa e cinza e avançava pelas construções sinuosamente, fazendo curvas em um ponto ou outro. Depois dos muros da cidade, a estrada se tornava suja de terra e pedras e seguia por um enorme campo esverdeado, contornando uma ou outra colina no percurso. Aos poucos, a vegetação rasteira dava lugar a árvores de maior porte, indicando que ali era o começo da enorme e densa floresta. A estrada se dividia em duas, como um Y, sendo que um caminho levava a oeste, floresta adentro, em direção à cidade de Fordwolk, e outro a leste, mais rochoso e irregular em virtude da cadeia de montanhas das Minas Príprios.

Kullat e Driera não tiveram dificuldade em acompanhar a estrada do alto. O sol despontou no horizonte em um céu sem nuvens. Pouco tempo depois, já conseguiam perceber as árvores da floresta. Pousaram próximo à bifurcação da estrada.

– Temos que ter cuidado – disse Driera, pegando a lança e olhando ao redor. Kullat concordou e brilhou os punhos, preparando-se para lutar, se fosse preciso.

As árvores que delimitavam a estrada eram grandes, de caule grosso. Como uma parede natural, contornavam a bifurcação, impedindo que carroças pudessem entrar na mata. Contudo, entre os troncos, havia espaço suficiente para que pessoas ou animais transpusessem a fileira de árvores.

Driera apontou para um lugar onde os troncos pareciam estar arranhados e a vegetação um pouco amassada, como se enormes pés tivessem esmagado as plantas.

– Por ali – disse. – Parece que algo grande forçou a passagem entre as árvores.

– Não pode ser uma pista falsa ou um rastro de algum animal? – Kullat perguntou, coçando o cavanhaque.

Driera respirou profundamente, cheirando o ar à sua frente. Seu rosto se contorceu em uma expressão de raiva.

– Estamos no caminho certo – ela respondeu. – Estou sentindo o cheiro daquela mulher alada.

– A doida que assopra aqueles demoniozinhos? – Kullat questionou, franzindo a testa.

– Ela mesma. Tenho certeza de que passou por aqui. Ela exala um odor diferente... meio inebriante. Não é um perfume. Não sei como explicar.

– Hum... – Kullat resmungou. – Acho melhor deixar um chamado fantasma antes de procurarmos essa tal cheirosa.

Driera meneou a cabeça positivamente. Kullat concentrou-se e fez sua tatuagem fantasma vibrar, demarcando o lugar onde estavam. Depois, ele e Driera entraram cuidadosamente pela abertura e penetraram na densa floresta. Árvores altas bloqueavam os raios do sol, com galhos cheios de folhas e cipós.

Para Kullat, a mistura de terra úmida, musgo e folhas secas exalava um odor muito parecido com o das florestas de seu planeta natal, Oririn, onde, quando criança, corria com seu irmão Kylliat entre os enormes cedros e carvalhos, imaginando ser um cavaleiro do céu e empunhando uma espada de madeira. A lembrança o fez sorrir e trouxe saudades do querido irmão. Apesar da tensão, Driera sentia-se confortável com os aromas e sons da natureza. Estava acostumada às grandes alturas e cidades flutuantes de Hárpia, e desde pequena adorava passear pelas vastas florestas de seu planeta natal.

Continuaram a andar, seguindo o rastro de galhos quebrados, vegetação amassada e pegadas no solo úmido. A floresta era repleta de vida. Vez ou outra, ouviam um canto de pássaro ou notavam um pequeno animal pulando entre os galhos das árvores. Mas também era perigosa, cheia de penumbras, o que deixava o ambiente mais propício para uma armadilha. Apesar disso, tinham certeza de que estavam no caminho certo.

Em certos pontos, era visível o rastro de três pessoas diferentes, sendo uma delas muito pesada. Kullat concentrou-se novamente em sua tatuagem fantasma, fazendo-a vibrar e se expandir, permitindo que Thagir e os outros achassem aquela marca no novo local.

Seguiram em silêncio pela mata fechada e abafada, sempre com os sentidos aguçados. Kullat mantinha os punhos brilhando constantemente e Driera carregava nas mãos sua lança retrátil. Ambos estavam prontos para lutar se fosse preciso. De tempos em tempos, Kullat concentrava-se no chamado da tatuagem fantasma, deixando um rastro que poderia ser seguido pelos outros castelares.

De repente, um barulho chamou a atenção de Driera. Fazendo um sinal silencioso para Kullat, ficou em posição de guarda.

– Será que é um lobo? – disse Kullat, receoso.

Ele não gostava de admitir, mas uma das únicas coisas que temia eram criaturas lupinas. Não sabia como, mas as garras dessas criaturas conseguiam dissolver sua Maru mágica. Seu campo de força não o protegia e seus golpes energéticos eram como uma leve brisa para as criaturas. Ele esperou ouvir um uivo e um arrepio subiu-lhe pela nuca, mas nada aconteceu.

– Não – respondeu Driera. – É alguma outra coisa. Escute!

O som parecia um tamborilar de dedos.

"Tum Tum Tum Tum Tam."

Kullat se concentrou, procurando a origem da batucada, mas não conseguia distinguir de que lado vinha. Parecia preencher todos os lugares, ecoando pela floresta.

Um borrão passou pelos troncos rapidamente, sumindo no momento seguinte. Instantes depois, a sombra passou novamente por entre as árvores. Parecia estar correndo, e então Kullat ouviu um leve riso, maroto e sarcástico, como se uma criança maldosa estivesse brincando com um animal indefeso.

"Tum Tum Tam Tam Tum."

"Tum Tum Tam."

O barulho continuou, ritmado, como se várias pessoas batessem madeiras nos troncos das árvores. De repente, uma saraivada de espinhos voou contra Driera e Kullat.

Graças ao instinto e aos anos de luta, Kullat ergueu um escudo de energia para proteger a si e a sua companheira. Os espinhos se chocaram violentamente contra a proteção, quebrando-se com o impacto.

O riso voltou, amplificado pela densa mata. O barulho do batuque continuava e, a seguir, outra saraivada de espinhos, mas novamente a proteção de energia evitou que eles fossem atingidos.

Um vulto surgiu alguns metros à frente dos dois amigos, no espaço entre os grossos troncos. Tinha o corpo humanoide, e a pele escura era como uma camuflagem natural. Da cintura para baixo, era bizarro – as pernas eram unidas, como se fossem uma só, e, na base, dez dedos inchados batucavam no chão. Da cintura para cima, o corpo ganhava massa e músculos retorcidos, com espinhos nas costas, nos braços e no peito. A cabeça redonda terminava em um apêndice de carne vermelha e gelatinosa. Por um momento, Kullat pensou que a criatura usava um gorro.

"Tum Tum Tum Tam Tum."

"Tum Tum Tam."

A criatura soltou um silvo que mais parecia uma risada. Mostrando dentes pontiagudos, da boca saía uma fumaça negra, semelhante à queima de fumo. Virando o dorso, começou a girar em torno de si mesma. Rodopiava cada vez mais rápido e, em instantes, era apenas um borrão, um verdadeiro redemoinho negro que arrastava consigo as folhas secas do chão. Rodando sem parar, a criatura soltava espinhos grandes e grossos por toda parte.

Kullat protegeu a si e a Driera com seu escudo energético mágico e soltou uma rajada contra o estranho atacante, mas o borrão es-

Ycas, considerado guardião das plantas e florestas.

curo desviou facilmente de sua investida. Com um assovio, a criatura desapareceu entre as árvores, deixando Kullat e Driera sozinhos.

– Grande Khrommer! O que foi isso? – Kullat perguntou, ainda mantendo a barreira de energia.

– Acho que é um ycas* – respondeu Driera. – Dizem que é um demônio antigo, guardião das plantas e florestas. Não pensei que existissem aqui em Agabier.

– Acho que esse aí se esqueceu das regras – devolveu o cavaleiro, com humor. – Será que vai nos atacar novamente?

Driera ia responder quando uma lufada violenta de ar a jogou no chão. Kullat tentou ajudá-la, mas o vento fortíssimo se chocou contra ele, desnorteando o Senhor de Castelo.

---

* Criatura mágica do mundo Otabol, do primeiro quadrante dos Mares Boreais. Perigoso e violento, costuma brincar com suas vítimas antes de atacar, fazendo barulhos e assovios. Possui grande força e é capaz de manipular ventos e correntes de ar.

O ycas apareceu entre eles, como se tivesse caído de uma árvore, e golpeou Kullat com seus estranhos pés, jogando-o violentamente contra um tronco. Driera se levantou e o atacou com a lança, disparando esferas de energia estática e atingindo o braço espinhoso da criatura, que gritou de dor.

Kullat lançou uma rajada de energia, que acertou em cheio as costas do ycas, que estremeceu e urrou de dor.

– Acerte a cabeça dele! – Driera gritou, vendo a criatura atordoada. – A parte vermelha da cabeça!

Kullat fez um movimento circular com os braços e uma bola de energia prateada surgiu entre suas mãos. A esfera voou velozmente, deixando um rastro prateado no ar. Atingiu a cabeça do ycas, um pouco acima da nuca, explodindo em faíscas. A criatura virou uma cambalhota para trás, urrando de dor e caindo no chão úmido da floresta. De um pulo, levantou-se e subiu até a parte mais alta das árvores e, de lá, desapareceu na mata.

– Você está bem? – Driera perguntou, correndo em direção ao amigo.

– Estou. Fiquei um pouco zonzo, mas estou bem – Kullat respondeu, olhando para cima, para onde o ycas fugiu. – Você acha que ele volta?

– Não, pelo menos por enquanto. O ycas tem uma fraqueza: aquela parte vermelha da cabeça. Provavelmente não vai nos importunar mais.

– Você não poderia ter me falado isso antes? – disse Kullat, com bom humor.

– Eu não sabia se ele se lembrava dessa regra – Driera retrucou, sorrindo.

Um Momento de Tranquilidade

O rastro ainda estava bastante claro, e Driera conseguiu reencontrá-lo facilmente. Kullat voou por cima da copa das árvores para tentar achar algo, mas a única coisa que viu foi a floresta verde por todas as direções.

Andaram cuidadosamente por mais algumas horas e resolveram parar um pouco, em meio a uma pequena clareira, onde a luz do sol e o céu azul contrastavam com a mata fechada. Kullat tirou o manto, para improvisar uma toalha, e, ao fazer o movimento, parte da manga subiu. Driera ficou perplexa ao ver que vários círculos roxos e negros cobriam os antebraços dele.

– O que foi isso? – Driera perguntou, apontando para as manchas.

– São pequenas lembranças dos tentáculos de Willroch – Kullat respondeu, erguendo as mangas e olhando para os braços. – Estão pelo corpo todo, mas já estão sumindo. Não se preocupe, estou bem – concluiu, levantando-se e criando um novo manto magicamente.

– Pelo visto, ele é um adversário muito forte.

– É mesmo. Quero até lhe pedir desculpas por não deixar que viesse sozinha. Não que eu duvide de suas habilidades, mas enfrentei Willroch várias vezes e nem sempre consegui vencê-lo – disse Kullat, olhando para ela.

– Deixe disso, Kullat – ela sorriu. – Uma das melhores vantagens dos Senhores de Castelo é saber trabalhar em equipe.

Os dois se sentaram para saborear uma breve refeição. Driera relaxou o corpo e aproveitou para sentir o calor do sol, que brilhava intensamente. Observar as nuvens brancas, que vagavam lentamente, acalmava-lhe a mente e despertava-lhe os sentidos. O cheiro agradável da mata e os sons dos pássaros trouxeram em sua memória imagens da exuberante e exótica natureza de Hárpia, seu planeta natal. Uma brisa agradável balançou suavemente os galhos e folhas das árvores e fez esvoaçar os alvos cabelos, cujas pontas amarelas pareciam pequenas chamas flutuando no ar.

Kullat, ao contrário, estava compenetrado e alerta. Naturalmente seu corpo já era dotado de uma aura invisível que o protegia de pequenos ataques. Viu Driera comer e resolveu se alimentar também. A roupa branca da harpiana estava suja na barra da calça, mas ela não parecia se importar. Abriu as longas asas bege, e as enormes e delicadas penas tremularam com o movimento.

– Como seria bom – ela disse, fechando os olhos – se todos pudessem esquecer os seus problemas e simplesmente aproveitassem o que a natureza pode oferecer.

– Meu amigo, Thagir, sempre me diz uma coisa – Kullat complementou, apertando a grama fofa. – A vida é simples, nós é que a complicamos.

– Ele tem razão – ela concordou, abrindo os olhos e fechando as asas. – Seu amigo parece ser muito coerente.

– Às vezes até demais – ele complementou. – Chega a ser irritante.

– Como assim?

– Eu sou meio impulsivo. As emoções, às vezes, tomam conta de mim e meus poderes refletem isso – ele soltou uma pequena bolha de energia que explodiu em milhares de fagulhas. – Mas Thagir... Ele tem um autocontrole impressionante! Na verdade, pensando melhor, foram raras as vezes em que o vi perder o controle.

– Vocês são muito famosos na Academia. E Laryssa sempre fala da aventura que teve com vocês.

– Espero que ela não tenha exagerado. Mas a parte em que eu destruí o Mellog gigante é verdadeira – ele riu.

– Dizem que Thagir ajudou você com isso.

– Ah, sim. Se ele não tivesse sacrificado seu bracelete mágico, hoje seríamos finos como panquecas.

Driera riu do comentário. Pela princesa, sabia que Kullat era divertido, mas não imaginava que seria tão bem-humorado assim. De fato, era uma companhia agradável, e Driera entendeu por que Laryssa gostava tanto daquele homem.

– Sabe, estou começando a admirar mais Thagir por isso – disse Driera, terminando a fruta que estava comendo. – Sacrificar algo tão importante em prol dos outros é realmente uma atitude digna de um grande Senhor de Castelo.

– É, ele é mesmo admirável. Irritante, mas admirável – Kullat complementou, sorridente.

Esse sacrifício é um débito que vou pagar a Thagir, custe o que custar! Espero que Corning ache uma pista do bracelete roubado, pensou Kullat, lembrando da missão que conferira ao Bobo e ao Ladrão.

Driera também sorriu, deixando à mostra os lindos dentes, brancos e brilhantes.

Kullat pegou uma maçã amarela da mochila e deu uma mordida.

– E quanto a Iki-Dau? – perguntou Kullat, mastigando.

– O que têm eles?

– Essa coisa de pegue um e leve dois me deixa meio confuso!

Driera fingiu não gostar da piada, mas não conseguiu disfarçar o sorriso.

– Você logo se acostuma – disse Driera, retirando uma mecha de cabelos da testa. – Os dois são muito diferentes um do outro. Você nota pela cor dos olhos, pelos desenhos na pele e pela personalidade também.

– Faz tempo que você os conhece? – Kullat perguntou, pegando o cantil e oferecendo água para a harpiana.

– Fará cinco anos no próximo mês. No começo, ficava muito confusa com os monólogos, mas depois me acostumei. Hoje sei que são duas pessoas completamente diferentes – Driera pegou o cantil com um gesto de agradecimento.

– Laryssa me falou a mesma coisa, mas não disse quais são as habilidades deles.

– Ah! – Driera exclamou. – Iki controla as correntes de ar – ela sorriu e bebeu um gole de água. – E Dau é capaz de manipular o calor. Juntos, são capazes de criar seres de fumaça azul, como os pássaros que você viu lá na praça.

– Interessante. Ar e fogo. Dois elementos complementares e opostos ao mesmo tempo – Kullat passou a mão no cavanhaque, pensativo. – Eles nunca brigaram?

– Eles brigam da mesma maneira que você e Thagir devem brigar – ela respondeu com um riso. – Afinal, um é emotivo, e o outro é irritantemente admirável.

Kullat riu com Driera. Ela sorriu e suspirou. Um suspiro profundo, que trouxe uma sensação de afeto. Lembrou-se da missão em que Dau quase se sacrificara por ela. Estavam cercados de howes.* Dau conseguiu atrair o enxame com o calor das chamas nas mãos e pulou em uma catarata, salvando Driera de uma morte em forma de pequenos dentes vorazes. Ela o encontrou, muito ferido, rio abaixo. Pensando que fosse morrer, ele declarou seu amor por ela e a beijou pela primeira vez.

Kullat notou que o rosto da harpiana estava corado.

– Algum problema? – disse, quebrando o silêncio.

– Não, desculpe – ela disse, encabulada. – Lembrei dos lindos olhos azuis de Dau – e sorriu, envolvendo o corpo em um autoabraço.

* Pequenos dragões tricornes. Carnívoros, são extremamente vorazes e atacam em enxames. Possuem entre um e dois palmos de comprimento.

– Hã? Não me diga que você e ele... – disse Kullat, surpreso, sem terminar a frase.

– Kullat, meu honrado castelar – ela o fitou com carinho –, sendo emotivo como você é, deve saber que o amor é o poder mais forte de todo o Multiverso – disse, sorrindo.

– Mas, como é que vocês... humm.. – as palavras morreram novamente na boca do Senhor de Castelo. Em dúvida, continuou. – E o Iki, como é que fica nessa história?

– Ele é bastante compreensivo – ela sorriu, enrubescendo outra vez. – Sempre que possível, deixa Dau a sós comigo.

Encerrando o assunto, Driera se levantou, alongou o corpo e sacudiu as asas, fazendo algumas folhas e poeira voarem. Vendo-a daquela forma, resplandecente e exuberante como a própria natureza, Kullat pensou que ela era mesmo uma mulher impressionante. Ela recolheu as asas e fez sinal para que ele a seguisse.

– É melhor voltarmos para a busca. Temos um rei para resgatar.

Um Corpo Caído

Os dois continuaram seguindo o rastro dos três sequestradores até que encontraram uma nova clareira, muito maior que a anterior. No centro, havia uma grande cratera. O terreno era irregular, com sulcos e fissuras na terra revolvida. Parecia que pouco tempo antes algo havia caído do céu violentamente, destruindo a floresta e formando um enorme buraco.

Alguns metros adiante daquela estranha paisagem, uma figura estava caída. Usava uma saia contornada de ossos e parecia um gladiador, com uma malha protetora no ombro e no braço. Era Grot, o ser que havia raptado o rei. A cabeça pendia para o lado, com a boca aberta, mostrando um dente protuberante e um buraco onde ficava o dente quebrado na luta com Thagir. Ao seu lado, a lança prata estava de pé, fincada no solo.

– Espere – sussurrou Kullat, concentrando-se no chamado fantasma para indicar aos demais sua localização.

– Pode ser uma armadilha. É melhor verificar a mata antes – Driera disse em voz baixa.

– Vai demorar muito. Deixe comigo que eu resolvo isso – ele respondeu, fazendo uma redoma de energia, cobrindo a si e a Driera. Ela balançou a cabeça em sinal de desaprovação, mas não escondeu um leve sorriso pela objetividade do companheiro.

Ambos andaram cautelosamente até a figura caída. Quando chegaram perto do maktu, tomaram um susto. Grot tinha um enorme buraco na lateral do corpo, onde se podia ver parte das costelas fraturadas e sangue coagulado. A carne ao redor da ferida estava queimada.

Com cuidado, Driera virou o corpo e cobriu a boca com a mão, tentando não respirar o mau cheiro que a carcaça exalava. Kullat tossiu, fazendo uma careta.

– Está morto há muitas horas – disse ela, com a voz abafada pela mão.

– Só pode ter sido Willroch. A pele está queimada na ferida. Somente uma rajada de energia faz isso – respondeu Kullat.

*Willroch ficou mais poderoso desde nosso último encontro em Etheri,** pensou, preocupado. Sempre que se enfrentavam, Willroch demonstrava estar mais poderoso e com mais recursos mágicos.

– Mas por que ele mataria um de seus companheiros? – indagou, saindo de seus pensamentos e desfazendo a esfera de proteção.

– Acho que posso ajudar a responder isso – afirmou Driera.

– Vai usar seu poder de introspecção táctil? – Kullat perguntou, ainda com a mão no nariz. Ao ver dúvida no rosto de Driera, complementou rapidamente: – Laryssa me contou sobre o seu poder.

– Vou, mas não sei o quanto isso será útil para nós – ela respondeu, ajoelhando-se ao lado do corpo. O fedor a fez virar a cabeça com repulsa. – Que cheiro horrível!

Driera abanou a mão na frente do nariz, para dispersar o mau cheiro vindo da criatura morta.

– Quanto você consegue ver do passado?

– Depende. Não é um dom exato. Às vezes, consigo saber horas antes da morte, outras, apenas os momentos finais. Espere aqui e não me interrompa. Outra coisa, será demorado. Muito demorado.

---

* Planeta do segundo quadrante. Sua superfície é praticamente líquida, com algumas porções de terra habitável. Iluminado por dois sóis, sua atmosfera apresenta tons violeta e púrpura. O meio de transporte mais comum são as caravelas voadoras, solução encontrada pelos habitantes para evitar os ataques dos milhares e gigantescos tubarões uragoll.

Kullat concordou com a cabeça. Olhou novamente o corpo musculoso do maktu e fez menção de virá-lo, para ver a extensão do ferimento.

– Não! – Driera o impediu com um movimento brusco. – Deixe-o como está. A visão fica pior a cada alteração ocorrida no corpo.

Kullat meneou a cabeça e deu um passo para trás. Driera fechou os olhos e tocou na testa do maktu morto. Em instantes, sentiu uma estranha dormência.

Após Driera entrar em transe, Kullat reforçou a redoma energética que os cobria e se sentou com as pernas cruzadas ao lado dela. Olhou para o céu e viu que a tarde minguava. Os raios de sol perdiam a força, dando lugar à noite. Respirou fundo, sentindo o ar fresco entrar nos pulmões e novamente concentrou-se na chamada da tatuagem fantasma. Em seguida, olhou para as mãos enfaixadas, relembrando que, graças às Faixas de Jord, seus poderes não eram mais devastadores para seu corpo. Mesmo assim, Kullat necessitava meditar para manter sob controle a energia dentro de si. Fazia isso regularmente, principalmente antes de dormir.

Ele sabe que qualquer lapso pode causar grandes estragos e que uma rajada em força máxima pode obliterar uma montanha. Seus raios já pulverizaram rochas e derreteram aço. Durante sua estadia em um monastério em Pama,* aprendera a controlar seus poderes, de tal forma que agora conseguia manter a proteção mesmo em estado de meditação.

Fechou os olhos e deixou a energia fluir. Seu corpo foi coberto por uma aura prateada e brilhava mais forte em sete pontos. Lembrou-se de Willroch. Amigos na infância, hoje Kullat não reconhecia mais o homem de pele morena. Alguém que, na busca de maior poder e fama, acabou por ruir a própria vida e se tornar uma pessoa completamente diferente, capaz de atos horríveis e hediondos.

* Reino situado em Oririn, no qual existem vários monastérios.

Quem são os comparsas de Willroch? Por que levaram Larys?, pensou. *Se Driera não descobrir nada pelas memórias do morto, como resgataremos o rei?*

Deixou as dúvidas de lado e esvaziou a mente. A energia prata continuou a fluir ao redor dos dois Senhores de Castelo. Estrelas surgiram no céu.

Muito mais tarde, um barulho vindo das árvores chamou-lhe a atenção. Levantou-se rapidamente e, protegido pela barreira energética, olhou para os lados. Driera continuava em transe. Sorriu ao ver Thagir, Laryssa, Azio e Iki-Dau entrando pela clareira.

Memórias de um Morto

Assim que Driera entrou em transe, uma névoa amarela cobriu-lhe a visão, fazendo-a se sentir sem peso, como se flutuasse num líquido refrescante e perfumado. Aos poucos, a névoa se dissipou, e, com um gesto como que para afastar a nuvem colorida diante de si, percebeu que sua mão era etérea, de um azul mais cristalino que o mar de seu planeta natal. O corpo inteiro estava com a mesma coloração, e as vestes não existiam mais. As lindas asas, que normalmente seriam de penas bege, estavam translúcidas e irradiavam uma aura azulada.

A primeira vez que usara seus poderes, ainda criança, ficara assustada e envergonhada de sua nudez, mas agora isso não a incomodava mais. Com um pensamento, criou uma túnica longa, cobrindo o corpo etéreo. Esse truque aprendeu com sua avó, que também possuía o mesmo dom. Essa leve vestimenta fora criada apenas para seu bem-estar, já que ela não poderia ser vista ou ouvida.

A bruma desaparecera. A lua brilhava no céu estrelado, revelando que ela estava presenciando a noite anterior. À sua frente, estava uma paisagem diferente da encontrada por ela e por Kullat. A cratera não existia, e, no lugar dela, havia uma clareira com vários monólitos de pedra polida espalhados pela grama. Alguns inteiros e semienterrados, outros quebrados e lascados.

No centro, repousava uma enorme cabeça, de feições femininas, habilmente talhada na mesma pedra dos monólitos. Tombada de lado, tinha metade da face enterrada. Outro conjunto de rochas formava dedos largos. Era como se uma giganta tivesse sido tragada pela terra e se transformado em pedra, tamanha a vivacidade da escultura.

Ao redor dos dedos gigantes, tochas iluminavam Grot, Ivora, Willroch e outro homem que Driera nunca tinha visto, alto, careca, muito magro e com várias tatuagens no pescoço e na cabeça. Segurava um cajado de madeira e vestia um manto escarlate com detalhes dourados. Estava visivelmente irritado. Driera flutuou rapidamente até ficar ao lado de Grot, que se apoiava em sua lança prateada. Em uma das pernas, um grande ferimento estava aberto, com a carne pútrida e cheia de pus.

– Vocês fracassaram novamente! – vociferou Volgo, com os olhos injetados de raiva.

– Não é minha culpa – Grot retrucou. – Vocês não me avisaram que aquela menina era tão forte.

A fala era arrastada, como se estivesse muito cansado. Gotas de suor davam-lhe uma aparência febril.

– Tem outra coisa também – Ivora interferiu, séria. – Aqueles outros dois só podem ser Senhores de Castelo.

– Vocês têm medo dos Senhores de Castelo? – Volgo zombou. – Devem ter medo é de mim!

Volgo bateu seu cajado no chão e um raio vermelho subiu até os céus, iluminando uma nuvem negra.

– Você sabe que eles são poderosos! – Willroch falou entre dentes.

– Eu conheço muito bem o poder dos Senhores de Castelo – Volgo retrucou, com um olhar frio para Willroch. – Sei também que três dos meus melhores guerreiros deveriam ser capazes de cuidar desses detalhes e cumprir sua missão.

– Mas eu trouxe o rei... – Grot interrompeu, com a voz debilitada, apontando para um corpo deitado em um ponto pouco iluminado, perto da gigantesca cabeça de pedra.

Driera flutuou rapidamente até o local e viu que o rei estava amarrado e amordaçado. Sabendo que não poderia fazer nada, voltou a prestar atenção na conversa do grupo.

– Sua missão era clara, Grot! Deveria ter trazido a princesa – continuou Volgo, com repulsa na voz. – Estou cansado de suas falhas e de suas desculpas!

Driera percebeu a tensão em todo o grupo crescer. Planou e ficou ao lado de Ivora, cujas asas negras refletiam à luz das tochas. Então sentiu, com desconforto, que a inimiga emanava malícia.

– Volgo – disse Ivora com a voz doce, quebrando o silêncio. De sua boca, um fio transparente, com o mesmo aspecto do ar quente do deserto, flutuou até o pescoço dele. Com um sorriso maroto, prosseguiu: – Calma, ainda é possível continuar com o plano, mesmo sendo o rei no lugar da princesa.

– Ivora – Volgo olhou para a mulher com desprezo, afastando as ondas de ar com um gesto –, você sabe que seus encantos não me afetam.

– Não custa tentar, querido – ela sorriu, mostrando os dentes pontiagudos. – Mas vamos deixar isso para depois. Temos uns malditos castelares atrás de nós e devemos agir rápido – concluiu com energia.

– Ivora tem razão – grunhiu Grot, cravando violentamente a lança no chão. – Temos que sair logo daqui!

Volgo apertou o cajado com tanta força e raiva que os dedos pálidos começaram a tremer.

– De qualquer maneira, temos que voltar para Breasal – Volgo vociferou, lançando palavras cheias de ódio. – Willroch, você entregou a pedra? – indagou, com autoridade.

Willroch concordou com um balançar de cabeça.

Driera percebeu que a névoa começou a voltar e ouviu o tilintar de pequenos sinos. Os sons e as cores do lugar começaram a diminuir. Era o sinal de que a hora da morte de Grot se aproximava. Flutuou para mais perto do maktu, pois sabia que tinha pouco tempo.

– Grot, como está sua perna? – perguntou Volgo.

– Dolorida. O pior é que a ferida não está cicatrizando – respondeu o maktu.

– É uma pena. Infelizmente, você pode nos atrapalhar – disse Volgo, levantando o cajado.

Sem emoção, simplesmente disparou uma rajada vermelha que dilacerou violentamente a lateral do corpo de Grot, fazendo-o rodopiar no ar e cair imóvel na grama.

A névoa surgiu como um tufão, encobrindo toda a visão de Driera. Antes de voltar à realidade, ela conseguiu ouvir um murmúrio distante. A voz cavernosa de Volgo ecoou em seus ouvidos.

– Adeus, Grot.

Uma Giganta de Rocha e Terra

Se Driera pudesse ver além da morte de Grot, teria enxergado o que aconteceu depois.

Ivora e Willroch ficaram em silêncio, de cabeça baixa e sem reação. Não queriam que a fúria de Volgo fosse direcionada a eles também.

– Eu só acelerei o inevitável – Volgo disse. – Aquela mordida de manticore o envenenou. Era só uma questão de tempo até ele morrer. Agora, vamos voltar ao plano. Para o bem de vocês, espero que essa isca sirva – finalizou, apontando para o rei.

O feiticeiro bateu o cajado fortemente no chão, criando ondas luminosas. Em segundos, um estrondo ecoou pela floresta e a terra começou a tremer bruscamente. A cabeça da estátua e os estranhos dedos de rocha brilharam intensamente. A luz vermelha se expandiu e entrou pelas órbitas, como se tivesse sido sugada para dentro da rocha. Em instantes, os olhos ganharam vida e piscaram. A cabeça começou a se mover e a se elevar. Os dedos gigantes saíram da terra vagarosamente, revelando uma mão inteira, seguida de um enorme braço.

A cabeça se endireitou, rasgando o solo com força. Um pescoço e um par de ombros surgiram. Com a ajuda do braço, a enorme criatura se apoiou no chão e começou a sair da terra. O tronco largo era uma mistura de raízes, terra negra e pedras.

As árvores ao redor da clareira balançaram violentamente enquanto a estátua gigante se erguia. Aves voaram para longe, gralhando com medo. Animais corriam para dentro da floresta, afastando-se rapidamente da clareira.

Volgo sorriu ao ver que o monstro de rocha era mais alto que a copa das árvores. Cada olho da criatura era formado por três círculos vermelhos, um dentro do outro, que brilhavam intensamente. A criatura olhou para baixo, na direção de Volgo, e se ajoelhou, esticando o braço rochoso para ele. Ivora e Willroch observavam, calados, a enorme mão de pedra descer devagar, com a palma voltada para cima.

– Vamos! – disse Volgo, subindo na mão rochosa. – Não temos tempo a perder.

Ivora parecia desconfiada, mas um sinal de impaciência de Volgo a fez obedecer rapidamente. Bateu as asas negras e pousou ao lado do feiticeiro. Willroch olhava maravilhado para a gigante forma feminina à sua frente.

– Willroch! Traga o rei! – Volgo bradou, com a voz cavernosa.

O poeta criou um pequeno casulo mágico ao redor de Larys. Quando todos estavam em cima da palma da mão rochosa, a criatura se levantou e começou a andar, passando por cima das árvores e deixando um enorme buraco onde antes havia a clareira.

O brilho matutino começava a despontar no céu quando a giganta iniciou sua marcha rumo ao porto de Kalclan.

UM NOME DO PASSADO

Driera acordou com um suspiro. Ao abrir os olhos, viu o céu estrelado. Sentia fome e sede, além de um latejar dolorido no corpo. A seu lado, Dau estava ajoelhado, limpando-lhe a testa suada com um pano úmido.

– Não faça esforço, meu amor – disse Dau, acariciando os cabelos claros de Driera. Sua voz era baixa e sem o habitual eco. Seus olhos eram azuis como um dia claro de verão, e a pele prateada tinha apenas linhas sinuosas e círculos, sem nenhuma linha reta.

Havia ternura e carinho em suas palavras. Driera sorriu ao ver que Dau estava presente por completo. Com dificuldade, endireitou o corpo, mas não se levantou. Pegou um pedaço de pão oferecido pelo companheiro e começou a comer devagar.

– Ela está bem? – Thagir perguntou, olhando para a mulher sentada.

– Sim, só precisa descansar – Dau retornou, com a voz baixa. – A introspecção táctil consome muita Maru, e isso a deixa fraca. Ela precisa comer e beber um pouco, mas está tudo bem.

Thagir ficou surpreso ao ver os olhos azuis do homem e as mudanças nos desenhos em sua pele prateada. A voz também estava diferente. Tinha um tom jovial, carismático, sem o timbre duplo habitual. Dau sorriu amigavelmente para o pistoleiro e voltou a cuidar de Driera.

– Este é Dau – Laryssa explicou baixinho para Kullat, Thagir e Azio. – Ele está no comando do corpo agora.

Thagir concordou com a cabeça. Durante a travessia na floresta, Laryssa contou para ele e para Azio sobre a estranha duplicidade de Iki-Dau.

– Mas o que aconteceu com o Iki? – perguntou o pistoleiro.

– Ele ainda está lá – sussurrou a princesa –, mas cedeu o controle do corpo para Dau. É um acordo que, de alguma forma, funciona para eles. Quando um deles acha que deve assumir totalmente o controle, e o outro concorda, esse tipo de coisa acontece. Não se preocupe – disse a princesa, ao ver a expressão de dúvida do pistoleiro. – É assim mesmo. Demora um pouco, mas você acaba entendendo e se acostumando.

Apesar de ansiosa para saber o que Driera descobrira com a introspecção táctil, Laryssa sabia que não podia fazer nada até sua mestra se recuperar. Usar esse seu poder sempre a deixava desgastada e fraca. Observando o cuidado de Dau com Driera, a princesa teve certeza do amor dele, tamanho o carinho que demonstrava nos cuidados após o transe. Também sabia que Driera amava Dau. Com um suspiro, olhou para Kullat, mas, para sua decepção, ele estava de costas, contando para Azio seu encontro com o ycas.

Com Driera ainda em recuperação, Thagir resolveu que seria melhor acamparem, então coletou madeira para uma fogueira. Kullat e Azio enterraram Grot. Thagir colocou a lança prateada ao lado do túmulo, para honrar o guerreiro. Apesar de ter sido seu inimigo em batalha, o pistoleiro acreditava que todos os que morrem lutando são dignos de respeito.

Era madrugada quando Driera e Iki-Dau se sentaram perto da fogueira. Duas aves estavam sendo assadas, exalando um agradável cheiro de comida.

– Parece bom – disse a harpiana, sentando-se ao lado de Thagir.

– Agradeça a Azio – retornou o pistoleiro. – Ele é um excelente caçador.

Como anos atrás, na caverna da floresta Fluyr, o autômato dourado saiu para caçar na mata e retornou com as aves e a madeira para a fogueira. Kullat não se esquecia da surpresa que teve quando viu Azio caçar pela primeira vez. O autômato sempre lhe causou espanto.

– Sei que todos estão curiosos com o que descobri – Driera começou. – Especialmente você – e olhou para Laryssa.

Sentada próxima a Azio, Laryssa ajeitou o corpo, esperando sua mestra continuar. Estava mesmo ansiosa para saber do pai. Azio segurou uma de suas mãos com ternura, fazendo a princesa se lembrar do sentimento cálido que a acolheu, quando ele a abraçou na praça de Alons. O peito de Azio estalou, mas ele não disse nada. O autômato apenas observava o crepitar do fogo.

Driera contou, com detalhes, o que viu e ouviu. Disse que o guerreiro morto chamava-se Grot, e que o nome da mulher alada era Ivora. Contou também a Laryssa que seu pai estava vivo, mas o consolo era pequeno, já que um dia inteiro havia se passado entre o que Driera vira em seu transe e o relato que fazia agora.

– Você estava errado, Kullat – ela disse, pegando um pedaço de ave assada. – Não foi Willroch quem matou Grot.

– Como não? – perguntou o cavaleiro com uma expressão de dúvida. – Aquela outra mulher não parecia ser tão forte a ponto de causar um ferimento tão devastador.

– Mas também não foi ela – Driera respondeu, preocupada. – Aqui na clareira, eles se encontraram com outra pessoa que, aparentemente, é o mestre de todos eles. Ele matou Grot com uma única rajada.

– E como ele é? – Thagir perguntou, nitidamente tenso.

– Estava vestindo uma túnica vermelha com desenhos dourados na manga. É careca e alto – respondeu Driera, franzindo a testa e tentando lembrar todos os detalhes. – Era magro, muito magro mesmo. E tinha muitas tatuagens. Aquela tal de Ivora o chamou de Volgo.

– Impossível! – Kullat interrompeu, espantado. – Tem certeza disso?

– Você acha que é o mesmo Volgo que matou aquele Gaiagon* em Oririn? – Thagir perguntou, preocupado.

– O feiticeiro de Orko?** – Kullat hesitou, olhando depois para Driera. – Uma de suas tatuagens se parecia com um arco? Que começa aqui – apontou para a própria têmpora – e passa pela orelha, terminando no queixo? – inquiriu-a, indicando com a mão o local onde estaria a tatuagem.

– É exatamente assim! – respondeu ela, surpresa com os detalhes dados por Kullat.

– Grande Khrommer! É ele mesmo! – o cavaleiro exclamou, pondo-se de pé em um salto e andando de um lado para o outro. – Não entendo. Eu mesmo o vi morrer nas colinas Wanann,*** em Oririn.

– Volgo... Já ouvi esse nome antes – Laryssa murmurou.

Sua mente voltou três anos atrás, quando estava amarrada em uma pedra de sacrifícios, rodeada de estranhos seres feitos de fumaça negra. O nome "Volgo" ainda ecoava sinistramente em sua memória. Recordou-se de que Kendal o chamava constantemente,

---

* Seres colossais das eras antigas que podem chegar a trinta metros de altura e têm força e inteligência inigualáveis. Relatos dizem que há menos de uma dezena deles atualmente, e que hibernam por séculos em regiões inóspitas e desabitadas. Seu paradeiro é desconhecido. Ao fim das Guerras Espectrais, as joias que serviram de prisão aos Espectros foram incorporadas a seus corpos, e eles se espalharam pelo Multiverso.

** Cavaleiro ambicioso. Seu fosso, no castelo de Kon, possui as últimas centopeias gigantes carnívoras de Oririn.

*** Segundo a crença popular, são consideradas um lugar de mau presságio. Há muitas lendas sobre elas, e muitos viajantes as evitam, por medo de seres sobrenaturais.

pouco antes de tentar sacrificá-la em troca do poder do Globo Negro. Balançou a cabeça, tentando se livrar daquelas terríveis lembranças.

Kullat a encarou, visivelmente preocupado.

– O quê? Você já ouviu esse nome?

– Quando eu estava amarrada na pedra de sacrifícios, ouvi meu p... – ela hesitou. Quase dissera "pai". – Ouvi Kendal repetir esse nome algumas vezes. Nunca falei sobre isso porque presumi que fosse alguma palavra mágica. Mas, pensando agora, lembro que Kendal parecia estar chamando por esse nome.

– Se Volgo estava por trás das ações de Kendal, isso poderia explicar por que ele queria sequestrar Laryssa agora – Thagir disse, olhando para o grupo. – A princesa pode ter algo de que ele precisa.

Iluminados pelas chamas da fogueira, todos tinham um ar de preocupação. O peito de Azio chiou e estalou.

– Vingança? – perguntou. Seus olhos piscaram rapidamente em vermelho.

– Talvez – respondeu o pistoleiro. – Mas eu acho que tem mais alguma coisa.

– Volgo disse algo sobre uma pedra, e também sobre voltar para Breasal – complementou Driera.

– A pedra! Como pude me esquecer da pedra? – Kullat bateu na própria testa, interrompendo Driera.

De um bolso no cinto, retirou uma pequena pedra gelatinosa, pousando-a sobre a mão estendida, para que todos pudessem vê-la. Dentro dela, um líquido turvo se movia, sempre em uma mesma direção.

– Willroch deixou essa coisa comigo e gritou algo sobre nos vermos em Breasal.

– Isso explica por que Volgo perguntou se a pedra havia sido entregue – complementou Driera, apontando para o objeto nas mãos de Kullat. – Depois, ele matou Grot com um raio vermelho. Foi horrível!

Um Rastro de Neve

Espantados, todos olhavam curiosos para a estranha pedra nas mãos enfaixadas de Kullat.

– Parece mágica – Iki-Dau disseram, com a voz dupla. – O que será que ela tem a ver com Breasal? Aliás, alguém sabe onde fica esse lugar?

Todos menearam a cabeça negativamente.

– Não há registros sobre esse nome nas bibliotecas dos Senhores de Castelo – Azio complementou, com um estalo no peito. – Tenho certeza disso porque consultei e armazenei em minha memória a lista de mundos mapeados, enquanto procurava por sobreviventes de Binal.

O comentário de Azio deixou todos preocupados. Pela vastidão do Multiverso, há uma infinidade de mundos não catalogados pelos Senhores de Castelo. Quando uma passagem pelos Mares Boreais leva a um mundo desconhecido, é feito um mapeamento e uma análise sobre as características físicas e sociais do mundo em questão, para registro nas bibliotecas de Ev've. Se Breasal for um mundo e não estiver catalogado, será extremamente difícil, ou melhor, impossível, encontrá-lo apenas navegando pelos Mares Boreais.

Laryssa levantou-se, bufando de raiva. Sua frustração havia chegado ao limite. Então explodiu:

– Eu sabia! – gritou, chutando a fogueira. Um punhado de faíscas amarelas subiu pelo ar. – Eu falei para sairmos ontem à noite.

Mas agora, só temos uma pedra insignificante e um nome que ninguém conhece!

– Calma! – exclamou Kullat, tentando apaziguar o ânimo da princesa.

– Calma? – retrucou ela, com rispidez. – Como posso ter calma? Meu pai vai morrer nas mãos daqueles animais enquanto nós ficamos aqui, discutindo nomes e pedras idiotas.

Todos ficaram em silêncio, respeitando o momento de dor da princesa. Seus olhos lacrimejavam. Seu passado era cheio de mentiras e traições, e agora, depois de anos tentando restabelecer o vínculo perdido com seu pai, poderia perdê-lo novamente, além de ter a mãe ausente, distante em um castelo de gelo.

Um brilho de esperança surgiu-lhe na mente ao se lembrar de Yaa, sua mãe, e Mãe de Todas as Fadas.

– Minha mãe! – exclamou. – Minha mãe pode nos ajudar!

– Mas o castelo de gelo fica em Dipra – lembrou o pistoleiro, com desânimo. – É muito longe daqui.

– Não precisamos viajar! – respondeu a princesa, mais empolgada pela esperança.

Sem dizer nada, Laryssa fechou os olhos, levou as mãos próximas à boca e uma linda melodia surgiu em seus lábios. Era como o som de uma flauta, cristalino e elegante. O ritmo era cadenciado, com leves tons agudos. A princesa cantava em murmúrios latentes, cheios de emoção, envolvendo a todos com a canção.

Alguns momentos depois, um grasnar chamou a atenção de todos. Um pássaro branco surgiu no céu. Gracioso e imponente, desceu em círculos, deixando um rastro de flocos de neve por onde passava. Batendo as asas alvas, pousou com delicadeza no ombro de Laryssa. Ela sorriu e começou a falar com a criatura na estranha língua musical dos animais.

O pássaro grasnou suavemente, mexendo a penugem do pescoço. Era totalmente branco, inclusive as garras e o bico. Na cabeça, as orelhas pontudas pareciam dois chifres. Os olhos eram dois pontos escuros como castanhas, que contrastavam com as penas brancas como a neve que cobriam totalmente o corpo. A cauda era formada por dois pares de penas longas.

– Como é que essa coruja poderia nos ajudar? – Kullat falou baixinho ao pistoleiro.

A ave se virou para Kullat e piscou os olhos castanhos.

– Antes de mais nada, estimado Kullat, não sou uma coruja. Sou um mocho das neves – disse a ave.

Kullat se assustou. A voz do pássaro branco era conhecida. Era a voz de Yaa, a Mãe de Todas as Fadas.

Mocho das neves.

Presente de Orvandel

– Yaa? – Thagir perguntou, incrédulo.

– Fico feliz em revê-lo, honrado pistoleiro – o pássaro branco respondeu, piscando os olhos castanhos e olhando para os demais. – Minhas saudações a todos!

A lua iluminava fracamente a clareira, e o céu estrelado começava a ficar com leves tons de azul, sinal de que a madrugada chegava ao fim.

– Este pássaro será a ligação entre nós hoje. Vim em resposta à minha filha – disse o pássaro, depois que todos se aproximaram. – Contem-me tudo o que sabem.

Laryssa relatou o ataque na praça, os incêndios e o rapto do rei. Kullat falou sobre Willroch, e Driera complementou as informações sobre Volgo e a morte de Grot. O pássaro ouviu tudo com grande atenção. Azio, com um estalo no peito, concluiu informando sobre Breasal.

– Breasal? – perguntou o pássaro.

– Exato – o autômato respondeu. – Não há registros sobre esse nome.

Laryssa mexia as mãos nervosamente. Queria saber logo o que tinha de fazer para salvar seu pai. A ave olhou para a princesa, com ternura.

– Acalme-se, filha – disse a ave. Laryssa escondeu as mãos atrás das costas, encabulada. – Eu já ouvi falar sobre Breasal. Foi o próprio Larys quem me contou. Na verdade, é um planeta. Foi lá que ele conseguiu o anel esmeralda.

Todos se espantaram com a revelação. As coisas se complicavam cada vez mais.

– A senhora sabe onde fica esse tal Breasal? – perguntou Laryssa, aflita.

– Não – respondeu o pássaro, sacudindo a cabeça negativamente. Alguns flocos de neve se desprenderam, como um pó mágico, e flutuaram no ar. – Mas sei como Larys conseguiu chegar lá!

Uma pequena mariposa passou voando na frente do grupo. O pássaro de neve parou de falar, parecendo hipnotizado pelo bater das asas do pequeno inseto.

– MÃE! – Laryssa gritou, inconformada.

– Oh! Desculpe. É difícil controlar essa magia de tão longe – disse o pássaro, piscando os olhos castanhos. – Onde eu estava mesmo?

– A senhora estava dizendo que sabe como meu pai conseguiu chegar em Breasal.

– Sim, claro. Lembro que, ao retornar do exílio, ele pediu minha ajuda para retomar o controle de Agas'B. Apesar de eu não me envolver em questões políticas do reino, e de não poder ajudá-lo como ele gostaria, eu o hospedei no Castelo de Gelo por alguns dias. Conversamos muito, e ele me contou que, certa vez, conseguiu um artefato mágico que indicava o caminho de uma terra desconhecida. Lá, ele tinha esperança de conseguir poder suficiente para combater Kendal.

– O artefato era o anel dele? – Iki perguntou, com sua voz baixa, como se falasse para dentro.

– Não seja bobo – respondeu Dau, com sua voz jovial. – Não lembra que Yaa falou que o rei conseguiu o anel *depois* que chegou a Breasal?

Ao ver que seu "monólogo" despertou a atenção dos demais, Iki-Dau se desculparam e pediram para que Yaa continuasse.

– O artefato, na verdade, era um tipo de pedra que indicava o caminho – Yaa retomou a conversa.

– Uma pedra como essa? – Kullat, empolgado com a revelação, estendeu a estranha rocha que Willroch havia deixado. O pássaro analisou com atenção o objeto na mão do cavaleiro.

– Sim! Parece muito com a descrição que Larys fez – disse o pássaro, ainda olhando para a estranha pedra gelatinosa. – Ele a chamava de presente de Orvandel – finalizou com um pio.

– Mas como essa pedra o ajudou? – Kullat indagou, passando a mão pelo cavanhaque, como que para alinhar os pelos do queixo.

– Acho que funciona como uma bússola – Yaa respondeu. – Vocês devem seguir a direção que o líquido indicar.

– Será que a pedra funciona nos Mares Boreais? – Driera indagou, olhando para a pedra e depois para o pássaro.

– Se Larys chegou lá, deve ter sido cruzando os Mares Boreais – Iki-Dau argumentaram, com a voz dupla.

– É possível, já que Volgo deixou essa pedra de propósito – Thagir complementou, preocupado.

– Muito obrigada, mãe! Vamos para o porto de Kalclan agora! – Laryssa exclamou. Sem esperar resposta, a princesa começou a recolher as coisas e a guardá-las na mochila.

A ave sacudiu as asas, desequilibrada pelos movimentos da princesa. Gralhou fortemente, fazendo-a parar de arrumar a bolsa.

– Antes que partam, quero que saibam uma coisa. Larys me falou que se sentia muito estranho em Breasal.

– Estranho como? – Iki-Dau perguntaram, com o timbre duplo na voz.

– Ele não soube explicar direito. Apenas me disse que se sentia... limitado. Por isso, peço que tomem muito cuidado. Se Volgo quer vocês lá, um dos motivos pode ser essa limitação de que Larys falou.

O grupo ficou em silêncio. O alerta de Yaa era valioso e muito preocupante.

O dia começava a nascer no horizonte. O céu ganhava leves tons de amarelo e laranja, e as estrelas começavam a se apagar no firmamento. A conversa com a Mãe de Todas as Fadas trouxe nova esperança, especialmente para Laryssa.

– Agradecemos sua ajuda – Thagir disse respeitosamente. – Mas precisamos de mais um favor.

– Tudo o que estiver ao meu alcance – respondeu o pássaro.

– O reino está sem seu soberano – afirmou Thagir. – E talvez o plano de Volgo seja exatamente esse. Deixar o reino sem liderança.

Laryssa olhou para o pistoleiro com espanto. Esquecera-se completamente disso. Por direito, ela seria a sucessora natural, em caso de impossibilidade ou morte do rei, mas nunca havia pensado nessa hipótese. Segundo as regras do Conselho dos Senhores de Castelo, um príncipe ou princesa que se torna aprendiz deve abdicar do direito de sucessão até se formar, a fim de evitar um conflito entre os deveres de aprendiz e os deveres de herdeiro.

– Eu não posso assumir o trono – disse Laryssa olhando para todos.

– Nós sabemos disso – o pistoleiro respondeu –, mas o reino não pode ficar sem um líder.

– Entendo – interrompeu Yaa, ainda no ombro de Laryssa. – E você pensou que eu poderia assumir o trono até que essa situação se resolva, acertei?

O pistoleiro concordou com a cabeça.

– Seu pensamento faz sentido – Yaa afirmou, piscando os olhos castanhos. – Mas, como eu disse antes, não me envolvo nas questões do reino. Já tenho muitas preocupações sendo a Mãe de Todas as Fadas deste planeta.

– Na verdade, eu ia sugerir que Laryssa a nomeasse conselheira temporariamente – disse Thagir, com um leve sorriso. – Assim, a senhora não precisaria se envolver diretamente, mas, só de assumir essa posição, já frustraria qualquer tentativa de usurpação do trono.

– Ah! Pistoleiro e estrategista! – Kullat riu, dando um tapa nas costas de Thagir.

O pássaro grasnou, e o som foi parecido com um riso. O pistoleiro empurrou o amigo, balançando a cabeça.

– Nessas condições, eu aceito sua sugestão – respondeu Yaa.

A ave passou a cabeça nos cabelos negros da princesa carinhosamente, deixando ali alguns flocos nevados. Laryssa escreveu um pergaminho nomeando Yaa conselheira do reino até o retorno dela ou de Larys. Em seguida, o mocho das neves levantou voo, carregando o pergaminho e planando acima do grupo.

– Cuidado, meus amigos! A busca pelo rei será repleta de perigos, mas saibam que Yaa olha por vocês.

A majestosa ave branca grasnou uma vez mais e partiu, deixando um novo rastro de lindos flocos de neve no céu matinal.

Consequências

O grupo viu o pássaro voar para longe até se tornar um pequeno ponto branco no céu azul da manhã, sumindo logo depois.

– Vamos! – exclamou Laryssa, colocando a mochila às costas. – Quanto mais cedo chegarmos ao porto, mais cedo chegaremos ao tal planeta Breasal!

– Esperem – falou Iki em tom baixo, com os olhos amarelos e preocupados.

– Você tem certeza de que quer falar isso? – perguntou Dau com a voz suave, assumindo momentaneamente o controle, o que era visível pela mudança da cor dos olhos para azul e pelos padrões da pele.

– Claro que tenho – replicou Iki. E então os olhos mudaram de azul para amarelo novamente, acompanhados por mudanças nos desenhos do corpo.

– Ei, não estou entendendo nada! – exclamou Kullat. – É muito estranho você discutir com você mesmo!

– Eu-e-eu sabemos que é estranho – Iki-Dau responderam, com a voz dupla –, mas eu-e-eu somos pessoas diferentes que discordamos de vez em quando.

Depois discutimos isso se for preciso, pensou Iki, apenas para Dau escutar. *Eu preciso expor minha opinião.*

Está bem, pensou Dau em resposta, *mas você vai ficar me devendo uma porção de bankiu* por causa disso!*

---

* Animal pequeno, parecido com um grilo negro com manchas douradas e fosforescentes. Possui um exoesqueleto transparente e doze pernas finas. O abdômen é protuberante, como o de uma vespa. A carne do abdômen é servida em pequenas porções em várias tabernas do Multiverso.

Bankiu? Mas eu detesto bankiu!, pensou Iki.

Mas eu adoro!, respondeu Dau.

Tudo bem. Uma porção de bankiu então.

– Laryssa! Eu sou contra esse resgate – disse Iki, novamente assumindo o controle.

– O quê? Você está louco? – perguntou a princesa.

– Guerrina! – Driera interveio, em tom autoritário. – Em primeiro lugar, é preciso manter o respeito com seus mestres. Além disso, eu também não estou gostando dessa história de missão de resgate em outro planeta.

– Mas... – Laryssa balbuciou, olhando assustada para Iki-Dau e Driera.

– Você está sob nossa responsabilidade – Iki interrompeu –, e não podemos colocá-la em risco sem que seja uma missão oficial aprovada pelo Conselho de Nopporn, ou, no mínimo, pelo Conselho Regional dos Senhores de Castelo aqui em Agas'B.

– Mas é que...

– Espere terminarmos, guerrina – Driera disse secamente. – Tem outra coisa: estaríamos arriscando não só a vida de uma aprendiz, que ainda não está autorizada a participar de uma missão, mas também a de cinco Senhores de Castelo. Sem falar no seu robô!

– Eu não sou um robô e não pertenço a ninguém! – Azio protestou, para espanto de Driera.

– Desculpe-me – disse Driera, com sinceridade. – Não consegui me acostumar ainda à ideia de um robô... digo, um autômato vivo!

– Desculpas aceitas – Azio respondeu, com um estalo no peito.

– Ei! Podemos voltar ao meu pai? – perguntou Laryssa. – Não me importa se sou ou não uma guerrina. O que me importa é que meu pai foi sequestrado e preciso ir atrás dele!

– Importa sim se você é ou não uma guerrina – continuou Iki, enfático. – Para ser aceita como tal, você fez um juramento de obedecer aos seus mestres e seguir as regras da Ordem.

– Então eu deixo de ser uma guerrina! – Laryssa gritou, desesperada.

– Se você insistir nisso, provavelmente é o que vai acontecer – Iki retrucou. – Tem certeza de que é isso que quer?

– Eu preciso... eu... – a princesa tentou continuar, mas as lágrimas começaram a surgir em seus olhos. – Meu pai! Eu preciso ajudar meu pai! Já fiquei muito tempo sem ele. Não posso perdê-lo de novo...

A princesa se ajoelhou, com as mãos no rosto, deixando as lágrimas rolarem pela face. Estava desesperada e não sabia o que fazer. Pensava no pai, que corria grande perigo.

– Eu entendo – disse Driera, condoída, aproximando-se e pousando suavemente a mão no ombro da princesa –, mas temos que seguir as regras.

– Eu vou com ela – Azio interrompeu, com um chiado no peito. – Eu posso protegê-la.

– Eu vou também – Kullat disse, preocupado com os sentimentos da princesa.

Laryssa levantou o rosto molhado e, em meio à dor, sorriu para Kullat e Azio.

– Driera e Iki-Dau têm razão! – Thagir interveio. – As regras são claras e devem ser seguidas. Todos os guerrins precisam obedecer aos seus mestres.

Kullat abriu os braços para Thagir em um gesto de protesto. O pistoleiro piscou um olho discretamente, fazendo o amigo sorrir.

– Ou serem julgados, caso seja necessário – complementou o pistoleiro.

– Como assim? – Driera perguntou, visivelmente desconfortável com a linha de pensamento do pistoleiro.

– Estou apenas relembrando as regras – Thagir continuou. – Se um guerrin desobedece aos seus mestres, e sabe que está fazendo isso, poderá ser julgado pelo Conselho de Nopporn, em Ev've.

– Obrigada! – exclamou Laryssa, com um tom renovado de esperança. – Com certeza, eu irei atrás do meu pai, mesmo que tenha de ser julgada por isso.

– Então – continuou o pistoleiro, ajudando a princesa a se levantar –, eu também irei com você! Como seu amigo e como amigo de Larys.

– Bem, nesse caso – Dau retrucou, reassumindo o controle –, temos que protegê-la, mesmo que isso seja contrário às regras, não é mesmo, Iki?

Ah, cale-se!, respondeu Iki em pensamento para Dau.

– Eu-e-eu também vamos – disseram finalmente Iki-Dau, com a voz dupla.

Laryssa sorriu para seus amigos. Kullat deu um empurrão em Thagir, que retribuiu o gesto com alegria. Apesar de seguirem sempre as regras da Ordem dos Senhores de Castelo, o coração e a amizade eram seus principais guias.

Insatisfeita, Driera arrumou a mochila, deu as costas para o grupo e começou a andar.

A Única Constante

A giganta de pedra passou por cima da extensa floresta das Planícies de Alons e desviou das altas montanhas rochosas ao norte da cidade de Fordwolk. Caminhando pelo litoral, já estava quase chegando a Kalclan quando Larys se mexeu no casulo mágico.

Volgo olhou com desprezo para o seu refém e, com um gesto de cajado, fez a giganta parar. A figura gigantesca se ajoelhou e desceu a mão suavemente até o chão. O mar estava revolto, com ondas mais altas que um homem, quebrando furiosamente e formando uma espuma espessa. Na praia, alguns pássaros ciscavam e bicavam pequenos crustáceos.

Willroch desfez o casulo, derrubando Larys na areia úmida e cheia de conchas. O rei emitiu um gemido de dor. Estava exausto, tinha muita fome e suas vestes estavam sujas.

– Sugadora! Preciso que ele permaneça fraco – disse Volgo, apontando ameaçadoramente com a mão cadavérica para Larys –, mas também preciso dele vivo.

Ivora lançou-se sobre o rei, aproximando a boca do pescoço de Larys. Dois pontos brilhantes surgiram na pele dele, e um fluido luminoso começou a escorrer dos pequenos brilhos diretamente para a boca da mulher alada. Ela estava sugando a Maru do rei. Já tinha feito isso várias vezes durante a viagem, para mantê-lo fraco. Larys gemeu, desfalecendo em seguida.

– Isso é nojento! – disse Willroch, virando o rosto. – Parece um animal...

– Não seja hipócrita. Você já fez coisas muito piores – vociferou Volgo. – Agora faça alguma coisa direito e vá buscar o capitão para podermos sair deste planeta medíocre.

Os olhos de Willroch brilharam de raiva. Não gostava de ser humilhado pelo feiticeiro, ainda mais perto de Ivora. Sem dizer nada, decolou e sumiu no céu noturno em direção ao cais do porto.

A giganta de pedra continuava ajoelhada, com as ondas batendo nos pés rochosos. Os olhos vermelhos estavam semicerrados, cobertos por pálpebras de pedra.

Pouco depois, Ivora levantou-se sorridente. Larys, pálido e abatido, permaneceu imóvel. Ela chegou perto de Volgo e o tocou no ombro. Em um homem comum, aquele toque causaria um arrepio com efeito hipnótico, mas, para sua decepção, o feiticeiro não se abalou.

– Meu querido, será que a princesa vai nos seguir?

– Só sei de uma coisa, sugadora – disse o homem esquelético. – O amor é a única constante do Multiverso. Por amor, ela iria a qualquer lugar para resgatar o pai.

Volgo apoiou-se no cajado, refletindo sobre tudo o que havia acontecido. Um instante depois, inspirou profundamente e, sem olhar para Ivora, continuou:

– Ela virá! E com ela também virão os outros. Apesar da incompetência de Grot, o plano vai funcionar.

– Seu plano levava em conta aquele homem prateado e a branquela voadora? Ela luta bem. Quase arrancou uma asa minha!

Volgo não admitiu, mas havia uma possibilidade remota de que aqueles dois eram uma ponta solta. E ele não admitia pontas soltas.

– Você se lembra da feição dos dois?

– Dela sim. Dele, só vi de longe, mas a pele é prateada, o que não é muito comum.

Volgo aproximou-se de Ivora e colocou a mão esquelética sobre a testa dela. As tatuagens dele começaram a brilhar suavemente, conseguindo encontrar resquícios das imagens de Driera e Iki-Dau na memória de Ivora. Assustada, ela deu um passo para trás. Na mão de Volgo, uma névoa retinha aquelas imagens. Com um gesto rápido, ele lançou a essência daquelas memórias sobre a cabeça de pedra da gigantesca estátua.

Os enormes olhos petrificados da giganta se abriram, piscando em círculos de um amarelo vivo. Com um gesto do feiticeiro, a enorme criatura se levantou e começou a refazer o caminho pelo qual viera.

– O que aquilo vai fazer? – Ivora perguntou, vendo a gigantesca figura se distanciar a passos largos.

– Aparar uma ponta solta – Volgo sorriu, dando-lhe as costas.

Corrida até Kalclan

Laryssa estava preocupada. Eles precisavam entrar nos Mares Boreais. Para isso, teriam que seguir até o porto de Kalclan. Seriam vários dias de caminhada, um tempo que eles não tinham. Apertou o passo e alcançou Driera, que estava mais à frente, ainda insatisfeita com a decisão do grupo.

– Mestra, por favor, espere – Laryssa pediu, com humildade. – Agora que sabemos para onde eles levaram o meu pai, não precisamos ir a pé. Podemos ir voando!

– Boa ideia! – Kullat exclamou empolgado, mas fez uma careta de dúvida no instante seguinte. – Mas como assim, ir voando? Só Driera e eu podemos voar!

Como resposta, a princesa levou as mãos em forma de concha à boca e começou a cantar uma melodia. Em pouco tempo, três grandes manxes surgiram no céu e pousaram habilmente na clareira, próximos ao grupo.

Um deles era Ox, o manx de penugem roxa que Thagir montara na corrida Rimetus. Os outros dois tinham coloração amarelada, com traços vermelhos, sinal de que eram animais resistentes e de que poderiam voar por muito tempo.

– Como é que eles chegaram aqui tão rápido? – perguntou Driera.

– Pensei no Nono Dia,* mestra! – respondeu Laryssa.

---

* Parte integrante das normas e regras da Ordem dos Senhores de Castelo, a qual é dividida em Treze Dias. Cada dia representa um momento específico das Guerras Espectrais. O lema do Nono Dia é: "A sorte favorece os preparados".

– A sorte favorece os preparados! – replicou Driera.

Laryssa concordou e continuou:

– Pedi para os Maioles para que deixassem esses três manx selados e soltos. Talvez fossem necessários.

– Parabéns, guerrina – Iki finalizou, satisfeito com a antecipação e o planejamento de Laryssa.

– Mas temos um problema – Thagir interferiu, apontando para as montarias. – Nenhum manx conseguiria carregar Azio sozinho.

– É verdade. O Latinha deve pesar uns trezentos quilos de metal e estalos – Kullat concordou, rindo.

Azio soltou um silvo do peito, como se risse, e andou até Kullat.

– Não se preocupem comigo, posso correr até Kalclan.

– Correr? – Kullat perguntou, confuso. – Como assim, correr?

– Acredite em mim, Senhor de Castelo. Não será por minha causa que vocês vão se atrasar.

Mal terminou de falar e uma proteção vítrea, semelhante a um visor, desceu para frente, protegendo-lhe o rosto. Do interior de Azio surgiu um zumbido, como se um motor tivesse sido ligado.

– Aposto que chego antes de vocês – desafiou.

Sem esperar resposta, o autômato saiu em disparada em direção à floresta, deixando um rastro de fundas pegadas por onde passava. O grupo todo ficou surpreso com sua enorme velocidade e a personalidade diferente que Azio apresentava.

– É melhor nos apressarmos, ou o Latinha vai mesmo chegar antes de todo mundo – Kullat concluiu.

– Driera – Iki-Dau disseram com os olhos multicoloridos –, não quer vir conosco para terminar de se recuperar?

Driera aceitou e montou com Iki-Dau num manx alaranjado. Thagir sorriu e afagou carinhosamente a orelha de Ox.

– Como eu e este meu amigo já estamos acostumados um com o outro, eu vou com ele – disse, acariciando o animal.

Thagir montou, e o manx fez um barulho que pareceu um ronronar misturado com um relincho. O pistoleiro interpretou aquilo como um sinal de que Ox estava impaciente para começar a voar.

– E você, Kullat? Não quer vir comigo? – perguntou Laryssa, na esperança de que o cavaleiro dividisse um manx com ela.

– Não, obrigado – Kullat respondeu, piscando para a princesa. Então colocou o capuz e complementou: – Preciso ganhar uma aposta.

Com um impulso, levantou voo, criando um pequeno redemoinho e deixando um rastro prateado no ar.

– Vamos! – Thagir gritou, instigando Ox a voar atrás de Kullat, sendo seguido pelos demais.

Kullat cruzava o ar frio do céu matinal em alta velocidade. Sentia-se bem voando. Seus poderes haviam aumentado muito nos últimos anos, permitindo que seu tempo de voo fosse maior do que era antes. No começo a mudança não era visível. Mas, gradativamente, Kullat começou a se sentir mais forte, e com isso veio a necessidade de dedicar mais tempo à meditação para manter sob controle as enormes quantidades de energia que seu corpo gerava. Várias vezes foi flagrado pelo amigo pistoleiro em um quarto de taberna sentado de pernas cruzadas e olhos fechados, em plena meditação, com uma aura prata ao redor do corpo.

Certa vez, confidenciou a Thagir sobre as mudanças, pedindo ao amigo conselho e ajuda. Após refletir, o pistoleiro concluiu que aquela energia extra poderia ter origem na Joia de Landrakar que o pistoleiro havia quebrado durante a luta contra o Mellog gigante,*

* Criatura humanoide feita de areia e lama. Pesa quase duas toneladas e tem cerca de dez metros de altura.

anos atrás, nas areias do pântano Muko.* Ao quebrar o bracelete, a energia pulsante da joia se mesclou ao poder de Kullat para salvar Laryssa e Azio da ameaça. Mas, ao contrário do que o pistoleiro esperava, a magia da joia não se dissipara completamente, aumentando os poderes de Kullat.

Depois de passar pelas montanhas ao norte de Fordwolk, avistou um brilho dourado no horizonte percorrendo velozmente o campo esverdeado da planície ao lado do litoral.

Um estranho rosnar o fez olhar para trás. Eram os manxes que voavam rapidamente e que se mantinham o mais perto que conseguiam dele. Iki-Dau estavam abraçados à Driera. Kullat, apesar da distância, notou a expressão de alegria deles. Laryssa vinha ao lado de seus mestres, mas desviou o olhar para o chão quando Kullat acenou. O cavaleiro deu de ombros e aumentou a velocidade.

Nesse ritmo, pensou Thagir, *chegaremos ao porto em poucas horas.*

Ativando o Coração de Thandur, aguçou a visão para ver onde Kullat e Azio estavam. O cavaleiro voava a algumas centenas de metros à frente e acenava com alegria. Azio corria rapidamente, desviando de pedras e árvores com grande agilidade.

Thagir viu uma enorme depressão surgir à frente do autômato. Azio, sem diminuir a velocidade, moveu os braços para trás e pulou ao mesmo tempo em que soltou uma rajada de energia de cada mão, abrindo dois buracos no chão verde da planície. O impulso o arremessou para cima, e Azio cruzou facilmente o penhasco. O autômato aterrissou com força do outro lado, sem perder a velocidade.

Thagir acompanhava os movimentos de Azio quando percebeu que o autômato desacelerou bruscamente, erguendo torrões de terra e grama na tentativa de parar. O pistoleiro olhou para o horizon-

* Situado em Agabier, é delimitado por uma cadeia enorme de montanhas. Apresenta inúmeros perigos para os visitantes.

te, tentando entender o que o tinha feito frear tão repentinamente. Ao longe, uma enorme figura de pedras e terra estava vindo na direção deles.

Um Problema Gigante

O pistoleiro viu um enorme rosto cinza de mulher talhado em pedra com maestria. Pensou em avisar Kullat, mas percebeu que não seria necessário – o outro Senhor de Castelo planava espantado.

A gigantesca estátua passou por cima de árvores e rios rapidamente. Os olhos amarelos da criatura encararam Azio, mas, sem dar importância a ele, ela continuou com suas largas passadas. O autômato pulou para trás, desviando-se dos pesados pés.

O belo rosto feminino virou-se para Kullat, encarando-o inexpressivamente com seus olhos amarelos.

– Tenho um péssimo pressentimento sobre isso – Kullat falou para si mesmo, observando a figura gigante passar diretamente por ele.

Sem parar de andar, ela voltou sua atenção para a planície, esquadrinhando tudo à sua volta.

Laryssa voava em seu manx velozmente, ao lado do manx montado por Driera e Iki-Dau.

A giganta ergueu a cabeça e, ao ver Driera e Iki-Dau, seus olhos mudaram de cor, brilhando intensamente em vermelho. A boca de pedra se abriu, e a criatura rugiu ferozmente. Laryssa manobrou com agilidade sua montaria e passou ao lado da cabeça rochosa.

A criatura, sem dar atenção à princesa, acompanhou o manx de Driera e Iki-Dau. Inesperadamente, seus olhos brilharam, e uma forte rajada, de um vermelho intenso, foi disparada contra eles, errando o alvo por centímetros. Como um pássaro branco, Driera abriu as asas claras com a lança já nas mãos. Deixando Iki-Dau sozinhos no manx, voou diretamente contra a adversária colossal e golpeou um de seus olhos. A criatura levou a mão à órbita rachada, forçando Driera a desviar.

Kullat, ao ver o primeiro ataque, voou como um raio prateado, colocando-se entre a criatura de pedra e seus companheiros castelares. Então criou uma parede de energia um momento antes de a criatura disparar uma nova rajada vermelha com o olho restante. Mas a força do impacto foi muito maior do que ele havia imaginado, e sua proteção ruiu. O ataque o atingiu no peito, fazendo-o rodopiar e deixando um rastro de fumaça no ar.

A giganta olhou ao redor, procurando por Driera e Iki-Dau.

Thagir, aproximando-se, afrouxou as rédeas e deixou Ox ganhar velocidade máxima. Com um rasante, passaram por debaixo das enormes pernas. Quando Ox subiu, o Senhor de Castelo materializou uma arma, com canos cor de cobre, e lançou jatos de ácido fumegante, criando sulcos borbulhantes nas costas da giganta. O ar ficou impregnado com um cheiro de madeira queimada.

Azio ativou um canhão em seu ombro e disparou, fazendo um estrondo percorrer a planície. Um novelo de raios energéticos acertou a coxa da enorme estátua, fazendo pedaços de raízes e terra caírem. Ela urrou novamente e, com um movimento rápido, agarrou o autômato com sua enorme mão de pedra, apertando-o com tanta força que seu canhão se quebrou.

Ao ver o amigo em perigo, Laryssa manobrou seu manx até ficar sobre a cabeça da criatura. Soltando as rédeas, pulou no vazio.

– SYLA HORYLY – gritou, ainda no ar.

O corpo de Laryssa ganhou um contorno azulado, formando a imagem de um fortíssimo gorila. Ela aterrissou pesadamente no braço gigante e correu até o pescoço de pedra. Com um urro selvagem, começou a arrancar-lhe torrões de terra e rochas da nuca, golpeando e abrindo enormes buracos.

O titânico ser se debateu e tentou afastar a princesa, que desviou do golpe e pulou na mão livre. Os olhos da giganta começaram a brilhar. Mas, em vez de disparar outra rajada, sacudiu a mão, fazendo Laryssa se desequilibrar. O brilho azulado em forma de gorila sumiu, e a princesa ficou presa num emaranhado de raízes na cintura da gigantesca estátua. Azio livrou um dos braços e, com outra arma, atirou na mão rochosa que o prendia, conseguindo afrouxar o aperto. Com agilidade, saltou até onde a princesa estava pendurada e a pegou nos braços. Com cuidado, pulou no chão e correu para longe.

Iki-Dau formaram diversos pássaros de fumaça azulada, que bicavam os olhos da giganta e se desfaziam em uma nuvem espessa, nublando-lhe a visão. Então ela começou a disparar a esmo, tentando acertá-los.

Recuperado, Kullat aproximou-se rapidamente com as mãos brilhando em um fogo prateado. Fechou os punhos próximos ao peito, criando outra barreira energética que foi atingida por uma rajada avermelhada. O choque entre as energias criou várias faíscas. Quando o ataque terminou, o cavaleiro tinha o corpo chamuscado, mas não havia sofrido nenhum dano. Ao contrário do primeiro ataque, ele estava preparado.

– Agora é a minha vez! – gritou furioso para a giganta.

E fez um movimento circular com os braços. Entre as mãos abertas, uma esfera de energia surgiu, criando faíscas prateadas à medida que aumentava de tamanho. Concentrando toda sua energia, jogou as mãos para frente. Uma fortíssima rajada perolada eletrificou o ar, iluminando a planície. A energia atingiu toda a lateral do corpo da giganta, retumbando como um trovão.

O brilho vermelho no olho vacilou e o titânico urrou enquanto seu corpo entrava em colapso, desfazendo-se em amontoados de rochas e raízes, levantando uma enorme nuvem de poeira.

Thagir e seu manx aterrissaram ao lado de Kullat, que estava com as mãos ainda em posição de ataque. O pistoleiro saltou da sela. Driera pousou suavemente a seu lado, recolhendo as asas bege. Iki--Dau chegaram pouco depois e, descendo do manx amarelo, exclamaram:

– Eu-e-eu já tínhamos ouvido falar que você era poderoso, mas não imaginávamos que era tanto!

– Quer dizer que sou famoso? – Kullat perguntou, abrindo um largo sorriso e colocando as mãos na cintura, como se imitasse uma das estátuas do panteão de heróis em Ev've.

– Famoso sim, mas não pela modéstia – Thagir respondeu, dando um leve empurrão em Kullat.

– O que não faz a inveja! – Kullat concluiu, rindo.

Iki-Dau e Driera se olharam sem entender como os dois poderiam brincar depois de uma situação tão grave. O que eles não sabiam é que essas brincadeiras eram uma forma de Kullat e Thagir enfrentarem os problemas, amenizando as agruras e dificuldades impostas pela vida de Senhores de Castelo. Contagiados pelo bom humor, eles sorriram também.

Contudo, a cena que se seguiu os silenciou, deixando todos perplexos. Como um príncipe dourado, em uma cena digna de um dos contos de Carimm, Azio carregava Laryssa.

Ela, ainda zonza e de olhos fechados, mantinha os braços ao redor do pescoço dele e apoiava a cabeça no ombro dourado. Sentia--se reconfortada com a sensação de proteção e carinho. O abraço era quente, mesmo contra a pele metálica dourada. O peito forte e largo de Azio zumbia baixinho, e a princesa imaginou se ali dentro não haveria um coração mecânico.

Laryssa abriu os olhos suavemente, como se acordasse de um sonho. Mas, ao perceber que todos olhavam para ela, enrubesceu.

– Acho que eu já posso descer... – disse baixinho, constrangida.

Azio, carinhosamente, colocou-a no chão.

– Ainda bem que não perdi minha espada – disse ela, de cabeça baixa, tentando desviar a atenção do grupo para a arma.

Mas todos ficaram em silêncio. Driera, solidária com o constrangimento da situação, resolveu ajudar sua aprendiz a mudar de assunto.

– Já que estamos todos bem... – Driera começou a falar, mas foi interrompida bruscamente.

– DESTRUIR!

A voz era poderosa como um trovão. Assustado, Ox empinou e abriu as asas, resfolegando. O manx de Iki-Dau bateu as asas, assustado. Por instinto, o grupo todo assumiu posição de combate.

Azio entrou em módulo de combate e puxou Laryssa para trás dele.

– MATAR!

A voz vinha da enorme cabeça de pedra. Tombada de lado, o olho atingido por Driera estava enterrado no chão, mas, no outro olho, brilhavam três círculos amarelos. Uma névoa vazou do olho e, diante de todos, formou a imagem de Driera e de Iki-Dau. A voz foi ficando mais fraca, enquanto a imagem foi desvanecendo.

– DEStrui...

Em seguida, a estátua se calou, e os três círculos no olho se apagaram lentamente, um a um, até não restar nenhuma luz.

O grupo ficou em silêncio. Apenas o peito de Azio zumbia, como se tivesse ligado um ventilador interno. O sol aquecia a planície, destruída pela luta, e o vento desfazia fracamente a fumaça das partes do corpo gigante que ficaram espalhadas pela grama.

Thagir olhava pensativo para a gigantesca cabeça de pedra.

– Aquela coisa estava em uma missão!

– Primeiro, querem que a gente vá atrás do rei. Agora, querem matar todos nós – disse Driera, preocupada. – Não estou entendendo mais nada!

– Todos, não – Thagir continuou, virando-se e encarando Driera e Iki-Dau. – Ela queria matar só vocês! Não viram as imagens que estavam naquela fumaça?

Todos assentiram.

– Só havia imagens de vocês dois, digo, vocês três – continuou Thagir, apontando para Driera e Iki-Dau. – Além disso, aquela coisa de pedra não atacou mais ninguém.

– Epa! Como não? – Kullat interveio. – Então, esses buracos aqui foram feitos por traças assassinas! – disse, apontado para o tecido chamuscado da túnica.

– Se você se lembrar – Thagir meneou a cabeça e começou a gesticular, como se recriasse a cena –, você se jogou na frente da primeira rajada quando foi proteger Iki-Dau e Driera. E, na segunda vez, havia uma camada de fumaça que impedia a visão da criatura. Ela estava atirando a esmo.

– Hum... Sabe que você tem razão? Não pensei por esse lado – disse Kullat, alisando o cavanhaque.

– Ela poderia ter esmagado Azio – Thagir prosseguiu –, até ficar com um monte de sucata nas mãos, mas não fez isso. E, quanto a você – completou, voltando a atenção para Laryssa –, ela teve a chance de disparar uma rajada diretamente em sua direção quando você estava na mão dela.

Thagir ficou em silêncio por alguns instantes, olhando a reação de seus companheiros. As cores do final da tarde acentuavam suas expressões de dúvida.

– Assim, só podemos concluir que a missão daquela coisa era matar Iki-Dau e Driera! – Thagir finalizou e cruzou os braços, como se estivesse expondo a conclusão de uma tese na Academia.

– Por que ela só queria matar Driera e eu-e-eu? – Iki-Dau indagaram, preocupados.

Ninguém respondeu. Driera estava absorta em pensamentos. A sensação de que poderia morrer em uma missão, com a qual não concordava, deixou-a muito irritada.

– Vamos acabar logo com isso! Precisamos resgatar o rei – disse Driera entre dentes, sacando a lança. – E, se querem nos matar, que venham. Eu estou preparada.

Thagir sorriu diante da coragem dela. O pistoleiro afagou a cabeça de Ox com ternura, montando em seguida.

– Então vamos! Eles têm cerca de um dia de vantagem sobre nós. Mas não sabem que o monstro deles falhou em sua missão – concluiu o pistoleiro, instigando Ox a voar.

Todos concordaram e subiram em seus manxes rapidamente. Azio olhou para Kullat. O cavaleiro podia jurar que o autômato sorria, apesar da expressão metálica.

– O que acha de continuarmos nossa corrida? – perguntou o autômato, com um estalo no peito.

– Com certeza, Latinha! – o cavaleiro respondeu sorrindo.

Assim, ambos saíram em disparada, em direção ao pôr do sol, sem esperar pelos demais.

Volgo olhou, pensativo, para o horizonte. O sol lançava seus últimos raios, pintando o céu em cores vivas de laranja e dourado. O antigo navio onde ele e seus acólitos estavam singrava rapidamente os mares de Agas'B. Imaginava se a giganta de pedra havia completado sua missão.

Há certas coisas que são inevitáveis, pensou. *Um bom estrategista se adapta às mudanças.*

Mesmo que os dois desconhecidos sobrevivessem, achava que eles poderiam vir a ser úteis.

Uma densa névoa mágica se formou ao redor do navio. O capitão Tempestuoso girou o leme, manobrando por um caminho invisível.

– Preparem-se. Estamos chegando ao portal dos Mares Boreais – disse, indiferente.

Preparativos

Thagir, Iki-Dau, Driera e a princesa pousaram próximos à rampa principal do porto, assustando os marujos. Era final de tarde, mas o porto de Kalclan estava bem movimentado. Pequenos navios pesqueiros e de transporte de carga estavam atracados. Com bandeiras e símbolos de outros reinos do planeta, não deixavam qualquer espaço no canal, formando um estacionamento de embarcações.

Marujos de várias raças carregavam caixas de um lado para o outro. Os agentes portuários gritavam nomes de embarcações e chamavam os capitães para conversar sobre as entregas, os pagamentos e os negócios. A parte central do mercado de Kalclan tinha menos pessoas, apenas os comerciantes e seus ajudantes, que preparavam os produtos recebidos para vendê-los à enorme clientela do mercado.

Um agente portuário baixinho, com cara de poucos amigos, correu até o grupo que acabava de pousar. Ele gesticulava e gritava. O jaleco vermelho e as calças brancas o faziam parecer um artista de circo. Em uma das mãos, segurava um monte de papéis.

– Vamos, vamos. Tirem esses animais daqui – disse com a voz aguda. – Preciso de espaço para o pessoal poder trabalhar.

– E nós precisamos de um navio – disse Laryssa, desmontando do manx com elegância.

– Vocês e mais um monte de gente. Quem você pensa que é? – perguntou ele, zangado. – Alguma princesa?

– Exatamente – e fez sua melhor pose de realeza. – Sou a princesa Laryssa.

O homem, reconhecendo a princesa, ficou com o rosto vermelho.

– Mil desculpas – disse, em tom de respeito, fazendo uma reverência e quase tocando o chão com a cabeça. – Em que posso lhe ser útil, minha princesa?

– Eu já lhe disse – continuou ela, com um tom superior. – Precisamos de um navio, e rápido! Quero uma lista de todas as embarcações que são capazes de viajar pelos Mares Boreais.

– Imediatamente, Sua Alteza – o homem respondeu baixinho, voltando correndo para o centro de controle.

Thagir desmontou do manx roxo e acariciou o animal na orelha.

– Não sabia que você era assim tão arrogante – o pistoleiro sorriu.

– Às vezes, os inconvenientes são os mais bem tratados – ela confidenciou, sussurrando para Thagir.

– Onde estão Kullat e Azio? – Iki-Dau perguntaram, descendo do manx.

– Se não estiverem aqui, vamos sem eles – Laryssa resmungou, de mau humor.

O odor marítimo impregnava o ar, e o movimento das águas balançava os navios. Thagir olhou em volta. Queria encontrar Kullat e Azio, mas não havia sinal dos dois.

Andou pelo píer cheio de caixas cobertas por lonas desgastadas, procurando pelos companheiros. Um barulho forte, como um ventilador gigante, chamou-lhe a atenção. Atrás de uma enorme caixa coberta com uma lona amarelada e velha, encontrou o que procurava. Thagir olhou com surpresa para Azio. O barulho alto e abafado vinha de seu peito. Azio estava curvado, com a mão no abdômen, como se sentisse dor. Sem capuz, sentado em um tablado de madeira, Kullat arfava, com o rosto encharcado de suor.

– O que aconteceu? – Thagir perguntou, sorrindo.

– GANHEI! – o autômato e o cavaleiro responderam ao mesmo tempo, fazendo o pistoleiro gargalhar diante da situação cômica.

– Eu cheguei antes na linha do porto! – exclamou Azio com os olhos piscando.

– Mas tinha de passar o corpo todo, e o meu cruzou a linha antes do seu – disse Kullat, se esticando.

– Depois vocês decidem isso – disse o pistoleiro, ainda rindo. – Vamos. Temos muito que fazer.

Kullat enxugou o suor da testa com a manga da túnica e se levantou. O pistoleiro riu novamente ao ver que o amigo estava exausto e que Azio continuava a fazer o barulho de ventilador.

– Resfriamento interno – o autômato disse, vendo que Thagir olhava para ele com uma expressão de dúvida. – Meus circuitos ficaram muito quentes com essa corrida.

Chegaram ao píer um momento antes de o agente portuário voltar, esbaforido, com alguns papéis. Havia apenas uma nave no porto capaz de navegar pelos Mares Boreais: o *Coroa Azul*. Seu capitão se chamava Tiberius. A embarcação acabara de chegar e ainda estava sendo descarregada. Laryssa mandou o homem chamar o capitão. Ele saiu correndo mercado adentro e voltou rapidamente, com um homem ao seu lado.

Tiberius era forte, de olhos azuis e cabeleira vermelha. Uma longa barba ruiva, com tranças e bem aparada, descia até o peito. Uma tiara de prata na testa dava-lhe uma aparência estranhamente mística. Vestia uma casaca bege, calças escuras e botas de couro. Na cintura, em um elegante cinto prata, pendia uma espada fina, cheia de runas.

– Então, vocês querem entrar nos Mares Boreais – disse, sem rodeios, com a voz forte e cheia de autoridade. – Quando pretendem partir?

– Gostei de você, objetivo e prático – Laryssa afirmou, mantendo o ar autoritário. – A partida será imediata!

– Impossível! – Tiberius exclamou. – Acabamos de chegar de uma viagem longa e cansativa. Meus homens ainda estão descarregando o navio, e, depois disso, terão um dia de folga em terra.

– Acho que não fui clara, capitão – continuou a princesa. – Precisamos partir imediatamente, e o seu navio é o único que pode nos levar. O descanso terá que ficar para outro dia – finalizou, com o dedo apontado para o rosto do homem.

– Madame – arguiu o capitão, recostando-se num barril e visivelmente menosprezando Laryssa –, seu privilégio como membro da realeza não tem influência aqui. Conforme o tratado de navegação Borealis, os capitães de navios interboreais possuem autonomia para decidir que cargas levarão, para onde e, acima de tudo, quando!

– Esse mesmo tratado – interrompeu Thagir – determina que, quando um Senhor de Castelo necessitar, poderá utilizar dos serviços dos navios interboreais. Esse é o preço que os capitães pagam por usar as bússolas espada-escudo fornecidas por Ev've.

– E, por acaso, tem algum Senhor de Castelo aqui? – Tiberius cuspiu no chão depois de falar.

– Por acaso tem, sim – disse Thagir, retirando de um dos bolsos um pergaminho e entregando-o a Tiberius.

Laryssa notou que no fim do documento havia uma gravura Musashi.* Ao terminar de ler, Tiberius suspirou, visivelmente contrariado.

– Hum, estão dando esses papéis aos montes, ultimamente – disse Tiberius, devolvendo-lhe o pergaminho. – Muito bem, eu e meu navio estamos às suas ordens. Mas meus homens precisam de um dia em terra.

– Sua preocupação é justa. Mas temos pressa, capitão. Será que isso convenceria seus homens a diminuir o tempo em terra? – per-

* Símbolo da Ordem dos Senhores de Castelo. É feito com dois traços angulados e sua forma lembra muito a de um triângulo, ou o formato de um navio. É usado em itens específicos para representar o vínculo com a Ordem, como documentos oficiais, flâmulas de navios a serviço dos Senhores de Castelo etc.

guntou o pistoleiro, pegando algo de um dos bolsos da casaca e jogando-o para o capitão.

– Possivelmente – Tiberius sorriu, ao ver um punhado de opalas dentro da pequena bolsa de couro. – Acho que estaremos prontos para zarpar em poucas horas – finalizou o capitão, fazendo uma reverência desleixada e gritando para os marujos do navio.

– Nunca me canso de ver o efeito que algumas pedrinhas brilhantes exercem sobre as pessoas – o pistoleiro sorriu para a princesa.

– Obrigada – ela agradeceu, aliviada. – Tenho certeza de que meu pai compensará os seus gastos.

– Não se preocupe. Meu planeta é cheio de "pedrinhas". Pra mim, elas não valem nada, mas têm certo valor em alguns lugares do Multiverso.

– É muito bom ter um amigo que paga as contas! – Kullat brincou. O cavaleiro estava quieto até aquele momento, descansando da corrida que apostara com Azio.

– Ah, já entendi. Hora do lanche, não é? – disse Thagir, sorridente. – Temos algumas horas de espera, podemos descansar e comer enquanto isso.

A Travessia

O navio *Coroa Azul* havia sido construído há mais de trinta anos pelo pai do capitão Tiberius. Assim como seu pai, ele cuidava da embarcação como se fosse realmente uma joia, mantendo-a sempre em perfeitas condições de uso. O cuidado era tanto que, por mais que alguém procurasse, não conseguiria encontrar nenhum sinal de ferrugem.

O *Coroa Azul* era um navio de médio porte, com quatro mastros. As velas se abriam para os lados, como um leque. O enorme pano avermelhado era sustentado por finas armações, diferentemente das velas tradicionais, que se abriam de cima para baixo. Na proa, uma enorme carranca formava duas cabeças de bestas. Habilmente fundidas em um metal azulado, lembravam vagamente dragões marinhos.

Quatro horas depois, o navio zarpou do cais de Kalclan, deslizando rapidamente sobre o mar tranquilo, graças ao casco encantado de madeira cinzenta, onde nenhuma alga se fixava. A princípio, a tripulação relutou em acelerar o descarregamento e se recusou a prosseguir viagem. Mas depois que Tiberius mostrou as opalas, o humor a bordo mudou incrivelmente. De ânimo renovado, o navio foi abastecido com suprimentos, água fresca e alguns barris de Bálkan, uma bebida extremamente forte, também chamada de Arranca Alma pelos marinheiros.

O capitão Tiberius manobrava o *Coroa Azul* em direção ao alto-mar e acompanhava o cantarolar da tripulação, que agora trabalhava com grande entusiasmo.

– Foi muito interessante como você conseguiu controlar a situação – Thagir falou para o capitão, recostando-se na balaustrada ao lado do timão e cruzando os braços.

– É preferível dividir a riqueza a compartilhar a pobreza! – Tiberius exclamou, sorridente. – Além do mais, ainda vai sobrar bastante para o capitão.

– Muito inteligente de sua parte.

– Na verdade, esse era o lema do meu pai. Aprendi bastante com ele.

– Ele era comerciante?

– Não! Era um pirata – e piscou, voltando a cantarolar.

– Não quero nem saber do resto da história! – Thagir exclamou, levantando as mãos e sorrindo.

– Mudando de assunto, preciso das coordenadas do planeta para onde estamos indo – disse Tiberius. – Como é o nome dele mesmo?

– Ah, sim. Vamos para Breasal. O problema é que se trata de um planeta não identificado.

– Não identificado? Mas como é que vamos encontrá-lo? – perguntou o capitão, fazendo uma careta.

Tiberius sabia que alguns capitães são contratados pelo Conselho dos Senhores de Castelo em Ev've em busca de novas entradas para mundos não mapeados. É uma atividade morosa, cheia de perigos, mas que possui grandes recompensas.

– Você por acaso está querendo ficar vagando até achar o caminho?

O pistoleiro sorriu e retirou do bolso a estranha pedra que Yaa chamou de presente de Orvandel, entregando-a para o capitão. O interior dela se mexia, formando ondas que se moviam para uma mesma direção.

– Parece que está indicando um caminho – exclamou Tiberius, espantado. Levantando a cabeça, gritou para a proa: – Axel! Traga a bússola espada-escudo.

Um jovem de aproximadamente 18 anos apareceu de dentro da cabine trazendo uma espada prateada. A lâmina curva, de corte único, possuía um círculo transparente perto da guarda dupla. Nas costas, ele trazia um grande escudo, também prateado, com um símbolo Musashi talhado em baixo-relevo. Na parte superior do escudo, havia um círculo semelhante ao da espada.

Axel entregou os dois objetos para Tiberius. O capitão encaixou o escudo num suporte alto ao lado do timão. Em seguida, encaixou a espada, com a ponta para baixo, em duas presilhas do escudo, alinhando os dois círculos transparentes. Olhando pelos círculos, era possível ver a água à frente do navio.

– Poriyal prohod. Boriyal odpri Muldiversiy – Tiberius recitou as palavras mágicas que ativavam a bússola espada-escudo, e os círculos brilharam. Em cada um, surgiu uma pequena marca. O capitão manobrou o navio e, com a ajuda de Axel, que fazia sinais para a tripulação, controlou a velocidade de navegação até que as marcas ficassem alinhadas. Dois triângulos se formaram, um em cada círculo transparente.

– Incrível! – exclamou Tiberius, olhando espantado para a pedra, depois para a bússola espada-escudo e de novo para a pedra. – Isso aqui está mostrando a direção da entrada para os Mares Boreais!

– Que bom que funciona. Eu não sabia se daria certo ou não – Thagir falou com um sorriso. – Agora tenho certeza de que acharemos Breasal.

– Posso ficar com ela depois da viagem? – perguntou Tiberius com um ar ingênuo, pegando a pequena bolsa de opalas e a sacudindo para Thagir. – Eu lhe devolvo tudo que restou e ainda posso pagar mais!

– É melhor deixar as coisas como estão – disse o pistoleiro, fazendo um gesto com a mão, como se espantasse uma má ideia.

– Não custa perguntar... – Tiberius finalizou, com um riso maroto.

À medida que o navio deslizava na água, os triângulos iam ficando menores, até se tornarem dois pequenos pontos.

– Atenção, pessoal! A entrada está se realinhando! – gritou, girando o timão rapidamente. – Recolher a vela principal e soltar arrastadores. Precisamos reduzir a velocidade para quinze nós. Virar cento e cinquenta graus a bombordo.

A tripulação toda se agitou. Cada um, com anos de experiência, sabia exatamente o que fazer. Parecia um balé, encenado várias e várias vezes. Conforme as manobras eram feitas, as velas em formato de leque mudavam de direção. Os pontos dos dois círculos transparentes se alinharam, mas os triângulos não apareceram.

– Droga. Mudou de novo! Levantar arrastadores, acelerar para vinte nós – gritou Tiberius, sendo prontamente atendido com aqueles movimentos automáticos dos tripulantes.

Os triângulos finalmente apareceram, mas ainda estavam muito pequenos.

– Precisamos de mais velocidade, soltar a vela principal! Axel, prepare-se para o ajuste final de entrada.

Uma neblina, vinda de lugar nenhum, surgiu. Os triângulos foram ficando cada vez maiores, e Tiberius fazia pequenos ajustes no timão para manter os sinais alinhados. A neblina foi se tornando mais espessa e já tomava todo o navio, o que indicava que estavam muito próximos do portal.

– Eu adoro essa parte da viagem! – exclamou Laryssa, abrindo os braços na extremidade da proa. – O frescor das brumas mágicas da entrada dos Mares Boreais tem um cheiro tão bom!

– É verdade – respondeu Kullat, logo atrás da princesa. – Mas eu gosto mais do momento em que passamos pelo portal. A sensação dentro da gente é... Não sei dizer ao certo... É como explodir sem sair do lugar.

Azio, que estava ao lado de Kullat, deu um passo à frente e se aproximou da princesa.

– Viajei muito nos últimos três anos enquanto buscava outros da minha espécie. – disse Azio. – E em todas as minhas viagens pelos Mares Boreais, sempre gostei quando não havia neblina depois do portal. O céu repleto de astros e a água multicor são incríveis.

Ele está sorrindo?, pensou Laryssa, vendo a expressão no rosto do autômato. *Azio está tão diferente! Parece mesmo mais humano.*

Pousando a mão sobre o braço de metal, sentiu, surpresa, que novamente a pele dourada estava morna, diferente da sensação fria de antigamente. Laryssa sentiu um arrepio ao tocar o amigo.

– Vou fazer uma prece para Khrommer – disse Kullat, não percebendo a surpresa da princesa –, para que ele dissipe as brumas e permita uma bela visão durante toda a nossa viagem.

– Também vou pedir isso – Azio respondeu, com um estalo no peito.

– Que surpresa, Latinha. Não sabia que você acreditava em Khrommer.

– Não, Kullat. Vou pedir para o meu Deus – respondeu Azio, com os olhos piscando em tom vermelho. – Todos os seres vivos possuem alguma crença, e os binalianos não são diferentes!

– Mas esse Deus é algum tipo de máquina? – perguntou o cavaleiro com curiosidade.

– Nem máquina nem humano. Nem mesmo uma entidade elementar da natureza – respondeu o autômato com respeito. Seus olhos brilharam um azul lívido como o céu da manhã. – A forma mais simples que eu poderia descrever o Deus Nett é dizer que ele é como uma nuvem de ideias. Existindo e criando tudo e todos.

– Criar tudo... – comentou Kullat. – Eu queria poder criar um belo prato de grilos fritos agora.

– Seu bobo! – Laryssa, que escutava tudo atentamente, sorriu e deu um leve soco no braço de Kullat.

– Bobo?... Bobo! O BOBO! – exclamou Kullat, dando um tapa na própria testa. – Como é que fui esquecer?

– O que foi? – perguntou a princesa.

– Esqueci de fazer uma coisa.

Kullat se concentrou, fechou os olhos, murmurou algumas palavras e, do centro das mãos espalmadas, surgiu uma bola de fogo mágico. Ela flutuava, rodava e bruxuleava, soltando fagulhas azuladas. Foi se movendo e se moldando até formar um lindo dragão, que se esticou e soltou um minirrugido, seguido por uma pequena labareda que saiu da boca e das narinas diminutas.

Kullat colocou uma das mãos sobre o animal de fogo mágico e murmurou algumas palavras. Em seguida, ergueu os braços e lançou-o no ar.

– Vá! – ordenou o cavaleiro.

O animal deu dois rodopios, passou por Iki-Dau e Driera, que estavam no meio do convés, e disparou em direção ao continente.

– O que era aquilo? – perguntou Laryssa, com curiosidade.

– Uma mensagem para dois amigos meus.

A princesa ficou muda, esperando que ele continuasse a explicação.

– Pedi que me encontrassem em meu castelo, em Oririn.

– Mas como é que aquele dragãozinho vai saber quem são seus amigos?

– Deixei um deste com eles – disse Kullat, mostrando um pequeno broche com um dragão prateado, muito semelhante ao broche de dragão vermelho deixado com o Ladrão. – A mensagem vai achá-los.

Kullat bateu novamente na própria testa.

– Droga! Esqueci de falar a senha para passarem pelas minhas dragoas.

O cavaleiro se preparou para fazer outra mensagem, mas foi interrompido pelo capitão.

– Preparem-se todos! Estamos entrando nos Mares Boreais!

O navio chacoalhou por um momento, como se tivesse passado por cima de alguma coisa. O navio inteiro e toda a tripulação começaram a vibrar e a brilhar. Tudo pareceu ficar mais e mais lento, até se tornar estático. As brumas pareciam ter se solidificado, criando uma obra de arte viva e pulsante.

Em um momento eles estavam nos mares de Agabier. E no momento seguinte, haviam deixado o planeta e penetraram nos Mares Boreais. O brilho e a vibração diminuíram, os movimentos voltaram suavemente e a sensação de lentidão desapareceu. A névoa ficou menos espessa, até que tudo voltou ao normal.

A única diferença aparente entre antes e depois do portal era a água pela qual o navio navegava. Era colorida e vibrante. A espuma criada pelo movimento da embarcação flutuava e se dissipava em centelhas de várias cores.

– Tudo certo. Conseguimos fazer a travessia! – gritou o capitão. E, virando-se para Thagir, disse com um ar de dúvida: – Normalmente, nessa parte da viagem, digo à bússola espada-escudo para onde desejamos ir.

– Você pode até tentar, mas acho que não conseguirá muita coisa – respondeu o pistoleiro dando de ombros.

Tiberius, ainda segurando a pedra gelatinosa, encostou-se à bússola espada- escudo com uma mão. Concentrando-se, recitou o encantamento de direção em voz baixa. Thagir conseguiu entender apenas "Breasal" entre as palavras. Os círculos começaram a brilhar, e vários símbolos piscavam neles aleatoriamente. Depois de algum tempo, os dois círculos ficaram opacos, piscaram e se apagaram.

– Eu lhe disse – Thagir se aproximou do leme e apontou para a pedra na mão de Tiberius. – Vamos ter que seguir a direção que ela indicar.

– Mas por quanto tempo?

– Depende. Nossas provisões durarão quantos dias?

– Normalmente poderíamos ficar até três meses sem precisar reabastecer – Tiberius franziu a testa, pensativo. – Mas, como tivemos pouco tempo, não conseguimos comprar tudo o que precisávamos para uma viagem longa.

– Qual é sua melhor estimativa?

– Um mês. Talvez um pouco mais – respondeu o capitão, coçando a cabeça e arrumando a tiara prateada que prendia os longos cabelos ruivos.

– Então navegaremos por quinze dias – Thagir decidiu, andando até a balaustrada. – Se não encontrarmos nada, verificaremos na bússola qual é o portal mais próximo e decidiremos o que fazer.

– Que assim seja! – exclamou Tiberius, levantando as sobrancelhas e dando de ombros, em uma atitude de "como quiser". Olhando para a pedra, ajustou o navio para seguir a direção que estava sendo apontada pelo líquido estranho dentro dela. – Axel! Soltar todas as velas e recolher completamente os arrastadores. Velocidade máxima à frente.

– Para onde estamos indo, capitão? – Axel perguntou, com grande curiosidade.

– Para uma aventura, meu caro Axel – respondeu o capitão, ajeitando a fina espada prateada no cinto. – Estamos indo para onde nenhum de nós jamais esteve!

Pelos Mares Boreais

Os navegantes dos Mares Boreais podem passar semanas navegando na névoa densa, com pouca visibilidade. Porém, quando a névoa se dissipa completamente, a sorte lhes permite presenciar um espetáculo grandioso. Pode ser um céu claro e multicolorido, com nuvens de diversas formas e cores, ou ainda um céu escuro como a noite com tamanha quantidade de estrelas, luas e planetas, que dificilmente é preciso acender lanternas ou lampiões.

Nenhum cientista, de nenhuma raça ou reino, conseguiu desvendar os mistérios dos Mares Boreais. A sociedade científica de Ev've concorda que existem há aproximadamente 950 milhões de anos, e que são uma forma condensada de Maru e da névoa boreal, servindo de ligação extrafísica entre os mundos, sem entender, contudo, suas marés ou seus fluxos de energia. Uma vez retiradas dos Mares Boreais, as águas perdem suas propriedades.

Dessa vez, logo após a passagem pelo portal, não havia mais neblina, e Azio teve seu desejo atendido, pois o céu estava um verdadeiro espetáculo. Ao longe, dois planetas se chocaram e explodiram, brilhando e iluminando o convés, tornando-se poeira cósmica em seguida.

– Atenção, todos a bordo! – Tiberius postou-se à frente do timão. Falando mecanicamente, como já fizera centenas de vezes, continuou: – De acordo com o que está estabelecido no tratado Borealis, o capitão das embarcações que utilizam a bússola espada-escudo tem o dever de relembrá-los que, se caírem do navio, a chance de resgate é de 30%. Essa chance cai para menos de 3% apenas cinco minutos depois. Portanto, é terminantemente proibido sair deste navio. Também devo alertá-los de que, ainda que eu nunca os tenha visto, há relatos de avistamento de animais aquáticos. Então, qualquer contato com eles é terminantemente proibido. Que assim seja, e uma boa viagem para todos nós! – O capitão virou-se e voltou para trás do timão.

– Me diga uma coisa – disse Thagir, ainda apoiado na balaustrada, – você sempre cumpre a regra do tratado e faz esse discurso, ou só o fez porque estamos aqui?

– O que é isso, nobre senhor? – Tiberius respondeu com uma falsa cara de ofendido. – Eu sempre repasso as orientações.

– Fale a verdade, eu não conto para ninguém – disse o pistoleiro, piscando um olho. – Sempre mesmo?

– Bem, eu sempre repasso as regras. Pelo menos, sempre que tenho passageiros – respondeu o capitão com um sorriso tenso. Thagir riu alto com a franqueza de Tiberius.

– Tudo bem – complementou o pistoleiro. – Se vamos passar tantos dias juntos, é melhor que sejamos francos. Eu detesto ter que escutar sempre a mesma coisa. Mas regra é regra – confidenciou, fazendo o capitão relaxar.

A Viagem

Haviam se passado dez dias de viagem e o clima no *Coroa Azul* estava tenso. Eles teriam apenas mais cinco dias para encontrar o portal, caso contrário, teriam de buscar outra entrada para reabastecer. As frutas, que no início da jornada eram frescas, estavam agora ressecadas. As carnes, salgadas para durar mais tempo, limitavam a variedade do cardápio. Os marujos já estavam acostumados com aquela vida, mas para Kullat aquele era o pior trecho da viagem.

O cavaleiro entrou na cozinha rapidamente e sorriu para um homem baixo, careca e de braços grossos e tronco largo. Cutelo era como o cozinheiro era conhecido. Tinha o queixo arredondado e as orelhas pequenas. As roupas estavam engorduradas, e ele remexia um caldo fervente com uma mão, enquanto a outra irradiava calor diretamente na panela, um velho truque mágico que aprendera ainda jovem, com seu pai. Assim como Kullat, era de Oririn, e conversava muito com o cavaleiro durante suas frequentes visitas à cozinha. Sentavam-se à mesa de madeira e conversavam sobre missões passadas, a terra natal, passagens pelos Mares Boreais e, é claro, sobre comida.

O cozinheiro gostava do bom humor do cavaleiro e apreciava sua companhia durante o preparo das refeições, apesar de precisar controlá-lo para que não acabasse com todas as frutas da despensa.

– Como vai o meu mago do fogão? – Kullat disse, sorridente, para o cozinheiro.

– Vou muito bem – Cutelo respondeu, dando risada. – Mas já não lhe disse que é proibido entrar na cozinha?

– Não me lembro. Acho que disse uma ou dez vezes – Kullat respondeu, ironicamente. – Mas que cheiro delicioso é esse?

– Por Khrommer, nunca vi alguém gostar tanto assim de comer – disse o cozinheiro com alegria, pegando um prato fundo de madeira. – Tome aqui. Prove um pouco.

Kullat aceitou imediatamente o prato cheio de sopa. Sentou-se à mesa e começou a tomar o caldo espesso e quente com uma colher.

– Está uma delícia! – exclamou o cavaleiro, comendo um pedaço de carne cinzenta. – É algum tipo de peixe?

– É cérebro de macaco – Cutelo riu, ainda mexendo a panela.

Kullat parou de mastigar e olhou para os pedaços de cérebro boiando no prato.

– Hum. Não sabia que cérebro de macaco era tão gostoso! – retrucou, dando de ombros e voltando a comer.

Três sóis de diferentes cores e tamanhos criavam um dia cálido e luminoso. Mas, apesar do visual espetacular, Laryssa estava amuada, em um canto isolado do convés. Estava muito preocupada com o pai e se sentia impotente diante da demora em encontrar o planeta Breasal. Havia perguntado várias vezes a Tiberius quanto tempo ainda teriam de navegar, sempre recebendo um "não sei" como resposta.

Driera já havia lhe dito que a paciência é uma das principais virtudes dos Senhores de Castelo, e que, às vezes, é necessário aceitar o inevitável. Os demais continuaram a viagem, treinando, conversando, procurando ocupar a mente. A princesa, contudo, não conseguia aceitar a demora na procura pelo portal. Emburrada, voltou a atenção para a proa, onde estavam seus mestres e Azio.

A luz dos sóis reluzia na pele dourada de Azio. Ele lançava discos de cerâmica para o alto, como se estivesse tentando atingir alguma coisa no céu.

– Jogue mais alguns para distraí-la – Iki-Dau disseram com a voz dupla –, que nós vamos mandar uma surpresinha para ela!

Iki-Dau esperaram que Azio jogasse mais discos para o alto e para longe do navio. Driera voava e atingia os objetos com sua lança retrátil. Ao ver os novos alvos, voou em disparada atrás deles, tentando não perder nenhum. Aproveitando a distração, Iki-Dau se concentraram, e de sua boca surgiram várias espirais de fumaça. Rapidamente, a fumaça ganhou formato de diversos animais que iniciaram um ataque contra a Senhora de Castelo.

Apesar de ter sido pega de surpresa, Driera rodopiou rapidamente no ar e conseguiu destruir as criaturas com a lança.

– Ela é mesmo muito rápida – disse Azio, surpreso.

– É mesmo – Iki-Dau responderam, com evidente orgulho. – Ela treina sempre que pode.

Driera agora estava parada no ar, batendo as asas e sorrindo. Com um gesto, incentivou os dois a continuarem com o ataque.

O duplo Senhor de Castelo gerou mais algumas criaturas voadoras e Azio atirou outra série de discos contra Driera. Antes mesmo de o primeiro ataque chegar à harpiana, Iki assumiu o controle, o corpo ficou repleto de linhas retas e ângulos, sem nenhuma marca sinuosa. Manipulando o vento, fez os discos guinarem no ar. Em seguida, os olhos amarelos mudaram de cor e ficaram azuis, indicando que então era Dau quem estava no controle, atacando Driera com uma série de bolas em chamas.

Alheio a toda a movimentação, Thagir estava no meio do navio, apoiado na balaustrada, perto do mastro principal. Ele tinha um objeto nas mãos e o movimentava, fazendo-o girar. Concentrado, não percebeu Laryssa se aproximar. A princesa decidiu seguir o conselho de Driera, passando um pouco de tempo com os demais.

– Cuidado! – gritou a princesa.

Thagir deu um pulo para o lado e puxou um de seus bastões de combate das costas, ficando em posição de ataque. Mas rapidamente percebeu que era apenas uma brincadeira de Laryssa, que o olhava com as mãos na cintura.

– Você me assustou – disse Thagir, emburrado, guardando seu bastão.

– Esteja sempre preparado – continuou Laryssa, com um leve sorriso. – Não era isso que seu pai dizia?

– Ele também dizia "nunca assuste um homem armado".

– Vou tentar me lembrar disso – e se apoiou na balaustrada. Olhando para o objeto nas mãos de Thagir, perguntou, curiosa: – O que é isso?

– Isso?

O pistoleiro abriu a mão e mostrou um objeto composto de dois círculos de bronze, um encaixado no outro. Em cada círculo, havia uma espécie de labirinto esculpida no metal. Um dos círculos tinha um furo no centro, e o outro, um corte que atravessava um lado até chegar ao centro. Em ambos, havia também algumas saliências.

– Isso se chama labirinto de fogo. Foi um presente que a minha filha me deu no meu último aniversário. O objetivo é encaixar as duas peças, fazendo essas saliências percorrerem os quatro labirintos, até chegarem ao centro uma da outra.

– É um brinquedo? – Laryssa perguntou.

– É mais que um brinquedo. É um desafio de lógica. Alana sabe que eu adoro esse tipo de coisa. Para me incentivar a não desistir, quando eu consigo resolver o desafio, surge uma mensagem em fogo mágico. Mas esse aqui eu ainda não consegui resolver.

De repente Thagir ficou quieto e cabisbaixo, com o olhar fixo no labirinto de fogo.

– Você ficou calado... – Laryssa franziu a testa. – Está tudo bem?

– É que, no ano passado, eu estava numa missão no quadrante 4 e acabei chegando uma semana depois de minha festa de aniversário. Minha esposa disse que minhas filhas ficaram acordadas até de madrugada me esperando no dia da festa, para me entregar esse presente.

Thagir ficou em silêncio novamente. Aquela não era a primeira vez que Laryssa via o pistoleiro agir assim. Três anos atrás, quando estavam acampados perto do estreito de Or, ela vira a mesma expressão no rosto do amigo. Era uma indisfarçável demonstração de saudade.

Deve ser horrível ficar tanto tempo longe da família, principalmente quando se é casado e com filhos pequenos, pensou Laryssa, sentindo um aperto no coração. *Se fosse comigo, será que eu conseguiria continuar sendo uma Senhora de Castelo?*

– Você nunca pensou em desistir de ser um Senhor de Castelo? – indagou, olhando para Thagir.

– Penso nisso todos os dias – o pistoleiro continuou, sem tirar os olhos do labirinto circular. – Às vezes me pego pensando em todos os momentos que perdi. Os primeiros passos, as primeiras palavras, as datas especiais e tudo o mais. Sem falar na falta que sinto de minha esposa – e segurou seu colar prateado, cujos desenhos representavam a beleza natural de seu planeta. – Nessas horas me pergunto se vale a pena todo esse sacrifício... Mas, no final, a conclusão é sempre a mesma. Elas são exatamente o motivo para eu continuar. Se não fossem os Senhores de Castelo, talvez não houvesse paz e prosperidade em tantos planetas. E, certamente, pessoas como elas não teriam a chance de serem felizes. É por isso que continuo.

Incrível!, pensou Laryssa, espantada. *Ele abriu mão da própria felicidade em nome de um bem maior.*

– Não sei se eu conseguiria – confessou, com um suspiro.

– Há vários Senhores de Castelo que acham que não conseguiriam. E, para evitar ter que enfrentar uma situação semelhante à minha, optam por não constituir família.

– Kullat é um deles? – a princesa perguntou, baixinho.

– Kullat tem os pais em Oririn e um irmão em Irata.* Sempre que pode, vai visitá-los. Mas já ficou dois anos sem vê-los. Ele também tem duas dragoas, Juma e Rudra, que ficam em seu castelo.

– E nenhuma namorada? Um amor, uma paixão? – a pergunta fez Laryssa corar.

– Hum! – o pistoleiro exclamou, como se se lembrasse de algo. – Por que você não pergunta diretamente para ele? – respondeu, apontando para a porta que levava ao interior do navio.

Antes que Laryssa pudesse responder, viu Kullat sendo empurrado por Cutelo porta afora.

– Agora chega! Você vai acabar com meu estoque de comida – vociferou o cozinheiro, fingindo estar bravo, quando na verdade estava muito satisfeito por ter encontrado um apreciador de uma boa refeição.

– Ah, Cutelo! Acho que seremos amigos para sempre! – exclamou o cavaleiro, rindo e limpando o cavanhaque molhado de sopa.

O cozinheiro riu e voltou para dentro, fechando a porta atrás de si.

– O que é que vocês estão cochichando aí? – Kullat perguntou, ao ver Laryssa e Thagir.

Laryssa ficou em silêncio, olhando para o cavaleiro sorridente à sua frente. Pela primeira vez, ela entendeu as ações de Kullat quando

---

* Planeta extremamente avançado, é regido pelos Mancers, seres etéreos, shirowistas e transumanistas, que só podem existir em um universo virtual. Vivem dentro da gigantesca rede que controla todo o planeta. Seus habitantes são seres não biológicos e virtuais. Humanos e outras raças também residem nas megalópoles.

se despediram, três anos atrás. Apesar de ser um poderoso Senhor de Castelo, ele preferiu ser um cavaleiro solitário a formar família.

– Eu estava contando à Laryssa a quantidade de amigos que você tem espalhados pelo Multiverso – disse Thagir, desviando a conversa e forçando um sorriso.

– Ah, é verdade – Kullat retrucou. – Por onde passo, faço amigos. Sou um cara muito sociável, principalmente com cozinheiros! – finalizou, piscando para a princesa.

Laryssa sorriu, mas não conseguiu esconder a emoção. Um silêncio constrangedor surgiu entre eles. A princesa sentiu que Thagir não queria continuar aquela conversa diante do amigo, talvez por respeito às opções que Kullat fizera na vida, talvez por receio de suas próprias dúvidas.

– Sabem de uma coisa? – Laryssa começou, mudando de assunto. – Nunca entendi por que essas viagens são feitas de navio.

– Mas então você deve ter faltado às aulas de cultura interplanetária e de física boreal – respondeu Thagir.

Nitidamente feliz por ela ter mudado o rumo da conversa antes que o amigo desconfiasse de algo, assumiu uma postura professoral, limpou a garganta e levantou dois dedos.

– Há vários motivos, mas os dois principais são: foi comprovado que navios de madeira a vela são criações presentes na grande maioria dos planetas e, portanto, são a forma de transporte que gera o menor impacto cultural possível em todos os planetas do Multiverso. Além disso, já ocorreram tentativas de utilizar naves flutuadoras e aeródromos de viagem, mas as espadas-escudo não funcionaram. De alguma forma, tem que existir uma ligação física entre os Mares Boreais e o meio de transporte em que estão instaladas a bússola e a espada de navegação boreal. E, para finalizar, a velocidade de navegação é regida pela própria maré dos Mares Boreais. Se o transporte for aéreo, simplesmente ele não saberia em que velocidade as marés estão vibrando, e, sem isso, é impossível encontrar os portais.

– Perfeito! Nem um Dan* explicaria melhor! – disse Tiberius, acabando de sair do interior do navio. – Aliás, o senhor poderia ser um, se quisesse!

– Já nos ofereceram essa oportunidade – disse o pistoleiro.

– Várias vezes, inclusive – Kullat complementou, falando como se fosse a coisa mais natural do mundo.

– Então vocês decidiram ser Shoujins? – perguntou o capitão, referindo-se a como eram chamados os Senhores de Castelo graduados e com missões.

– Na verdade, somos Domo Shoujins – respondeu Thagir, como se dissesse algo totalmente normal.

O capitão ficou surpreso com aquela revelação. Domo Shoujins são Senhores de Castelo especiais, muito poderosos e respeitados. É extremamente difícil ser consagrado com esse título. O próprio capitão, que já transportara vários castelares, nunca havia encontrado nenhum deles antes. E, agora, estava diante de dois Domo Shoujins.

– Não somos homens feitos para a teoria; preferimos a ação – Kullat riu.

– Então – disse o capitão, tentando não demonstrar espanto e apontando para as escadas –, vamos descer, porque está na hora do almoço.

– Hum! Mais um prato daquela sopa até que não seria má ideia! – exclamou Kullat, esfregando as mãos.

Todos riram e se dirigiram para as escadas, enquanto o capitão tocava o sino para avisar a tripulação que o almoço seria servido.

---

* Mestre professor da Academia ou Conselheiro de Reino.

Mortal Combate

Depois do almoço, todos voltaram para o centro do navio. O céu multicolorido apresentava uma galáxia girando, como um vórtice espacial, cheia de poeira cósmica.

Havia um grande espaço entre as velas, onde os marujos podiam transitar tranquilamente. O grupo chegou e se acomodou em poltronas e cadeiras, trazidas especialmente para o conforto do grupo. Apenas Azio ficou de pé; não queria quebrar nada com seu peso.

Kullat fez menção de se sentar, quando Thagir o puxou pelo manto.

– Não, senhor. Você precisa treinar – o pistoleiro disse, tirando um de seus bastões das costas.

– Mas acabamos de almoçar! – Kullat resmungou.

Porém, diante da impassibilidade de Thagir, o cavaleiro sorriu resignado para o amigo. Tirou o manto e fechou os olhos. As longas mangas da túnica recuaram até os ombros, deixando os braços fortes à mostra. Em instantes, o cintilar perolado das mãos desapareceu. As Faixas de Jord pareciam panos comuns, sem emitir qualquer brilho.

– Treinar o quê? – Azio perguntou, com os olhos piscando.

– Mortal combate – Thagir respondeu. – Meu amigo aqui precisa treinar técnicas de luta, para que não seja totalmente dependente de seus poderes.

A ideia de treinarem veio do próprio Kullat anos atrás. O cavaleiro não queria depender sempre de seus poderes, e, como Thagir vem de uma dinastia de grandes combatentes, aceitou o pedido. Diante dos inúmeros perigos do Multiverso, o pistoleiro entendeu que esses treinos poderiam, no futuro, salvar a vida do amigo. Sempre que possível, treinavam sem poderes ou armas especiais, apenas com bastões, espadas e o próprio corpo. Na primeira vez que fizeram um mortal combate, Kullat quase não conseguiu tocar no pistoleiro, sofrendo com os bastões e os punhos do amigo. Mas, depois de algum tempo, começou a desenvolver uma técnica própria de ataque e defesa.

– O problema é que você bate pesado – Kullat disse para o pistoleiro, abrindo os olhos e fingindo estar preocupado.

– Isso eu quero ver! – Dau exclamou com os olhos azuis a brilhar, sentado próximo a Driera.

Thagir tirou os braceletes e os entregou a Driera. Os dois Senhores de Castelo andaram até o centro do navio sob olhos curiosos. Thagir havia pedido ao capitão para que preparasse uma espada para Kullat. Ao recebê-la de Axel, o cavaleiro a testou com alguns poucos movimentos, aprovando a qualidade da arma com um balançar de cabeça.

– Perfeita! – exclamou.

Laryssa percebeu que Kullat segurava a arma de forma invertida, com a lâmina para baixo e voltada para trás, diferente da maioria dos cavaleiros, que a mantém sempre à frente do corpo.

Os dois amigos se encararam e se curvaram em respeito. Os marujos, ao perceberem que algo acontecia, deixaram seus afazeres e pararam para olhar a dupla.

– Pronto? – Thagir perguntou.

Antes que Kullat pudesse responder, iniciou um ataque brutal com seus bastões de combate. Laryssa deu um pulo de susto ao ver Thagir atacar Kullat. O cavaleiro defendeu o primeiro ataque com a espada, desviando com rapidez das investidas do pistoleiro. Com força, chutou o peito do adversário, fazendo-o recuar um pouco. Habilmente, manejou a espada em dois ataques, obrigando Thagir a se defender. Faíscas saíram quando as armas se encontravam.

Ambos continuavam a lutar vigorosamente. Thagir desferiu golpes certeiros no amigo, acertando-lhe o ombro e as costelas. Kullat gritou de dor, mas se recuperou, dando um soco no lado esquerdo do rosto do pistoleiro. O golpe foi tão forte que Thagir largou um dos bastões e levou a mão à boca. Kullat sorriu. Laryssa ficou horrorizada ao ver o sangue escorrer no canto da boca de Thagir. Os dois Senhores de Castelo lutavam sem qualquer preocupação. A princesa fez menção de parar a luta, mas Driera a impediu.

– Eles sabem o que estão fazendo. Não interfira.

Um punhado de pessoas olhava os dois combatentes, que lutavam ferozmente. Thagir atacou novamente, girando o bastão remanescente contra o corpo do amigo. Kullat defendia com a espada, mas dois golpes acertaram-lhe a perna, fazendo-o cair no chão. Sua espada caiu longe e Thagir pulou, tentando chutar-lhe a cabeça. O cavaleiro rolou para o lado e, ainda no chão, acertou um chute nas costas do pistoleiro.

Mais marujos chegaram para ver a luta. Até Tiberius, que estava na ponta do navio, olhava com curiosidade, mexendo em uma das tranças vermelhas de sua barba. Os homens gritavam e gesticulavam, atentos a cada movimento dos combatentes.

Laryssa não acreditava no que via. Azio, Iki-Dau e Driera observavam em silêncio, mas a princesa estava chocada com a violência dos dois homens.

Kullat lutava com as mãos limpas, desferindo socos e chutes, obrigando o pistoleiro a recuar. Com um movimento rápido, Kullat fez Thagir largar o bastão remanescente. A luta agora era sem armas. Os dois atacavam e defendiam magistralmente, sem descanso ou interrupção. Os marujos, incitados pela briga, batucavam em barris e brandiam os punhos, gritando palavras de encorajamento.

Kullat suava, já se sentindo cansado e com dores nos braços. Thagir arfava, mas não demonstrava sinais de fraqueza. Reconheceu, com orgulho, que Kullat havia aprimorado muito sua forma de lutar.

A luta continuava sem trégua. O pistoleiro deu um pulo e, enganando Kullat, conseguiu um de seus bastões de volta. Kullat atacou ferozmente com os punhos, mas Thagir se defendeu com facilidade e acertou o amigo na barriga. O golpe foi tão intenso que esvaziou os pulmões do cavaleiro, fazendo-o dobrar o corpo, sendo alvo fácil para Thagir lhe desferir um poderoso soco no rosto. Kullat caiu pesadamente para trás. O pistoleiro andou até Kullat, girando o bastão velozmente.

A plateia ficou em silêncio. Laryssa segurava as lágrimas. O cavaleiro tossia e arfava, completamente indefeso, de barriga para cima. Thagir olhou para o chão. Kullat tinha hematomas nos braços, e o olho esquerdo estava inchado. Sem dizer nada, o pistoleiro estendeu a mão para o amigo.

A multidão explodiu em palmas, gritando e agitando os braços ao ver que a luta tinha um vencedor. Thagir ajudou o cavaleiro a se levantar e o abraçou. Mesmo com dor, Kullat retribuiu o abraço carinhosamente.

– O QUE FOI ISSO? – Laryssa gritou, levantando-se da poltrona.

– Isso se chama treinamento, Alteza – Kullat respondeu, sentando-se e fazendo uma careta de dor.

– Vocês quase se mataram por nada?! – ela explodiu.

– Nunca é por nada – Thagir respondeu, exausto. O queixo doía mais do que queria admitir.

Lições Tomadas

Com o fim da luta, os marujos voltaram a seus afazeres. Alguns ainda cumprimentaram Thagir pela vitória, fazendo o pistoleiro sorrir. Driera devolveu-lhe os braceletes.

– São lindos – exclamou ela.

– Herança de Newho – o pistoleiro respondeu com um leve sorriso. Estava cansado e com o queixo dolorido.

Axel trouxe uma jarra de água para Kullat e Thagir.

– Ainda não entendi – Laryssa meneou a cabeça. – Kullat pode ficar sem poderes, mas isso é motivo para se matarem? – a pergunta saiu entre dentes.

– A sorte favorece os preparados, princesa – Iki-Dau responderam, com a voz dupla. – Se Kullat ficar sem poderes, poderá lutar e se defender sozinho. E não poderia ter um mestre melhor, já que Thagir é um dos maiores combatentes do Multiverso.

– Eu o deixei ganhar essa... ai! – Kullat suspirou de dor, fazendo todos rirem.

– Estar preparado é uma coisa – protestou Laryssa –, mas isso já é demais!

– Preparação nunca é demais, guerrina – Driera interveio. – E já que estamos falando de lições e preparo, sugiro testarmos como está o seu conhecimento sobre o Multiverso.

Kullat e Thagir sentaram-se em barris, servindo-se de água. Azio observava a princesa com interesse. Um estalo ecoou em seu peito.

Laryssa ficou imóvel, visivelmente contrariada. Mas o teste seria um bom modo de ocupar a mente e deixar um pouco de lado a preocupação com seu pai.

Os olhos de Iki-Dau se tornaram amarelos, a voz perdeu o eco e os traços na pele ficaram apenas com linhas retas e angulares. Iki assumiu completamente o controle do corpo.

– Boa ideia, Driera. Eu estava mesmo querendo saber se nossa guerrina estava prestando atenção na minha última aula. Laryssa, vou lhe fazer apenas uma pergunta – disse Iki, fixando os olhos amarelos na princesa. – Se a resposta não for satisfatória, recomendarei ao Conselho incluir aulas de reforço para toda a sua classe. Diga-me: como a Ordem dos Senhores de Castelo classifica e separa os mundos?

Laryssa suspirou, aliviada por ter prestado atenção na aula sobre aquele assunto. Respondeu conforme o protocolo da Ordem, dirigindo-se aos mestres de forma respeitosa.

– Honoráveis mestres, a Ordem dos Senhores de Castelo classifica e separa os mundos em quatro quadrantes distintos. Cada mundo é classificado conforme seu desenvolvimento, sua estrutura social e suas características mágicas. O primeiro quadrante engloba mundos de baixo desenvolvimento tecnológico. Normalmente, a magia se manifesta em poucas criaturas ou em artefatos mágicos específicos. No primeiro quadrante estão grandes guerreiros e excelentes cavaleiros de várias raças. Oririn é um desses planetas.

Laryssa falou olhando para Kullat, sorridente, referindo-se ao planeta natal do cavaleiro. Kullat fez uma leve mesura com a cabeça, concordando com suas palavras.

– Muito bem, continue – Iki incentivou.

A princesa sentiu-se mais segura e retomou a explicação.

– O segundo quadrante apresenta mundos onde a magia é muito presente, sendo utilizada pelos seres de forma natural. Grandes feiticeiras e magos vieram de planetas do quadrante 2. Um dos mundos mais conhecidos desse grupo é Ágnia.*

---

* Planeta do segundo quadrante dos Mares Boreais. Extremamente mágico, seus habitantes possuem poderes naturais. Os estudos de magia são avançados e fazem parte da cultura agniana.

Laryssa parou um momento, como se estivesse pensando. Iki se recostou enquanto esperava pela continuidade da resposta da aprendiz.

– O terceiro quadrante – ela retomou – engloba mundos com tecnologia de diferentes níveis, desde as fases iniciais de desenvolvimento até as mais avançadas, como acontece no planeta Xirtam. As ciências físicas são muito mais estudadas, e a Maru mágica quase não vibra nesses planetas. Mundos do terceiro quadrante são mais céticos e eruditos que mundos do primeiro e do segundo quadrantes.

– Muito bem – Driera elogiou. – Falta apenas um.

– Por último – Laryssa continuou, com confiança –, há o quarto quadrante. Os mundos classificados nesse quadrante têm como principal característica a fusão entre magia e tecnologia, não permitindo uma clara distinção entre as duas coisas. Feiticeiros de silício e tecnomagos conjuram magias antigas e recitam códigos trinários. Encantamentos são escritos em cones de luz e relidos em papiros de pele animal, demonstrando o contraste do aprendizado utilizado em tais mundos. São poucos os planetas classificados como sendo do quarto quadrante. Um exemplo seria o extinto mundo de Binal.

Laryssa apontou para Azio, cujos olhos piscaram em tom amarelo.

– Assim, caros mestres, este é o meu entendimento da classificação dada aos mundos pela Ordem dos Senhores de Castelo.

– Muito bem, guerrina – Iki respondeu. – Sua resposta, apesar de simplista, é satisfatória.

Laryssa se levantou e curvou o corpo em uma reverência. Sentia-se melhor, como se a lição tomada lhe desse mais ânimo. Iki sempre era rígido com suas lições, corrigindo ou alterando alguma frase, mas, desta vez, parecia realmente satisfeito com as respostas.

Os olhos de Iki-Dau voltaram a ter tons azuis, indício de que Dau voltara.

Tandee, pode me dar um tempo agora? Queria ficar a sós com Driera,* Dau perguntou a Iki, mentalmente.

Claro, irmão, Iki respondeu. *Estou cansado e queria mesmo descansar um pouco. Mas, lembre-se, qualquer novidade, me chame.*

Não se preocupe. Ficaremos todos bem.

Assim espero, e a "voz em pensamento" de Iki sumiu.

Driera sorriu ao ver os olhos azuis de Dau. As linhas retas e angulares sumiram, deixando somente curvas, sem nenhum traço reto. Abraçou o homem de pele prateada com carinho. Kullat e Thagir apenas se olharam, no gesto característico de entendimento entre eles, e se levantaram, pedindo licença. Laryssa entendeu a deixa e chamou Azio, convidando-o para que fossem dar uma volta. Driera e Dau sorriram e se abraçaram, sentindo o frescor do vento bater--lhes na face.

– Estava com saudades de você – Driera disse calidamente.

– Eu também – Dau respondeu.

Ele a abraçou com ainda mais carinho, e eles se beijaram.

---

* Forma carinhosa da palavra "irmão" ou "pequeno irmão" na língua nativa de Doxo, planeta natal de Iki-Dau.

TURBULÊNCIA

O décimo primeiro dia de viagem foi de uma escuridão anormal. Pouquíssimas estrelas e planetas vagavam pelo firmamento. Axel acendeu alguns lampiões para iluminar a proa do *Coroa Azul*.

No final daquele dia, a estranha rocha, chamada de Travessia de Orvandel, começou a brilhar intensamente, iluminando a barba vermelha do capitão. O navio chacoalhou fortemente, e Tiberius correu para o timão. Os círculos da bússola espada-escudo estavam repletos de símbolos.

– Atenção! – gritou, olhando para a tripulação. – Encontramos uma passagem! Preparar navio para saída dos Mares Boreais!

Axel, o fiel ajudante, correu para perto do capitão, pronto para auxiliar o velho marujo na reentrada. A tripulação começou a trabalhar com afinco, recolhendo as velas centrais da enorme embarcação.

– Encontramos Breasal? – perguntou Axel.

– Encontramos uma nova entrada, mas não sei dizer se é Breasal ou não. Temos que entrar para ver – Tiberius respondeu, girando o timão. E, com um sorriso interesseiro, continuou: – Quero todos os instrumentos registrando essa nova entrada. Isso pode valer uma boa recompensa do Conselho de Ev've!

Axel disparou para dentro do navio. Tiberius estava sorrindo, pois sabia que, quando um navio encontra uma nova passagem, pelas regras do Tratado Borealis, deve registrar e mapear sua localização. Uma vez registrados, os dados deverão ser enviados à ilha de Ev've para checagem e, somente após aprovação, poderão ser incluídos nos mapas boreais e repassados a todos os capitães que navegam nesses mares. Depois, o capitão do navio recebe uma polpuda recompensa.

Quem sabe posso até me aposentar depois dessa, pensou o capitão.

Na sala de controle, Axel começou a apertar botões e empurrar alavancas num enorme painel de metal. Diversas luzes piscavam vermelhas e azuis. Satisfeito, viu que os instrumentos registravam corretamente a nova entrada.

Kullat saiu da cabine após o primeiro tranco e encontrou Azio no corredor. Foram juntos para fora. Thagir surgiu momentos depois, encontrando os demais na proa do navio, todos atentos aos movimentos do capitão Tiberius.

– Estamos chegando – Azio disse, piscando os olhos.

Brumas surgiram e envolveram completamente a embarcação. Depois daquelas sensações típicas de passagem entre os Mares Boreais e um planeta, Tiberius sabia que estavam passando pelo ponto de transição entre os Mares Boreais e um novo mundo. Girou o timão com força e, usando o brilho da estranha rocha como bússola, ajustou o leme do navio para cruzar a densa névoa.

O navio sacudiu e tremeu. Os tripulantes, atentos às ordens do capitão, andavam freneticamente de um lado para o outro. Um estrondo, como um trovão, ecoou, e o navio balançou violentamente. O timão se soltou da mão de Tiberius e girou com força. Ele tentou agarrá-lo, mas era impossível. A rocha com o líquido turvo brilhava intensamente, como se estivesse viva.

– Algo está errado – Tiberius gritou. – Agarrem-se!

Uma onda gigante, cheia de espuma e pedaços de gelo, desabou sobre o navio, jogando caixas e barris para fora da embarcação.

Azio segurou a princesa e rezou para Nett.

O Anel Verde do Rei

Volgo olhou com satisfação para o mar revolto à sua frente. O navio do capitão Tempestuoso estava ancorado numa baía isolada. No horizonte longínquo, trovões e raios iluminavam a noite escura, anunciando uma tempestade. Em sua mão, uma outra pedra, igual à Travessia de Orvandel, brilhava fortemente.

– Alguém passou pelo portal! – disse Volgo, sorrindo. – Eles finalmente conseguiram.

Ivora apenas olhou para Volgo ao seu lado, que parecia não se incomodar com a baixa temperatura do rigoroso inverno de Breasal. Ela tremia de frio e estava com fome. Caía uma neve fraca, e um vento frio congelava-lhe os ossos.

– Como sabe que são eles? – a tez lisa e bela arrepiava-se por dentro do grosso casaco de pele de ovisares.*

– Porque quando alguém chega a Breasal pelo portal dos Mares Boreais, todas as Travessias de Orvandel se iluminam. E, além desta que está comigo – complementou, mostrando-lhe a pedra brilhante na mão cadavérica –, a única que restou está com a princesa Laryssa.

Um gemido chamou a atenção de Volgo. No chão, amarrado e coberto apenas com um manto fino, estava Larys. Perto dele, rodeada

---

* Animais lanosos de grande porte. Um macho adulto pode pesar até mil e setecentos quilos e ter três metros de altura. Seu pelo é muito usado para fabricar vestimentas.

de neve, havia uma pequena fogueira, que emanava um pouco de calor.

– Ah – Volgo exclamou, arrumando as longas vestes vermelhas, mais para se livrar dos flocos de neve do que para se proteger do frio. – Você está acordado. Isso é muito bom.

Larys não respondeu, apenas olhou ao redor. Apesar de ter passado a viagem inteira recluso, preso em uma cela no porão do navio, assim que acordou, soube que estava em Breasal. A certeza veio com a sensação de que sua Maru mágica vibrava de forma diferente. Seu anel pulsava, como se reconhecesse as energias daquele planeta. Continuava amarrado e fraco, jogado no chão frio de uma pequena clareira perto da praia. No céu, algumas estrelas piscavam, e a lua se mantinha escondida entre nuvens escuras.

– Estou com fome. Posso comer um pouco? – Ivora questionou, com os olhos fixos em Larys.

Eles esperavam Willroch, que havia saído para caçar na floresta. Até que ele voltasse com comida, ela queria aplacar um pouco a fome.

– Não, sugadora. Ele está muito fraco – Volgo respondeu, olhando para o fogo. – Não quero que, por descuido, você o mate antes da hora.

– Já sabemos que a princesa chegou. Por que precisamos dele vivo? – perguntou Ivora, sentindo o estômago se contorcer de fome.

– Não lhe devo satisfações – Volgo respondeu, chegando mais perto do fogo.

Ivora resmungou. Estava faminta e o vento lhe congelava os lábios, deixando-a irritada e impaciente. As chamas iluminavam seu belo rosto, revelando que seus olhos maliciosos continuavam a fitar Larys, como um predador a olhar sua presa.

É mesmo um anel lindo!, pensou Ivora, fitando o anel verde no dedo do rei. A pedra era de um verde translúcido, belamente talhada com pequenos símbolos.

Ivora andou até Larys e agarrou sua mão. Apesar de fraco, o rei relutou, mas ela o subjugou facilmente.

– Não quer sair! – exclamou, torcendo o braço do rei, fazendo-o gemer de dor. Tentou tirar o anel novamente, mas, por mais força que fizesse, não conseguia.

– Não adianta – Volgo interveio. – Eu conheço esse anel. Ele não vai sair.

Como ele conhece meu anel?, pensou Larys, receoso.

O rei relembrou que, muitos anos atrás, enquanto buscava uma forma de derrubar Kendal e retomar o trono, conseguira uma pedra mágica que o levara até Breasal. E ali conseguira o anel, feito com o mesmo mineral mágico da Torre Verde, lar de um dos maiores feiticeiros do planeta, o Mago Verde. A pedra usada na construção da torre era um grande mistério; límpida e esverdeada, não possuía emenda, como se tivesse sido esculpida numa única peça.

Volgo sorriu ao ver o espanto no rosto do rei. Larys baixou a cabeça, ainda preso pelo abraço de Ivora, sussurrando o que Volgo entendeu ser uma prece.

– Reze, majestade. Reze para seus deuses, porque, quando eu terminar, não vai sobrar nada – os olhos de Volgo brilharam em tom vermelho.

Ivora grunhiu com raiva por não conseguir tirar o anel. Largou o rei no chão e, com desleixo, jogou uma coberta sobre ele.

– O orgulho ainda vai destruí-lo – disse Larys, finalmente. – Essa é sua fraqueza.

– E a esperança é a sua – finalizou Volgo.

Em silêncio, Volgo e Ivora se aproximaram do fogo. Esperavam Willroch e a comida. O vento frio continuava a soprar, agitando os flocos de neve e as vestes vermelhas de Volgo.

Escondido pela fina coberta, Larys sorriu fracamente. Durante a viagem, Ivora lhe sugara a energia, não permitindo que ele se recuperasse a ponto de invocar seus poderes. Volgo até precisou detê-la uma vez, pois ela quase esgotara a Maru do rei. "Essa sua fome ainda vai ser sua ruína", disse Volgo na ocasião.

Mas, como Ivora não o sugava há quase meio dia, ele sentiu que já tinha se recuperado um pouco. Murmurou um pequeno feitiço e, absorvendo um pouco da energia das plantas à sua volta, reforçou um pouco mais suas forças. Agora que estavam em terra, o rei continuaria a se recuperar e esperaria o momento certo para atacar.

Uma hora se passou. Willroch ainda não havia voltado, e o vento parecia aumentar. Os flocos de neve dançavam caoticamente no ar, caindo sem parar.

– Estou faminta – disse Ivora, levando as mãos ao fogo. – Willroch precisa voltar logo!

– Ele vai voltar, mas é muito difícil encontrar caça no inverno – Volgo parecia distante, sem dar importância à fome da mulher. – Mas acho que agora você pode ter um pequeno aperitivo – disse, apontando para o rei no chão. – Só um pouco e nada mais – finalizou com autoridade.

A mulher sorriu, mostrando os dentes brancos e os caninos afiados. Passou a língua nos lábios e foi até o rei. Larys permanecia deitado sob a fina coberta, murmurando e sem olhar para seus captores. Fazia uma hora que ele absorvia um pouco da Maru de cada planta, pequeno animal e inseto ao seu redor. Sentiu a mulher se inclinar sobre ele e, quando Ivora abriu a boca, Larys conjurou uma explosão verde que a jogou longe.

O monarca se livrou das cordas rapidamente e se levantou. Feixes verdes surgiram-lhe da mão, concentrados no anel. Uma forte rajada esmeralda atingiu Volgo, que ainda estava surpreso com o ataque inicial. O feiticeiro rodou no ar, caindo violentamente no chão nevado, tremendo e com o corpo cheio de faíscas verdes.

Larys soltou outra rajada que acertou Volgo ainda caído, explodindo em seu corpo magro e levantando neve e areia ao redor. Em seguida, começou a correr, entrando na floresta e sumindo na escuridão da noite. O frio fazia seus dentes baterem, pois não usava nada além das roupas do corpo, feitas para a cerimônia de encerramento do Festival da Luz Crescente.

Continuou fugindo o mais rápido que pôde. Por onde passava, absorvia um pouco da Maru das plantas ao seu redor, renovando suas energias. Apesar de faminto e cansado, não podia parar. Sua vida estava correndo grande perigo.

TEMPESTADE

O frio penetrava nos ossos de Laryssa, que tremia dentro das vestes encharcadas. Um relâmpago cortou o breu da noite, e ela fechou os olhos por um instante. Desorientada, tropeçou, mas, antes de cair, uma mão forte a segurou gentilmente pela cintura. Abriu os olhos na esperança de ver Kullat, mas era Azio, o que a deixou com uma sensação estranha. Um misto de decepção e conforto.

Outra onda enorme sacudiu o navio. Todos a bordo sentiram o impacto e lutaram para não cair no chão escorregadio.

A neblina densa da travessia se dissipou, deixando visível o caos da tempestade marítima. O navio chacoalhava com a força das ondas, como se o próprio mar quisesse afundá-lo. Raios azuis e brancos riscavam o céu negro. O som furioso de um trovão fez Laryssa levar as mãos à cabeça, tentando se proteger.

O navio balançava freneticamente. Várias trombas d'água, girando velozmente, subiam aos céus, levando consigo toneladas de água. Uma daquelas poderosas forças da natureza bateu na lateral do convés, encharcando os marujos, que lutavam para recolher as velas principais.

Um deles foi arrastado por todo o convés, debatendo-se desesperadamente. Antes de ser jogado no mar revolto, Thagir lançou-se sobre o pobre homem, segurando-o pela jaqueta. Outros tripulantes gritavam, agarrados em cordas, tentando baixar a enorme vela que era empurrada pelo vento forte.

O capitão berrava, dando ordens e segurando fortemente o timão. Uma corda do mastro de proa se soltou. Axel correu para amarrá-la, mas uma rajada forte de vento empurrou a vela, fazendo a verga inferior girar violentamente, atingindo o peito do rapaz, que foi arremessado ao mar.

– AXEL! NÃO! – gritou o capitão, desesperadamente.

Driera, que estava no alto do cordame ajudando a recolher as velas, tentou abrir as asas para voar, mas quase foi levada pela fúria da tempestade.

– Alguém o ajude! – gritou Laryssa apontando para o menino, que sumia atrás das enormes ondas.

Iki-Dau, equilibrando-se como conseguiam no convés, criaram um enorme animal de fumaça, semelhante a um tubarão de duas caudas. O animal mergulhou no mar revolto, nadou até Axel e o engoliu. Iki-Dau faziam movimentos rápidos com as mãos, controlando o animal de volta ao navio. Quando estava ao lado da embarcação, o tubarão se transformou em uma espécie de polvo e escalou a lateral, levando, em seu interior, o ajudante do capitão.

Laryssa correu para cuidar do rapaz, que tremia violentamente com o frio. Dau assumiu o controle do corpo e gerou um vapor que envolveu Axel por inteiro e o esquentou.

– Vamos levá-lo para dentro – falou Laryssa.

– Eu também vou – ofereceu-se Azio. Sem esperar resposta, o autômato pegou Axel no colo delicadamente e dirigiu-se para uma cabine, sendo seguido por Laryssa.

Iki-Dau estavam com a pele esbranquiçada e, apesar do frio intenso, transpiravam muito. Com o movimento do navio, tiveram de se apoiar em uma caixa para não cair.

– Vocês estão bem? – perguntou Driera, preocupada.

– Sim – eles responderam. – Só estamos um pouco tontos. Achamos que é por causa do balanço do mar.

A tempestade continuava a castigar o navio violentamente. De repente, uma nova tromba-d'água surgiu, quebrando com força no convés. O mastro principal começou a balançar violentamente.

– Se ele cair... vam... todos par.. o fundo... – uma voz gritou, entrecortada pelo vento.

Thagir olhou para a base avariada, que rangia à medida que o mastro balançava, empurrado pelo forte vento. Concentrando-se, um brilho surgiu em sua mão direita, e, em segundos, uma nova arma apareceu. Ela piscou duas vezes e desapareceu. Ele se concentrou ainda mais, e a arma finalmente se materializou. Era ovalada e grande, feita de metal e plástico. Não tinha tambor ou um local de munição, apenas duas luzes piscavam na parte superior.

Apesar de se sentir estranhamente cansado, o pistoleiro firmou-se o melhor que pôde. Mirou e disparou uma gosma fosforescente, fazendo um barulho gelatinoso. Parecia mais que a arma cuspia em vez de disparar. A gelatina atingiu a base do mastro e, em segundos, ficou esbranquiçada. Então o mastro parou de balançar.

– Isso deve ajudar por um tempo – Thagir gritou de volta ao marujo, desmaterializando a arma e sentindo-se tonto e fadigado.

O que está acontecendo?, pensou, preocupado, olhando para a joia no bracelete. *Será que está perdendo o poder?* Balançou a cabeça em negação. *Não. Deve ser por causa da viagem.*

Tiberius permanecia firme no controle do navio, gritando ordens e tentando fazer sua voz não ser engolida pela tempestade. Estava encharcado, com a barba ruiva desgrenhada e cheia de neve. Os olhos azuis estavam fixos na dança caótica de raios e trovões.

A tempestade durou mais algum tempo, mas o pior já havia passado. Tiberius soube manejar muito bem o navio e, apesar de vários marujos terem se ferido, ninguém havia morrido.

Enrolada em um grosso cobertor, Laryssa voltou ao convés. O sol começou a brilhar fracamente no horizonte, indicando que um lindo dia estava por vir. O céu azul estava manchado apenas por pequenos flocos de neve, que flutuavam ao seu redor. O mar esverdeado estava calmo, como se não tivesse caído uma tempestade. Os marujos se moviam lentamente, ainda atordoados, em meio a pedaços de madeira, cordas e velas espalhados no chão escorregadio.

Kullat fez um gesto com as duas mãos e seu manto ficou mais espesso, como se fosse feito de lã grossa. O tecido espectral fechou-se desde o pescoço até abaixo da cintura. Ao seu lado, Azio parecia não se importar com o vento gelado.

– Você está parecendo um urso – Thagir exclamou, soltando vapor da boca enquanto ria.

– Engraçado. Acho que já me chamaram de ursão uma vez – respondeu, fazendo uma pose esquisita.

Laryssa riu, mas percebeu que o capitão a encarava.

– Como ele está? – perguntou Tiberius, preocupado com Axel.

– Ele vai ficar bem – ela respondeu. – Só está um pouco assustado.

– Vou deixá-lo uma semana sem nem um gole de Bálkan por ser tão descuidado – disse o capitão, sem conseguir disfarçar a preocupação pela segurança do jovem aprendiz.

– Mas, afinal, o que aconteceu? – questionou a princesa, envolta no cobertor.

– Conseguimos atravessar o portal? – Azio indagou.

– Acho que sim – respondeu Tiberius, fazendo um sinal para um marujo assumir o timão. – Só tivemos o azar de entrar bem no meio de uma tempestade. Falamos disso depois. Agora vou ver como Axel está.

Um marujo entregou para a princesa uma grossa casaca marrom, forrada de pelos. Também lhe deu botas de inverno e calças grossas. As roupas eram secas e confortáveis. Ela também ganhou um gorro de lã cor de areia queimada, que ressaltou ainda mais a beleza de seus curtos cabelos negros.

Dirigindo-se aos aposentos do capitão, foi a última do grupo a chegar. Todos vestiam agasalhos semelhantes ao dela, até mesmo Azio. Apenas Kullat estava diferente, com sua roupa espectralmente branca.

A cabine de Tiberius ficava no fim do corredor principal. Era grande, em comparação às demais. No chão, alguns tapetes, e no centro uma mesa de madeira branca, repleta de pergaminhos enrolados, bússolas e outros instrumentos de navegação. No fundo, duas largas poltronas rodeavam uma lareira. Outra mesa, com pães e vinho, destacava-se na parte esquerda. Aparentemente, tudo na cabine estava preso por mágica, pois, apesar da tempestade, nada estava fora do lugar.

– Por favor, sirvam-se – disse o capitão, saindo de trás de um pequeno biombo colorido. Vestia um grosso casaco azul, cheio de bolsos. Os cabelos vermelhos estavam amarrados atrás da nuca, e a tiara prata na testa parecia brilhar.

A cabine era bem agradável, aquecida pelo fogo. O grupo se sentou ao redor da lareira, e Laryssa tirou o gorro. Ao olhar para o lado, viu que Kullat já tinha nas mãos um prato cheio de pequenos pães cobertos de sementes.

– Deliciosos! – ele exclamou, mordendo um pedaço. – Cutelo faz os melhores pães que já comi. E olhe que eu entendo do assunto! – finalizou, comendo mais um pedaço do pão.

– Claro que entende – Thagir disse, rindo. – Você passa mais tempo na cozinha do que em qualquer outro lugar!

Após todos comerem, Tiberius os reuniu na mesa central, com uma expressão compenetrada.

– O navio aguentou a tempestade – disse ele, olhando para alguns desenhos abertos na mesa –, mas foi seriamente danificado. Um dos porões foi alagado.

– É possível consertar? – Kullat perguntou, tirando os farelos do cavanhaque.

– Sim, mas não temos o material necessário – Tiberius estava de cabeça baixa. – É importante acharmos um porto – finalizou, desanimado.

– Mas sabemos onde estamos? Sabemos, pelo menos, se aqui é Breasal? – a voz dupla de Iki-Dau preencheu a cabine.

– Não, não sabemos – respondeu o capitão. – Mandei enviar uma mensagem pelo centro de comunicação na língua comum do Multiverso, mas não sabemos se alguém aqui tem tecnomagia para recebê-la.

Kullat pensou em se oferecer para voar numa missão de reconhecimento. Poderia chegar a uma ilha ou tentar encontrar outro navio. Se Driera o ajudasse, poderiam cobrir uma área maior, aumentando as chances de resgate. Quando pensou em expor sua ideia, Axel, já recuperado, abriu exasperado a porta da cabine.

– Capitão! – exclamou o rapaz. – Venha ver isso!

Novos Amigos

Todos correram para o convés. Tiberius pegou uma pequena luneta dupla do bolso e olhou para o horizonte. Sorriu ao ver duas embarcações navegando em direção ao *Coroa Azul*.

– Traga a bandeira de ajuda – ordenou Tiberius para seu ajudante, assumindo o timão. Aumentando o tom de voz, falou bem alto: – Quero todos em posição para fazer novos amigos!

A tripulação toda se agitou. Vários marujos correram para dentro do navio, enquanto outros abriam cadeados de baús dispostos ao longo do convés, com pistolas, espadas e outras armas.

– É assim que se faz novos amigos? – perguntou Kullat com uma expressão de dúvida.

– Essa é uma lição que aprendi com os Senhores de Castelo – disse Tiberius, arrumando a tiara prateada na cabeleira vermelha. – Esteja sempre preparado!

– Nono dia – disse Laryssa.

Um marujo gordo e atarracado se atrapalhou com uma rede e ergueu uma espada acima da cabeça, tentando se desvencilhar.

– Abaixe isso, pelo amor de Innor!* – o capitão gritou. – Eles não podem ver as armas.

Axel voltou com a bandeira de ajuda, que era azulada com o desenho de uma mão branca estampada.

– Aqui está, capitão. Quer que arrie a bandeira de Maru? – Axel referiu-se à flâmula negra, com um Musashi branco ao centro, que tremulava no topo do mastro dianteiro.

---

* Deus marítimo que concede passagem e proteção aos navegantes. Segundo a crença, sua morada é um velho atol, que somente os mais dignos podem encontrar.

– Não – Tiberius respondeu, virando novamente o timão. – Como estão indo lá embaixo?

– Estão todos se aprontando, senhor. Os canhões estão sendo vistoriados, e a munição estará pronta em dez minutos.

– Mande que o armeiro deixe alguns fôlegos de besta prontos para uso.

– Sim, capitão! – finalizou o ajudante, batendo os calcanhares.

Axel entregou a bandeira para outro marujo e indicou o segundo mastro. Depois, seguiu para dentro do navio gritando pelo armeiro.

– O que são esses fôlegos de besta? – perguntou Thagir, curioso.

– São algo para novos amigos – respondeu Tiberius, enigmático.

Larys mastigava uma raiz amarga, colhida na floresta. Chegou à beira de um grande rio de águas velozes. Pensou em voar com a ajuda de seu anel, mas, como ainda se sentia fraco, poderia cair na água gélida, o que certamente seria seu fim. Então decidiu descer o rio até um ponto em que pudesse fazer a travessia com mais segurança.

Sentia-se novamente esperançoso, e decidiu que, dali a algumas horas, arriscaria fazer uma pequena pausa para encontrar o que comer e descansar um pouco; mas só um pouco, pois certamente Volgo e seus asseclas estariam atrás dele.

Naquela linda manhã, os dois navios, que antes pareciam ser pequenos brinquedos flutuando no horizonte esverdeado, em menos de meia hora já eram visíveis a olho nu. Mas ainda estavam muito longe para que os tripulantes pudessem ver detalhes sem o auxílio de algum aparelho.

Todos os preparativos para uma reação rápida já haviam sido tomados, e os marujos, treinados para situações como aquela, fingiam estar ocupados. Se estivessem sendo observados, pareceriam preocupados apenas em consertar o navio.

Laryssa andava de um lado para o outro no tombadilho, visivelmente incomodada.

– O que foi, Alteza? – perguntou Kullat, arrependendo-se da brincadeira ao ver que ela estava muito nervosa, com os ombros tensos e o rosto fechado.

– Isso tudo é muito cansativo – disse ela, com seriedade.

– Isso tudo o quê? – continuou ele, preocupado, indicando alguns barris para se sentarem.

– Tudo! O rapto, as batalhas, a viagem, a tempestade – respondeu Laryssa. – E agora, o navio desse jeito! Está tudo dando errado.

– Não se preocupe. Tenho certeza de que vamos encontrar tudo aquilo de que precisamos naqueles navios – ele apontou para as embarcações que se aproximavam.

– Mas está demorando tanto! – a princesa se levantou e se apoiou na amurada de madeira.

Tiberius se aproximou de Laryssa e de Kullat, sendo acompanhado por Thagir.

– Pela velocidade de aproximação – disse, olhando para o horizonte –, eles estarão aqui em pouco mais de vinte minutos, então veremos como poderão nos ajudar.

O pistoleiro acompanhou o olhar de Tiberius e acionou seu poder. Seus olhos brilharam em sintonia com a joia do bracelete.

– Capitão – disse ele, preocupado –, não eram dois navios?

Tiberius franziu a testa e puxou a luneta dupla. Ajustando o foco, viu dois navios, com três velas cada, navegando lado a lado, a uma distância de uns cinquenta metros um do outro. Atrás de um deles, outra embarcação estava sendo rebocada por grossas cordas. Tinha apenas um mastro inteiro e apresentava muitas avarias no casco, como se tivesse sido fortemente atacado.

– É verdade! São três. E um deles está com um problema maior que o nosso – Tiberius baixou a luneta e, com uma expressão de dúvida, olhou fixamente para Thagir. – Mas como é que você enxergou isso?

– É a vantagem de ter poderes mágicos semifenomenais à disposição – disse o pistoleiro, rindo e mostrando o bracelete brilhante.

De repente, Thagir se sentiu um pouco tonto e desativou seu poder. Kullat olhou para o amigo, preocupado, mas o pistoleiro fez um gesto de que estava bem.

– Mas, voltando ao terceiro navio... Isso é bom ou ruim? – continuou.

– Não tenho certeza. Pode ser que estejam ajudando aquele outro. Ou... – o capitão silenciou e ficou enrolando uma das tranças da barba vermelha com os dedos.

– Ou o quê? – perguntou Kullat, não suportando o silêncio.

Repentinamente, um sino começou a badalar no alto do mastro principal. Um dos marujos do cesto da gávea estava agitado e batia vigorosamente o sino, enquanto apontava para os navios. Todos olharam naquela direção e viram duas colunas de fumaça saindo da proa da embarcação da direita. Um som ecoou no ar. Tiberius não teve dúvida. Era o som de canhões.

– Todos a postos! – gritou energicamente. – Estamos sendo atacados!

Fumaça Negra

– O que está acontecendo? – perguntaram Iki-Dau com a voz dupla, saindo de dentro do navio.

– Escutamos o sino e viemos correndo – complementou Driera, que estava logo atrás.

Azio, que estava escondido dentro da cabine do capitão para evitar qualquer conflito cultural, também saiu e se juntou ao grupo. Tiberius girou o timão com força, fazendo o *Coroa Azul* virar rapidamente.

– Aqueles foram apenas tiros de medição. Se continuarmos em frente, logo estaremos ao alcance deles.

– Mas por que estão nos atacando? – perguntou Driera. – Será que não viram a bandeira de ajuda?

– Esse planeta não é mapeado – responderam Iki-Dau. – Eu-e--eu achamos que eles não conhecem essa bandeira.

– Será que são piratas? – questionou Laryssa, aflita.

– Pode ser – disse o capitão, ajustando a direção para que pudessem se afastar. – Mas também pode ser que nos considerem hostis. Afinal, não sabemos a quem pertencem estas águas. Espero que essa manobra de fuga seja suficiente para perceberem que não queremos encrenca.

Outros dois tiros, bem mais próximos, esparramaram água para todos os lados.

– Droga! – Tiberius exclamou, irritado. – Eles são mais rápidos que nós. Se continuarmos assim, logo nos alcançarão.

Eu posso dar um jeito nisso, irmão!, falou Iki em pensamento a Dau.

Tudo bem, tandee, respondeu Dau. *Mas vou ficar por aqui para ver.*

Certo. Mas fique quieto, preciso me concentrar, finalizou Iki.

– Afastem-se! – ordenou Iki com rigidez, após assumir o controle do corpo.

Então andou até ficar atrás do mastro dianteiro e parou, abrindo os braços e concentrando-se. As linhas retas e angulosas que lhe tomaram o corpo brilharam, assim como os olhos amarelos. O ar à sua volta começou a girar. Com um gesto brusco, moveu o corpo para frente, arremessando o vento contra as velas, que inflaram no mesmo instante. O navio deu um tranco, sendo impulsionado rapidamente.

– Está dando certo! – Axel deu um pulo de alegria, apontando para os navios que atacavam. – Eles estão ficando para trás.

Os navios atiraram novamente, mas as balas caíram vários metros atrás. Os marujos gritaram de felicidade, Kullat e Thagir vibraram e levantaram os punhos cerrados, Laryssa abraçou Azio com grande alegria e Driera sorriu orgulhosa pelo seu companheiro.

Iki continuava manipulando o ar ao seu redor, produzindo vento e empurrando o navio, mas seu corpo tremia e ele transpirava abundantemente. De repente, as linhas do corpo se apagaram, sua pele ficou esbranquiçada e ele desabou de joelhos. O vento parou imediatamente, e as velas desinflaram.

– Iki! – gritou Driera, dando um salto no ar e segurando-o cuidadosamente momentos antes que ele caísse. – Como você está?

– Estou bem – respondeu Iki com dificuldade. – Só estou muito cansado.

Quem estava perto fez uma roda em volta dos dois. Thagir e Kullat começaram a abrir caminho e se aproximaram.

– Dau? – perguntou Driera, preocupada. – Você está bem?

– Não sei como – respondeu Iki com dificuldade –, mas Dau ficou preso no quarto. Vou chamá-lo e depois vou para o meu quarto. Preciso descansar.

Mal terminou de falar, e seus olhos ficaram embaçados, como se uma névoa densa os tivesse invadido. O corpo ficou imóvel, como se fosse uma marionete sem vida.

– Dau? Você está aí? Responda! – gritou ela, chacoalhando-o.

– Devagar, garota. Assim você pode machucá-lo – disse Kullat com gentileza, colocando uma das mãos enfaixadas no ombro dela.

Poucos instantes depois, os olhos ficaram azuis como o céu, indicando que Dau estava no controle do corpo.

– Calma, querida – disse carinhosamente –, está tudo bem agora.

Driera, com lágrimas nos olhos, abraçou e beijou Dau, sem se preocupar com as dezenas de pessoas à sua volta. O vento balançou seus cabelos brancos, escondendo-lhe o rosto no momento em que beijava o amado.

– Vamos lá, pessoal – disse Thagir, fazendo movimentos com os braços para afastar todos dali –, temos mais com o que nos preocupar agora. Os navios estão se aproximando novamente.

Os marujos se dispersaram e voltaram a seus postos. Dau se levantou com a ajuda de Driera e de Kullat. Azio e Laryssa se aproximaram.

– Não temos o que fazer! – disse Tiberius, aproximando-se também.

– Sempre temos uma escolha – respondeu Azio com os olhos piscando rapidamente na cor vermelha.

Ele deu um passo para trás e entrou em módulo de combate. Seu corpo ficou quase com o dobro de altura e, de dentro dos braços, surgiram armas. O ombro direito se transformou em uma espécie de canhão.

– Apoiado, Latinha! – exclamou Kullat sorrindo, cerrando os punhos enfaixados e preparando-se para lutar.

Duas colunas de água explodiram logo atrás do *Coroa Azul*, seguidas pelo estrondo dos tiros de canhão.

– Estamos entrando na zona de tiro – Tiberius estava sério. – Precisamos contra-atacar agora ou não sobreviveremos.

Então voltou ao timão novamente e o girou várias vezes, fazendo o navio seguir por uma longa curva, para ficar de frente para os inimigos. Agora não havia mais volta. A batalha iria começar.

Dois novos tiros dos navios atacantes acertaram a lateral do *Coroa Azul*, espalhando pedaços de madeira pelos ares.

– Preparar canhões de proa – ordenou Tiberius, e cerrando os dentes com raiva, sussurrou: – Eles não deveriam ter machucado a joia do meu pai...

– Se depender de mim – disse Kullat, andando para a frente do navio –, nenhuma outra bala vai atingir o seu navio.

As mãos enfaixadas brilharam, criando uma bola de energia. Mas, para seu espanto, ela oscilou, com centelhas flutuando em espiral, e se desfez completamente.

– Por Khrommer! Mas o que é que está acontecendo aqui? – Kullat disse com a voz baixa, olhando incrédulo para as próprias mãos.

– Interessante – exclamou Thagir, passando os dedos pelos fios avermelhados da barba, alheio à confusão ao seu redor. – Acho que entendi o que Yaa quis dizer.

– Cuidado! – gritou Azio, dando dois grandes passos à frente.

Ainda em modo de combate, disparou com a arma do ombro. Dois traços alaranjados cortaram o ar, chocando-se contra as duas balas de canhão que vinham em direção ao navio, explodindo-as em milhares de fagulhas.

– Exibido! – disse Kullat, emburrado. – Era exatamente isso que eu ia fazer.

– Acho que você ainda vai poder fazer isso – Thagir continuou. – Yaa disse que o rei Larys se sentiu limitado quando estava em Breasal. Limitado – reforçou com o dedo em riste –, mas não impedido.

– Isso significa que não é impossível fazer magia aqui – complementou Driera.

– Talvez a Maru mágica vibre de forma diferente neste planeta – disse Dau, com Iki ainda recluso na mente. – Por isso tivemos problemas.

– Nós não conseguimos sintonizar nossas vibrações à Maru mágica de Breasal – Thagir concluiu. – Teremos todos que nos adaptar.

– Sejam rápidos – Azio interrompeu. – Não temos muito tempo!

Os navios atacantes soltaram as cordas que puxavam a embarcação avariada, possibilitando navegarem ainda mais rápido, e agora também podiam manobrar livremente. Com o *Coroa Azul* ao alcance de tiro, dispararam várias vezes, encobrindo o céu com uma fumaça negra.

Chuva de Metal

Pela luneta dupla, Tiberius viu que cada navio atacante possuía quatro canhões de proa, que disparavam com intervalos de poucos minutos, indicando que a tripulação era muito bem treinada. Azio disparava o canhão do ombro e estava conseguindo, sozinho, destruir as balas de canhão antes que elas os atingissem.

Todos os marujos estavam a postos, com espadas e pistolas, preparados para o combate corpo a corpo. Kullat tentava criar uma pequena bola de energia com as mãos, mas não conseguia. Dau tentava usar seus poderes de manipulação de calor, mas também não obtinha sucesso.

– Temos cerca de quinze minutos até ficarmos emparelhados com aqueles navios. Por enquanto, seu amigo dourado está conseguindo segurá-los, mas vamos ter que contra-atacar em algum momento – disse Tiberius, elevando a voz e demonstrando nervosismo.

Todos ficaram calados por alguns instantes. Uma lufada de vento balançou as tranças da barba de Tiberius e inflou as velas. Vendo aquilo, o capitão teve uma ideia.

– É isso! – exclamou, animado. – Se vocês conseguissem usar seus poderes, poderíamos avariar as velas deles. Assim, não precisaríamos lutar e ainda conseguiríamos sair.

Thagir cerrou os punhos, pensativo, e fez o bracelete brilhar, tentando materializar uma de suas armas. Começou a tremer e a transpirar, esforçando-se ao máximo. Zonzo, apoiou-se na amurada, mas não desistiu. Repentinamente, sorriu e sua expressão mudou para um semblante de serenidade. Respirando profundamente e permanecendo muito concentrado, fez o brilho ficar suave e fraco. Em instantes, uma pequena faca com cabo de aço surgiu em sua mão. O pistoleiro suspirou e fez a faca desaparecer, trocando-a por um pequeno revólver negro.

– Eu já sei o que precisamos fazer – disse Thagir animado, apesar de se sentir à beira da exaustão.

O pistoleiro desceu as escadas até o tombadilho, onde Kullat e Dau ainda tentavam controlar seus poderes. Uma explosão destroçou algumas tábuas do assoalho logo atrás de Thagir, que se assustou e olhou para Azio com uma expressão inquisitiva. Laryssa e Driera estavam tensas.

– Desculpe – disse o autômato com os olhos brilhando –, quanto mais perto chegamos, mais difícil fica acertar todas as balas.

Thagir meneou a cabeça positivamente, com urgência no olhar, acenando para Laryssa e Driera.

– Venham comigo!

Quando se juntaram a Kullat e a Dau, o pistoleiro começou a explicar.

– Vocês sabem quando reduzimos nosso poder até o limite de ficarmos sem magia e, assim, podermos treinar nossas habilidades de luta?

– Como fizemos há alguns dias no treino de mortal combate? – disse Kullat, ofegante.

– Exatamente! – continuou Thagir. – Tive uma ideia e, pelo menos para mim, está funcionando. Como supomos que a Maru mágica em Breasal vibra em frequências diferentes das do resto do Multiverso, concluí que a Maru vital pode estar sendo afetada também, o que nos exaure rapidamente.

O pistoleiro parecia um dos instrutores da Academia, e todos ficaram quietos e compenetrados, para escutá-lo.

– Fiz uma experiência e reduzi gradativamente a intensidade da magia que me faz acessar a Joia de Landrakar. Quanto mais baixa a intensidade, menos esforço eu fazia. Até que achei um ponto de equilíbrio onde consegui materializar pequenos objetos, como este revólver – disse Thagir, mostrando-lhes a arma negra que tinha na mão.

– Mas e o restante das armas? – perguntou Laryssa.

– Ainda não consegui materializar armas maiores sem consumir forças em excesso. Mas acho que não será tão difícil encontrar um nível mais adequado de modulação para isso.

Azio continuava disparando sem parar, destruindo a maioria das balas de canhão que voavam ininterruptamente na direção deles. Contudo, duas delas acabaram atingindo o mastro principal, quebrando-o ao meio.

– Cuidado! – gritou Driera, agarrando Laryssa e dando um salto para trás com um forte bater de asas. Por sorte, ninguém foi atingido.

– Capitão! – Azio gritou com sua voz metálica. – Detectei uma mudança na direção dos navios!

– Será que eles desistiram? – perguntou a princesa, aflita, mas esperançosa.

Tiberius olhou pela luneta dupla e, balbuciando alguma expressão indecifrável, mas que denotava problemas, prosseguiu:

– Estão virando. Vão nos atacar com os canhões laterais – e então guardou a luneta no bolso e suspirou. – Em poucos minutos, seremos varridos destes mares.

– Aqueles filhos de um címalo – o pistoleiro praguejou. – Façam o que eu disse e achem um nível que não consuma suas forças tão rapidamente.

Thagir correu até Azio e concentrou-se serenamente. A Joia de Landrakar, no bracelete direito, brilhou suavemente. A pistola negra desapareceu e, em seu lugar, uma enorme arma de três canos piscou algumas vezes, mas sumiu. Thagir respirou fundo e tensionou o corpo, esforçando-se. E então a arma finalmente se materializou. Transpirando muito, ele suspirou e a apoiou no chão. Três canos cromados reluziam ao sol, contrastando com as centenas de esferas esbranquiçadas dentro de um cilindro de vidro na parte de trás.

– Quanto maior, mais difícil fica – Thagir comentou.

As linhas circulares e sinuosas do corpo de Dau começaram a emitir uma luz suave. A expressão era tranquila, mas as mãos, fortemente cerradas, denunciavam que ele estava tenso e que não estava sendo fácil modular a vibração de sua Maru mágica. Uma pequena labareda flutuou de um lampião até ficar parada, à sua frente. A chama expandia-se e contraía-se, acompanhando seus gestos. Era nítida a dificuldade que ele estava tendo para manter a chama sob controle.

Laryssa, por sua vez, gritou MATYSYLU, e à sua volta começou a brilhar uma luz azul, que a envolveu formando a figura de um enorme urso. Mas, no instante seguinte, dobrou os joelhos até o chão. Fez um gesto brusco e a luz evaporou-se em uma névoa, sendo levada pelo vento gélido.

– Continue tentando – Kullat a incentivou, ajudando-a a se levantar –, mas escolha algo mais leve no começo.

A princesa assentiu. Tentou algumas outras palavras mágicas que aprendera com a mãe e que liberavam seus poderes da natureza. Testou vários animais: um lobo, um grande pássaro de pescoço comprido, uma espécie de javali selvagem e um réptil enorme e desajeitado. Mas a luz azul se estabilizou apenas quando em seu peito se formou a imagem de um pequeno símio de seis olhos.

– Já é alguma coisa – Kullat disse sorridente e, piscando um olho para Laryssa, continuou: – Agora deixe um profissional mostrar como é que se faz!

Laryssa, arfando de cansaço pelo esforço, fez uma careta. Kullat inspirou e expirou algumas vezes, e, com alguns gestos, tentou manipular sua energia mágica. Mas todas as suas tentativas, desde criar bolas faiscantes até soltar rajadas de energia, falharam. Ele tremeu e seu corpo brilhou, conseguindo lançar um raio fino e prateado ao céu, mas que se desintegrou no ar rapidamente. O cavaleiro tossiu e se apoiou na balaustrada.

– Tente algo mais leve – Laryssa disse sorridente, parafraseando o próprio Kullat e se afastando. Dau, que já estava conseguindo manipular melhor a chama do lampião, também sorriu.

Kullat ficou parado, sisudo, olhando para os navios que estavam terminando de se posicionar para o ataque. A distância entre eles e o *Coroa Azul* já era bem menor. Olhando em volta, viu que os marujos, tensos, estavam em posição de combate. Driera aguardava, com Tiberius e Axel, ao lado do timão. Azio e Thagir, posicionados na parte frontal do navio, estavam a postos. Laryssa e Dau, no tombadilho, continuaram em seu esforço de controlar seus poderes.

Kullat colocou o capuz e encobriu o rosto numa suave penumbra, para esconder a frustração. Apesar de ser um dos seres mais poderosos de todo o Multiverso, estava se sentindo inútil, e, sem conseguir controlar seu poder, não poderia ajudar até que a batalha corporal começasse.

Tentou se acalmar e, novamente, acessar sua magia. Fechou os olhos e meditou. A energia fluía fracamente em seu corpo, leves labaredas prateadas serpenteavam nos punhos. Esforçou-se, mas, por mais que tentasse, não conseguia mantê-las estáveis.

Frustrado, olhou novamente para os navios. Dezenas de colunas de fumaça surgiram. O *Coroa Azul* estava prestes a ser atingido por uma chuva de enormes bolas de metal.

A Morte de um Amigo

No horizonte, os dois navios perfilados começaram um ataque massivo, enegrecendo o céu com a fumaça de seus tiros. O canhão de plasma no ombro de Azio zumbiu, cuspindo uma sequência de disparos.

– Capitão! – gritou Thagir o mais alto que pôde, colocando, com esforço, a enorme arma no ombro. – Diga para atirarem apenas nos mastros e velas.

– Você escutou o homem – disse o capitão para Axel.

Driera, ao lado de Tiberius, viu que o assistente saíra correndo para levar pessoalmente as ordens aos canhoneiros.

Esse rapaz é mesmo muito corajoso, pensou Tiberius, alisando as tranças ruivas da barba. Apesar de ser jovem, Axel se portava como um verdadeiro homem dos mares. *Se sairmos desta vivos, ele vai ser um grande capitão*. Tiberius voltou a olhar para Thagir e Azio, que, juntos, defendiam o navio.

A cada vez que o pistoleiro apertava o gatilho, três pequenas esferas esbranquiçadas eram lançadas ao mesmo tempo. Após o disparo, os três canos cromados giravam, recarregando-se automaticamente.

Os tiros de Azio e Thagir atingiam as balas de canhão no meio do caminho; algumas vezes até antes. Os disparos de plasma do autômato dourado eram na maioria certeiros e explodiam as bolas de canhão inimigas em milhares de fragmentos incandescentes.

Os disparos de Thagir eram quase todos bem-sucedidos. O sucesso do pistoleiro devia-se principalmente à sua grande habilidade e pontaria, adquiridas nos vários anos de prática incessante. Cada esfera era recoberta por uma cápsula gelatinosa que, quando atingia o alvo, liberava um composto químico altamente reativo a ligas metálicas. Com uma velocidade impressionante, a bala de canhão era totalmente envolvida, corroendo o metal de fora para dentro, esfarelando-o e deixando no ar uma nuvem de pó ferruginoso.

De repente, o estrondo de duas explosões, vindas de algum lugar abaixo da carranca de dragão do *Coroa Azul*, assustou Thagir. Os atiradores de Tiberius estavam começando a contra-atacar.

Usando o poder do Coração de Thandur, o pistoleiro focalizou a visão de longa distância e viu que tinham acertado as velas do navio à direita. Com um sorriso no rosto, viu também que um homem de chapéu preto, que deveria ser o comandante da embarcação inimiga, gesticulava nervosamente e apontava para onde haviam sido atingidos. Logo em seguida, apontou para o *Coroa Azul* e abriu os braços, visivelmente indignado.

– Pelo jeito, meu amigo – disse Thagir, sorrindo para Azio –, eles estão chateados porque conseguimos atingi-los, e eles não conseguem nos atingir.

O pistoleiro voltou a disparar. Apesar de poderem usar apenas os dois canhões frontais contra as dezenas de canhões laterais de seus atacantes, graças a Azio e a Thagir, o *Coroa Azul* estava em vantagem.

Os navios inimigos já haviam sido atingidos nas velas e nos mastros diversas vezes. Mas o *Coroa Azul* estava cada vez mais próximo dos inimigos e era inevitável que os tiros atingissem o navio de Tiberius.

Uma bala passou pelas defesas de Azio e Thagir, acertando os cordames de um dos mastros. Laryssa viu os marujos pulando agilmente para outro cordame, sem que caíssem, o que lhe deu uma ideia. Acalmando-se e tentando esquecer que estava no meio de uma guerra, sussurrou tranquilamente:

– Olang Utan.

Seu corpo ficou iluminado por um brilho branco, que formou a figura de um primata de longos braços, alguns palmos mais alto que ela. Para seu espanto, o avatar simiesco não desapareceu.

Outro tiro acertou o cesto da gávea, onde dois marujos estavam posicionados. Eles não foram atingidos, mas o piso do cesto cedeu. Um deles se agarrou, mas não conseguiu alcançar a escada de cordas. O outro marujo, desesperado e aos gritos, despencou em queda livre.

Laryssa escalou agilmente os cordames e, com um pulo, agarrou o marujo em pleno ar. Ambos caíram sobre uma das velas e deslizaram. A princesa, ainda segurando o homem com uma das mãos simiescas, conseguiu segurar uma corda, balançando-os até o tombadilho.

O outro marujo escorregou e caiu. Driera percebeu que Laryssa não chegaria a tempo para salvá-lo. Como um pássaro, alçou voo com uma velocidade incrível e conseguiu pegá-lo, aterrissando suavemente no convés.

Em meio à confusão, Kullat ainda estava parado, concentrando-se para tentar sintonizar sua Maru mágica. Apesar de ter muita prática em meditação, estava conseguindo gerar apenas pequenas bolas de energia, mas que não se mantinham por muito tempo. Tentou lançar uma rajada em uma bala de canhão que Thagir e Azio não destruíram, mas o raio definhou em uma luz fraca e sumiu. A bala passou por cima dele e destruiu um barril que estava amarrado no convés. A explosão espalhou dezenas de litros de Arranca Alma pelo local. Kullat instintivamente gerou um escudo de energia para se proteger das lascas de madeira. Para seu espanto, o escudo não se desfez. De alguma forma, seu corpo conseguiu sintonizar e manter a barreira naturalmente.

– Consegui! – exclamou o cavaleiro, dando um salto no ar. Mas, na confusão da batalha, ninguém prestou atenção, o que o deixou emburrado mais uma vez.

O *Coroa Azul* navegava depressa e passaria diretamente entre os dois navios inimigos. Com anos de prática, Tiberius sabia que a melhor estratégia seria virar o navio e utilizar todos os canhões laterais para contra-atacar. Mas, naquele dia, tendo a ajuda dos Senhores de Castelo e de Azio, o autômato dourado, o plano era outro: passar direto entre os dois navios.

Thagir e Azio continuavam defendendo o navio. Kullat os ajudava, gerando escudos circulares que paravam as balas. Frustrados e com raiva, os inimigos trocaram a munição de alguns canhões para cargas de pequenas peças de metal.

– PROTEJAM-SE! – gritou Azio.

O autômato virou-se, colocando o enorme corpo na frente de Thagir. No instante seguinte, centenas de pequenos pedaços de metal caíram sobre eles. A grossa pele dourada de Azio serviu de proteção para ele e o pistoleiro. Kullat manteve seu escudo e também não foi atingido. Dau, com a chama que manipulava, e usando a Arranca Alma que estava espalhada no chão, criou uma língua de fogo tórrida que desintegrou o material que o atingiria. Laryssa se escondeu atrás de um grande barril, conseguindo escapar ao ataque. Driera e Tiberius, como estavam na parte de trás do navio, não foram atingidos pelos fragmentos. Contudo, não havia motivo para comemoração – vários marujos foram atingidos, alguns de forma muito grave.

Vendo que um deles estava caindo do alto do mastro, Kullat voou de costas e o segurou, deitando-o suavemente no chão e ajoelhando-se a seu lado. Para seu espanto, viu que o marujo era Cutelo, seu amigo.

– Vai ficar tudo bem – Kullat tentou animá-lo, apesar de ser nítida a gravidade de seus ferimentos.

– Você não sabe mentir – disse Cutelo, ofegante, com sangue saindo pela boca. Com visível esforço, continuou, suplicante: – Prometa que vai dar isto para o meu filho... pelo futuro dele – e arrancou um colar, com um pequeno saco de pano encardido amarrado na ponta, entregando-o ao cavaleiro.

– Sim, eu prometo – respondeu Kullat, com lágrimas nos olhos.

Cutelo sorriu e, serenamente, fechou os olhos. Deu o último suspiro no mesmo instante em que um pequeno floco de neve lhe pousou na testa.

Kullat ficou paralisado. Os punhos cerrados começaram a brilhar intensamente. A escuridão no interior do capuz aumentou, encobrindo-lhe completamente o rosto. Seus olhos eram duas chamas flutuando no vazio. Seu manto se agitou e se transformou em uma névoa viva e espectral. A neve grossa que caía se evaporava antes mesmo de encostar nele. Faíscas lhe percorriam o corpo e chamuscavam a madeira fria do tombadilho.

– Estão atirando novamente! – gritou Azio.

Todos se protegeram como puderam, menos Kullat, que permaneceu de pé ao lado do corpo de Cutelo. Uma nova chuva de metal caiu sobre o navio. Dezenas de peças metálicas atingiram o cavaleiro, mas pareciam insetos tentando derrubar uma montanha, simplesmente eram obliteradas quando o atingiam.

Se alguém pudesse enxergar seu rosto, veria que seus olhos lacrimejantes estavam cheios de raiva. Uma raiva incontrolável. Completamente tomado pela emoção, o cavaleiro retesou o corpo e saltou violentamente para o alto, pairando muito acima dos mastros e postando-se de frente aos dois navios.

– KULLAT, NÃO! – gritou Thagir o mais alto que pôde, levando as mãos à cabeça, desesperado. Mas ele sabia que não adiantaria protestar. Quando a emoção cegava o amigo, era quase impossível fazê-lo parar.

Diferentemente dos outros, que precisavam encontrar a serenidade para acionar seus poderes, Kullat precisava liberar seus instintos e emoções para conseguir usar sua energia mágica.

O ataque foi terrível.

De todo o seu corpo, surgiu uma gigantesca onda de energia semicircular, que foi lançada contra os navios inimigos. Fluía cada vez mais violentamente, com um fluxo de energia e faíscas que se espalhavam no ar. Era como se uma força da natureza houvesse sido liberada contra um pequeno formigueiro.

Ao serem atingidos, os navios foram empurrados vários metros, adernando até quase virarem. Todos os tripulantes sentiram aquela enorme quantidade de energia passar pelo corpo, causando dor e incapacitando seus movimentos.

Kullat emitiu aquela onda incontrolável de energia por vários segundos, usando toda sua emoção e poder. Então o sentimento foi abrandando, assim como a força do ataque, morrendo em completo silêncio. Os navios caíram pesadamente em sua posição inicial. O único som que se ouvia era o barulho das ondas batendo nos cascos.

O cavaleiro planou devagar, até pousar suavemente no tombadilho do navio de Tiberius, ao lado de Azio e Thagir. Seus olhos e mãos não brilhavam mais. O manto, antes espectral, agora parecia feito de um tecido comum e grosseiro. Kullat caiu de joelhos e baixou a cabeça.

O efeito de seu ataque fora devastador para os inimigos, mas também havia sido duro para ele: estava exausto. Laryssa, com seu avatar símio, aproximou-se deles, olhando incrédula para o cavaleiro.

– Como você está? – o pistoleiro agachou-se ao lado de Kullat.

– Cutelo... – respondeu Kullat com a voz baixa.

– Eu sei – Thagir falou, colocando a mão no ombro do amigo. – Mas agora já passou. Vamos para dentro, você precisa comer e descansar.

– Temos que lutar! – exclamou Kullat com um sobressalto, em um lampejo de racionalidade.

– Não se preocupe – disse Thagir, fazendo um sinal para que Azio se aproximasse a fim de ajudá-lo a levantar Kullat. – Você já deu um jeito em tudo.

Quando Azio começou a se abaixar para ajudá-lo, foi impedido por Laryssa.

– Deixe-me fazer isso – disse ela, e, apontando para o corpo de Cutelo, continuou: – Por favor, traga-o para dentro.

Seu avatar símio piscou algumas vezes, até sumir por completo. Ela fez com que Kullat passasse o braço sobre seus ombros, conduzindo-o pelo convés e entrando no navio. Por um momento, Azio ficou parado, com os olhos piscando em várias cores e com o peito emitindo pequenos estalos e chiados, mas, em seguida, ergueu o corpo de Cutelo com cuidado e seguiu a princesa.

Surpresas nos Porões

Tiberius continuou conduzindo o *Coroa Azul* em linha reta, até pararem entre os dois navios. Estavam a cerca de trinta metros de ambos, com os canhões de estibordo apontados para a popa de um e os de bombordo para a proa do outro. Assim, além de estarem em uma posição estrategicamente vantajosa, poderiam baixar alguns botes e abordar ambos os navios ao mesmo tempo.

Perceberam que o ataque de Kullat havia sido fulminante. No tombadilho dos navios inimigos, vários marujos estavam caídos e desacordados, alguns ainda com fagulhas mágicas percorrendo-lhes o corpo.

– Preparar para a abordagem! – ordenou alto Tiberius, sendo imediatamente obedecido pelos marujos do *Coroa Azul*.

– O que está fazendo, capitão? – Thagir sussurrou. – O plano era destruirmos as velas e os mastros deles e seguirmos viagem.

– Não podemos perder essa oportunidade – respondeu Tiberius no mesmo tom. – Vamos pegar as coisas de que precisamos para consertar nosso mastro.

– Você tem razão. Mas peça que todos sejam amarrados e que ninguém seja ferido.

Mas, antes que Tiberius pudesse finalizar a ordem, de dentro dos dois navios atacantes começaram a surgir vários marinheiros armados com espadas curvilíneas. Apesar da força do ataque de Kullat, aqueles que estavam nos porões dos navios não foram muito afetados e conseguiram se recuperar rapidamente.

Gritando numa língua desconhecida, começaram a pular os corpos dos companheiros caídos e, rapidamente, manobraram as velas e o timão, com a nítida intenção de continuar o ataque.

– Ufff! Odeio as surpresas que vêm dos porões... – bufou Tiberius. – Axel, dispare alguns fôlegos de besta neles. Vamos acabar com isso de uma vez!

– NÃO! – exclamou Thagir, segurando o braço do ajudante do capitão, tentando evitar um massacre desnecessário.

– Confie em mim – disse o capitão calmamente –, ninguém vai se ferir.

O pistoleiro relutou por alguns instantes. Contudo, ao ver a tranquilidade no semblante de Tiberius, soltou Axel, que imediatamente puxou algumas das manivelas que ficavam ao lado do timão.

Para os canhoneiros, aqueles mecanismos sinalizavam as ordens do capitão. Quase imediatamente após Axel tê-las enviado, três canhões de cada lado dispararam ao mesmo tempo.

Usando seus poderes, Thagir se concentrou e sua visão ficou mais aguçada. Ele viu os bafos de besta voando em direção aos inimigos. Eram enormes bolas semitransparentes que deixavam um rastro de fumaça esverdeada enquanto voavam pelo ar gélido, abrindo caminho entre os flocos de neve.

Ao atingirem os navios, as bolas estouraram, espalhando rapidamente aquela fumaça por todos os lados. Como nuvens vivas, percorreram o tombadilho e invadiram o interior dos navios, penetrando nos conveses inferiores e chegando até os porões mais baixos.

Espantado, o pistoleiro viu o efeito daquela névoa verde sobre os marujos. Após a inalarem, começaram a tossir e a vomitar. O vento trouxe até Thagir uma ínfima parte daquela fumaça – o suficiente, contudo, para fazê-lo lacrimejar e se segurar, enjoado, na balaustrada.

– Nojento, não? Agora você conhece o bafo da besta. Deixa as pessoas incapacitadas, mas não fere ninguém – disse Tiberius, sorrindo. – Vamos sair daqui antes que o vento nos traga essa névoa.

Tossindo, Thagir apenas assentiu. O capitão deu algumas ordens. A âncora foi recolhida, e o *Coroa Azul* navegou para longe do famigerado bafo de besta. O sol estava a pino, indicando que o dia estava na metade.

Larys margeou o rio por vários quilômetros, sem encontrar nenhum trecho em que pudesse passar por aquelas águas caudalosas sem correr o risco de morrer afogado. Cansado, resolveu fazer uma breve parada.

Será que consegui despistá-los?, pensou, preocupado em saber se Volgo, Ivora e Willroch estavam em seu encalço.

Olhou em volta e achou algumas árvores. Colheu algumas frutas e se escondeu atrás de uma enorme pedra para comer.

Descansou um pouco, absorvendo energia das plantas que cresciam às margens e renovando o poder de seu anel.

Em seguida, tentou voar, mas sentiu que estava se desgastando. Então decidiu retomar a caminhada, forçando ao máximo o passo.

O *Coroa Azul* deixou a nuvem fétida para trás e navegou até a embarcação avariada, que havia sido desamarrada dos navios de seus atacantes. Apesar de parecer deserta, tiveram bastante cuidado na aproximação.

– Acha que encontraremos algo para consertar a nossa joia dentro dessa carcaça? – perguntou Tiberius a seu assistente, apontando para a embarcação abandonada.

– Pelo menos parece que conseguiremos usar o mastro – disse Axel, como se fosse um grande conhecedor do assunto.

– E aquele pessoal? – perguntou Thagir, sentindo-se um pouco melhor e apontando para a nuvem verde centenas de metros atrás deles.

– Não se preocupe – respondeu o capitão, sorrindo e enrolando o dedo indicador em uma das tranças rubras da barba. – O bafo de besta vai demorar para se dissipar. E eles vão demorar ainda mais para se recuperar.

– Então vamos pegar o que for preciso e dar o fora daqui! – finalizou o pistoleiro.

Em pouco tempo, vários homens começaram a pegar tudo o que fosse útil, desde cordas e lonas, até correntes e barris. Outros desceram, em busca de mantimentos. Um grupo trabalhou na remoção do mastro principal da embarcação, que, apesar de um pouco avariado, estava em melhores condições que o do navio de Tiberius.

Como todos os homens do mar, aqueles eram eficientes e muito rápidos em tudo o que faziam. Rapidamente, o *Coroa Azul* já estava sendo reabastecido, e as peças, sendo substituídas.

Por um breve momento, o ambiente ficou novamente tenso, pois os navios atacantes, ao longe, desfraldaram suas velas, indicando que a tripulação começava a se recuperar. Mas, dando-se por vencidos, eles simplesmente navegaram em sentido contrário. A tensão virou quase uma festa, com gritos de vivas e de vitória. Mas eles não tinham tempo a perder e, rapidamente, todos voltaram a seus afazeres.

Trabalharam por horas e, mesmo o ar frio e a neve, não impediram que os reparos fossem feitos. Pelas previsões do capitão, no início do anoitecer, estariam prontos para voltar a navegar.

Kullat ficou o tempo todo dentro do navio. Estava bastante abalado com a morte do amigo, além de se sentir muito cansado por ter lançado um ataque tão violento. Laryssa havia ficado com ele para consolá-lo. Azio também ficou com eles, apesar de permanecer em silêncio a maior parte do tempo.

Iki-Dau e Driera aceitaram a sugestão de Thagir e foram para a cabine. Assim, poderiam ficar tranquilos para se concentrar e aprimorar o controle de seus poderes. Nesse meio-tempo, Tiberius deixou Axel no comando, enquanto ele próprio e Thagir foram até a cabine de controle, para tentar estudar alguns mapas marítimos que haviam sido encontrados no outro navio. Ficaram horas debruçados sobre os mapas, sem conseguir chegar a nenhuma conclusão.

– Desisto! – exclamou Tiberius, batendo as mãos na mesa de madeira repleta de papéis. – Ainda não consegui achar um sentido lógico para essas inscrições. Sem conhecer a língua deles, é impossível usá-los para navegar.

– Eu ainda acho – disse Thagir compenetrado, olhando para uma série de pontos e linhas no topo do mapa – que essas marcas representam estrelas. Basta esperarmos o anoitecer para podermos chegar até este continente aqui – disse, colocando o dedo sobre uma grande ilustração de terra do lado esquerdo do mapa.

– Espero que você esteja certo. Caso contrário, vamos ficar navegando até acabar nossa comida.

– Por falar em comida – Thagir virou-se, encarando o capitão –, além do cozinheiro, quantos tripulantes perdemos?

– Ao todo, quatro – Tiberius respondeu com tristeza. Apesar de ser o comandante da embarcação, ele e a tripulação do *Coroa Azul* eram mais do que amigos, eram como uma família.

– Amanhã, vamos retribuir a bravura deles e honrá-los como merecem.

Como se tivessem feito um acordo tácito, ambos ficaram em silêncio, em respeito aos mortos. Mas, após alguns instantes, três batidas à porta da cabine de controle os chamaram de volta à realidade.

– Capitão? – exclamou um marujo por trás da porta.

– Entre!

– Senhor – um marujo magro e de barba comprida abriu a pesada porta de madeira sem cerimônia, o que indicava que o assunto era sério, pois não havia nem pedido licença para entrar.

– O que é?

– Naquele navio... achamos um porão trancado com um cadeado enorme. E, quando conseguimos abri-lo, encontramos algo que os senhores vão querer ver.

– Pare de enrolação! – exclamou o capitão, pegando o casaco e saindo da cabine, sendo seguido por Thagir e pelo marujo. – É mais alguma surpresa de porão?

– É melhor o senhor mesmo ver.

Foram até o convés inferior, onde a tripulação normalmente fazia as refeições. Quando chegaram, ficaram realmente surpresos. Sentados nos bancos de madeira, seis homens comiam avidamente pedaços de pão e carne seca, enquanto tomavam uma bebida fumegante. Estavam todos acorrentados.

Quatro deles, bastante jovens, tinham a pele amarelada e os cabelos negros, com corte em formato de tigela. O quinto era idoso, tinha uma longa barba e cabelos grisalhos. Vestia uma túnica simples de tecido marrom. O sexto e último integrante do grupo era uma figura imponente, de pele negra e cabelos escuros. Apesar de também estar abatido e de vestir um dos casacos do *Coroa Azul*, era visivelmente muito forte. Talvez fosse um trabalhador braçal, mas sua postura parecia mais a de um guerreiro.

– Isso sim é que é surpresa! – exclamou Tiberius.

Um Novo Truque

Todos aqueles seis homens olharam para o capitão, mas não se levantaram. Somente o gigante de pele negra se moveu, preparando-se para reagir, caso fosse necessário. Thagir, vendo o movimento, levantou as mãos espalmadas na frente do corpo, indicando que não portava nenhuma arma. Ele se aproximou do grupo, propositalmente de guarda aberta, tentando mostrar que confiava neles.

– Meu nome é Thagir – disse, apontando para o próprio peito. – Sou Senhor de Castelo de Newho. Este é Tiberius – apontou então para o capitão, que sorriu e ajeitou a tiara que prendia os cabelos cor de fogo. E, dirigindo-se aos seis, continuou: – Quem são vocês?

Por um instante ninguém falou nada. Os seis apenas se olharam, confusos. O gigante de pele negra falou alguma coisa para o idoso, que respondeu e balançou os ombros. A língua usada por eles, apesar de soar com clareza, era ininteligível.

– Eles não entendem a língua comum do Multiverso – Thagir olhou para o capitão. – Acho melhor ensinarmos a eles.

Tiberius ficou calado, com o rosto vermelho, nitidamente envergonhado.

– Desculpe, mas não sei fazer isso.

– Como não? – Thagir franziu o cenho. – Todos os capitães, autorizados a portar a bússola espada-escudo, devem saber.

– Bom... não é que eu não saiba – continuou o capitão, ainda constrangido. – É que faz tanto tempo, acho que não consigo mais!

– Tudo bem – bufou o pistoleiro –, deixe que eu mesmo faço isso.

E, virando-se para o grupo, novamente mostrou as mãos espalmadas. Os quatro jovens estavam com os olhos esbugalhados e pareciam bastante amedrontados. O homem de pele escura estava com os músculos tensos, sinal de que estava pronto para resistir e lutar. O idoso, despreocupado, segurava uma bebida quente entre as mãos, como que para esquentá-las.

– Mas, antes, tirem as algemas deles – ordenou o pistoleiro.

– Não podemos – respondeu um dos marujos. – Estão com um tipo de encantamento. Mesmo sem estarem trancadas, não conseguimos abri-las.

– Isso é fácil de resolver – disse Thagir, retirando a adaga da bainha do peito, a mesma com que arrancara uma das presas de Grot. – Esse brinquedinho que eu inventei quebra qualquer barreira mágica.

A adaga tinha dois gumes, com uma lâmina afiada de cada lado. Mas o que lhe conferia a propriedade de atravessar barreiras mágicas era o cristal que ficava preso entre as lâminas, e que formava a ponta. Aquele cristal era uma das últimas cápsulas da pistola de Amadanti.

Thagir fez sinal para o idoso esticar as mãos e ele, sem receio, deu de ombros e fez o que lhe foi pedido.

– Você não acredita que vai dar certo, não é? – perguntou Thagir, olhando para o velho, que não entendia nada do que ele falava.

O pistoleiro posicionou a adaga na junção das duas peças que formam a algema e, com um movimento suave, abriu os grilhões como se estivesse cortando manteiga. O velho, visivelmente espantado, ficou olhando com incredulidade para Thagir, que sorria enquanto abria todas as algemas.

– Agora vem a parte difícil – disse Thagir, guardando a faca e voltando sua atenção para o idoso, que parecia ser o mais sereno de todos. – Para que o processo funcione, a pessoa precisa estar tranquila. Caso contrário, a conexão inicial não funciona, impossibilitando todo o resto.

Então Thagir se moveu lentamente, indicando com as mãos que queria tocar a cabeça do idoso. Apesar de ele franzir o cenho, visivelmente sem entender o que estava acontecendo, balançou os ombros e falou algo naquela língua ininteligível. Os jovens sorriram, e o pistoleiro sorriu também, mesmo sem saber o que o idoso havia dito. Àquela altura, era importante que estivessem em sintonia. Thagir tocou suavemente a cabeça dele, com ambas as mãos.

Concentrando-se, o pistoleiro relembrou a técnica mágica usada há séculos pelos navegadores dos Mares Boreais. Como faziam contato com novos povos e novas civilizações, era preciso que também tivessem como se comunicar. Por isso, usavam um feitiço para repassar a língua comum diretamente de mente para mente. Era um processo que levava horas, mas os resultados eram impressionantes.

Thagir modulou sua Maru até atingir um estado de tranquilidade e estabilidade. Em seguida, repassou para o idoso, através de imagens mentais, uma mensagem. Nela projetou a imagem do idoso em uma sala escura, e de Thagir em uma sala iluminada. Entre eles, havia uma porta. O pistoleiro, suavemente e com um sorriso no rosto, batia três vezes na porta. O idoso a abria, e, na imagem, a luminosidade da sala de Thagir penetrava na sala escura do idoso, revelando um lindo jardim, onde começaram a conversar.

A imagem representava um pedido. Se o idoso o aceitasse, Thagir poderia lhe repassar seu conhecimento sobre a língua comum. Então, o pistoleiro sentiu a mente do idoso, procurando sintonizar sua Maru com a dele. Mas parecia que havia um bloqueio, como se fosse uma porta trancada. Thagir vibrou sua Maru em três ondas, que criaram o efeito de três batidas naquela barreira. Aquele era o pedido. Faltava agora a porta se abrir.

Mas isso não aconteceu. O pistoleiro vibrou sua Maru novamente em três ondas, um pouco mais suaves, demonstrando que não queria invadir o lugar, mas que gostaria de obter permissão para entrar ali. Alguns instantes depois, a barreira simplesmente cedeu, dando acesso para que Thagir projetasse todo o seu conhecimento sobre a língua comum do Multiverso para aquele idoso.

As primeiras informações repassadas foram o nome do pistoleiro e algumas ideias simples, como "fique calmo", "somos amigos", "assim poderemos conversar". Mas o processo, apesar de simples, era demorado e exigia muita concentração de ambos. Não era uma forma totalmente segura de repassar o conhecimento, mas abrangia grande parte do idioma, permitindo que mantivessem uma conversa.

Depois de muito tempo, Thagir finalmente abriu os olhos e baixou as mãos, sentando-se no chão, bastante cansado. Já era noite alta, o que indicava que o processo todo levara horas.

– Olá, Thagir – disse o idoso sorridente, com um sotaque forte. – Meu nome é Estus Daheri. Obrigado por ensinar um truque novo a um mago velho.

– Incrível! – exclamou um marujo, que assistia a tudo desde o início.

– É um imenso prazer conhecê-lo – respondeu Thagir, suspirando e estalando o pescoço para relaxar, depois de ter ficado tanto tempo de pé. – Só que, da próxima vez que eu fizer isso, tenho que me lembrar de sentar antes.

Eles riram, não só porque estavam conseguindo se comunicar, mas porque Thagir lhe apontara o homem de pele escura que, cansado de esperar, simplesmente havia dormido sentado.

– Você acha seguro acordá-lo? – perguntou Thagir.

– Deixe que eu faço isso – respondeu Estus, levantando-se com uma agilidade impressionante para alguém de sua idade. – Afinal, ele não teria coragem de bater em um velho desprotegido.

Reflexões

Estus acordou o homem, que se chamava Wahori, e aplicando a mesma técnica repassou ao amigo seus recém-adquiridos conhecimentos da língua comum. Thagir ficou impressionado, pois, apesar de o idoso dizer que era um mago, manipular a Maru mágica e criar aquele feitiço de transmissão de conhecimentos exigia várias aulas na Academia. E ele, apenas com uma experiência, já havia aprendido a técnica. Apesar de aparentar ser indefeso e fraco, certamente possuía uma Maru forte e equilibrada, além de habilidades mágicas bem desenvolvidas.

Thagir sentou-se e comeu um pouco, enquanto via Estus transmitindo os conhecimentos a Wahori. O capitão decidiu se deitar, pois o céu estava nublado e nenhuma estrela poderia ser vista, o que o impedia de tentar encontrar sua localização nos mapas. Ele pediu para um marujo acomodar os outros quatro homens que estavam com Wahori e com Estus. Thagir resolveu ficar e acompanhar todo o processo, que só acabou algumas horas depois.

– Então, Wahori – Estus disse na língua comum, sorridente, mas visivelmente cansado –, como se sente?

– Com sono! – sorriu Wahori, o enorme homem de pele negra. – Mas mesmo assim estou espantado. Essa magia é incrível! Você deve ser um mago muito poderoso – disse, dirigindo-se respeitosamente a Thagir.

– Eu, mago? – Thagir respondeu com um largo sorriso no rosto. – Não, não. Sou Senhor de Castelo e pistoleiro, mas não sou mago. Essa história de magia, deixo para meu amigo Kullat.

– Como assim? Esse feitiço é incrível, e apenas um mago conseguiria fazê-lo! – era Estus que falava agora. – E quem é esse Kullad?

– Kullad não. Kullat! Ele é outro Senhor de Castelo e está conosco neste navio. – Thagir bocejou longamente, cansado depois de tantos acontecimentos. – Mas não é só Wahori que está com sono. Acho melhor todos nós irmos descansar. Teremos muita coisa para fazer amanhã.

Os dois concordaram prontamente. Thagir os guiou até um aposento, na parte de trás do navio, ao lado de onde ele próprio estava dormindo. Havia algumas redes e várias cobertas disponíveis, onde os demais resgatados dormiam.

– Nos vemos de manhã! – disse Thagir, fazendo um gesto para que entrassem. – Que a Maru de vocês fique em equilíbrio.

– Maru? – Wahori parou e fez uma careta. – O que é isso?

– Há um tempo para tudo, meu amigo, e agora é hora de descansar. Durmam um pouco. Amanhã eu explico o que é Maru.

Sorrindo, o pistoleiro se retirou, encerrando a conversa. Foi até os seus aposentos, esfregando as mãos para aquecê-las. O ar que saía de sua boca criava uma leve fumaça branca. Ele forrou a rede onde descansaria com uma coberta grossa, deitou-se e cobriu-se com outra, tão grossa quanto a primeira. Fechando os olhos, teve um último pensamento: *Adoro o inverno, mas bem que agora eu poderia estar em Newho. Tenho certeza de que, a essa hora, a lareira no salão de baile está acesa.*

– O SALÃO! – exclamou para si mesmo com um sobressalto, quase caindo da rede. Calou-se em seguida para não acordar ninguém, fez uma careta e voltou a se deitar.

O salão! Como pude esquecer? Colocou a mão no bolso da casaca e pegou o pequeno labirinto que sua filha lhe dera de presente. *Danima e Alana* devem estar enfeitando o salão principal para o aniversário da Lara... Já perdi minha festa no ano passado, agora vou per-*

* Danima e Alana, respectivamente, a esposa e a filha mais velha de Thagir. Lara é a filha caçula.

der o aniversário da minha pequena Lara... Tentando se convencer e afastar a melancolia, continuou em seus pensamentos: *Mas é por uma boa causa... eu acho... Bom, é melhor dormir um pouco. É só o que preciso agora.*

Mestre e Aprendiz

Depois de andar por horas e horas, Larys encontrou um lugar onde o rio se estreitava. Apesar de estar muito cansado pela caminhada forçada, acumulara bastante energia em seu anel e resolveu se arriscar. Correu e lançou-se sobre o rio. Imediatamente, uma luz esverdeada surgiu de seu anel e cobriu seu corpo inteiro, fazendo-o planar suavemente sobre a correnteza, até pousar na outra margem.

Contudo, antes que pudesse pensar no que faria em seguida, uma luz rubra explodiu em suas costas, lançando-o com força contra a mata nevada.

– Você cometeu seu último erro – a voz raivosa era de Volgo, que estava seguindo os rastros de Larys sem descanso. Atento, viu o rei voando sobre o rio.

Com seu cajado, atacou novamente com uma bola faiscante e vermelha. Apesar de ainda estar caído no chão, Larys conseguiu se desviar no último instante, e o ataque passou raspando ao seu lado. Levantou-se, cambaleante, e parou a poucos metros da margem. No breu da noite, os olhos de Volgo eram brasas que encaravam o rei com uma fúria descomunal. O feiticeiro careca planava, segurando o cajado, cuja ponta escarlate brilhava intensamente.

Outra rajada levantou neve e terra, formando uma fina névoa ao redor do rei e derrubando-o com violência no chão. Volgo atacou novamente, mas, para seu espanto, o raio escarlate foi refletido de volta, forçando-o a fazer uma manobra evasiva. Antes que pudesse se recompor, uma rajada verde o acertou diretamente no peito, arremessando-o no chão coberto de neve.

Com raiva, Volgo planou rapidamente até ficar de pé. Apesar da escuridão da noite, era possível ver a figura do rei encarando-o firmemente, iluminado por luzes esverdeadas. O braço esquerdo era protegido por um escudo mágico esmeralda. A mão direita segurava uma espada da mesma cor. A postura era a de um guerreiro, pronto para a batalha.

– Parece que você conseguiu recuperar um pouco de energia – disse Volgo, com desprezo na voz.

– Achei uma ou duas lótus negras por aí – Larys respondeu, desafiadoramente.

Volgo franziu a testa, receoso. Ele sabia que a lótus negra era uma planta rara em Breasal, com o poder de triplicar a energia de qualquer magia ou encantamento.

– Pelo visto, você sabe do que estou falando – Larys sorriu, confiante.

– E você não tem a mínima ideia do tamanho do meu poder!

Volgo se lançou contra Larys e o atacou com fúria e força desproporcionais ao seu corpo esquelético. Seu cajado brilhava um vermelho vivo. O encontro das armas produziu uma cascata de faíscas, vermelhas e verdes, que brilharam intensamente na escuridão da noite.

O cajado de Volgo deixava um rastro vermelho no ar, enquanto a espada de Larys produzia faíscas verdes a cada movimento. Eram como duas forças irrefreáveis e violentas. De um lado, a fúria escarlate de Volgo; do outro, a confiança esmeralda do rei de Agas'B.

Os ataques de Volgo eram como relâmpagos caóticos, sem forma definida, sempre vermelhos e alaranjados. O rei contra-atacava com raios mais harmônicos, em vários tons de verde, conforme a intensidade do feitiço.

Durante a batalha, Larys percebeu que os movimentos e os encantos de Volgo eram familiares. O movimento das mãos e a forma como a energia era criada chamaram-lhe a atenção. O mago flexionava os joelhos, murmurava palavras em línguas estranhas, e os feitiços vinham ora do cajado, ora da mão espalmada.

Incrível! Ele se move como Kendal!, pensou o rei, abismado.

Kendal fora o responsável pelo exílio de Larys, pelos anos que ficara longe de Laryssa e pelo sofrimento de seu povo. Apesar de aquela lembrança terrível lhe dar ainda mais determinação para continuar a batalha, parecia que a luta estava empatada.

Larys deu um passo para trás e, destemido, encarou Volgo, que o fitou de volta, como se estudasse seu adversário.

– Você me lembra alguém – o rei disse. – Alguém que me tirou muito da vida. Mas que conheceu a força da justiça e foi enviado para os abismos incandescentes de Baator.*

– Ah! – Volgo exclamou com satisfação. – Então você se lembra de Kendal, meu aprendiz?

Larys não conseguiu evitar uma expressão de espanto e ódio. Volgo gargalhou ao ver a reação do rei.

– Fui eu quem deu a Kendal a essência dos Dhuggaols** – disse, rindo. – Fui eu quem planejou seu exílio, *majestade*. E fui eu o responsável pela morte de sua esposa – concluiu com satisfação na voz cavernosa, saboreando o sofrimento do rei.

Larys não acreditava. Por anos, buscou, por todos os meios, se vingar de Kendal, mas agora descobrira que o verdadeiro inimigo era outro. Escondido nas sombras. Kendal foi apenas uma marionete, um peão em um jogo muito maior.

---

* A cidade perdida do mundo espiritual. Conhecida pelos abismos incandescentes que queimam os ladrões e os usurpadores, é retratada como uma parábola infantil para ensinar crianças.

** Criaturas malévolas dos confins escuros e desconhecidos do Multiverso. Seu corpo é feito de fumaça negra e sua essência pode ser aprisionada em jarras ou objetos mágicos.

Muito confuso e perturbado com a revelação, Larys baixou a guarda por um momento. Volgo se aproveitou e disparou uma rajada. Felizmente para o rei, seu instinto fez com que se protegesse com o escudo, desviando a energia, que explodiu no rio.

– Maldito! – gritou o rei, com raiva, atacando com os olhos brilhando em tom verde.

Sem se abalar, Volgo voltou à carga, girando seu bastão freneticamente. Por mais que lutasse, Larys sentia o cansaço e o frio limitarem seus movimentos. Seu escudo mágico estava rachando, e a espada havia perdido o brilho inicial, tornando-se opaca. Volgo, sem apresentar sinais de cansaço, mantinha o ritmo dos ataques. Sua vantagem era evidente diante do rei, que fraquejava.

– Tonitrus domantur – Volgo murmurou entre dentes.

A margem do rio foi iluminada, como se um sol vermelho tivesse nascido. A rajada rubra de Volgo estraçalhou o escudo esmeralda de Larys, que gritou, contorcendo-se em agonia.

Sua vista ficou nublada, e sua última visão, antes de desmaiar, foi o sorriso maléfico de Volgo.

Réquiem

No *Coroa Azul*, após acordarem e se agasalharem, Estus e Wahori subiram ao convés. O vento gélido cortava o ar, fazendo Wahori enterrar as mãos nos bolsos da grossa jaqueta marrom que recebera.

O sol matutino brilhava, mas não trazia calor. O céu azul continha nuvens espaçadas, e todo o convés estava coberto com uma fina camada de neve, para desgosto dos marujos, que teriam de limpar a bagunça deixada pela batalha e pelos consertos do navio.

Estus e Wahori viram Thagir assim que chegaram ao tombadilho, mas perceberam que o pistoleiro estava de costas, na proa, com alguns marujos que faziam um círculo ao redor de Tiberius, que parecia estar fazendo um discurso. Em silêncio, aproximaram-se para ver o que estava acontecendo.

Tiberius estava em pé, com uma vara de cedro na mão. À sua frente, quatro corpos enrolados em lençóis brancos e amarrados com cordas estavam enfileirados em uma rampa de madeira.

– O mar nos dá a vida – o capitão continuou, fazendo gestos com a vara longa e torta – e nos tira a vida. Que o mar receba de bom grado seus servos, homens que por ele viveram vidas dignas.

Kullat olhava com tristeza para o último corpo, de Cutelo, seu amigo.

– Poderoso e volúvel mar – Tiberius continuava a recitar seu réquiem –, receba seus filhos, pois eles a ti serviram com paixão e entusiasmo.

Enquanto o capitão falava, cada corpo era respeitosamente jogado ao mar, um após o outro. Com lágrimas nos olhos, Kullat deu um adeus silencioso ao cozinheiro, que, apesar do pouco tempo de convivência, se tornara um bom amigo. Segurava o pequeno saco de couro, que recebera nos últimos instantes de vida de Cutelo.

Khrommer... Por que as melhores pessoas são as que se vão primeiro? Isso não é justo, Kullat pensou, apertando fortemente o pequeno saco de couro contra o peito. *Juro que sua morte não será em vão, meu amigo... E que vou cumprir o que lhe prometi.*

Kullat sentiu a mão de Thagir apertando-lhe o ombro e agradeceu com um olhar. O amigo retribuiu com um respeitoso aceno de cabeça.

Seu coração é tão grande que dentro dele cabe o Multiverso inteiro, pensou o pistoleiro.

Estus e Wahori acompanharam todo o funeral em silêncio. Mas, no final, Estus sentiu que precisava falar.

– Sempre é difícil dar adeus para aqueles de quem gostamos – disse o velho mago, pesaroso. – Mas acredito que a morte é apenas uma passagem, uma nova experiência, que nos prepara para algo maior.

Kullat olhou e sorriu de leve para o desconhecido à sua frente, concordando com a cabeça. Em seguida pediu licença, colocou o capuz e saiu. Queria ficar sozinho.

Naquela manhã, os marujos não assoviaram nem cantarolaram, apenas trabalharam para consertar os estragos causados pela batalha. Azio, Driera e Iki-Dau foram orientados por Thagir a permanecer escondidos, para evitar que Estus e Wahori tivessem contato com eles. Assim, Thagir teria tempo de explicar mais sobre os Senhores de Castelo e sobre o Multiverso; afinal, um autômato, uma mulher alada e dois homens em um só corpo poderiam confundi-los.

Laryssa, porém, estava no convés, sentada num barril e olhando para o mar, com a cabeça apoiada no mastro, pensando na vida, em como gostaria que alguém estivesse ali com ela para consolá-la. Sentia-se responsável por aquelas mortes, já que, se não estivessem tentando resgatar seu pai, aquilo tudo não teria acontecido. Apesar de tentar mostrar a todos que era forte e capaz de enfrentar qualquer situação, era uma mulher normal, com sentimentos e fraquezas. Vendo Kullat também sozinho do outro lado do navio, pensou, melancólica: *Quem sabe um dia...*

Foi só então que percebeu que estava faminta, pois não havia comido nada desde antes da batalha.

Depois de comer, vou falar com Azio. Pelo menos com ele posso ser eu mesma, sem precisar fingir ser o que não sou.

Mais conformada com aquela ideia, a princesa se sentia pronta para continuar a busca por seu pai.

Basiliscos

No outro lado do convés, Estus e Wahori se juntaram a Thagir.

– Dormiram bem? – Thagir perguntou, recostando-se na amurada, próximo a alguns barris.

– Bem melhor do que num porão – Estus respondeu, matreiro.

– E seus companheiros? Tudo bem com eles? – indagou Thagir, referindo-se aos quatro sobreviventes do ataque pirata.

– Estão bem abalados e não querem sair da cabine – disse Wahory.

– Não estão acostumados com as eventualidades da vida – completou Estus.

Kullat e Laryssa se aproximaram em seguida. Sentaram-se todos nos barris, prontos para finalmente conversar. Estus tirou um cachimbo do bolso e olhou para Thagir, que fez uma careta quando viu o objeto.

– Importa-se se eu fumar? – perguntou, segurando o cachimbo numa das mãos e um pequeno saco de fumo na outra.

– Você sabe que isso faz mal para a saúde?

O velho mago deu de ombros e não respondeu. Thagir, fazendo um gesto amplo com as mãos, continuou:

– A vida é sua. Fique à vontade para acabar com ela do jeito que achar melhor.

Contrariado, o pistoleiro se levantou e mudou de lugar, para que a fumaça não chegasse até ele. Estus preparou o cachimbo com calma. Apesar da aparência idosa, tinha mãos firmes e fortes. A barba branca, que descia até o peito, era lisa como fios de prata. Acendeu o cachimbo e deu uma longa tragada, soltando fumaça em espirais azuladas.

– Permitam-me que me apresente corretamente. Eu me chamo Estus Daheri e sou feiticeiro. Este é meu amigo Wahori, um dos mais bravos e sábios integrantes da raça goryc.*

– É uma honra conhecê-los. Meu nome é Kullat, e esta é Laryssa.

Wahori deu um passo à frente. O goryc tinha a mesma estatura de Thagir, um pouco mais alto que Kullat. A pele escura como a noite e o cabelo negro, trançado e preso com pequenas peças de osso, deixavam sua expressão sóbria, como a de um verdadeiro guerreiro. E o olhar, vivo e atento, revelava alguém inteligente.

– A honra é nossa – acrescentou, curvando a cabeça em uma meia reverência.

– Bem, agora que fomos apresentados – disse Kullat, sério –, poderiam nos explicar como foram parar no porão daquele navio?

Estus deu uma baforada no cachimbo e olhou para Kullat com interesse. O cavaleiro estava de capuz e com o manto fechado, protegido do frio. Seu semblante era pouco amigável. Não nevava mais, mas alguns flocos brancos eram revolvidos pelo vento frio que soprava do mar.

– É uma longa história – disse Wahori, sentando-se novamente.

– Ah, não – interrompeu Estus, soltando fumaça pela boca enquanto falava. – Nunca peça para um historiador contar uma história. A menos que você queira ficar um dia inteiro escutando um monólogo! – o velho sorriu e piscou para Wahori.

– Não exagere – exclamou Wahori, fingindo estar ofendido. – Sou historiador, mas sei ser objetivo quando a situação exige.

O goryc limpou a garganta e olhou para Kullat.

– Vamos para a versão curta, então. Pegamos um navio no porto de Amele, na ilha de Alenmar, e estávamos indo para o continente

---

* Uma das várias raças que vivem em Breasal. Seus habitantes possuem pele negra e, normalmente, são maiores que os humanos. Vivem numa grande ilha no nordeste de Breasal.

quando fomos atacados. Estus e eu ajudamos a tripulação a lutar, mas os piratas eram em maior número. Apenas seis de nós sobrevivemos, e foi assim que acabamos presos naquele porão.

– Provavelmente, vocês seriam vendidos como escravos – Estus complementou, puxando outra baforada no cachimbo –, mas o meu destino seria um pouco menos agradável. Afinal, tenho alguns truques que podem valer uma fortuna nas mãos de um negociante inteligente – finalizou, apontando o indicador para a cabeça, referindo-se a seus conhecimentos de magia.

– Estávamos sendo constantemente vigiados para que não fugíssemos – continuou Wahori. – Estus estava criando um feitiço para quebrar os cadeados da cela quando ouvimos a primeira explosão. Depois disso os guardas sumiram, e em seguida vimos pela vigia que o barco onde estávamos havia ficado à deriva. O resto vocês já sabem – finalizou o goryc.

– Isso explica muito – Kullat disse. – Mas, se vocês conseguissem sair da cela, o que fariam?

– Ora, nós dois somos membros dos Basiliscos! Daríamos um jeito de retomar o navio! – Estus completou com uma entonação mais forte.

Os Basiliscos eram famosos por toda Breasal, seus feitos e aventuras percorriam o reino, e Estus era um dos membros fundadores do grupo, posição que lhe dava orgulho e alegria. Mas, para Kullat, aquele nome era desconhecido.

– Basi o quê?

Estus olhou para o cavaleiro com espanto.

– Vocês não conhecem os Basiliscos? – o tom da voz mostrava decepção. – Estus, Wahori, Varr, Ligen, Kolon e Krule. Nunca ouviram esses nomes antes?

Kullat balançou a cabeça negativamente.

– De que parte de Breasal vocês são? – Estus perguntou, admirado.

– Não se assustem – Thagir respondeu com as mãos para frente, sinalizando para que ficassem calmos. – Pode soar como loucura, mas... não somos deste planeta.

– Como assim? Não são deste planeta? – perguntou Estus, chocado.

Wahori afastou o corpo involuntariamente, com uma expressão de total incompreensão.

– Pelos Novos Deuses!* Vocês são loucos?

– Calma. Podemos explicar – continuou Laryssa, com uma voz serena.

Eles não queriam assustá-los. Sempre que os Senhores de Castelo descobriam novas passagens e novos mundos nos Mares Boreais, uma comitiva do Conselho era enviada para evitar choques culturais. Tal comitiva era responsável pelas primeiras relações entre a Ordem e os governantes daquele planeta. Infelizmente, daquela vez, não havia comitiva, e Kullat e Thagir não dispunham de tempo para explicar tudo a Estus e Wahori.

– Apenas escutem – o pistoleiro continuou, ajeitando-se no barril em que estava sentado. – Vou tentar ser breve.

O pistoleiro discursou, como um professor faria a seus alunos. Explicou-lhes a existência do Multiverso, as viagens pelos Mares Boreais, os principais conceitos da Ordem dos Senhores de Castelo, a divisão dos quadrantes e o conceito de Maru. Estus ouvia tudo em silêncio, apenas tragando o cachimbo com uma expressão enigmática.

Wahori pediu a Axel algo para escrever e começou a anotar tudo o que ouvia. O goryc era considerado um dos grandes estudiosos do reino, com conhecimentos sobre história, mitologia e tradições

---

* São os mais populares deuses de Breasal, pois exaltam as qualidades que há no interior de cada pessoa. Ensinam que as dificuldades podem ser vencidas pelos seus próprios meios.

de Breasal. Como um acadêmico, interrompia Thagir apenas para perguntar como se escreviam alguns dos estranhos nomes que o pistoleiro mencionava. Gostou bastante do nome Curanaã, terra natal de Thagir.

De vez em quando, Kullat e Laryssa acrescentavam detalhes, ajudando Thagir na explicação. Enfim, após esclarecer algumas dúvidas, o pistoleiro lhes contou sobre o rapto do rei Larys, pai de Laryssa. Em seguida, perguntou a Estus e Wahori se eles poderiam ajudá-los a chegar à ilha de Edimgrir.

Ao ouvir aquele nome, Estus cerrou os olhos, que quase sumiram por trás da fumaça azulada do cachimbo.

– Edimgrir? Aquele lugar é amaldiçoado... – sua voz ficou mais baixa, demonstrando cautela. – Vocês têm certeza de que foi para lá que levaram o seu rei?

– Infelizmente, temos certeza absoluta – disse Kullat, esticando os braços, como se alongasse os membros, e deixando as mãos à mostra pela primeira vez.

Estus quase caiu do barril ao ver as fracas chamas prateadas em seus punhos. Wahori arregalou os olhos e abriu a boca, mas não emitiu nenhum som.

– Por Olwein!* Que tipo de feitiço é esse? – exclamou o velho mago, olhando espantado para as mãos de Kullat.

– É outra longa história – respondeu o cavaleiro, suspirando e escondendo as mãos debaixo do grosso manto. – Infelizmente, não temos tempo para contá-la agora. Precisamos saber sobre Edimgrir.

– Meu pai está correndo grande perigo – disse Laryssa, exasperada, esfregando as mãos nervosamente. – Precisamos ir até aquela ilha o mais rápido possível!

---

* A deusa da magia em Breasal. Dizem que foi uma grande maga, responsável por derrotar o Bruxo e libertar Breasal.

Por um momento, ficaram todos em silêncio. Estus encarava Kullat com uma expressão de dúvida. Wahori apenas olhou para seu amigo mago e balançou a cabeça, em sinal de concordância.

– Suas mãos são um mistério, e eu adoro mistérios, mas nem sempre temos respostas para tudo – disse Estus, conformado, apontando o cachimbo para Kullat. – Muito bem. Wahori e eu vamos ajudá-los. Mas vocês não vão gostar nada do que vamos dizer.

O mago se aprumou e levou novamente o cachimbo à boca.

Larys acordou atordoado. Ficou desmaiado durante toda a noite e boa parte da manhã. Sem se mexer, olhou para o chão onde estava caído e viu areia. Bem perto dele, ouviu o som de ondas e sentiu também o cheiro de ar salgado, indicando que estava de volta à praia. Tentou se levantar, mas Ivora desferiu-lhe um violento chute.

– Ela me contou o que houve – disse Willroch, agachando-se ao lado do rei e apontando para a mulher, que espumava de raiva.

– Quero matar esse maldito! – gritou furiosa, chutando Larys mais uma vez.

Willroch a tirou de perto do rei, antes que a mulher realmente o matasse a pontapés. Volgo parecia não se importar com as bravatas dela. Apoiado em seu cajado, parecia abatido. Willroch olhou para Volgo com malícia.

Cansado, velho?, pensou o mago poeta. *Não devia gastar sua energia inutilmente. Farei tudo o que você quiser, mas só até obter o que EU quero...*

– Quero apenas comer alguma coisa, Willroch – disse Volgo, como se tivesse lido os pensamentos dele. – O que você trouxe?

Volgo.

Tentando não parecer surpreso pelas palavras do mago, Willroch rapidamente mostrou duas aves ao fogo. Puxou de uma sacola um cantil e o ofereceu ao feiticeiro, que, após beber um pouco, andou até o fogo e sacudiu a neve que se acumulava em seus ombros. Então pegou um pedaço de ave.

– Estamos prontos para partir? – perguntou, voltando sua atenção para Willroch e mordendo o assado.

– Quando quiser – Willroch respondeu.

Um grito de dor chamou a atenção dos dois. Eles olharam para o lado e viram Larys se contorcendo. À sua frente estava Ivora, que colocou no dedo o anel verde do rei, esticando o braço para admirá-lo.

– O que você fez? – Willroch perguntou, espantado.

– Como o anel não queria sair, cortei a mão dele fora – disse ela indiferente, ainda olhando para a joia.

Lendas de Breasal

– Muito bem – Estus limpou a garganta. – A ilha de Edimgrir é uma das várias lendas de Breasal. Fica ao norte, na área mais afastada do continente. São poucos os que se aventuraram por lá, e quase ninguém voltou com vida. Há vários relatos sobre aquela terra amaldiçoada, desde mortos-vivos até criaturas horrendas, como os manticores.

– Manticores? – Kullat indagou. – São o quê, monstros ou demônios?

– Nem um nem outro. São animais que ninguém gostaria de conhecer – Wahori interrompeu, compenetrado. – Os manticores são extremamente perigosos. Possuem corpo de leão, mas muito maior e com pelos vermelhos. A cauda é fina e cheia de espinhos. Assim como os escorpiões, têm um ferrão venenoso na ponta da cauda. Também possuem duas fileiras de dentes afiados como facas. Dizem que alguns têm asas, como as de dragões. Matá-los é extremamente difícil.

– Por Khrommer! – o cavaleiro exclamou, preocupado. – Volgo, Willroch e agora manticores. O que mais falta?

Thagir olhou para o amigo, parecendo compreender os pensamentos de Kullat.

– A ilha – continuou Estus – é um enorme amontoado de rochas negras, com um complexo sistema de vulcões. Há milênios está desabitada. Os túneis e cavernas são utilizados como ninho de manticores, onde centenas de animais protegem sua única rainha. Como ela bota poucos ovos a cada século, os manticores são animais muito raros e defendem seus ninhos com extrema ferocidade.

O mago deu outra baforada no longo cachimbo. Dispersando a fumaça com a mão, continuou:

– Junto à rainha, os mais velhos vivem centenas de anos no centro do maior dos vulcões. A caça e a proteção da toca ficam a cargo dos mais jovens.

– Quer dizer que estamos indo para um vulcão cheio de bestas assassinas? – perguntou Laryssa, sem conter a emoção. – E meu pai está lá agora?

– Sinto muito – Estus respondeu, com sinceridade. – Mas, se vocês vão a Edimgrir, devo alertá-los de que o ninho dos manticores é um dos lugares mais perigosos de Breasal.

Todos ficaram em silêncio diante do que Estus disse. Laryssa sentiu-se pequena e incapaz de ajudar o pai.

– Você vai ficar bem? – Estus indagou à princesa, soltando fumaça pela boca.

– Vai sim – Kullat respondeu, alisando o cavanhaque e sorrindo pela primeira vez desde a morte de Cutelo. Olhando com ternura para a princesa, continuou: – Ela ainda tem um longo caminho pela frente, mas, no final, acho que tudo ficará bem.

Laryssa sorriu, grata pelo apoio.

– Mas tem mais uma coisa. Espadas e escudos não serão de muita ajuda – afirmou Wahori, voltando ao assunto.

– Temos nossos próprios meios – disse Thagir enigmático, não querendo causar outro choque cultural. Se Estus ficara surpreso com as faixas de Jord, o que pensaria ao vê-lo materializar uma arma?

– Para seu bem, espero que sejam bons. O couro do manticore não se rompe facilmente – Wahori continuou, olhando para o pistoleiro. – E tomem cuidado com os espinhos da cauda, podem ser fatais.

– Tem mais uma coisa – completou Estus, alisando a barba prateada, pensativo. – Antes de chegarem ao ninho, vocês ainda terão de passar pelos mortos-vivos.

– Mortos-vivos? – Kullat perguntou, perplexo.

– Sim. O veneno dos espinhos e das mordidas não mata na hora. Vai tomando conta do corpo aos poucos, até a pessoa ficar num estado de quase-morte – Estus advertiu.

– Há muito tempo, estive em Edimgrir e fui atacado – disse Wahori, com a voz baixa. – Não vi o que me atacou, mas as marcas não deixam dúvidas.

Então tirou a casaca e mostrou uma cicatriz no braço; a pele negra estava sulcada em pontos brancos, formando um arco de uma mordida.

– Se meus amigos não tivessem me dado o antídoto, eu teria morrido. Ou melhor, teria me tornado um morto-vivo.

Kullat olhou a carne desfigurada do braço e suspirou. Os Senhores de Castelo estavam prestes a enfrentar algo que, talvez, não pudesse ser derrotado.

Após o almoço, com o navio consertado, Estus orientou o capitão para que mantivesse o curso para o norte, até atingirem a ilha de Alenmar. Depois de passarem ao seu largo, virariam a noroeste, margeando o continente até atingirem o porto de Breschi, onde poderiam atracar e reabastecer a despensa, quase vazia. Navegaram em linha reta por algumas horas e finalmente conseguiram avistar a ilha de Alenmar adiante, à direita.

O sol da tarde aquecia o convés. A neve parara de cair, mas o vento frio ainda soprava forte. Kullat, Estus, Thagir e Wahori se encontraram novamente no tombadilho.

Kullat esticou e bateu os braços um pouco, para afugentar o frio. Ao ver novamente as mãos enfaixadas, Estus apontou com o cachimbo.

– Isso queima? – perguntou, curioso.

Estava encantado com as chamas brancas que tremulavam fracamente. Podiam-se ver labaredas finas mesmo entre os dedos.

– Não exatamente. São mágicas. Chamam-se faixas de Jord. A lenda diz que existe também o cajado de Jord, mas não sei se é verdade.

– São muito poderosas? – Wahori perguntou.

– Nunca as usei contra um manticore, se essa é a sua dúvida.

– Espero que funcione – disse o goryc, mostrando simpatia e sinceridade.

Estus continuava a olhar as chamas com interesse. Kullat ia explicar como conseguira as faixas, mas algo estranho chamou sua atenção. Deu três passos ligeiros e chegou à amurada.

– O que é aquilo? – perguntou, apontando para a ilha de Alenmar que estava a poucos quilômetros de distância.

Fios de fumaça negra subiam aos céus em quatro finas fileiras que se erguiam na costa. Thagir ativou o Coração de Thandur e ficou espantado com o que viu. Eram seres gigantes, de pele escamosa, parecidos com répteis. Estavam impassíveis, imóveis e deitados na praia. Com as ondas batendo nos enormes espinhos das costas, vigiavam o mar com os olhos espremidos. Fumaça saía de suas narinas, que brilhavam um vermelho vivo, como se bufassem constantemente.

– Ah! – Estus exclamou. – Aquelas são as bestas de Wyen.

O mago relembrou a lenda das bestas e sua mente vagou pelas diversas aventuras que vivera com os Basiliscos.

Um dia, pensou Estus, *ainda vou escrever um livro com as histórias e lendas que conheço. As bestas de Wyen, Qenari, a maldição de Krauns... Já sei até o nome que vou dar ao livro:* A ira dos dragões.

– Será que aquelas bestas vão nos atacar? – Kullat indagou, tirando Estus de suas divagações.

– Não se preocupe – respondeu o velho mago, sorridente. – Tenho certeza de que estamos seguros.

A Caminho do Ninho

Larys estava lívido e urrava de dor, debatendo-se na terra úmida e fria. O sangue jorrava-lhe do pulso de onde a mão fora arrancada por Ivora.

– Você está louca? – gritou Willroch.

Ela deu de ombros e continuou a admirar o anel em sua mão. Willroch então correu até o rei e iniciou um feitiço; ergueu a mão e dela saiu uma névoa brilhante e lilás, quente e intensa.

Volgo, com os olhos injetados de raiva, planou rapidamente até ficar de frente para Ivora. Ela sorriu e lhe mostrou o anel, como se estivesse orgulhosa de seu feito. Volgo levantou a mão esquelética acima da cabeça e esbofeteou Ivora com tanta força que lhe rachou o lábio.

Ela rangeu os dentes, exibindo os caninos afiados ameaçadoramente. Mas, com apenas uma mão, Volgo segurou-a pelo pescoço e começou a sufocá-la. Pequenas fagulhas vermelhas saíam de suas unhas e penetravam a pele de Ivora, espalhando-se por seu belo rosto. Seus olhos começaram a tremer. Ela parecia estar paralisada.

– Nunca mais faça uma idiotice como esta – Volgo sussurrou com a voz inflamada de ódio – ou eu mesmo acabo com a sua vida.

Ele então a arremessou longe, derrubando-a sobre a vegetação coberta de neve.

Willroch conseguiu estancar o sangue e cauterizou o ferimento, mas Larys estava tão fraco, e a dor era tão intensa, que não resistiu e desmaiou.

Ivora tossia e arfava, tentando normalizar a respiração. Volgo examinou o ferimento de Larys e assentiu positivamente, como se aprovasse o trabalho que Willroch fizera. Na praia, um bote acabava de chegar até a areia, guiado por um dos marujos de madeira e tinta.

– Vamos embora – disse Volgo, dando as costas e seguindo para o bote que os levaria até o navio.

Willroch verificou com desprezo as amarras e a mordaça do rei, certificando-se de que o prisioneiro estava bem amarrado, e carregou-o no ombro até o bote. Ivora, de cabeça baixa, seguiu silenciosamente atrás deles.

Já na embarcação, Willroch largou Larys no chão do calabouço e olhou com desdém para o rei caído. Verificou novamente a ferida, apenas para garantir que o prisioneiro não morresse por infecção, e cobriu-o com um grosso cobertor. Satisfeito, subiu ao convés.

O vento forte e gelado balançou sua capa negra. Ivora não estava à vista e Volgo contemplava o sol que descia lentamente, como se estivesse sendo consumido pelo mar, extinguindo sua luz e o pouco calor que trazia.

No timão, o capitão Tempestuoso, com o quimono negro e os olhos cinzentos, parecia não sentir frio. O jovem capitão, enfeitiçado por Volgo para obedecer, sem vontade própria ou qualquer outra emoção, apenas olhava para frente. Depois de um gesto de Volgo, fez alguns movimentos com as mãos e braços, e, dos olhos nebulosos e brilhantes, novamente começou a dar vida às pinturas de marujos, que estavam espalhadas por todo o navio.

As figuras finas levantavam-se do chão, pulavam dos barris e se desgrudavam das velas. Com cada um daqueles seres sendo controlados por Tempestuoso, o navio zarpou, em direção a Edimgrir.

– Como está o prisioneiro? – Volgo perguntou, sem olhar para Willroch.

– Acho que vai sobreviver – o poeta respondeu, olhando para o mar.

– Para o bem de Ivora, espero que ele realmente sobreviva.

– Mas nós já temos o anel – disse Willroch. – Por que temos de mantê-lo vivo?

– O anel não é o que precisamos – Volgo respondeu, sem dar mais nenhuma explicação.

A luz do sol sumiu, deixando no horizonte tons azuis e alaranjados. Poucas estrelas surgiram no céu.

– Tempestuoso, dobre a velocidade – ordenou, com um gesto para o jovem de quimono preto. – Vamos para o ninho.

Os olhos de Volgo brilharam. As mãos esqueléticas alisaram a cabeça calva, e um sorriso malicioso expôs os dentes brancos como marfim, enquanto refletia sobre seu plano.

Os Senhores de Castelo acham que não os quero aqui, mas mesmo assim virão. A princesa pensa que essa situação toda é por causa do pai, mas não sabe que o motivo disso tudo é outro. Está tudo saindo como planejado.

Fechou os olhos e respirou profundamente, em êxtase.

Sentimentos

Laryssa estava na cabine que compartilhava com Azio. Cabisbaixa, sentada numa poltrona, sentia-se impotente e repleta de dúvidas. Suas habilidades eram agora muito maiores, após o treinamento na Academia da Ordem dos Senhores de Castelo e a descoberta de seus novos poderes. Mas, mesmo assim, sabia que não estava totalmente preparada para salvar seu pai.

Sentia medo. Medo de fracassar, de perder o pai e também de perder Kullat para sempre. Eram angústias que a abalavam profundamente.

Antigamente, poderia contar com o apoio de seu fiel amigo, Azio. Desde a infância, compartilhava tudo com ele. Brincava no pátio do palácio, correndo entre as flores e arbustos, gritando seu nome. O autômato sempre vinha, preocupado com a pequena mestra. Azio a ajudara a aprender a língua dos animais, emitindo sons e perguntando de qual bicho pertencia cada canto.

Mas, desde que ele destruíra o Globo Negro, três anos antes, Laryssa percebera várias mudanças no amigo. A corporal, apesar de evidente, era a menor delas. O que realmente havia mudado eram suas atitudes, como vestir casacos como se quisesse se aquecer, apostar corrida com Kullat e o fato de não chamar mais ninguém de "mestre".

A princesa olhou para ele, que estava com os braços esticados para o fogo da lareira, como se estivesse se aquecendo. Azio percebeu que estava sendo observado e se virou, piscando os olhos na cor verde.

– Venha para perto do fogo – disse ele, com a voz metálica, mas mais suave do que ela jamais ouvira.

A princesa sentiu um arrepio na nuca.

O que mais será que mudou nele?, pensou, ainda observando o autômato próximo ao fogo.

Seu semblante metálico, de alguma forma que ela não conseguia entender, havia ficado mais suave.

– Algum problema? – ele perguntou, diante do silêncio da princesa.

– Está tudo errado. Meu pai foi sequestrado, nossos poderes não funcionam direito... – ela suspirou, arrumando o gorro, como se quisesse se esconder dentro dele. – Você, que está diferente, o Kullat... – as palavras morreram em sua boca.

O autômato se levantou e se aproximou. Sem pedir permissão, ele a abraçou, como fazia quando ela era criança. Por um instante ela relutou, mas se entregou ao abraço, chorando contra o peito dourado.

Os braços de Azio se entrelaçaram em suas costas. O toque quente da pele metálica de Azio causava-lhe desconforto e, ao mesmo tempo, aconchego. A princesa sentiu o coração bater mais forte.

– Vai ficar tudo bem – Azio sussurrou-lhe no ouvido. – Sempre estarei aqui para protegê-la.

Surpresa, ela olhou para Azio, que a encarava com os dois olhos verdes. Seu rosto estava iluminado, e ela podia jurar que ele estava sorrindo.

– Sempre estarei aqui – ele repetiu com a voz metálica, mas estranhamente reconfortante.

Azio sempre esteve lá por ela. Sabia que podia confiar nele. Ela suspirou fracamente e, apesar dos sentimentos confusos e das dúvidas que lhe invadiam a alma, entregou-se ao cálido abraço.

Driera estava aconchegada em uma larga rede, ao lado de Dau. Desde que haviam resgatado aqueles seis homens do navio abandonado, ela e Iki-Dau ficaram dentro da cabine. Ela achava exagero de Thagir ter todo aquele cuidado. Mas Iki, com toda a sua racionalidade de mestre Dan da Academia, os convencera.

No fundo, ela não podia reclamar, e estava até gostando. Já havia se esquecido da última vez em que ficara sozinha por tanto tempo com Dau. Iki, compreensivo como sempre, deixava-os a sós o maior tempo possível.

Naqueles momentos de paz e serenidade, ela e Dau voltaram a falar sobre o futuro. Haviam planejado morar juntos no próximo ano, quando ela e Iki-Dau se dedicariam exclusivamente à Academia, não fazendo mais missões de campo. E, depois disso, seria a vez de Iki procurar uma companheira.

– Você tem certeza? – Dau questionou, acariciando-lhe os longos cabelos.

Driera suspirou e aninhou-se ainda mais nele.

– Eu já disse. Se Iki aceita deixar você a sós comigo, quando ele encontrar alguém que o faça feliz, nós também teremos que aceitar.

– É... – Dau continuou, pensativo. – Vamos todos ter que aprender a lidar com isso.

– Quem mandou vocês dois serem tão especiais? – Driera sorriu. – Mas, por enquanto, vamos aproveitar que estamos só nós dois aqui.

Como se quisesse escondê-los do mundo, ela abriu uma das asas, colocou-a sobre eles e beijou seu amado.

Novas Amizades

O *Coroa Azul* navegou por três dias, até aportar na cidade de Breschi, durante uma das tardes mais frias de todas. A neve voltara a cair. Os homens do porto usavam roupas grossas, luvas e gorros para se proteger.

Apesar dos protestos da princesa, de que demorariam muito, Estus e Wahori tinham de desembarcar. Tiberius também precisava arranjar comida e algumas ferramentas. Por isso, o navio ficaria atracado por algumas horas.

Laryssa despediu-se rapidamente dos outros quatro marinheiros, de Estus e de Wahori. Visivelmente contrariada, deu as costas e voltou para o navio. Os marujos rapidamente sumiram em meio aos trabalhadores do porto.

Estus e Wahori permaneceram ali para uma despedida um pouco mais longa, pois haviam criado laços de amizade e gratidão com Thagir e Kullat.

– Espero que possamos nos encontrar novamente, em circunstâncias mais agradáveis – disse Thagir sorridente, apertando a mão de Wahori.

– Eu também – respondeu Wahori, retribuindo com alegria. – Infelizmente não podemos acompanhá-los. Temos que reunir os outros Basiliscos para tratar de assuntos urgentes. Mas vou rezar para que Olwein ilumine o caminho de vocês durante sua jornada.

– Obrigado. E que a Maru de vocês seja sempre forte e harmônica! – complementou Thagir.

– Amigos – disse Estus em seguida, soltando uma nuvem de fumaça de seu inseparável cachimbo. – Depois de resolvermos uma pequena questão aqui, vamos para a cidade de Mund, no extremo norte de Breasal. Chegaremos em aproximadamente quatro dias e vamos ficar lá por algum tempo. Já ensinei Tiberius a usar os mapas e seria muito bom poder encontrá-los novamente. Caso tenham oportunidade, vão até Mund e procurem perto do porto uma taverna chamada Búfalo de Bronze. Perguntem por mim, e eles saberão como me encontrar.

– Pode apostar que vamos fazer isso! – respondeu Kullat, com um sorriso franco. – E quem sabe conseguiremos conhecer os outros Basiliscos – finalizou com alegria.

– Assim espero, meu caro Kullat! – Estus exclamou.

Kullat deu um forte abraço de despedida em Estus. Os dois pareciam amigos de longa data. Durante a viagem, haviam conversado muito, criando um novo laço de amizade. O mesmo acontecera com Thagir e Wahori – o pistoleiro contara a Wahori histórias sobre a Ordem dos Senhores de Castelo e sobre o Livro dos Dias, e Wahori falara a Thagir sobre a história de Breasal. Aqueles eram indícios de uma nova e duradoura amizade.

Na Ilha de Edimgrir

Com cerca de meio dia de desvantagem em relação ao navio de Volgo, já era fim da madrugada quando o *Coroa Azul* finalmente encontrou Edimgrir. Majestosa, a ilha se erguia acima do mar como uma muralha de rocha enegrecida, onde as ondas incansáveis batiam violentamente. No alto de um grupo de montanhas longínquas, por trás de nuvens e neblina, algo vermelho muito vivo brilhava.

Estus dissera que não havia porto ou lugar para atracar um navio como o *Coroa Azul*, e que, além disso, Edimgrir era rodeada por barreiras de corais. Mas havia passagens estreitas na areia que permitiriam que acessassem a ilha. Por isso, Tiberius teve de ancorar o *Coroa Azul* a quase uma milha da costa, ordenando que três pequenos botes fossem baixados ao mar.

Azio, por causa de seu peso, ficou com um bote só para ele. Iki-Dau, Laryssa e Driera já estavam em outro. Kullat e Thagir estavam na beirada do tombadilho, prontos para descer ao bote que os levaria à ilha.

O pistoleiro ia começar a descer a escada de cordas quando Tiberius se aproximou, com o rosto carregado de preocupação.

– Esperarei vocês aqui até o próximo amanhecer. Caso não deem notícias, provavelmente será porque morreram.

Tiberius sentia-se muito desconfortável. A viagem estava custando mais do que ele havia previsto. Havia perdido homens, e seu navio fora seriamente avariado. O lucro certamente seria menor do que havia imaginado. Além disso, o futuro daquela aventura era incerto, e, se algo desse errado, teria de enfrentar os perigos dos mares de Breasal sozinho.

– Não posso arriscar meu navio e minha tripulação esperando por alguém que talvez nunca volte.

Thagir ficou em silêncio, refletindo sobre as palavras do capitão.

– É justo – respondeu. – Até o próximo amanhecer então.

– Espere! – exclamou Kullat, batendo com a mão enfaixada na própria testa. – Não podemos ir ainda.

– O que foi agora? – perguntou Thagir, impaciente. – Esqueceu de fazer um lanche para a viagem?

Sem esperar por resposta, fez sinal para que Axel se aproximasse. O jovem olhou hesitante para Tiberius, mas obedeceu.

– Diga-nos, rapaz. O que sobrou para ele comer? – finalizou, apontando para Kullat.

– Por Khrommer! Você anda muito chato ultimamente! Não tem nada a ver com comida. Se bem que eu comeria mais um pedaço daquele queijo delicioso... – respondeu Kullat. – É que estou com um problema e não sei o que fazer.

– O que é? – perguntou Axel, solícito.

– Preciso que alguém de confiança tome conta dos bens de Cutelo até eu voltar. Não quero correr o risco de perdê-los na ilha – finalizou Kullat, abrindo a mão enfaixada e deixando à mostra a pequena bolsa de couro que Cutelo lhe dera antes de morrer.

Os olhos de Tiberius brilharam, cobiçando aquela pequena fortuna que seu antigo cozinheiro havia amealhado durante anos. Mas a expressão dura do cavaleiro de manto branco à sua frente o deixou paralisado.

– Você cuidaria disso para mim? – perguntou Kullat, estendendo a bolsa para Axel.

O jovem, por um momento, pareceu ter ficado em choque e começou a tremer nervosamente. Olhou para o capitão, que simplesmente deu de ombros e virou o rosto, num falso sinal de indiferença.

– Ora, vamos – disse Thagir para o rapaz. – Pegue logo. Não temos o dia inteiro para ficar aqui parados.

Sem esperar resposta, o pistoleiro começou a descer pela escada de cordas em direção ao bote vazio que o aguardava.

– Aqui, pegue e guarde até eu voltar – disse Kullat gentilmente.

Após colocar a pequena bolsa nas mãos trêmulas do jovem ajudante do capitão, empertigou o corpo e intensificou o fogo branco das mãos, em uma posição ameaçadora.

– Eu sei exatamente o que tem aí dentro. Se estiver faltando qualquer coisa, destruirei tábua por tábua deste navio até encontrar tudo de novo – disse em voz alta.

A tripulação ficou tensa, trocando olhares entre si. Kullat percebeu que havia conseguido seu intento. Inclinando-se para que apenas Axel pudesse escutá-lo, sussurrou:

– Sei que posso confiar em você. Obrigado.

Kullat deu um salto e voou de costas. Do alto, encarou novamente a tripulação até pousar suavemente no bote, onde Thagir já o aguardava.

– E aí, gostou do toque dramático no final? – sussurrou, sem sorrir.

– Aquele salto de bailarina? – respondeu Thagir, remando para alcançar os outros, que já haviam começado a navegar nos botes.

– Claro que não! Estou falando da ameaça – respondeu Kullat, excitado.

– Ah! – respondeu Thagir, fingindo não estar dando importância. – Aquilo deve ter deixado um ou dois deles com sono – respondeu Thagir, escondendo um sorriso.

– Seu chato! – Kullat retrucou, ajeitando-se no banco de madeira do barco, cruzando os braços e fingindo estar chateado. – Será que conseguimos convencer todo mundo com nossa pequena encenação?

– O único que precisamos convencer é aquele garoto.

Thagir fez um leve sinal com a cabeça, apontando para o tombadilho, onde Axel acompanhava com o olhar os botes que se afastavam.

– Acho que só ele esperaria por nós, mesmo antes do nosso teatro.

– Como é que você sabia que o capitão falaria aquilo sobre nos deixar para trás? – perguntou Kullat, colocando o capuz na cabeça por causa do frio.

– Já passei por isso antes. E, se tivesse feito algo assim, não teria ficado para trás. É como dizia meu velho pai: – disse Thagir, mudando a voz para torná-la mais grossa – "A experiência é a melhor escola".

– É verdade – Kullat concordou com a cabeça. – Mas, da próxima vez, vê se bola algum plano que não precise me constranger.

– Ah... Mas aí não teria graça!

Thagir sorriu. Era bom poder sorrir com um amigo antes de uma batalha. E ele tinha certeza de que estavam prestes a entrar em uma.

– Agora pegue um remo e me ajude, seu preguiçoso.

Kullat fez uma careta por baixo do capuz, mas também sorriu.

Depois que passaram pela rebentação, seguiram por um caminho estreito entre as rochas pontiagudas que saíam ameaçadoramente do mar. Após várias manobras, conseguiram chegar à ilha.

A praia era coberta de cascalhos e pedregulhos escuros, resultado de séculos de luta entre as marés e as pedras negras das antigas erupções vulcânicas. Mais à frente, um grande paredão erguia-se por dezenas de metros.

Procuraram por alguns minutos uma forma de subir, até que encontraram um caminho estreito e íngreme numa fenda, na enorme parede rochosa. Azio e Thagir tomaram a dianteira, seguidos por Driera e Laryssa, e por último vinham Iki-Dau e Kullat. O frio de Breasal continuava sem trégua, e a brisa gelada percorria as rochas, castigando o grupo.

Seguiram o caminho por uma hora, até chegarem ao topo do paredão. Estavam muito acima do nível do mar, no início de uma planície com um longo campo de capim seco e árvores mortas. Coberto pela neve da noite anterior, o campo seguia por muitos quilômetros, até as montanhas. O cume de uma delas brilhava em um tom vermelho vivo.

Ao longe, o *Coroa Azul*, pequeno e distante, balançava suavemente ao sabor do mar gélido. Andaram por mais algumas horas, até chegarem a um descampado. No centro, as ruínas de uma antiga cidade tornavam o cenário ainda mais desolado.

Iki-Dau levantaram a mão em sinal de atenção.

– O que é aquilo? – sussurraram.

O grupo todo se colocou em posição de defesa. Azio fez surgir um canhão no lugar da mão. Thagir materializou o revólver rubro de três canos, enquanto as mãos de Kullat brilharam intensamente. Driera, Laryssa e Iki-Dau também assumiram posições de combate. Mesmo que não tivessem conseguido controlar totalmente seus poderes, já haviam evoluído bastante e estavam prontos para enfrentar qualquer perigo.

No centro das ruínas, havia um jovem de quimono negro, de braços cruzados e com duas espadas presas às costas. O rosto imberbe combinava com os cabelos bem aparados. As roupas de tecido negro, impecáveis, contrastavam com a brancura da neve à sua volta.

Estava parado, impassível, encarando-os com olhos enfumaçados, como se uma tempestade tivesse tomado conta deles.

Situação Tempestuosa

Apesar de o capitão Tempestuoso não demonstrar nenhuma emoção, não era uma figura ameaçadora. Chegava até mesmo a aparentar um resquício de sua antiga nobreza.

Se ele pudesse se lembrar, saberia que, antes de se tornar escravo de Volgo, era filho de um poderoso arquiduque. Conhecido tanto pela capacidade de navegar como pela habilidade com espadas, o jovem costumava chamar a atenção por onde passava.

Para orgulho do pai, fora chamado para representar a alta aristocracia de Oriah* num importante torneio, no qual impressionara os jurados com movimentos disciplinados e rápidos e, principalmente, com sua técnica mágica de criar avatares encantando ilustrações. Em planetas do primeiro quadrante, era raro alguém demonstrar poderes mágicos.

Depois de se consagrar campeão, iniciou uma série de viagens pelo Multiverso, a fim de conhecer novas formas de esgrima.

Infelizmente, seu caminho cruzara o de Volgo, que, sem conseguir convencê-lo a segui-lo, e muito impressionado com as habilidades do jovem, o enfeitiçou. Volgo utilizara o mesmo feitiço que ensinara a seu antigo servo, Kendal, e que fora usado para controlar Azio – uma magia extremamente forte, praticamente impossível de ser quebrada.

---

* Reino principal do planeta Tulus, no primeiro quadrante dos Mares Boreais. Possui sociedade baseada em feudos, nos quais a aristocracia reina absoluta há séculos.

Sua antiga vida e seu verdadeiro nome se perderam em sua memória. Agora, era conhecido apenas como Tempestuoso.

Embora fosse escravo de Volgo, inconscientemente manteve uma identidade própria, a notar pela postura disciplinada que tinha ao observar o grupo à sua frente. Percebendo a tensão entre eles, o capitão Tempestuoso esticou as mãos, demonstrando que não estava armado.

– Bem-vindos a Edimgrir.

A atitude causou surpresa no grupo. Thagir não sabia se aquele jovem era uma nova ameaça, mas, como Estus e Wahori haviam dito que ninguém vivia naquela ilha, aquele homem poderia ser um novo problema.

Thagir aproximou-se, com o revólver rubro de três canos na mão, pronto para agir caso fosse necessário.

– Quem é você?

– Não importa – respondeu Tempestuoso, ainda com as mãos espalmadas.

– Não temos nada a tratar com você, então vamos seguir nosso caminho em paz – a voz de Thagir era incisiva.

– E que caminho seria esse? – a pergunta era autêntica, sem qualquer traço de malícia.

Thagir não respondeu. Eles não sabiam realmente para onde deveriam ir. Sabiam apenas que tinham de chegar à ilha, mas não receberam qualquer indicação do que fazer depois disso.

O pistoleiro olhou em volta. Não havia nenhum pássaro no céu, nem barulho de animais, nem cheiro de mata. Apenas silêncio. Tentou achar alguma trilha no campo seco e nevado, mas não encontrou nenhuma pista de qual direção tomar.

– E você sabe qual é o caminho? – Thagir perguntou, resignado.

O jovem o encarou com os olhos enevoados. Uma lufada de vento frio levantou alguns flocos de neve, que rodopiaram e voaram para longe.

– Depois dessas ruínas, vocês encontrarão uma trilha que os levará até a base das montanhas, no centro da ilha. Lá encontrarão uma grande caverna, que é a entrada para o interior do vulcão. Vocês devem entrar e chegar até o ninho dos manticores.

– E depois, o que acontece? – Driera questionou.

– Estou proibido de responder.

– E meu pai? – Laryssa gritou, saindo da formação. – Onde ele está? Faço tudo que vocês quiserem.

Ela ia dar mais um passo, mas Iki-Dau a puxaram para trás.

– Quando Volgo tiver o que ele quer, o rei deixará de ser um prisioneiro – respondeu Tempestuoso, com aquele olhar nebuloso e sem expressão.

– Como sabemos que cumprirão sua parte do acordo? – Thagir questionou, secamente.

– Vocês não sabem – ele respondeu, indiferente, mantendo a postura nobre.

O pistoleiro trocou um olhar rápido com Kullat e percebeu que o amigo tinha a mesma percepção. Deveriam, mais uma vez, seguir as instruções de Volgo, mesmo que não gostassem. A vida do rei dependia de sua obediência. E, além disso, Thagir queria saber os reais motivos de tudo aquilo. Ele sentia que havia muito mais em jogo do que um simples rapto.

– Minhas ordens foram claras – disse Tempestuoso, erguendo as mãos à frente do corpo, como se indicasse que não faria nada. – Devo orientá-los e depois me retirar.

Mas, para espanto do grupo, ele sorriu. Sorriu, porque o feitiço que o controlava tinha uma falha. Ele poderia agir por conta própria, desde que não contrariasse as ordens recebidas.

– Mas nada me impede de dizer uma coisa. Os poderes de um determinado indivíduo farão toda a diferença nesta jornada.

Por isso eles precisam de mim aqui!, pensou Laryssa, espantada, percebendo que todos olhavam para ela. *Eu posso me comunicar com os*

animais de Agas'B. Talvez possa me comunicar também com os manticores. Por isso eles precisam de mim, para que eu fale com essas criaturas para conseguir alguma coisa delas. Mas o quê?

Laryssa deixou seus pensamentos ao ver que dos olhos do jovem surgiram ventos fortíssimos, nuvens cinzentas e trovões. Aquela pequena tempestade o envolveu totalmente e, em instantes, ele pareceu se desfazer e flutuar para longe, sem deixar qualquer indício de que estivera ali.

– Ele não pareceu surpreso por estarmos vivos – disse Iki, preocupado.

– Quer dizer que Volgo não se importava se morreríamos ou não com o ataque daquela estátua gigante em Agas'B – complementou Driera, pensativa. – E estamos caindo cada vez mais na armadilha dele.

Ela cruzou os braços, olhando séria para Laryssa. Suas asas retraíram-se, em um movimento involuntário de reprovação.

– Precisamos reavaliar a situação – disseram Iki-Dau com sua voz dupla. – Se Volgo esperava que sobrevivêssemos, é porque já tem algo planejado contra nós.

– Mas estamos quase conseguindo resgatar meu pai! – exclamou a princesa. – Agora sei por que eu precisava vir. Eles precisam de mim para falar com os manticores. Eu sei que posso ajudar! – implorou, desesperada, com os braços encolhidos sobre o peito.

– A situação mudou, guerrina – disse Driera, com autoridade. – Estamos totalmente à mercê de um inimigo inteligente e poderoso.

– Se continuarmos, você deverá ficar aqui – Iki-Dau complementaram, apoiando a posição de Driera.

– NÃO! – gritou Laryssa agitando os braços e gesticulando rapidamente, como se quisesse atacar seus mestres. – É do meu pai que vocês estão falando! Eu preciso resgatá-lo, e não há nada que me impeça de ir atrás dele.

Sem esperar resposta, a princesa deu as costas e começou a andar em direção à trilha apontada pelo capitão.

– Azio, você vem comigo? – perguntou a princesa, sem se virar e sem parar de andar.

O autômato olhou para os Senhores de Castelo, com os olhos piscando em várias cores. Após um momento de relutância, seguiu a princesa.

– Parece que não temos escolha, afinal – Kullat deu de ombros.

– Eu também não estou gostando nada disso – Thagir complementou. – Mas deixá-la aqui sozinha talvez seja pior do que levá-la conosco.

Thagir suspirou e seguiu em direção à trilha.

– Quando tudo isso acabar, ela vai ter que se ver diretamente com o Conselho de Nopporn – Driera sussurrou entre dentes, com raiva.

– Isso se algum de nós sobreviver para levá-la até Ev've – disseram Iki-Dau com seriedade.

Driera e Iki-Dau seguiram o restante do grupo, rumo a um destino incerto.

Mortos-Vivos

Depois das ruínas, em meio ao capim seco e entre duas árvores enegrecidas, o grupo encontrou a trilha indicada pelo capitão Tempestuoso. Era um caminho largo e sinuoso, que devia ter sido um antigo rio de lava. O solo era repleto de fissuras, algumas largas o suficiente para engolir uma pessoa. Em um ponto ou outro, poças de água congelada refletiam fracamente a luz do sol.

Pequenas ruínas ao longo do caminho indicavam que a ilha, em um passado remoto, havia sido habitada. Mas agora, a desolação espalhava-se por todos os lados. A neve cobria partes da trilha, mesclando o branco dos flocos com o negro das pedras, ocultando cavidades no solo e criando armadilhas naturais. Iki-Dau e Kullat, que haviam tomado a dianteira do grupo, pisaram em falso algumas vezes, quase caindo nas valas negras.

O que acha, irmão? Mais uma hora de caminhada?, Iki questionou em pensamento.

Não, tandee, Dau respondeu. *Acho que meia hora, no máximo. Já estamos bem perto da base da montanha.*

Iki-Dau apontaram para a montanha de cume vermelho e falaram com a voz dupla:

– Quando chegarmos lá, é melhor que Thagir e Azio sigam na frente e Laryssa fique no meio, entre mim-e-mim e Driera. Kullat pode cuidar da retaguarda.

– Não preciso de proteção – a princesa relutou, contrariada. – Posso muito bem cuidar de mim mesma!

– Guerrina! – a voz dupla de Iki-Dau ecoou fortemente. – Você não está em posição de questionar seus mestres!

O rosto de Laryssa ficou vermelho e ela baixou a cabeça, envergonhada.

– Desculpe... mestre – disse baixinho.

– Assim é melhor – Driera concluiu, batendo as asas fracamente.

Kullat coçou o cavanhaque, preocupado em como as atitudes de Laryssa poderiam influenciar em sua formação como Senhora de Castelo. O peito de Azio estalou, mas o autômato dourado não disse nada.

Enquanto não chegavam à montanha, Laryssa deixou o grupo caminhar na frente, pois queria ficar sozinha. Uma ideia persistia em sua mente: ela tinha de salvar seu pai, mesmo que para isso tivesse de desobedecer novamente a seus mestres.

Foi arrancada de seus pensamentos quando algo prendeu firmemente sua perna, derrubando-a no chão. A queda foi tão repentina, que o gorro caiu da cabeça, sumindo dentro de uma das fissuras.

Ao ver o que a tinha derrubado, Laryssa foi tomada por uma onda de pavor. De um dos buracos no solo negro, agarrada na altura de seu tornozelo, havia uma mão escura, com unhas sujas e longas, que rasgavam o couro de sua bota. Quando puxou novamente a perna, de dentro do buraco saiu um antebraço de pele azulada, cheia de veias escuras e feridas amareladas. Enojada, gritou e se debateu, tentando se soltar.

Os gritos chamaram a atenção do grupo. Azio esticou o braço, liberando uma pequena arma do braço. Com um estrondo, disparou, estraçalhando o pulso da criatura. Laryssa viu, com repulsa, o sangue pastoso espirrando na rocha.

O dono da mão amputada soltou um urro agudo e animalesco. O restante do braço contorceu-se freneticamente e sumiu dentro do buraco. Laryssa sacudiu a perna para a mão cair e correu para perto de Azio.

Driera, com a lança em punho, preparava-se para atacar.

– O que foi aquilo?

Mas, antes que alguém respondesse, começaram a surgir vários braços e cabeças pustulentas das fissuras do chão. Eram figuras horrendas, de seres com corpos humanoides deformados. Alguns vestiam trapos, outros, roupas mais novas, ainda com algum traço de cor. Um deles urrou, deixando à mostra dentes apodrecidos, cobertos de baba amarela.

– Que nojo! – Kullat exclamou, fazendo uma careta. – O que são essas coisas?

– São os que vieram à ilha e nunca voltaram – Thagir respondeu, com pesar.

– Os mortos-vivos! – Kullat disse, espantado.

– Vamos sair daqui – Thagir concluiu, virando-se para começar a correr.

Mas eram tantos que já haviam cercado o grupo, impedindo-os de fugir. Formavam uma multidão de seres grotescos, de olhos injetados e raivosos, que miravam os aventureiros enquanto se aproximavam lentamente.

Dau assumiu o controle do corpo e, rodando as mãos sobre a cabeça, criou uma parede de fogo ao redor dele e de seus amigos. As criaturas se afastaram, com receio das chamas abrasadoras.

Uma delas pulou, soltando um grito animalesco. Mas o salto foi curto, e as chamas a engoliram. Um instante depois, como feras irracionais, várias outras criaturas também pularam. Algumas foram consumidas pelo fogo, outras ficaram chamuscadas e retrocederam, mas muitas outras conseguiram pular sem se queimar.

Azio entrou em módulo de combate, dobrando de tamanho. O casaco rasgou, caindo no solo negro. Com as armas, disparou, provocando estragos terríveis nas criaturas. O tronco de uma delas explodiu em pedaços, e as pernas de outra foram estraçalhadas.

Kullat também atacou, lançando discos energéticos, que cortavam cabeças e membros, enquanto atravessavam a massa de corpos dos mortos-vivos.

Driera empalou uma das criaturas e a jogou contra outro grupo, que acabara de saltar por cima das chamas, fazendo-os cair sobre a parede flamejante.

Concentrado, Dau fez alguns gestos e reforçou o círculo de fogo, que ficou mais alto e mais espesso.

– Parem! – Thagir gritou, erguendo os braços, aflito. – Não matem mais nenhum deles!

– Parar? – Kullat lançou uma rajada que obliterou uma das criaturas. – Se eu pudesse, eu matava mil deles!

Thagir olhou incrédulo para o amigo. Kullat ergueu as mãos, como se perguntasse "o que foi?". Thagir meneou a cabeça.

– Matar? – Laryssa questionou espantada, desviando do ataque de uma das últimas três criaturas que ainda restavam dentro do círculo. – Mas eles já estão mortos!

– Talvez não estejam! – o pistoleiro respondeu.

Thagir desmaterializou o revólver e, retirando os dois bastões de combate das costas, desferiu alguns golpes rápidos nas três criaturas restantes, que caíram inertes no chão. Parado, ficou olhando com compaixão para as criaturas estendidas no solo negro.

– São apenas inocentes, vítimas de um destino terrível.

Todos olhavam para Thagir, sem saber como reagir. O calor da parede de chamas derretia a neve e mantinha as criaturas do lado de fora. Elas gritavam e urravam como bestas.

– As regras da Ordem dos Senhores de Castelo são claras – Thagir continuou, guardando os bastões nas costas novamente. – E uma delas é não matar inocentes, mesmo quando possuídos.

Ou envenenados, pensou Kullat, envergonhado por ter agido tão impulsivamente. Lembrou-se das marcas na pele negra de Wahori, e a lembrança o encheu de esperança.

– Estus curou Wahori. Talvez exista uma cura para estes também.

– Concordo – exclamou Dau, que, enfraquecido, reduzia gradualmente o poder do fogo. – Mas não sei por quanto tempo aguentarei mantê-los afastados. Temos que sair daqui!

As criaturas urravam, golpeando o ar como se quisessem apagar as chamas.

Azio, estalando o peito, desativou o módulo de combate.

– Vamos pelo alto – disse. – Eu levo Laryssa. Kullat pode levar Thagir, e Driera pode voar com Iki-Dau.

– Mas, Latinha – disse Kullat, espantado –, você pode voar?

Azio pareceu sorrir e pegou Laryssa no colo. Ela sorriu. Sem falar nada, ele deu um forte impulso e saltou no ar, arrancando lascas do solo e passando por cima da parede de chamas.

– Por Khrommer! – Kullat exclamou. – O Latinha é cheio de surpresas! E, se ele pensa que vai ganhar de mim agora, está enganado.

Kullat agarrou Thagir pela casaca e levantou voo. O pistoleiro debateu-se e esperneou, mas Kullat não deu importância e voou velozmente atrás de Azio.

Driera bateu as asas e lançou-se no ar, segurando sua lança com as duas mãos. Dau sorriu. Com um gesto amplo, fez as chamas explodirem em fagulhas, nublando a visão das criaturas. Em seguida, pulou e se segurou na lança da harpiana. Ela bateu fortemente as asas, deixando para trás os mortos-vivos, que viam sua refeição fugir.

Escolhas e Consequências

Sem o gorro, o vento frio desalinhava os cabelos curtos de Laryssa, que, agarrada ao pescoço de Azio, sentia o ar frio arrepiar-lhe a pele. Apesar de ser uma situação diferente, aquilo a fez se lembrar de Agas'B, quando fugira do bar de Dorik, cavalgando um zíngaro.

A cada pulo, Azio cobria dezenas de metros. Quicava no chão sem perder velocidade, impulsionando as pernas mecânicas quando tocava o solo enegrecido.

Segurava a princesa com firmeza, mas, ao mesmo tempo, com delicadeza, mantendo-a bem próxima do peito dourado, cuja pele, macia e lisa, irradiava um calor tímido e latente. Novamente a princesa se pegou pensando em como seu amigo havia mudado desde que se libertara da magia de controle de Kendal, alguns anos antes.

Seus pensamentos duraram pouco. À sua frente surgiu uma enorme montanha rochosa. No alto, o topo brilhava vermelho. Sentiu uma forte baforada de ar quente. Finalmente, haviam chegado à entrada do vulcão.

Logo depois, os Senhores de Castelo se juntaram a eles. Assim que Kullat o colocou no chão, Thagir ajeitou as roupas, que haviam sido repuxadas quando fora carregado, e apontou o dedo para o cavaleiro.

– Que ideia foi essa?! – gritou, perdendo a calma e levantando os braços em sinal de revolta. Você acha que sou um saco de batatas? Que pode simplesmente me arrastar por aí?

– Mas eu... – Kullat tentou argumentar que não tinha outra opção e que eles já tinham feito aquilo antes, mas o pistoleiro não deu chance para que ele continuasse.

– Não tem "mas" coisa nenhuma! – Thagir bufou.

Seus olhos estavam injetados e o rosto vermelho de raiva. Virou-se para Azio e Laryssa, que havia sido colocada gentilmente no solo. Ela nunca tinha visto Thagir se portar daquela maneira.

– O que é que todos vocês têm na cabeça? – ele continuou com a voz alterada, gesticulando largamente. – Quando é que vão parar de agir por impulso e usar o cérebro? Será que não está claro que estamos todos fazendo exatamente o que aquele tal de Volgo quer? Que estamos todos entrando, por livre e espontânea vontade, em uma armadilha que pode nos matar?

Thagir olhou diretamente para a princesa, com o dedo em riste.

– E você deveria agir com mais responsabilidade. É evidente que tem muito o que amadurecer para se tornar uma Senhora de Castelo... – finalizou, jogando os braços para cima.

Todos ficaram mudos, estupefatos diante da explosão de Thagir.

Mas o que é que está acontecendo com ele?, pensou Kullat, intrigado, coçando o cavanhaque. Ele já vira o amigo perder a calma antes, mas nunca daquele jeito, e também não por um motivo tão banal quanto ser carregado. Intrigado, o cavaleiro encarava o amigo.

– Por que está me olhando assim? – Thagir lançou um olhar gélido para Kullat.

– Por nada... – ele respondeu com cautela.

Mas, depois de um instante de hesitação, espalmou as mãos na frente do corpo, como se criasse uma barreira invisível entre eles.

– Na verdade, tem uma coisa sim. Concordo com você que fomos impulsivos.

Driera pigarreou, propositalmente, e Iki-Dau se mexeram, desconfortáveis. Kullat revirou os olhos e continuou:

– Ou melhor, "quase" todos nós fomos impulsivos. Mas, já que viemos até aqui, acho melhor continuarmos – finalizou, esperando para ver a reação do amigo.

Thagir bufou e olhou para baixo. Laryssa sabia que ele estava certo e, por isso, ficou calada.

– Tenho que admitir – disse o pistoleiro, mais calmo – que apoiar essa ideia não foi uma das melhores decisões que já tomei. Ainda mais quando outras coisas importantes ficaram de lado.

E abaixou a cabeça, visivelmente abalado.

Então o problema é outro... Mas o que será?, pensou Kullat intrigado. Depois de uma rápida reflexão, ele se lembrou. Teve vontade de dar um tapa na testa, mas conseguiu conter o impulso. *É lógico! Em vez de voltar para casa, ele veio para cá e acabou perdendo a comemoração do aniversário da filha!*

Kullat sabia que, para Thagir, a família era seu bem mais precioso. As sombras do capuz de Kullat ficaram mais densas e cobriram seu rosto, escondendo a vergonha por ter esquecido algo tão importante para o amigo.

– Você tem razão – disse Thagir, após alguns instantes de silêncio. – Já que viemos até aqui, é melhor continuar e acabar com o que quer que esse tal de Volgo esteja planejando.

Thagir bateu de leve no peito de Azio.

– Vamos seguir o combinado. Eu e você vamos na frente, Laryssa vai no meio, entre Iki-Dau e Driera, e Kullat cuida da retaguarda.

Sem esperar, materializou uma espingarda cromada, de cano duplo e longo, e começou a andar em direção à entrada da maior caverna da base do vulcão. Kullat falou baixinho, quando o pistoleiro passou por ele.

– Sinto muito por ter esquecido o aniversário da Lara – disse, com sinceridade. – Muito mesmo!

– Tudo bem – ele respondeu, sério. – A escolha foi minha.

Cada escolha, uma renúncia, pensou Thagir respirando fundo, baixando a cabeça e escondendo os olhos marejados. Pela segunda vez, não esteve presente para comemorar algo especial com a família. Tocou levemente no bolso, onde trazia o teste de lógica que ganhara da filha mais velha no ano anterior, e sentiu uma tristeza enorme no coração.

Será que vale mesmo a pena?, pensou, com um aperto no peito. *Bom, é melhor esquecer isso por enquanto. Foco, preciso manter o foco, senão é capaz de eu não conseguir voltar para casa. Aí sim não vai ter valido a pena.*

Com determinação renovada, entrou na caverna, seguido pelos demais. Cada um se preparava, à sua maneira, para os perigos que todos enfrentariam.

O Primeiro Ataque

Volgo, Ivora e Willroch estavam escondidos do lado de fora do vulcão quando os Senhores de Castelo, o autômato e a princesa sumiram dentro da caverna principal.

– Finalmente chegou a hora! – exclamou Volgo, com um sorriso de satisfação.

Olhou para Larys, que estava amarrado e amordaçado aos seus pés.

– Tragam-no – ordenou, dirigindo-se para uma fissura lateral na montanha.

Está dando tudo certo, pensou satisfeito. *Com eles seguindo pela caverna principal, meu caminho estará livre pelos túneis mais estreitos.*

Willroch levantou o rei, que, apesar de fraco, estava acordado. O mago o empurrou, apontando para que seguisse Volgo. Ivora os acompanhou, logo atrás.

No início, Azio iluminou tudo com potentes fachos de luz vindos dos olhos, mas as paredes de rocha negra estavam cobertas por cristais fosforescentes, e o grupo não precisou mais de iluminação artificial.

Depois de entrar na caverna, andaram centenas de metros, até chegar a uma espécie de salão, com as paredes negras rachadas. O ar era quente e abafado, muito diferente do de fora.

O calor era tão intenso que decidiram se livrar das grossas roupas. Laryssa ficou apenas com uma camiseta marrom, calças justas e botas claras. A espada curta, de cabo de madrepérola, pendia do cinto.

Thagir continuou com a inseparável casaca verde e as calças de vários bolsos. Driera vestia a peça única de couro branco, que lhe cobria o corpo do pescoço aos pés e que combinava graciosamente com a cor clara das asas. Iki-Dau, como não estavam usando sua capa cinza por baixo do casaco, deixaram exposta a pele prateada e repleta de desenhos. E Kullat, com um movimento das mãos, fez o manto perder a aparência grossa, voltando rapidamente ao normal. Mas, por causa do intenso calor, fez mais um gesto e o manto ficou ainda menor, restando apenas o capuz, sem a capa. Rasgando as mangas da túnica, deixou os braços à mostra. Depois de retirar o capuz, fez uma careta e levou a mão enfaixada ao nariz.

– Mas que cheiro horrível!

Chegou perto de Azio e inspirou.

– Latinha, você está com alguma peça estragada?

– Não é efeito daquele queijo fedorento que você comeu antes de sair do barco? – questionou o autômato, com uma expressão que parecia um sorriso.

– Ei! – Kullat respondeu surpreso. – Não sabia que robôs tinham senso de humor!

– Em primeiro lugar – Azio piscou os olhos em tom vermelho e o peito fez um clique-clique –, você sabe que não sou um robô. Sou uma forma de vida baseada em compostos não orgânicos. Em segundo lugar, tem muitas coisas que você não sabe a meu respeito.

– Tudo bem – continuou Kullat –, mas ainda assim esse lugar cheira pior do que aquele queijo, que, aliás, estava uma delícia.

– São os gases do vulcão – falaram Iki-Dau, respirando profundamente, com satisfação. – Lembram muito o nosso planeta.

– Deve ser um planeta fedido – disse Kullat, abanando a mão na frente do rosto, tentando afastar o cheiro de enxofre. Sem dar bola para a expressão de indignação de Iki-Dau, continuou: – Acho melhor acharmos logo esse ninho.

Azio deu um passo à frente, girou a cabeça para um lado e depois para o outro, piscando os olhos em cores alternadas, branco e azul. De seu peito, o ruído abafado de estalos indicava que algo estava se mexendo dentro dele.

– Meus sensores detectaram vários túneis que permeiam toda a montanha, inclusive acima e abaixo de nós – e o peito soou com mais alguns estalos. – Há um grande vazio alguns quilômetros adiante. Parece ser uma espécie de câmara, ampla o suficiente para ser o ninho dos manticores. Acho que devemos ir para lá.

– Indique o caminho – Thagir pediu, já com a espingarda na mão.

O grupo acompanhou Azio pelo túnel largo, fazendo curvas e descendo cada vez mais. O vapor que emanava das paredes irritava a garganta de Laryssa. Driera suava, mas mantinha o passo firme. Thagir e Kullat também sentiam desconforto pelo calor intenso. Apenas Iki-Dau e Azio não estavam incomodados.

Andaram silenciosa e rapidamente, mantendo a formação combinada. Estavam extremamente alertas, preparados para qualquer ataque.

Depois de um longo tempo, chegaram a uma câmara inferior com dezenas de metros de altura e o dobro de largura. Era um salão natural, repleto de buracos por todos os lados. De alguns deles, pequenos filetes alaranjados formavam córregos de lava, levantando um vapor fino no ar.

– Tem alguma coisa estranha aqui – disse Driera preocupada, parando e olhando em volta.

Permaneceram parados, analisando tudo cuidadosamente, mas não viram nenhum sinal de armadilha ou de inimigos e decidiram seguir adiante.

Quando chegaram ao centro do salão, um rugido feroz cortou o ar. Dos buracos nas paredes, no meio da fumaça, surgiram vários pares de olhos vermelhos. Lentamente, várias criaturas se revelaram.

Eram os manticores. Com o corpo enorme e alongado, duas vezes maior que o de um leão, eram os guardiões dos túneis. A camada grossa de couro vermelho combinava com a fosforescência dos cristais das paredes. As quatro patas tinham garras negras que triscavam o solo. O semblante felino e achatado era selvagem, com os olhos raivosos fitando os intrusos. A cauda alongada era recoberta por uma espécie de carapaça, com um ferrão ameaçador na ponta.

– Acho que vamos ter uma festa – disse Kullat, posicionando-se para o combate.

– Tentem não matar nenhum deles – disseram Iki-Dau com a voz dupla. – Lembrem-se de que nós é que somos os invasores.

Uma daquelas criaturas rugiu, mostrando duas fileiras de dentes pontiagudos, e saltou em direção ao grupo. Mas o animal não chegou a percorrer metade do caminho. Um estrondo reverberou pelas paredes da caverna quando um projétil modin* acertou o manticore, jogando-o longe. Com um lançador magnético no ombro, Azio acertou a criatura, deixando-a imóvel pela força do impacto.

Ignorando o companheiro caído, os outros manticores atacaram com fúria, rugindo e esticando as garras afiadas.

Kullat disparou rajadas prateadas, mas o manticore foi rápido e, pulando em zigue-zague parede abaixo, desviou dos ataques. Driera sacou a lança e, quando um manticore pulou ao seu lado, ela bateu forte as asas e desviou das garras negras. Em seguida, girou a lança e disparou esferas de energia estática contra a criatura. Iki-Dau soltaram um jato de fumaça azulada, desorientando a fera, que se debatia.

* Projétil de ação dinâmica que tem a propriedade de transferir a força do movimento para o alvo atingido, criando um efeito de um empurrão violento e impactante.

Azio continuava a disparar seu canhão de ação dinâmica; o estrondo ensurdecedor de cada tiro reverberava na caverna. Um outro barulho, como algo rachando, chamou a atenção de Thagir, que ativou o poder do Coração de Thandur. Espantado, viu que os disparos do autômato faziam os cristais das paredes vibrarem, quebrando as paredes.

– Pare de atirar! – Thagir gritou para Azio. – As paredes não vão aguentar por muito tempo. Podemos ser soterrados aqui!

O autômato piscou os olhos e substituiu o canhão por duas outras armas, que disparavam triângulos energéticos que penetravam no corpo das criaturas, fazendo-as perder o controle dos movimentos. Alguns daqueles triângulos erraram seus alvos e, quando bateram nas paredes, se desfizeram em fagulhas, sem gerar nenhuma vibração.

Laryssa tentou falar com os animais, mas eles pareciam não ouvi-la. *Talvez eu precise escutá-los antes*, pensou, tentando ficar mais calma, mas não conseguia distinguir nada em meio aos rugidos. Sem alternativa, precisaria lutar. Invocou seu poder e fez surgir o avatar energético de um símio esguio com uma grande cauda, com uma bola na ponta. Quando os manticores a atacavam, ela os desviava e os golpeava com o longo rabo.

Thagir, usando uma nova função que criara para seus bastões de combate, os uniu pela base e girou uma pequena manivela. Em instantes, surgiu um escudo amarelado de energia sólida, do tamanho de seu corpo. No centro, o símbolo dos Senhores de Castelo brilhava intensamente.

Foi uma sábia decisão, pois, no momento seguinte, o escudo o salvou do ataque de um grande manticore. Satisfeito com a nova defesa, substituiu a espingarda por uma arma com quatro tubos, que envolveram toda a mão e parte do antebraço. Quando atirava, pequenos discos negros eram disparados, e, ao atingirem o alvo, liberavam uma descarga elétrica de altíssima voltagem, neutralizando as criaturas.

Kullat disparava rajadas prateadas, como se gigantes estivessem socando os animais. Driera golpeava lateralmente com a lança, procurando acertar os tendões e as juntas, para impedir temporariamente que se movimentassem. Iki-Dau trocavam rapidamente o domínio do corpo, mesclando ataques de fogo com ataques de vento. Azio continuava a disparar triângulos energéticos.

A batalha era incrível. Os Senhores de Castelo, o autômato e a princesa lutavam sem parar, derrubando, imobilizando e neutralizando vários manticores. Laryssa olhou ao redor. Sentia-se cansada. Parecia que, para cada manticore caído, outros dois surgiam. As feras saíam das cavernas e, diante da cena de batalha, rugiam antes de começar a atacar. Aquele rugido era um sinal para que mais manticores viessem até ali, defender a montanha contra os invasores. Enquanto isso, em um estreito túnel lateral, o caminho ficava livre para Volgo.

Estamos perdendo tempo!, pensou a princesa. *Preciso salvar meu pai.*

Desviando de um ataque, rolou o corpo e chegou perto de Azio. O autômato atirava contra as criaturas, mantendo a horda de manticores distante.

– Precisamos sair daqui – disse baixinho para o autômato dourado. – Meu pai vai morrer se não sairmos agora! – a princesa tocou no rosto do autômato, virando-o em sua direção.

Azio piscou os olhos rapidamente. Seu peito emitiu um zumbido curto, e ele parou de atirar. Olhou para a princesa e depois para os Senhores de Castelo, que lutavam contra os manticores.

– Vamos abandoná-los? – perguntou, em voz baixa.

– Eles conseguem se proteger sozinhos – Laryssa retrucou com um aperto no peito, prestes a abandonar seus mestres e amigos. – Não tenho opção. Meu pai precisa de ajuda agora. Azio, ele precisa de nós!

Ele hesitou por um instante, mas, vendo os olhos suplicantes da princesa, se rendeu:

– Siga-me!

Então pegou um manticore caído pela cauda e o girou duas vezes, jogando-o contra outros dois. Com o caminho livre, correram na direção de uma estreita rachadura.

– Mas o que é que eles estão fazendo? – disse Thagir, incrédulo, vendo Laryssa e Azio abandonando o campo de batalha. – EI, VOLTEM AQUI!

A princesa mirou os olhos do pistoleiro e, sem parar de correr, balbuciou "Me desculpe", desviando o olhar, envergonhada, e desaparecendo com Azio pela rachadura na parede. O pistoleiro deu um passo em direção ao túnel, mas um manticore impediu sua passagem.

Thagir suspirou e disparou novamente sua arma.

Vigias e Sentinelas

Os Senhores de Castelo atraíram a atenção dos manticores para o grande salão onde estavam. Graças a isso, Volgo e seus asseclas seguiram pelo estreito túnel lateral sem grandes dificuldades, encontrando apenas três manticores no caminho, que foram vencidos antes mesmo de soarem o alarme.

Larys estava acordado. Tinha apenas as pernas livres, e, sem o anel, não conseguia fazer nada contra os inimigos. Ivora o empurrava para que ele seguisse Willroch, mas o mantinha sempre perto de si. Volgo e seu grupo avançaram rapidamente, penetrando cada vez mais fundo a montanha. O rei tentou atrapalhar o avanço do grupo, fingindo tropeçar, e rolou no chão. Ivora planou até ele rapidamente e o levantou como se fosse um saco.

– Já cortei sua mão. Se fizer isso de novo – sibilou a mulher em seus ouvidos –, corto sua garganta e arrasto sua carcaça até o ninho!

Continuaram descendo cada vez mais. O calor e os gases do vulcão incomodavam Larys, que havia perdido a noção do tempo. Para ele, parecia que estavam andando há horas.

Chegaram a uma caverna gigantesca e agacharam-se atrás de uma rocha para analisar o local. Estavam finalmente no ninho dos manticores. Enorme, tinha vários níveis, com buracos por todos os lados, formando um sistema de túneis que ligavam o coração do vulcão a todo o resto da cadeia montanhosa. O teto era abarrotado de estalactites pontudas, algumas tão grandes que formavam colunas finas que se estendiam até o chão.

O caminho escolhido por Volgo era o mesmo usado cem anos atrás. Daquela vez, conseguira chegar muito próximo ao ninho, mas o mago quase perdera a vida lutando contra as criaturas nos túneis. Mas agora era diferente; graças aos Senhores de Castelo, Volgo conseguiu chegar até o ninho, onde apenas poucos manticores estavam espalhados pela grande caverna.

– Bestas idiotas – Volgo cuspiu as palavras, constatando que prosseguir com seu plano seria mais fácil do que havia imaginado. – Confiam tanto em suas defesas nos túneis, que acham que nada conseguiria chegar até o ninho.

Cachoeiras de lava despencavam por centenas de metros no ar, até atingir o solo, formando rios flamejantes e um enorme lago de lava borbulhante no fundo da caverna.

No meio do lago de rocha derretida, destacava-se uma ilha rochosa. No centro, uma estrutura elevava-se a cerca de dois metros acima do nível do chão, com pedras pontudas alinhadas em círculo.

Na base da estranha estrutura, dois animais estavam de prontidão. Seus corpos eram mais robustos, com quase o dobro do tamanho dos manticores dos túneis, e eram cobertos de longos pelos rajados de vermelho e laranja. Um par de asas, com escamas escuras e largas, despontava nas costas. O rosto era mais alongado, lembrando a cabeça de um leão.

Então assim que são as sentinelas, pensou Volgo. *Parecem muito mais perigosas do que as vigias dos túneis...*

Apesar de não haver relatos precisos sobre a hierarquia do ninho, Volgo havia descoberto que os manticores sentinelas eram maiores e mais mortais que seus irmãos mais novos, os vigias. Segundo um pergaminho antigo encontrado muitos anos atrás, os vigias são a primeira frente de batalha contra invasores, enquanto as sentinelas ficam nos túneis mais abaixo, próximos ao ninho.

Espalhados pela caverna, no topo de algumas estalagmites e em plataformas elevadas, outras daquelas sentinelas aladas montavam guarda, impassíveis.

Volgo ergueu a cabeça e os braços, empunhando o cajado de forma imponente. Murmurando algumas palavras, a pedra vermelha na ponta do cajado começou a brilhar intensamente, e ele começou a andar em direção ao lago de lava. Ivora empurrou o rei à sua frente e sacou as espadas vermelhas, pronta para a batalha que estava por vir.

Ele é louco!, pensou Willroch, olhando para as palmas das mãos, imaginando o que estavam prestes a fazer. *Isso vai ter que valer muito a pena!*

Os dois manticores sentinelas da ilha, ao verem o brilho avermelhado e o grupo que invadia o ninho, imediatamente se levantaram e urraram violentamente, mostrando não duas, mas três fileiras de longos dentes afiados.

Como se tivesse reagido ao urro, a ilha vibrou, e a lava à sua volta borbulhou. Um som, como se várias harpas fossem dedilhadas ao mesmo tempo, formou um uníssono belo e aterrador, que reverberou pelos cristais fosforescentes da caverna, espalhando-se pelos túneis. Era o alerta de que o ninho estava em perigo.

Os poucos vigias e sentinelas que estavam espalhados pela enorme caverna, obedecendo ao chamado, começaram rapidamente a descer pelas paredes e a voar até os invasores. Os outros manticores que estavam nos túneis, alertados pelo sinal de perigo, correram em direção ao ninho.

– Eles deram o sinal. Daqui a pouco chegarão os outros manticores e, com eles, a última peça de que precisamos – Volgo sussurrou satisfeito, apertando o cajado.

As sentinelas da ilha abriram as asas escamosas e balançaram a cauda, revelando esporões acinzentados e afiados na ponta. Em seguida, voaram sobre o abismo escaldante que separava a ilha do resto da caverna. Em pleno voo, serpentearam as caudas, chicoteando o ar e lançando vários espinhos cinzentos contra o grupo. Volgo fez um gesto rápido com a mão esquelética e criou uma barreira avermelhada de magia, protegendo-os do ataque.

Novamente aquele som de harpas reverberou pelos cristais e pelas paredes da caverna, espalhando-se e fazendo as paredes e o chão de toda a caverna chacoalharem, como se um terremoto estivesse para chegar. Uma coluna ruiu. A própria lava agitou-se, borbulhando cada vez mais.

Chamados

No salão, onde acontecia a batalha contra os Senhores de Castelo, dezenas de manticores estavam caídos, desacordados ou incapacitados.

De repente, um som ecoou pela caverna. Era belo e cristalino, como se várias harpas fossem tocadas em uníssono. Os cristais fosforescentes começaram a vibrar e brilhar ainda mais fortemente, entrando em sintonia com aquele som. Os manticores pararam de atacar, escutando com atenção.

Pela influência da vibração dos cristais, as paredes balançaram e o chão tremeu. A lava das poças incandescentes começou a se agitar e a borbulhar, como se estivesse prestes a explodir.

Confusos, os Senhores de Castelo ficaram paralisados, vendo os manticores restantes voltarem para os túneis.

– O que está acontecendo? – disse Driera arquejante, apoiando--se na lança.

– Estão fugindo! – Iki-Dau responderam, arfando.

– Acho que não – Thagir estava sério e preocupado.

Secando o suor com as costas da mão e olhando em volta, viu os últimos manticores desaparecerem nos buracos dos túneis.

– Eu acho que eles foram chamados.

– Chamados? Quem... – Iki-Dau fizeram uma pausa, pensativos, mas complementaram com a voz dupla – Ou melhor, o que poderia tê-los chamado?

– Acho que vamos descobrir logo – respondeu Kullat.

Confuso, olhou em volta e percebeu que Laryssa e Azio não estavam entre eles.

– Por Khrommer! Onde foram parar o Latinha e a princesa?

– Foram por ali – Thagir respondeu ainda ofegante, apontando com a arma para um buraco estreito na parede. – Eu vi quando saíram.

– Eles o quê?! – Driera gritou, indignada. – Não acredito que ela nos abandonou durante uma luta!

– Eu-e-eu vamos pessoalmente garantir que ela seja expulsa da Ordem! – Iki-Dau exclamaram, furiosos. A pele prateada reluzia e os olhos multicoloridos brilhavam.

– Essa menina não aprende nunca! – Kullat exclamou, agitando os braços, com as mãos irradiando uma luz prateada. – E aquele robô faz tudo que ela quer!

Zangado, lançou um raio que explodiu na parede, fazendo um buraco na pedra negra.

Driera cerrou os dentes e pensou com raiva: *Agora aquela estúpida passou de todos os limites!*

– Vamos! – disse, pegando a lança com irritação. – Temos de achá-la antes que morra!

– Mas não sabemos o caminho! – disse Kullat para a mulher de cabelos brancos. – Era Azio quem estava nos guiando.

– Sou uma caçadora – ela respondeu friamente. – Posso seguir o perfume de flores daquela irresponsável em qualquer lugar.

E correu para a fenda por onde Laryssa e Azio haviam desaparecido.

Surpresas

No ninho, Volgo lançou um contra-ataque nas duas sentinelas da ilha. Uma rajada faiscante acertou a asa de uma delas, fazendo-a urrar de dor e debater-se no ar. Mas a criatura recuperou-se rapidamente e voltou à carga com ferocidade, trotando pelo solo rochoso, mostrando os dentes pontiagudos e babando de ódio.

Ele apertou com mais força seu cajado e, com um grito, lançou outra rajada, ainda mais forte que a anterior. O raio rubro atingiu a cabeça do animal em plena corrida, fazendo-o rolar pelo chão negro da caverna, até parar aos pés do mago.

A outra sentinela, que havia dado a volta para atacar por trás, lançou-se sobre Willroch, que recitou palavras estranhas e fez um gesto amplo com os braços. De uma das mãos, tentáculos violeta surgiram e envolveram o segundo manticore. A sentinela tentou se libertar, mas os tentáculos mágicos arrastaram a criatura pelo ar. Como se usasse um chicote gigante, Willroch a arremessou com violência contra o solo.

A caverna estava quase vazia, pois os outros manticores haviam saído para enfrentar os Senhores de Castelo nos túneis, e os poucos vigias e sentinelas que ali estavam foram paralisados pela magia de Volgo e de Willroch. Ivora, protegida pelos dois magos, arrastava o rei. O grupo rapidamente cruzou o salão rumo ao lago de lava.

Laryssa e Azio conseguiram seguir velozmente pelos túneis. Graças aos sensores do autômato, chegaram a uma abertura no fundo da caverna, bem perto do teto.

Um grito agudo e desesperado fez Volgo parar. Ele sorriu ao ver a princesa e seu companheiro dourado.

– PAI! – a princesa gritou quando viu o rei sendo arrastado por Ivora.

Desesperada e sem refletir sobre as consequências, pulou no ar e esticou os braços e as pernas, gritando:

– BANARAK LUZAK!

Uma aura azulada envolveu-lhe o corpo, e a princesa assumiu a forma de um buaian,* planando na direção do pai.

Azio piscou os olhos em diversas cores, saltou atrás da princesa e, em pleno ar, acionou o módulo de combate. Caiu pesadamente no chão, com um forte estrondo, abrindo um enorme buraco no solo. Sem perder tempo, começou a correr, alcançando a princesa no momento em que ela pousava na frente dos inimigos.

Que surpresa agradável!, pensou Volgo sorrindo. O feiticeiro havia imaginado que a princesa e o autômato chegariam acompanhados de um ou dois dos outros, e ele já tinha uma estratégia para debilitar os demais e atrair a princesa. Mas Laryssa e Azio estavam sozinhos, sem a proteção dos poderosos Senhores de Castelo. Volgo sorriu. Embora jamais contasse com isso, percebeu que a sorte estava a seu favor.

Azio apontou as armas em direção à cabeça de Ivora, que ameaçava o rei com suas espadas flamejantes.

– Não atire – suplicou Laryssa, segurando o braço dourado. – Você pode ferir meu pai!

---

* Símio que tem uma membrana que percorre o corpo, unindo as patas dianteiras às traseiras, o que lhe possibilita fazer voos planados.

– Fiquem aí! – bradou Ivora, mostrando os caninos afiados, voltando uma espada vermelha para Laryssa, enquanto a outra apontava para a garganta do rei. – Se tentarem qualquer coisa, eu corto a cabeça dele.

– Está na hora, Willroch! – exclamou Volgo com seriedade.

O mago poeta assentiu com a cabeça e começou a murmurar. Em seguida, ergueu as mãos espalmadas e lançou um raio púrpura contra a ilha, que começou a tremer violentamente, emitindo um som de centenas de harpas. O lago de lava se agitou. Magma voava para todos os lados, queimando o chão e as paredes da caverna.

Aos poucos, um enorme dorso laranja começou a emergir do lago de fogo. Era protuberante e cheio de escamas, com espinhos ósseos em fileira. Uma enorme criatura surgiu, sendo sustentada por quatro patas gigantescas. A barriga escamosa quase roçava o chão. Enormes espinhos delineavam duas linhas retas na coluna e terminavam em uma cauda grossa. A cabeça era como a de um gigantesco felino. Os olhos laranja, em fenda como os de um gato, encaravam os invasores com fúria.

No topo da cabeça, ficava a estrutura rochosa que todos pensaram ser uma ilha. Na verdade, era um apêndice ósseo, como se fosse uma coroa natural.

A criatura abriu a boca, mostrando dezenas de fileiras de dentes pontiagudos, e rugiu. O som lembrava inúmeras harpas e fazia toda a caverna tremer.

– Finalmente, a rainha! – exclamou Volgo, sorrindo ao ver o enorme animal.

Surpresa, Laryssa assistia a tudo sem se mexer. Qualquer reação poderia significar a morte de seu pai. Azio deu um passo para trás, mas manteve as armas apontadas para Ivora.

Willroch continuou murmurando, e poderosos tentáculos, cheios de ventosas e espinhos, surgiram do chão da caverna. A rainha urrou, debatendo-se violentamente quando os tentáculos agarraram suas pernas e seu pescoço, emaranhando-se no enorme corpo escamoso. Com as patas dianteiras erguidas, o ventre ficou exposto.

– A rainha! – exclamou Laryssa. – O que vocês vão fazer com ela?

– Cada um tem o seu papel na vida – respondeu Volgo. – E o dela está quase acabando.

Dezenas de rugidos, vindos do fundo da caverna, o interromperam. Ao se virar, viu incontáveis manticores saindo das fissuras nas paredes.

– Use o cordão de Phytos – ele ordenou para Willroch. – Temos que deixá-los afastados para pegarmos o ovo.

Willroch pegou um cordão prateado, que estava enrolado no pulso, e, murmurando, jogou-o entre eles e os manticores. O cordão chocou-se com o solo e ficou se contorcendo, soltando uma fumaça lilás. Repentinamente, explodiu em um clarão violeta muito forte. Os manticores mais próximos foram arremessados para trás.

Do meio do clarão e da fumaça surgiu uma longa e imensa cobra violácea e brilhante, com várias cabeças por todo o corpo, sibilando e mostrando presas enormes.

Wa Puma

Guiados por Driera, os Senhores de Castelo correram pelos túneis estreitos e inclinados, que os levaram cada vez mais para dentro e para baixo no vulcão. Passaram por outra câmara, mas não havia nenhum sinal de manticores, apenas poças e rios de lava, que criavam vapor quente e acentuavam ainda mais o odor desagradável de gases e enxofre.

Driera seguia o perfume de Laryssa com determinação. Mais do que resgatar o rei, seus pensamentos estavam na guerrina e no julgamento de suas atitudes.

Kullat corria calado, com as sombras escondendo o rosto coberto pelo capuz. Perguntava-se se seria o mesmo Volgo que havia enfrentado antes. Se fosse, sabia que teriam graves problemas, pois o feiticeiro era tão poderoso que quase o matara com sua magia.

Além de Volgo, ainda temos que combater Willroch, que ficou bem mais poderoso, pensou Kullat. *Laryssa não terá chance contra o poder combinado dos dois. Ah, menina, o que foi que você fez?*

Iki-Dau corriam silenciosamente, questionando-se como a vida é imprevisível. Antes, estavam em uma festa. Agora, poderiam todos morrer. Lembraram-se de Mivla, um antigo Dan da Academia, que dizia: "Às vezes, a escolha é sua. Outras vezes, você não tem escolha!"

Thagir, apesar de acostumado com as incertezas das batalhas, estava muito incomodado por não conseguir encaixar as peças do quebra-cabeça: por que o rei tinha sido raptado? Por que Volgo precisava da princesa? O que ele queria do ninho?

Mas, por mais que pensasse, nenhuma resposta parecia fazer sentido.

Continuaram a correr em silêncio, ganhando terreno rapidamente. Conseguiram alcançar alguns manticores e viram quando eles sumiram em uma grande abertura, de onde vinha uma forte luz avermelhada.

– Não façam barulho – ordenou Driera, fazendo sinal para que parassem. – O rastro segue por ali – disse, apontando a fissura larga na parede.

– Vamos continuar – disse Thagir, segurando o escudo energético, feito com os bastões de combate.

Ao passarem pela fissura, viram que estavam perto do teto de uma caverna gigantesca, repleta de estalactites e colunas de pedra. Cachoeiras de lava caíam pelas rachaduras do alto, criando rios fumegantes.

Thagir acionou o poder do Coração de Thandur. A visão ficou mais aguçada, e ele pôde enxergar nitidamente, apesar da distância. Espantado, viu enormes manticores voando, contornando estalactites e passando diretamente pelas cachoeiras de lava, sem se importarem com a temperatura altíssima.

Sentinelas!, pensou, ao lembrar do que Estus havia lhes contado sobre os manticores alados. *Cuidado com os espinhos da cauda*, lembrou novamente, ao ver os esporões protuberantes.

Olhou para o fundo da caverna e viu uma enorme cobra de energia lilás, com várias cabeças, combatendo os manticores. Atrás dela, um enorme animal estava preso por tentáculos mágicos e se debatia furiosamente.

Outra coisa lhe chamou a atenção: Laryssa e Azio estavam parados, e, alguns metros à frente, Larys estava ajoelhado, ameaçado por uma espada vermelha em chamas.

– Eles estão ali! – exclamou o pistoleiro, apontando para baixo.

Manticore sentinela.

– Está ficando cada vez pior – disse Driera, irritada. – Iki-Dau e eu vamos atrás do rei e de Laryssa. Você e Kullat cuidam dos outros.

Iki-Dau acenaram para Kullat e Thagir.

– Iqueróm wa puma! * – disseram com a voz dupla.

– Wa puma! ** – responderam Kullat e Thagir, respeitosamente.

Dau assumiu o controle do corpo momentaneamente.

– Fique perto de mim – pediu, olhando no fundo dos olhos de Driera e beijando-a com suavidade.

Iki-Dau e Driera saltaram em direção à luta. Iki-Dau, ainda no ar, invocaram e montaram num morcego de fumaça gigantesco. A

* "Agir para manter a paz." Frase dita pelos Senhores de Castelo quando vão entrar numa batalha. É pronunciada no dialeto original de Monjor, um dos mais importantes Senhores de Castelo da primeira geração, herói que sumiu no fim da Guerra dos Espectros.

** "Pela paz."

seu lado, como um pássaro branco destacando-se entre as paredes negras, seguia Driera, batendo as asas com força.

– Saco de batatas? – Kullat referiu-se ao modo como pegava o amigo pela casaca e o carregava no ar.

O pistoleiro revirou os olhos, fazendo uma careta, mas concordou.

Kullat sorriu, agarrou Thagir e saltou no vazio, voando velozmente em direção a Volgo, Willroch e à cobra mágica de várias cabeças.

A Batalha no Ninho

No ar, uma enorme sentinela vermelha atingiu Driera, que rodopiou em espiral. Ela bateu fortemente as asas e voou de costas, lançando uma rajada de energia estática de sua lança, que deslocou a asa do manticore, fazendo-o cair rapidamente.

Iki-Dau se esquivavam de vários animais e já estavam próximos da enorme cobra violeta, quando um manticore saltou e chicoteou o rabo violentamente contra o morcego de fumaça. Iki-Dau desfizeram sua magia e começaram a cair. Iki, assumindo o controle do corpo, criou um minitornado, que amorteceu a queda. Então eles compartilharam novamente o corpo, gerando dezenas de manx de fumaça, que se jogaram contra os manticores à sua volta, confundindo-os e nublando-lhes a visão.

Logo atrás, Kullat segurava Thagir pela gola da grossa casaca verde e desviava dos manticores sentinelas, que tentavam atacá-los no ar. O pistoleiro disparava discos energéticos contra os animais, que tremiam violentamente e caíam uns sobre os outros. Kullat, com a mão livre, lançava rajadas que explodiam contra os corpos das criaturas, derrubando-as.

Vendo-os se aproximar, Willroch juntou as mãos com os dedos entrelaçados e disparou uma rajada lilás fortíssima, cujo som reverberou na caverna como um trovão na aurora de uma tempestade. Kullat girou o corpo, por instinto, protegendo Thagir. Os dois caíram como um meteoro, abrindo uma vala enorme no solo rochoso, e foram arrastados para a entrada da caverna. Graças ao campo de força de Kullat, não se feriram.

Thagir levantou-se rapidamente, disparando em vários manticores, que já pulavam sobre eles. Kullat, apesar de zonzo, também se levantou e, com uma raiva intensa, lançou uma rajada que atravessou o salão. Ao ver o brilho prateado, Willroch comandou a cobra mágica, colocando-a na frente da rajada. A cobra se partiu em duas. Para surpresa de Kullat, em vez de ter sido destruída, cada parte formou uma nova serpente mágica.

Kullat praguejou, desistindo de atacar Willroch enquanto não se aproximassem mais, pois as cobras mágicas poderiam se interpor novamente, fazendo multiplicar ainda mais aquelas criaturas.

Uma nova onda de manticores surgiu das aberturas nas paredes. Thagir e Kullat foram totalmente cercados. Iki-Dau fizeram menção de ajudá-los, mas Thagir sinalizou para que continuassem.

Magia Negra

Volgo observava sorridente aquele caos. Iki-Dau e Driera tentavam passar pelas cobras mágicas de Willroch. Thagir e Kullat estavam cercados de manticores. Azio e Laryssa estavam paralisados, com receio de que suas ações pudessem causar a morte de Larys.

Satisfeito, Volgo esticou a mão esquelética, apontando um dedo magro para Azio.

– Você tem algo que me pertence, robô! – disse com a voz cavernosa.

– Estou aqui como você queria – Laryssa respondeu, entrando na frente de Azio. E apontando a espada madrepérola para a cabeça careca do mago, ordenou: – Agora, solte meu pai!

Volgo gargalhou. Uma risada sincera e malévola.

– Acha mesmo que você é a causa de tudo isso? – perguntou, abrindo os braços.

Laryssa olhou para a rainha imobilizada, que urrava em sua voz musical. Ivora, ameaçando o rei com a espada, saboreava a expressão de confusão da princesa. Volgo ainda estava com o sorriso maquiavélico no rosto.

– Eu sempre soube que princesas são estúpidas. Mas não tanto quanto você é!

Laryssa não entendeu o comentário. Para ela, o objetivo de Volgo era tê-la no vulcão. Não sabia o porquê, mas o feiticeiro deixara isso claro na mensagem deixada pela giganta de pedra.

– Você tem algo que me pertence – continuou Volgo, falando diretamente para Azio. – E quero de volta!

Os olhos de Azio piscaram num tom amarelo, sem compreender. Volgo fechou os olhos e gritou palavras mágicas, que soaram como um trovão.

– Finsternis Grenzen! Arka jivana, sakti sa grahae. NI!

Raios vermelhos saíram da ponta do cajado e envolveram Azio, erguendo-o no ar. Uma densa luz negra começou a vazar das juntas e dos olhos do autômato, envolvendo e sombreando o corpo dourado, que tremia freneticamente.

– NÃO! – gritou a princesa, desesperada, esticando a mão e dando um passo, como se quisesse alcançar o amigo.

Ivora agarrou o rei pela túnica e alçou voo, colocando-se entre a princesa e Volgo. Conforme Volgo havia instruído nos túneis, agora sim era hora de se livrar daquele homem e de sua filha.

– Vai deixar seu pai morrer? – disse malevolamente.

Ivora sorriu e rodou o rei no ar, arremessando-o em direção a um fosso de lava, a cem metros atrás deles.

Incrédula, Laryssa se viu novamente diante de um dilema: salvar o pai ou ajudar o melhor amigo? Como num teste V da Academia, ela só poderia salvar um deles. Com grande pesar, tomou sua decisão e se lançou ao resgate do pai.

O urro da rainha manticore rachava as paredes. Estalactites e colunas caíam por toda parte. O teto da caverna cedia. As cachoeiras de lava ficavam cada vez mais caudalosas.

Willroch controlava as cobras mágicas, mantendo afastados os manticores e permitindo que Volgo continuasse com seu feitiço.

Fazendo um movimento brusco com o cajado, Volgo fez a energia negra de Azio ser disparada contra o abdômen da rainha manticore, que urrou de dor. O raio vermelho do cajado era amplificado pelo corpo de Azio, transformando-se em um imenso raio negro.

Iki-Dau e Driera haviam desviado das cobras, mas ainda estavam longe quando viram aquele raio negro atingindo a rainha. Espantados, também viram Larys percorrendo o ar.

– Use seu poder de vento! – gritou Driera, dirigindo-se a Iki.

– Está muito longe – respondeu Iki, sentindo-se impotente.

Então, o que viram a seguir os surpreendeu ainda mais. Laryssa havia invocado o avatar de um enorme felino e disparara com uma velocidade incrível. Alguns instantes antes de o rei cair na lava, ela pulou sobre o fosso e mudou o avatar para um buaian. Agarrou o rei com a cauda em pleno ar, planou para longe e pousou em segurança.

– Finalmente ela conseguiu controlar seus poderes. Essa guerrina é mesmo surpreendente – disseram Iki-Dau.

– Teimosa e irresponsável – disse Driera, com raiva. Porém, orgulhosa de sua aprendiz, complementou: – Mas ainda assim, surpreendente!

E, apontando a lança para Ivora, exclamou ameaçadoramente:

– Vamos acabar com aquela peste voadora!

Onda de Fogo

Ivora sorriu ao ver Driera e Iki-Dau avançarem em sua direção. Planou e, cruzando as lâminas rubras das espadas, soprou com força. Várias faíscas surgiram, transformando-se em fogrins, que atacaram furiosamente.

Driera desviou com rapidez e usou sua lança para furar a barriga de uma das criaturas, fazendo-a explodir. Um fogrin a acertou no peito, derrubando-a no chão. Iki-Dau lançaram várias criaturas de fumaça contra os fogrins, protegendo Driera.

Laryssa, que tinha terminado de tirar as amarras e a mordaça do pai, abraçava-o com carinho.

Criaturas de fogo geradas pelas espadas de pedra-fogo de Ivora.

– Filha! Você não devia ter vindo – Larys exclamou, retribuindo o abraço.

– Eu não podia perdê-lo, pai. Não depois de ter ficado longe de você toda a minha vida – Laryssa respondeu.

Com os olhos cheios de lágrimas viu, pela primeira vez, que o rei não tinha mais uma das mãos.

– Pai! O que foi que eles fizeram... – e parou de falar, horrorizada, ao ver o pai mutilado.

– Não importa – interrompeu o rei. Mesmo quase sem forças, levantou-se estoicamente.

Um bando de manticores estava vindo na direção deles.

– Temos que sair daqui imediatamente – disse ele. – Me dê a sua espada!

A princesa lhe deu a espada e invocou o avatar de um ceratoht.* Pai e filha partiram para a batalha.

Enquanto isso, Kullat e Thagir, completamente cercados por manticores, tentavam sobreviver.

Kullat voou, socando com ambas as mãos o estômago de um manticore alaranjado. Thagir ficou sem discos eletrificados e trocou de arma, passando a usar uma de cano longo e boca larga. A cada disparo, uma esfera orgânica gerava um emaranhado de fios resistentes. Os manticores se debatiam, mas não conseguiam rompê-los.

Willroch continuava a controlar as cobras mágicas, afastando os manticores. O rei estava solto e lutava com Laryssa contra um bando de manticores. Iki-Dau e Driera lutavam contra fogrins. Azio flutuava, suspenso por um raio de Volgo.

Dau assumiu o controle do corpo e sintonizou sua Maru com as chamas no interior dos fogrins, aumentando a temperatura. Isso provocou uma reação em cadeia, e, um a um, eles explodiram no ar.

---

* Animal de médio porte de quatro patas. A pele espessa, como uma carapaça, é muito resistente a variações de temperatura e difícil de se romper.

Irritada, Ivora lançou suas espadas, que se cravaram no solo negro, aos pés de Iki-Dau e de Driera. Ainda no ar, juntou as mãos e murmurou. O chão ao redor das espadas rachou, fazendo surgir vários jatos de lava. Como uma onda gigantesca de fogo líquido, o magma encobriu Iki-Dau e Driera, sepultando-os vivos.

– Vão para o inferno – Ivora cuspiu as palavras.

O Poder Oculto

O autômato sentia a energia passar através dele, percorrendo todos os seus circuitos. Sua mente estava repleta de mensagens de perigo, alertas de que todo o corpo estava sofrendo com aquele ataque. O cérebro se encheu de imagens, como uma viagem ao passado. Desde *flashes* de sua luta com os manticores, retrocedendo velozmente até sua primeira lembrança, quando vira Laryssa pela primeira vez, ainda criança. Algo se dissolveu em sua mente, como se uma barreira tivesse sido quebrada, e uma enxurrada de novas imagens e informações inundou-lhe o cérebro, revelando coisas que nem mesmo ele imaginava saber.

Só agora, na hora da morte, é que tudo faz sentido, pensou Azio e, sem poder mais resistir ao ataque, seus olhos se apagaram e se fecharam.

Volgo, girando o cajado, interrompeu o fluxo de energia. O corpo de Azio, totalmente enferrujado e com fumaça negra saindo por todas as frestas, caiu pesadamente no solo. Ele havia se tornado um monte de sucata.

Com um movimento brusco, Volgo disparou uma rajada contra o autômato, jogando-o longe. O corpo inerte de Azio bateu em uma parede e caiu em um dos rios de lava, afundando lentamente no magma incandescente. Como se desse adeus ao mundo dos vivos, sua mão foi a última parte a sumir sob a lava. Mas nenhum de seus companheiros estava ali para se despedir do gigante dourado.

Ainda imobilizada pelos tentáculos, a rainha manticore se debatia freneticamente. A magia negra que saíra de Azio havia enfraquecido seu corpo, e suas proteções mágicas naturais haviam desaparecido.

– Vá agora! – Volgo gritou para Willroch.

O mago poeta voou rapidamente e pousou abaixo do abdômen da criatura. Por baixo das escamas transparentes e flácidas, era possível ver alguns ovos, cobertos com a magia negra de Volgo. Ele inflamou as mãos de energia lilás e começou a rasgar a pele da criatura, que agora estava vulnerável.

Concentrado, Volgo mantinha o cajado brilhando e continuava a murmurar palavras antigas, sustentando o feitiço que envolvia os ovos. Aquela magia requeria total atenção. Ele não poderia falhar.

Uma enorme sentinela surgiu por trás de Thagir, golpeando-o com a cauda. Thagir se defendeu com o escudo, mas a força foi tamanha que o quebrou, lançando o pistoleiro vários metros à frente.

– NÃO! – gritou Kullat, afastando o manticore com uma rajada violenta.

Então voou até o amigo e viu, horrorizado, que um grande espinho havia lhe atravessado o ombro.

– Você está bem?

– O que você acha? – respondeu Thagir com os dentes cerrados, gemendo de dor.

– Acho que você parece um porco-espinho! – Kullat sorriu forçadamente, tentando amenizar a situação, mesmo vendo que o problema era muito sério.

Aflito, lembrou-se das palavras de Estus.

Espinhos.

Mortos-vivos.

Silêncio

Ajoelhada, Driera tossia, sufocada com os gases. Ao seu lado, Dau gesticulava freneticamente, mantendo o magma incandescente sobre a cabeça. A quantidade de lava era tão grande que Dau precisou utilizar toda a sua Maru mágica para impedir que a onda os matasse. Ele tremia com o esforço. Numa última investida, fez um movimento brusco, conseguindo abrir uma brecha na lava, espalhando-a para os lados. Ao terminar, caiu no chão, completamente exausto.

Raivosa por seu ataque ter sido frustrado, Ivora mergulhou. Pegando as espadas do chão, desferiu um golpe rápido, decepando a asa direita de Driera, que ainda tentava desesperadamente respirar. Driera caiu no chão, agonizante.

Ivora agarrou Dau e levantou voo. Ele estava sem forças e não conseguiu reagir. Iki tentou controlar o corpo, mas a barreira mental de Dau o impediu.

– Vou voltar para acabar com você – disse Ivora com raiva.

Então subiu com Dau até o teto da caverna, abriu a boca e seus caninos cresceram. Dau sentiu uma dor horrível quando a mulher mordeu seu ombro. Uma névoa fina surgiu no local da ferida, e Ivora começou a sorver a energia de Dau. Exausto e paralisado, ele não conseguiu se defender.

Iki berrava mentalmente para Dau, sentindo o irmão enfraquecer.

Dau! Deixe-me sair!

Iki tentou novamente assumir o controle do corpo, mas era como bater contra uma porta lacrada.

Dau! Por favor, deixe-me sair!

Não posso arriscar. A voz de Dau estava enfraquecendo e sumindo, mas Iki ainda pôde ouvir um pensamento, que o deixou aterrorizado: *Cuide-se, tandee*. Depois, a voz simplesmente sumiu.

Tudo ficou negro e silencioso.

Larys estava dando tudo de si e atacava as criaturas. Laryssa, com o avatar do ceratoht, esmurrava e golpeava.

A ira da princesa não era somente porque seu pai havia sido mutilado. Agora que ele estava a salvo, ela queria, acima de tudo, salvar Azio também, e para isso lutava incansavelmente, abrindo caminho entre os manticores. Ela não sabia o que tinha acontecido com seu amigo dourado.

Quando o rei e Laryssa chegaram até Driera, a princesa foi tomada por uma enorme angústia ao vê-la caída ao lado da lança e com uma asa decepada. Acima deles, Ivora mordia o ombro de Iki-Dau. Laryssa procurou por Thagir e Kullat, mas eles não estavam por perto. Azio também desaparecera.

No ar, Ivora lambeu os lábios, saboreando a energia de Dau. Batendo as asas membranosas, mirou os olhos esbranquiçados e sem vida de sua vítima.

Rindo maliciosamente, largou o corpo inerte, que caiu como um boneco, chocando-se violentamente contra o chão negro da caverna.Ela se sentia revigorada, cheia de energia e confiança.

Fazia tempo que eu não absorvia uma energia tão saborosa, pensou Ivora, satisfeita. *Agora, vou atrás da outra.*

Contudo, um baque forte e uma dor aguda no peito lhe tiraram o fôlego. Incrédula, olhou para a lança de Driera, que havia trespassado seu corpo. Tossindo sangue, Ivora viu o rosto nobre do rei de

Agas'B a encará-la. Ele pegara a arma de Driera e, com toda a raiva acumulada dentro de si, lançara-a com fúria, num tiro certeiro.

Ivora ainda bateu as asas, tentando voar, mas suas forças sumiram. Pensou no que Volgo havia lhe dito, que sua fome seria sua ruína, e sorriu uma última vez, mostrando os caninos afiados.

Ivora caiu com um ruído seco, morta, sem nem ao menos fechar os olhos.

O Sol no Horizonte

No timão do navio, Tiberius cofiava a barba ruiva nervosamente e olhava para o horizonte com ansiedade. A brisa fria remexia sua cabeleira vermelha. Havia nevado durante a noite, e o convés estava totalmente branco. Ao seu lado estava Axel, vestindo uma grossa jaqueta e um gorro. Parecia tenso. Segurava um pequeno saco de couro na mão e remexia os pés nervosamente.

Os primeiros raios de sol surgiram no horizonte, dissipando a escuridão da noite com tons amarelos e laranja. As estrelas se apagavam uma a uma, em um compasso tímido, como se soubessem que sua hora de brilhar havia terminado. A luz trazia pouco calor, mas era reconfortante, depois de horas de neve e frio.

– Está amanhecendo – disse, sem olhar para Tiberius.

– Sim, está – respondeu o capitão de modo inexpressivo. – É hora de irmos.

– Mas, capitão... – o ajudante parecia indeciso.

Tiberius olhou para Axel com uma expressão de dúvida. O jovem desviou o olhar e remexeu as mãos, segurando o saco de couro.

– Os Senhores de Castelo, capitão – Axel falou baixinho. – Podemos esperar por eles?

– Não, Axel – ele respondeu com firmeza. – Eu avisei que partiríamos ao amanhecer. Mande preparar as velas.

– Mas...

– Não discuta comigo, garoto! Fomos pagos, e é isso que importa. Se eles não voltaram, é porque estão mortos. – Tiberius inclinou-se, com o dedo em riste. – Mortos! Entendeu?

Axel fitou o capitão sem medo, segurando a sacola de couro na frente do rosto de Tiberius.

– Você já foi melhor que isso, capitão – sussurrou o garoto. – Devemos nos interessar apenas por riqueza, ouro e joias? Então, o que nos diferencia de piratas ou caçadores de homens?

Tiberius engoliu em seco. As palavras atingiram diretamente seu ego. Jamais se considerou um pirata. Só procurava obter lucro em suas transações, mas nunca enganara um único comerciante nem roubara qualquer carga confiada a seus cuidados.

– Você não pode me acusar assim! – bradou, com os olhos azuis faiscando de raiva.

– Se formos agora, como eles vão voltar? Como? – Axel estava transtornado. – Vamos deixá-los aqui, presos para sempre nesse mundo desconhecido?

Tiberius ergueu um punho cerrado.

– Eu passei um inferno para trazê-los aqui, Axel!

– Você não, capitão – disse Axel, sem se abalar. – *Nós* passamos. Quatro pessoas da nossa tripulação morreram.

Tiberius desviou o olhar, envergonhado. O jovem tinha razão. O preço pago por sua tripulação morta era muito maior que as riquezas. Abandonar os Senhores de Castelo seria algo simples, bastava içar as velas. Com os registros coletados durante a entrada em Breasal, o capitão não teria problemas em encontrar a saída pelos Mares Boreais. Mas qual seria o verdadeiro preço disso? Sua alma poderia suportar suas escolhas? Abandonar homens e mulheres que vieram lutar por outras pessoas? Alguém desconhecido, tão desconhecido quanto Axel era, uma década atrás, quando o encontrara semimorto, boiando no mar?

O capitão suspirou e seus olhos ficaram marejados, lembrando-se de seu antigo capitão, seu pai, que deixara de ser pirata depois que ele nascera, virando um exemplo vivo de honra e sobriedade, e que dizia sempre: "Vencida cada tormenta, a busca é laureada".

Olhou de volta para Axel e apenas concordou com a cabeça.

– Que assim seja. O destino deles será o mesmo que o nosso.

Tiberius se retirou, deixando Axel sozinho no timão.

Lágrimas

Preocupado, Kullat mantinha os manticores afastados de Thagir, que não conseguia lutar por causa do enorme espinho atravessado no ombro.

De olhos fechados, Volgo murmurava, mantendo a magia negra que retirara de Azio e que agora envolvia os ovos. Willroch finalmente conseguira fazer um rasgo no ventre da rainha. Concentrado, não percebeu que Ivora fora empalada pelo rei.

Presa pelos tentáculos mágicos, a rainha rugiu. Um som triste, de pesar e dor, reverberou pela caverna. Como se fossem harpas cristalinas, cheias de emoção, o som preencheu os ouvidos de todos, trazendo sensações de perda e angústia. Dos olhos da rainha surgiram lágrimas cristalinas, que se evaporaram, transformando-se numa nuvem fina e brilhante.

Willroch sorriu.

– Finalmente. Ela finalmente chorou!

O mago precisava das lágrimas para completar a magia. Arrancando violentamente do ventre da rainha um dos ovos, que ainda brilhavam com o feitiço de Volgo, Willroch voou rapidamente em direção à nuvem de lágrimas.

Contudo, o choro produzia um efeito muito mais profundo do que Volgo jamais imaginara. Aquele cântico de angústia buscava os sentimentos mais profundos, trazendo à tona as dúvidas essenciais de cada um.

Era uma defesa da rainha, que atacava não o corpo, mas a alma dos inimigos.

Ao ouvir o triste choro, os manticores pararam de lutar, desolados por sua rainha.

Kullat sentiu um enorme aperto no peito. Era um misto de medo da solidão e uma enorme sensação de dor por todas as amizades que perdera. E ali, com Thagir nos braços, a preocupação em perder o melhor amigo se tornou dolorosa demais. Ele não resistiu e, na escuridão do capuz, lágrimas surgiram.

O mesmo aconteceu com Thagir, que chorava não pela dor do ferimento, mas porque o som o fizera lembrar de seus entes queridos, do aniversário da filha ao qual não comparecera. Sentiu uma enorme saudade de casa e arrependeu-se de ter deixado a Ordem vir na frente da família.

Ao lado de Driera, Larys chorava, sentindo a angústia e o sofrimento do canto da rainha reverberando fortemente em seu coração, trazendo à tona sentimentos de tristeza, ao se lembrar dos anos em que ficara ausente da vida de Laryssa.

Tomada por uma enorme melancolia, Driera se arrependeu de todas as vezes que deixara de expressar seu amor por Dau em público. Diante do corpo inerte do amado, o receio da opinião alheia não mais importava.

Laryssa sentiu todas as dúvidas lhe invadirem a mente: a desobediência a seus mestres, o fato de ter abandonado os amigos em batalha, os amores não correspondidos e, o pior de tudo, a consciência de que nunca dera o devido valor ao ser que mais a amara. Pensando em Azio, caiu prostrada no chão.

Mas o efeito do choro da rainha manticore não afetou apenas o grupo dos Senhores de Castelo. A canção paralisou Willroch um pouco antes que ele entrasse na nuvem de lágrimas. Em sua mente, lembranças de uma outra época afloraram. As poesias de amor que agora faziam parte do passado, assim como o reconhecimento, a fama, a amizade e o amor perdidos. Só lhe restava um imenso vazio, causado pela falta das pessoas que lhe haviam sido queridas.

Inesperadamente, Volgo também sentiu toda a força do efeito do choro da rainha manticore. Até ele, que se tornara um homem frio e sem escrúpulos. Até ele, que era capaz de matar sem piedade, e cujo principal sentimento era o ódio que nutria pelos Senhores de Castelo. Até ele fora arrebatado por emoções que escondera profundamente em seu coração seco. A triste lamúria da rainha o fez voltar no tempo, séculos atrás, recordando sua antiga vida e toda a felicidade que um dia tivera. Toda a felicidade que, por culpa dos Senhores de Castelo, perdera. Toda a felicidade que seria vingada.

Apegando-se a esse último sentimento, canalizou a vontade de se vingar para criar uma forma de quebrar o efeito do choro da rainha. Murmurou algumas palavras e as tatuagens brilharam.

Usando pela primeira vez os poderes que absorvera dos espectros nove anos atrás, com um urro forte, uma explosão de luz prateada o libertou daquela armadilha de melancolia. Repetiu o mesmo encanto apontando o cajado para Willroch, que, ao receber as emanações mágicas, sacudiu a cabeça, livrando-se dos pensamentos que o afligiam.

De novo consciente, Willroch viu o ovo em suas mãos e, rapidamente, voltou a voar, penetrando na nuvem de cristais de lágrimas da rainha. Os pequenos flocos cristalinos começaram a grudar na casca do ovo e foram sugados para dentro dele.

Vendo que tanto a magia negra quanto a magia das lágrimas da rainha já estavam dentro do ovo, Volgo gritou com a voz cavernosa, sobrepujando o canto lamurioso da rainha.

– Falinn pitanyia! Kholanã!

Uma luz intensa surgiu de seu cajado, e o ovo ficou ainda mais iluminado.

Willroch fechou o punho e, com um golpe seco, quebrou o ovo enfeitiçado, espalhando uma gosma grudenta nas mãos e nos braços. Em instantes, sentiu uma enorme mudança acontecendo em seu corpo. A gema do ovo e os pedaços da casca começaram a penetrar sua pele.

Finalmente!, pensou sorrindo, olhando para as mãos enquanto flutuava em direção a Volgo. Mas nesse momento uma dor terrível o invadiu. Ele dobrou o corpo para frente, como se tivesse levado um golpe no estômago. Espantado, viu as mãos ficarem azuladas, com feridas amareladas e pustulentas, como se estivesse se tornando um dos mortos-vivos da ilha. O ar lhe faltou, e a vista escureceu.

– Volgo... – murmurou Willroch. Esforçando-se ao máximo para se manter consciente, lutou para chegar ao chão, caindo aos pés do mestre. – ... o que fez comigo?

Sua última visão foi a expressão de surpresa de Volgo.

Mar Escaldante

Sem Willroch, as cobras de energia sumiram numa névoa púrpura. Os tentáculos que prendiam a rainha também desapareceram, e o enorme monstro caiu pesadamente no lago de lava, debatendo-se no magma. Os manticores saíram do transe, sumindo pelos diversos túneis dentro da montanha.

– O que... o que aconteceu? – perguntou Kullat, chacoalhando a cabeça assustado, como se estivesse acordando de um pesadelo. Saindo do transe, olhou em volta e viu os manticores desaparecendo. – Para onde estão indo?

Thagir gemeu no chão, ainda sob o efeito do canto da rainha. A caverna tremia, o lago de lava borbulhava e o calor era cada vez mais intenso.

Kullat, apesar de preocupado com Thagir, se levantou rapidamente, procurando por seus outros amigos. Encontrou-os atordoados, dezenas de metros adiante. Mas não foi apenas isso o que viu. Centenas de metros à frente, Willroch estava caído, tremendo violentamente aos pés de um homem careca, que parecia confuso. Kullat o reconheceu. Era o mesmo Volgo que quase o matara.

– Agora somos apenas você e eu! – disse Kullat, entre dentes cerrados, olhando fixamente para Volgo.

Juntou as mãos à frente do corpo e se concentrou. As faixas se incendiaram com energia, e ele lançou um raio fortíssimo. Volgo, vendo um rastro prateado atravessar o salão, tentou levantar uma parede de energia e se defender, mas não foi rápido o suficiente. O golpe de Kullat o acertou em cheio, jogando-o a vários metros de distância.

Sem esperar que o inimigo se levantasse, Kullat já preparava um segundo golpe.

– Olhe para cima! – gritou Thagir, que acabara de sair do transe.

Uma enorme pedra se desprendeu do teto e estava prestes a atingir Kullat, mas, graças ao aviso do amigo, o cavaleiro lançou sua energia na rocha, que explodiu em milhares de pedregulhos.

Aquele pequeno momento foi o bastante para Volgo se levantar. Com sangue escorrendo pelo canto da boca, ergueu os braços esqueléticos e girou o cajado acima da cabeça, criando um círculo vermelho e luminoso no ar. Bateu o cajado com força no chão e o círculo se transformou em uma coluna de energia sólida, que subiu rapidamente e arrebentou o teto da caverna.

Kullat lançou outra rajada, mas não foi rápido o suficiente. Dentro da energia vermelha, as figuras de Volgo e Willroch piscaram e, no instante seguinte, sumiram. A coluna vermelha se desfez de baixo para cima numa espécie de pó que, em instantes, desapareceu, deixando apenas uma enorme abertura no teto da caverna.

As paredes continuaram a tremer, cada vez com mais força. Os cristais fosforescentes se desprendiam, explodindo quando tocavam o chão.

– Temos que sair daqui! – gritou Thagir, levantando-se com esforço, com dores fortíssimas no ombro, no qual o espinho continuava cravado. – Isso tudo vai explodir!

A caverna tremia violentamente. Gêiseres de lava explodiam, abrindo buracos no chão negro e espalhando magma por todos os lados.

Larys se aproximou da filha e ajudou Driera a se levantar. A harpiana não parecia se importar com a asa amputada. Estava preocupada com Iki-Dau, que continuavam desmaiados. Usando a força de seu avatar, Laryssa pegou o corpo de Iki-Dau e o colocou sobre o ombro.

– Vamos embora! – gritou.

Larys esticou o braço cauterizado em direção ao corpo de Ivora e murmurou algumas palavras. O anel brilhou na mão inerte da mulher e se liquefez, formando uma gosma verde que voou rapidamente, grudando no pulso do rei. Em instantes, surgiu uma mão verde, idêntica à que fora cortada.

– Vamos sair daqui! – exclamou o rei, mexendo a nova mão.

– Pai, precisamos encontrar o Azio! – Laryssa suplicou, olhando em volta em busca do companheiro.

– Não temos tempo! – o rei respondeu com tristeza.

De posse novamente de seu poder, Larys criou uma bolha esmeralda ao redor de todos. Com grande esforço, fez a esfera levantar voo, levando consigo sua filha, Driera e Iki-Dau. Seguiram rapidamente para o alto, aproveitando o enorme buraco que Volgo criara ao fugir.

Kullat e Thagir viram a esfera. De dentro da bolha, Larys apontou para cima e fez menção de ajudá-los, mas Kullat o impediu com um gesto.

– Vamos segui-los – disse ao amigo.

Thagir não falou nada, apenas concordou com a cabeça.

– Saco de batatas? Estamos ficando bons nisso, hein! – e suspirou, fazendo uma careta. Sabia que aquilo doeria muito.

Kullat o pegou pela gola, fazendo o pistoleiro gemer, e levantou voo, seguindo a esfera esmeralda para fora do vulcão.

O teto da caverna cedeu, forçando Kullat a desviar dos enormes pedaços de rocha que vinham em sua direção. A lava subia cada vez mais rápida, causando explosões e destruindo as paredes. Em segundos, a caverna inteira estava pegando fogo, submersa em um mar escaldante. Kullat acelerou o voo, seguindo a esfera do rei. Logo abaixo, uma onda de lava preenchia o túnel por onde estavam escapando.

No meio do líquido efervescente, um enorme corpo se movia na lava.

– A rainha! – gritou Laryssa desesperada, ao identificar a criatura.

Último Cântico

A cabeça com a coroa de rochas surgiu na lava. Enormes espinhos emergiram do mar laranja, e a rainha urrou com seus incontáveis dentes. Era um grito de vingança.

Kullat segurava Thagir com força e voava velozmente atrás da esfera esmeralda do rei. Mas a lava subia rapidamente, trazendo com ela a rainha manticore. O pistoleiro atirou algumas vezes com o revólver. Depois trocou a arma por um disparador sônico, mas a rainha não parecia se importar com os disparos.

O cavaleiro criou algumas bolas de energia, que, pairando no ar, explodiam quando a rainha as tocava. A tática, porém, só a deixou ainda mais nervosa.

– Preciso das duas mãos! – Kullat gritou, aumentando a velocidade e ficando à frente da esfera do rei.

Larys entendeu a intenção do cavaleiro e fez uma pequena abertura na esfera verde, suficientemente grande para que Kullat entrasse com o pistoleiro.

– Alguém pediu batatas? – Kullat piscou, largando o companheiro na esfera e virando-se de costas.

A rainha estava a poucos metros. A lava avançava furiosamente, empurrando a imensa criatura cada vez mais rápido para cima. Kullat espalmou as mãos e soltou uma forte rajada contra a rainha, mas a magia não surtiu efeito nem retardou seu avanço. Ela se apoiou na parede rochosa e saltou no ar, tentando acertar o cavaleiro com as garras e forçando-o a rodopiar para escapar.

A lava estava tão próxima que, mesmo com seu campo de força natural, Kullat sentia a pele arder. Então disparou uma série de discos energéticos, deixando um rastro de magia no ar. Um deles acertou o interior da boca do monstro, que recuou por alguns instantes, rodopiou na lava e desapareceu.

Ao perceber o efeito do disco de energia, Thagir gritou para Kullat e apontou para a própria boca. O cavaleiro fez uma expressão de dúvida.

– Atire na boca! – disse pausadamente, para que Kullat lesse seus lábios.

O rosto do cavaleiro pareceu se iluminar, e ele fez um sinal de positivo, entendendo finalmente o que o amigo queria dizer. Juntou novamente as mãos próximas ao peito e começou a concentrar sua energia em uma esfera entre as palmas abertas. A magia fluía e faíscas eletrificavam o ar.

– Vamos, bichinho. Apareça e abra a boca – disse Kullat, voando com o olhar fixo na lava borbulhante. – Tenho um presentinho para você!

De repente, a lava explodiu, e a rainha emergiu, com as garras flamejantes e os enormes dentes, prontos a destroçá-lo. Ao ver a bocarra aberta, Kullat estendeu os braços e disparou. O raio explodiu com violência dentro da boca escancarada da criatura.

A rainha rodopiou na lava, gemendo. Com aquela voz musical, ela se deixou ser engolida pelo turbilhão incandescente. Um instante depois, como um último golpe contra os inimigos, a rainha invocou seu último cântico e fez a lava explodir com fúria, engolindo Kullat e a esfera esmeralda do rei.

Uma Prece

Axel não tirava os olhos da ilha. Mesmo assim, o estrondo foi tão repentino que o fez dar um pulo. Tiberius saiu de sua cabine com a espada na mão, enquanto os marujos olhavam assustados para o horizonte.

– Estamos sendo atacados? – perguntou o capitão, olhando para Axel, que apenas balançou a cabeça negativamente e apontou, trêmulo, para o meio da ilha.

Mesmo sem a luneta dupla, Tiberius conseguiu ver com clareza que um raio vermelho estava saindo diretamente pelo topo do vulcão, espalhando toneladas de pedras montanha abaixo. Mas o que espantou o capitão não foi o raio ou a explosão de pedras. O que o deixou paralisado foi ver que o raio fez uma curva no ar e retornou para a ilha, em algum lugar atrás do vulcão.

Tiberius tirou a luneta do bolso e vasculhou minuciosamente a montanha, mas não conseguiu ver ninguém. Após alguns minutos, outra explosão, muito mais alta e poderosa, eclodiu do alto do vulcão.

O céu ficou vermelho, como se estivesse pegando fogo, e uma enorme nuvem surgiu no cume da montanha, espalhando cinzas e lava por todos os lados.

– Ninguém conseguiria sobreviver a isto – murmurou, chocado.

Axel, de mãos unidas e olhos fechados, fez uma prece por seus amigos.

Olhos de Curumim

O rei mantinha a esfera de energia com muito esforço. A lava encobriu totalmente a proteção esmeralda e a impulsionou para cima, arremessando-a para fora do vulcão. Larys conseguiu reduzir a velocidade antes do impacto, mas não o suficiente para parar. A esfera chocou-se violentamente contra o solo, desfazendo-se em cacos de energia esverdeada.

Graças à grossa camada de neve, a queda foi amortecida. Larys estava exausto. Sua mão piscou e ficou opaca.

Thagir sentia-se zonzo e enjoado. O veneno do espinho invadia seu organismo. Com a vista embaçada, esforçou-se para levantar e foi cambaleando até os companheiros.

– Estão todos bem? – perguntou ofegante, movendo-se lentamente.

– Estou cansado – respondeu o rei, deitado de costas na neve. – Mas, graças a vocês, estou vivo.

Mais à frente, de joelhos na neve, Driera segurava delicadamente a cabeça de Iki-Dau, enquanto limpava a neve e as cinzas do rosto deles.

– Eles não acordam... – murmurou pesarosa, com o rosto cheio de lágrimas.

Larys levantou-se e olhou preocupado para Iki-Dau, que pareciam um boneco sem cordas largado no chão.

– Filha, ajude Driera. Vou procurar Kullat.

Thagir, preocupado, olhou em volta na esperança de que o campo de força de Kullat o tivesse protegido.

– Ali! Ele está ali! – gritou Larys, apontando para um rastro na neve.

O chão estava chamuscado e irregular, como se uma bola de fogo tivesse rasgado o solo violentamente. No meio da cratera, encontraram Kullat caído de costas. Os braços estavam chamuscados. O capuz cobria o rosto, mas a túnica e as calças estavam queimadas.

Kullat gemeu, e Larys rapidamente foi socorrê-lo. Thagir pensou em correr, mas uma vertigem o impediu. A cabeça latejava muito, e o suor brotava na testa. Com muito esforço, chegou até o amigo.

– Mais um pouso feliz – murmurou Kullat ao ver Larys debruçar-se sobre ele, com preocupação.

– Você está bem? – perguntou o rei.

– Estou com fome – respondeu Kullat, levantando-se vagarosamente e fazendo uma careta de cansaço, como se tivesse treinado um dia inteiro na Academia da Ordem.

Thagir começou a tossir e se apoiou no ombro do amigo.

– Não estou bem... – disse o pistoleiro com uma voz arrastada. – O veneno está se espalhando. – Ele tombou, quase caindo.

Kullat, assustado, segurou-o com cuidado.

Com as mãos tremendo, de dentro de um dos bolsos da casaca, Thagir tirou um pequeno pacote e o estendeu a Kullat. O cavaleiro viu, espantado, que a pele do amigo estava ficando escura, com as veias saltadas.

– Comam... – e a voz de Thagir sumiu.

Kullat sacudiu-o levemente, mas os esforços para acordá-lo foram em vão. Desesperado, ele via que o veneno estava matando o amigo, e que todo o seu poder não seria suficiente para salvá-lo.

– Precisamos voltar... Agora! – disse Kullat, com os olhos marejados.

– Você consegue voar? – Larys perguntou, preocupado.

Kullat concentrou-se e conseguiu voar, mas estava fraco demais para carregar Thagir. Estava tão transtornado que nem havia notado que segurava o pequeno pacote que Thagir havia lhe dado. Abrindo-o rapidamente, viu algumas sementes escuras no fundo do saco e exclamou:

– Não acredito que ele conseguiu isso!

– O que tem aí dentro? – Larys perguntou.

– Olhos de Curumim! São sementes muito raras. Não sei nem como ele as conseguiu.

– E são úteis para quê?

Kullat sorriu, pois seu amigo parecia sempre estar preparado para tudo.

– Elas nos darão um pouco mais de força – Kullat respondeu, comendo uma e entregando outra para Larys.

Larys a engoliu e se sentiu revigorado. O efeito, porém, não se estendeu para sua magia. Sem poder contar com seus poderes, ele e Kullat carregaram Thagir de volta, onde Laryssa e Driera olhavam desoladas para Iki-Dau.

O rei explicou sobre as sementes, e a princesa e Driera comeram uma cada, restando apenas duas no interior do pacote.

Improvisaram duas macas, feitas de galhos de uma árvore seca e capim. Laryssa e Driera carregaram Iki-Dau, que era menor e mais leve. O rei e Kullat carregaram Thagir.

Foram horas de caminhada cruzando toda a planície negra, seguindo à margem de um rio de lava que surgiu na erupção. Por isso, não sentiam tanto frio. Também não se preocuparam com os mortos-vivos, já que as fissuras do solo estavam inundadas de lava. Ou as criaturas haviam sido destruídas, ou haviam fugido.

Durante o percurso, Larys contou a Kullat sobre a morte de Ivora e o desaparecimento de Azio. O cavaleiro não escondeu a surpresa e a frustração em saber que o autômato havia sumido. Também pensou em Willroch e em como ele pagara caro por ter confiado em Volgo.

Atrás deles, Driera e Laryssa andavam silenciosamente. Carregando o corpo de Iki-Dau, a harpiana estava preocupada com a gravidade da situação deles. Queria chegar logo ao navio para cuidar de seu amigo e de seu amado.

Apesar de feliz com o resgate do pai, a princesa tinha pensamentos sombrios. Por ter desafiado várias vezes as ordens de seus mestres e abandonado seus amigos em batalha, certamente seria expulsa da Ordem dos Senhores de Castelo. Mas o que mais a abalava era a ausência de Azio.

Ela nunca havia imaginado que poderia sentir uma tristeza tão grande por saber que nunca mais veria seu melhor amigo.

Rios Dourados

Com o sol a pino, eles chegaram às ruínas onde haviam se encontrado com Tempestuoso. Cansados, pararam por alguns minutos para se recuperar e acomodaram os feridos em uma casa semidestruída. Uma parede e um pedaço de teto impediam a neve de cair, protegendo-os do vento frio.

O rei tentou conjurar um feitiço para retardar o efeito do veneno, mas não conseguiu. A pele de Thagir estava cada vez mais cinza, e a barba ganhara tons esbranquiçados, como se envelhecesse rapidamente. Kullat se sentou ao lado do amigo, preocupado. Os braços ardiam, mas ele não se queixava. Driera cuidava de Iki-Dau, tentando manter o corpo do homem prateado aquecido.

Laryssa, absorta em pensamentos e sentindo-se culpada, ficou sentada numa coluna quebrada perto do rio de lava para se esquentar, já que estava sem casaco, vestindo apenas uma camiseta marrom. Queria falar com alguém, desabafar a dor que sentia, mas não tinha coragem de se dirigir a Kullat e, menos ainda, ao pai. Tentou falar com Driera duas vezes enquanto caminhavam, mas a harpiana a ignorou, como se ela não existisse. Pensou novamente em Azio e sentiu saudades e arrependimento.

O pior da erupção já havia passado. Os rios de magma desciam lentamente, e a fumaça negra estava se dissipando. O rio de lava descia do vulcão, cruzava a planície até as ruínas e seguia em direção ao mar. Enquanto pensava, a princesa olhava contemplativa para aquele espetáculo da natureza, ao mesmo tempo lindo e mortal.

Um movimento, no meio da correnteza de magma, chamou-lhe a atenção, e ela se levantou sobre a coluna de pedra. Colocou as mãos sobre os olhos, tentando bloquear a claridade do sol. Focando e acompanhando o rio de magma, viu algo submergir e, novamente, emergir.

Curiosa, correu para mais perto do rio, mas o calor intenso a impediu de se aproximar. Quando chegou à frente das ruínas, o movimento parou, como se tivesse submergido uma última vez. Mas, debaixo da lava, algo se mexia, criando ondas circulares na superfície líquida.

Repentinamente, de dentro da lava, algo saltou para fora, caindo pesadamente na margem negra de rocha queimada. Espantada, Laryssa deu alguns passos para trás, sacando a espada. A criatura, coberta de magma, arrastou-se para longe do rio incandescente, jogando-se em um grande monte de neve.

Estarrecida, a princesa olhava sem entender o que estava acontecendo. A neve derreteu e virou vapor, envolvendo toda a criatura. O chiado chamou a atenção do restante do grupo, que correu para perto da princesa.

– O que está acontecendo aqui? – perguntou Driera, pegando uma pequena adaga no cinto e dirigindo-se a Laryssa pela primeira vez desde que saíram do interior do vulcão.

Larys e Kullat apenas olhavam, em posição de batalha. A princesa não respondeu, mas retesou as mãos.

No meio do vapor, surgiu um rosto. Uma parte da face estava sem pele, deixando à mostra um crânio similar ao humano. A mandíbula e uma série de dentes também ficaram visíveis. A criatura abriu os olhos, dois olhos vermelhos.

Laryssa ficou boquiaberta. As palavras lhe faltaram, e sua vista ficou nublada de lágrimas. O sentimento de vazio sumiu, dando lugar a uma felicidade incontrolável.

Todos estavam chocados. Diante deles, envolto pela nuvem de vapor, estava Azio. Seu corpo se assemelhava muito a um corpo humano, com tendões entre os músculos e veias metálicas, que mais pareciam um emaranhado de rios dourados.

– Sauda0101%%, 01%01%% – a voz misturava a língua comum à binaliana.

– AZIO! – Laryssa gritou, liberando toda a tensão de seu coração. Ela custava a acreditar, mas seu querido amigo estava vivo.

Correu para abraçá-lo, mas o rei a segurou, já que o corpo de Azio ainda fumegava.

Larys olhou novamente para Azio, que estava muito diferente. Os músculos e tendões expostos revelaram que o corpo de Azio sofrera modificações complexas.

– Como foi que você sobreviveu? – perguntou Larys, ainda confuso. – E o que aconteceu com seu corpo e com sua pele?

– 0101%%0%1% mas 0101%0%%% 010101 ajudar – o autômato respondeu nas duas línguas.

– Ele não sabe – disse Laryssa, enxugando as lágrimas e traduzindo o que Azio dizia –, mas está feliz por estar vivo e quer ajudar.

– É bom ver você de novo, Latinha – disse Kullat com alegria, mas sentindo um arrepio ao ver os músculos do rosto de Azio esboçarem um sorriso, repuxando a mandíbula e acentuando a falta de pele na metade da face.

O autômato respondeu algo na língua de Binal. Laryssa sorriu, mas se recusou a traduzir, dizendo que uma princesa não poderia dizer aquele tipo de coisa.

Todos voltaram para as ruínas e, agora, com a ajuda de Azio, conseguiriam vencer o último trecho da caminhada mais facilmente.

Estava na hora de voltarem para casa.

RETORNO

O retorno ao navio ocorreu sem maiores problemas. Axel não se conteve e pulou de alegria ao ver os pequenos botes no mar.

Tiberius cofiava a barba ruiva, observando atentamente a chegada dos aventureiros. Assim que pôs os pés no tombadilho, Kullat procurou por Tiberius.

– Capitão, trace o curso para Mund. Precisamos encontrar Estus o mais rápido possível!

O capitão pensou em relutar, mas percebeu o desespero na voz do cavaleiro. Ordenou que providenciassem novos casacos para todos e que levassem os feridos às cabines, para que recebessem socorro. Em seguida, deu ordens para que Axel conduzisse o navio para o continente.

Imediatamente Axel começou a dar ordens aos marujos, como se fosse um capitão experiente. Tiberius mandou alguns marinheiros prepararem uma refeição reforçada e também levarem medicamentos para os feridos.

Thagir foi alojado na cama do próprio capitão. Larys retirou o longo espinho do ombro do pistoleiro com cuidado e ficou feliz por ver que nenhum tendão havia sido danificado. Mas também ficou preocupado, pois não tinha nada além de unguento para tratar o ferimento.

Apesar de não ter se recuperado completamente, Larys passava horas murmurando e gesticulando feitiços. Tentava ao máximo retardar os efeitos do veneno, mas percebeu que a medicação e seus encantos quase não surtiam efeito. Depois de dois dias navegando, Thagir ardia em febre. Kullat acompanhava os esforços do rei silenciosamente.

Iki-Dau ficaram numa cabine dupla, onde Driera poderia ficar com eles. A Senhora de Castelo, nem por um momento, deixou o quarto. Nem mesmo quando um velho marujo limpou e costurou a ferida deixada por sua asa decepada.

Azio livrou-se do restante da pele, que lhe pendia flácida do corpo. Vestiu-se dos pés à cabeça e colocou um pano cobrindo o rosto, deixando apenas os olhos expostos. Mesmo assim, o ar de repulsa dos marujos o incomodava, e ele resolveu ficar dentro da cabine até o fim da viagem. Laryssa, apesar de não saber como ajudar, ficou todo o tempo com Azio.

Kullat estava deitado, mas não conseguia dormir. Como havia gastado muita energia, ainda não tinha se recuperado totalmente e vivia faminto. Uma batida leve na porta foi o suficiente para o cavaleiro se levantar.

– O senhor está acordado? – era a voz de alguém conhecido, que Kullat havia aprendido rapidamente a gostar.

– Entre, capitão Axel! – Kullat respondeu.

Ele havia começado a chamá-lo de capitão Axel assim que voltaram ao navio. Dissera ao garoto que apenas alguém com a honra de um verdadeiro capitão esperaria por eles tanto tempo.

– Senhor, estamos quase chegando a Mund – o rapaz disse, abrindo a porta, sorridente. – Aproveitei e lhe trouxe um prato de sopa e alguns pães.

– Ah, capitão! – disse Kullat, deixando a colher de lado e mergulhando o pão na sopa quente. – Você sabe agradar um amigo doente.

Axel sorriu. Apesar de ter pedido várias vezes para não ser chamado de capitão, Kullat havia vencido por insistência. E, afinal de contas, era exatamente para aquilo que ele estava se preparando havia tantos anos.

Kullat comeu um grande pedaço de pão.

– Quanto tempo falta até Mund? – perguntou, lambendo os dedos.

– Dentro de poucas horas chegaremos ao porto – respondeu Axel satisfeito por terem navegado rapidamente, mesmo em águas desconhecidas.

– Muito bom. Preciso encontrar Estus o mais rápido possível. Só ele pode curar Thagir – disse. E, evidentemente preocupado, complementou: – Assim espero...

No convés, Laryssa olhava para o continente, cada vez mais próximo. A princesa havia conversado bastante com Azio naqueles dias, sempre rememorando seu passado e sua infância. Em nenhum momento abordaram o que acontecera em Breasal. Muitas dúvidas lhe invadiam a mente: por que Volgo precisava de Azio? O que acontecera com o corpo dele? Como sobrevivera? Muitas perguntas, todas sem resposta.

Além disso, Azio estava se comportando de uma maneira fora do comum, sentindo-se mal com a rejeição dos marujos. Também não deixava a princesa tocar em seus músculos expostos.

Em sua cabine, Driera permanecia deitada ao lado de Iki-Dau. A ferida da asa decepada já mostrava sinais de melhora, mas seu amigo Iki e seu companheiro Dau estavam em coma. Ela se sentia inútil, pois não podia fazer nada para mudar aquilo.

A todo o momento, concentrava-se na respiração deles. Para sua alegria, escutou um suspirou alto, seguido de uma tosse fraca. As pálpebras prateadas de Iki-Dau se abriram e os olhos amarelos surgiram. A pele prateada ganhou linhas retas, mostrando que Iki estava no comando do corpo. Diante da primeira reação, depois de dias de ansiedade, os olhos de Driera se encheram de lágrimas.

– Iki... – ela murmurou sorridente. – Que bom que você acordou! Como você está?

– Um pouco zonzo – ele sorriu. – E um pouco... Não sei como dizer, vazio... Acho que é fome.

– Deve ser fome mesmo, vocês dormiram muitos dias!

– O que aconteceu?

– Aquela mulher horrível – Driera franziu a testa. – Ela atacou vocês. Mas o rei conseguiu acabar com aquela peste.

– Então o rei está bem? – disse Iki, sentando-se na cama. – E como estão os outros?

– Estão todos vivos. Azio também conseguiu escapar. Mas Thagir foi envenenado, e agora estamos indo atrás do antídoto.

Driera fez silêncio por um momento, segurando suavemente a mão dele.

– Iki, eu sei que você ficou fora por muito tempo, mas preciso falar com Dau.

Iki sorriu, entendendo perfeitamente o pedido. Por um instante, os olhos ficaram embaçados e a pele perdeu os desenhos. Driera sentiu um aperto no coração. Momentos depois, os olhos ficaram novamente amarelos e a pele voltou a ter os padrões angulares. Iki forçou um sorriso e tentou, novamente, chamar o irmão, mas não obteve sucesso. Tentou por mais duas vezes, mas nada aconteceu.

– Dau... – a voz de Iki era baixa e cheia de medo. – Ele sumiu!

Iki não sentia Dau em nenhuma parte da mente.

– Como assim, sumiu? – Driera sobressaltou-se. – Ele não pode simplesmente ter sumido! Eu sei que ele está aí, em algum lugar!

– Mas eu não consigo falar com ele! – Aquela sensação de vazio cresceu dentro dele, tomando conta de sua alma e enchendo-o de desespero.

– Mas eu consigo! – ela exclamou, apontando para a cabeça de Iki. – Eu posso encontrá-lo!

Iki se deitou na cama, deixando Driera usar sua introspecção táctil para rastrear Dau.

– O que devo fazer? – perguntou ele, fechando os olhos amarelos.

– Apenas deixe a mente aberta – ela respondeu, entrando em transe e tocando a testa do amigo.

Um Morto-Vivo

O navio chegou a Mund no início da noite. Como Kullat não falava a língua daquele planeta, mostrou algumas joias para os marujos no porto, conseguindo trocá-las por um cavalo. Ele até poderia ter saído voando, mas achou melhor não chamar a atenção. Vestido com seu manto grosso e espectral, cavalgou velozmente em busca de Estus e Wahori. Parecia um fantasma em um cavalo negro.

A cidade era pequena, com casas de tijolos e ruas estreitas, feitas de pedregulho e cascalho. As chaminés expeliam fumaça no céu nublado. A neve se acumulava na calçada e havia poucas pessoas andando. O vento frio desencorajava os habitantes a sair de casa, mantendo-os próximos do calor do fogão e das lareiras.

Kullat apertou o passo da montaria.

Como posso ser tão estúpido?, Kullat esbravejou consigo mesmo, enquanto passava rapidamente por várias placas. *Como vou saber qual é a taverna certa se não sei ler essa língua estranha?*

Em um relance, viu algo que lhe chamou a atenção. Puxou as rédeas do cavalo tão rapidamente que o animal empinou, derrubando-o de costas no chão. Mas ele estava sorrindo, pois acima dele havia uma placa de bronze com o desenho de uma cabeça de búfalo.

– Se esta não for a Taverna Búfalo de Bronze – disse para si mesmo, levantando-se e amarrando o cavalo em uma trave de madeira –, então meu nome não é Kullat!

A taverna era pequena, com apenas dez mesas dispostas em um modesto salão de madeira. Tochas iluminavam e aqueciam o ambiente. Kullat se dirigiu rapidamente ao balcão, e o proprietário lhe sorriu, falando algo que ele não entendeu.

– Estus! – Kullat disse, nervoso.

O homem atrás do balcão olhou para ele com desconfiança. Chamou um garoto que limpava o chão e falou alguma coisa que Kullat não entendeu. O jovem disparou porta afora. O homem olhou para Kullat, fazendo sinal para que ele aguardasse.

Kullat suspirou e, pegando um pote de frutas secas, começou a mastigar impulsivamente. Depois de vários minutos e de três potes vazios, a porta da taverna se abriu.

– Por Olwein, você está vivo, Kullat! – Estus vibrou assim que entrou.

Ao seu lado estava Wahori, que olhou para o resto da taverna vazia.

– Onde está nosso outro amigo?

– Graças a Khrommer encontrei vocês. Preciso de sua ajuda! – disse Kullat, nervoso. – Thagir foi envenenado pelos manticores.

Estus e Wahori seguiram Kullat e rapidamente se dirigiram para o *Coroa Azul*. Entraram na cabine do capitão. Espantados, viram que, apesar do frio, Thagir estava sem camisa. Na testa, um pano úmido tentava baixar a febre.

Larys levantou-se ao ver Estus e Wahori, como se fosse cumprimentá-los.

– Formalidades mais tarde – disse Estus na língua comum, debruçando-se sobre o corpo de Thagir e olhando atentamente para a ferida no ombro.

A pele ao redor da ferida estava acinzentada, com rachaduras pustulentas que exalavam um forte cheiro pútrido entre as bandagens. O rosto, marmorizado, tinha ramificações negras que cobriam todo o lado esquerdo da face. A barba, antes preta e vermelha, estava rajada de branco. Se não fossem a fraca respiração e as manchas de suor no lençol, Estus poderia jurar que estava olhando para um homem morto. Ou melhor, um morto-vivo.

– Há quanto tempo ele está assim? – perguntou, mexendo em uma grossa bolsa de couro que havia trazido da taverna.

– Há quase três dias – Larys respondeu. – Tentei retardar o efeito do veneno, mas não consegui muita coisa – disse, frustrado.

– Três dias? Impossível! – exclamou Estus, sem tirar os olhos do pistoleiro. – O veneno está agindo rápido demais. Wahori levou semanas para ficar nesse estado.

O mago de barbas brancas continuou remexendo na bolsa.

– Mas onde é que foi parar? Ah, achei!

Estus retirou um pequeno frasco da sacola. Dentro dele, havia um óleo azulado. Ele tirou a pequena rolha do frasco e, com suavidade, abriu a boca de Thagir, derramando duas gotas do estranho líquido em sua garganta. Aguardou alguns minutos, mas Thagir não reagiu. Então administrou mais algumas gotas e esperou novamente, mas o resultado foi o mesmo.

O mago suspirou profundamente e retirou as bandagens do ferimento. Em seguida, despejou o restante do antídoto diretamente sobre a ferida.

– Pronto, está vazio. Esta foi a última dose de antídoto. Se isto não resolver...

Wahori se sentou ao lado da cama, olhando detalhadamente para a ferida.

– Posso?

O goryc apontou para a faca que o mago mantinha no cinto. Com um sinal de consentimento, pegou a faca e, com as mãos firmes, começou a remexer a carne putrefata.

– Encontrei uma coisa – disse Wahori depois de alguns instantes.

Com a ponta da faca, retirou um pedaço do espinho do manticore que ficara no ombro de Thagir. A ferpa era o que estava acelerando o processo de envenenamento. Ela borbulhava como ácido, e a faca começou a fumegar, exalando um odor horrível de podridão. Wahori jogou o objeto no mar, com espinho e tudo, pela vigia da cabine.

– NÃO! – gritou Estus desesperado. – Você está louco? Aquele pedaço de espinho era a única chance de conseguirmos produzir um pouco mais do antídoto! E ainda por cima jogou fora minha melhor faca!

– Acho que tenho algo que pode ajudar – interveio Larys.

O rei abriu uma gaveta larga e retirou uma caixa de madeira que servia para guardar espadas. Ele a entregou a Estus, que não entendeu nada. Mas, quando o mago levantou a tampa, seus olhos brilharam e um largo sorriso abriu-se em seu rosto.

– Você acha que isso é suficiente para fazer mais antídoto? – disse o rei sorrindo.

A caixa continha o enorme espinho que, dias atrás, havia sido retirado do ombro de Thagir.

– É mais que suficiente – disse Estus, admirando o enorme espinho. – Ah, se o mago verde pudesse ver isto!

– Quem? – Kullat indagou, curioso.

– Um velho conhecido – Wahori respondeu de forma enigmática, passando a mão sobre a cicatriz que ganhara em Edimgrir.

Kullat não quis se estender no assunto, pois estava muito preocupado com Thagir. Ia pedir para que Estus fizesse mais antídoto, mas sorriu ao ver que, depois que Wahori removeu a farpa, o antídoto parecia estar, finalmente, fazendo efeito. As veias negras que cobriam o rosto de Thagir começaram a diminuir, e a febre começou a ceder.

– E agora? – perguntou Kullat, ansioso, ao ver Wahori costurar a pele do amigo ao redor da ferida.

– Agora, vamos esperar – Estus respondeu. – Cubram-no e troquem as bandagens de hora em hora.

– Vou ficar aqui. Aviso se houver novidades – disse Larys, cobrindo Thagir com um grosso cobertor.

Kullat agradeceu ao rei e saiu com Estus e Wahori para o convés. O mago acendeu o cachimbo e soltou uma forte baforada de fumaça azulada.

– Conte-me tudo o que aconteceu! – Estus pediu, soltando fumaça pelo canto da boca.

O cavaleiro contou tudo o que se passara na ilha de Edimgrir: o ataque dos mortos-vivos, a batalha contra os manticores nos túneis, Volgo e seus asseclas, e também sobre a rainha.

– Uma rainha? – Wahori exclamou, com indisfarçada curiosidade.

– E era enorme! – Kullat abriu os braços amplamente, para mostrar a grandiosidade da rainha.

No céu, algumas gaivotas gralhavam, brigando por restos de comida.

– Então, as lendas de Edimgrir são verdadeiras – disse Estus, após outra tragada no cachimbo.

– Bem verdadeiras – Kullat respondeu.

Wahory anotava tudo, preenchendo páginas e mais páginas com os detalhes descritos pelo Senhor de Castelo. Axel se aproximou e fez sinal para falar com Kullat em particular.

– Temos um problema – disse, ao ouvido do cavaleiro.

– O que foi?

– É a Senhora Driera. Ela... Ela enlouqueceu!

Vazio

Kullat pediu licença e correu para dentro do navio. Quando entrou na cabine de Iki-Dau e Driera, espantou-se com a cena. O local estava destruído, os modestos móveis estavam quebrados e o vidro da vigia estava estraçalhado. Iki abraçava Driera e ambos choravam. Tiberius, Azio e Laryssa estavam ao lado da cama, sem saber o que fazer. A princesa tentava confortar a mestra, mas a harpiana não parava de chorar.

– O que aconteceu aqui? – Kullat perguntou, preocupado.

– Ele está morto! – Driera gritou, e as palavras saíram sufocadas pelo choro. – Dau está morto!

A harpiana se debateu, saindo dos braços de Iki. Levantou-se com fúria e dor, bateu com os punhos na parede, chutou os restos dos móveis e gritou. Kullat tentou segurá-la, mas não conseguiu contê-la. Driera estava fora de si.

Iki, atordoado demais para reagir, parecia estar em choque, visivelmente confuso.

Laryssa observava, atônita. Sabia que Driera e Dau se amavam, embora raramente demonstrassem seu afeto em público. Mesmo na Academia, tratavam um ao outro com respeito e seriedade, sem jamais passar a impressão de que eram apaixonados. Ao ver o estado de Driera, seus olhos se encheram de lágrimas e ela foi consumida pela culpa novamente. Azio permanecia ao seu lado, compartilhando sua dor em silêncio.

Depois de muita luta, Kullat e Tiberius conseguiram segurá-la. Chorando, Driera gritou até acabar o ar dos pulmões. Um grito de dor, mas, principalmente, de perda.

A pedido de Kullat, Larys preparou-lhe uma infusão para dormir. Misturada com chá, fez Driera se acalmar e cair no sono. Kullat, Tiberius, Laryssa e Iki foram para fora da cabine. Axel ficou no quarto, para o caso de ela acordar.

Ainda atordoado, Iki contou sobre a ausência de Dau em sua mente, e que Driera usara seu poder para tentar contatar o irmão.

– Ela acordou do transe enlouquecida, quebrando tudo – disse Iki, com a voz e os olhos baixos. – Ela disse que ele está morto!

– Mas como é possível?! – perguntou Kullat, incrédulo. – Como ele pode ter morrido se você ainda está vivo?

– Eu-e... Eu-e... – Iki não conseguia terminar a frase.

Depois de alguns instantes de silêncio, Kullat incentivou que Iki continuasse.

– Você...

– Não sei direito. Era Dau quem estava no controle quando ela atacou. Tentei assumir, mas ele não deixou... Ele sempre foi mais forte do que eu... – Iki parecia devanear. – Depois eu apaguei. E agora, não consigo mais falar com ele...

– Você não consegue, sei lá, bater no quarto dele para chamá-lo? – disse Kullat, referindo-se ao modo como eles nomeavam o espaço individual de cada um na sua mente.

– Eu-e... – Iki continuava, desorientado. – Não tem ninguém no quarto dele... Está tudo vazio... Me sinto tão vazio... – murmurou.

Laryssa abraçou o homem de pele prateada com carinho. Sabia como era perder alguém querido.

Iki sabia que Dau usara toda sua força para impedi-lo de assumir o controle do corpo. Graças ao irmão, Iki protegera-se do ataque, enquanto Ivora sugava toda a Maru vital de Dau.

Iki se lembrou das últimas palavras que escutou do irmão: "Cuide-se, tandee..."

Aquela frase era como um chicote em sua mente. Cada vez que se lembrava dela, sentia uma falta de peso, um espaço não preenchido, algo que deveria ser, mas já não era.

Nunca mais brigariam ou dariam conselhos um ao outro. Nunca mais compartilhariam pensamentos. Nunca mais haveria "eu-e--eu".

Dau estava morto.

Com os olhos injetados e balançando para frente e para trás, Iki pensava: *Vazio... Está tudo tão vazio...*

Um Presente

Quatro dias se passaram. O frio continuava intenso. Tiberius e Axel pediram a ajuda do goryc para reabastecer as despensas do navio. Wahori voltou com várias caixas, cheias de comida e garrafas.

Estus havia produzido mais antídoto, graças ao espinho que Larys havia lhe dado. Mas não precisou mais administrá-lo em Thagir. A pele do pistoleiro tinha voltado ao normal, um sinal de que o veneno estava fraco e não ameaçava mais a vida do Senhor de Castelo. A ferida no ombro estava limpa e não tinha sinais de infecção.

Kullat, Estus e Wahori estavam na cozinha. O cavaleiro comia frutas enquanto o mago e o goryc tomavam chá quente. Repentinamente, Laryssa irrompeu cozinha adentro extremamente animada.

– Procurei vocês por toda parte! – disse, esfuziante. – Ele acordou! Thagir acordou!

Kullat foi na frente do grupo e entrou correndo, quase derrubando a porta da cabine do capitão. Larys estava ao lado de Thagir, que estava sentado na cama, um pouco encurvado. Kullat sorriu com alegria ao ver o amigo acordado.

– Finalmente... – disse, com a voz embargada. – Chega de descanso, dorminhoco!

Thagir riu, mas teve uma crise de tosse. Sentia o corpo inteiro doer, os músculos reclamarem e o ombro arder fortemente. Mesmo com dor, abraçou Kullat. Estus, Larys e Wahori assistiam a tudo com satisfação, por ver uma amizade tão forte.

– Bem-vindo de volta ao mundo dos vivos – disse Estus sorridente, com o cachimbo na boca, apesar de estar apagado.

– Obrigado – Thagir respondeu, com a voz fraca. – Eu lhe devo a minha vida.

– Caro amigo – Estus sorriu mais uma vez –, só estou retribuindo o favor que vocês fizeram quando libertaram a mim e a Wahori.

– Modéstia não combina com um mago – o pistoleiro também sorriu e, com a ajuda de Kullat, levantou-se da cama. – Como posso agradecê-los?

– Não tem nada o que agradecer. Além do mais, eu saí no lucro. Agora tenho muito mais antídoto do que antes – finalizou, apontando para um odre no cinto. Ao lado do odre, pendia uma bainha de couro vazia.

– Mas eu ainda estou em débito com você.

– Como assim? – perguntou Estus, sem entender.

– Fiquei sabendo que você perdeu sua melhor faca por minha causa.

Estus ia falar, mas Thagir levantou a mão, impedindo-o. Fez um sinal para Larys, e o rei estendeu um embrulho de couro para o mago.

– Quero que aceite isto como forma de agradecimento – disse Thagir, sorridente. – E também como sinal de amizade entre os Basiliscos e os Senhores de Castelo.

Estus fez menção de recusar, mas Thagir insistiu. O mago abriu o embrulho e viu, maravilhado, o cabo finamente trabalhado de uma adaga, dentro de uma bainha de couro especialmente confeccionada para ela. Quando retirou a adaga da bainha, viu que era feita de duas lâminas de aço extremamente afiado. Entre as lâminas, um cristal vermelho e pontiagudo fazia as vezes de ponta da adaga.

– Esta arma é única no Multiverso – disse Thagir, apontando para o objeto nas mãos do mago. – Eu mesmo a criei. Foi com ela que os libertei. Vocês se lembram?

Wahori e Estus assentiram.

– Esse cristal na ponta é carregado com a Maru de um antigo e poderoso mago, e tem o poder de atravessar qualquer barreira mágica. Espero que seja útil.

– É magnífica! Não tenho como retribuir... – respondeu Estus, impressionado.

– A amizade de vocês já é o suficiente. E para você, meu amigo historiador – continuou Thagir, fazendo outro sinal para Larys, que entregou a Wahori uma pedra –, estou devolvendo o presente de Orvandel. Agora que conhecemos o caminho para Breasal, não precisaremos mais da pedra. Espero que vocês consigam usá-la para encontrar os caminhos quando as trevas chegarem.

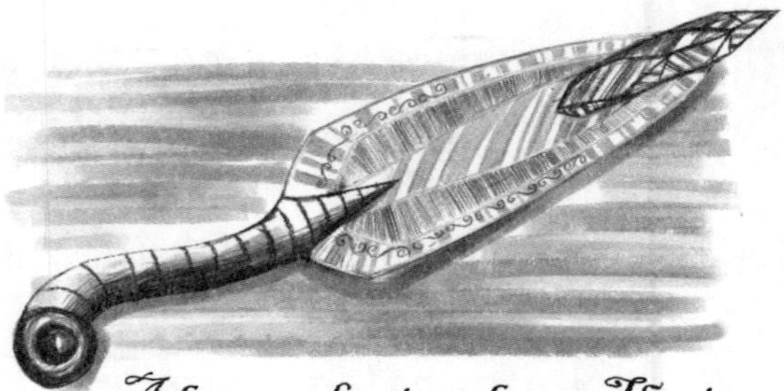

Adaga confeccionada por Thagir. Sua ponta é feita com uma das cápsulas da pistola de cristal de Amadanti.

– Obrigado, meu amigo – finalizou Wahori, estendendo a mão para Thagir, que a apertou firmemente.

O pistoleiro tinha certeza de que encontrara, num mundo totalmente estranho, dois grandes amigos.

Efeito Manticore

Estus e Wahori acompanharam a recuperação de Thagir por mais um dia. Como os sinais do envenenamento haviam sumido, o velho mago concluiu que o antídoto já fizera efeito. Para a cicatrização da ferida, preparou um unguento com ervas da região, reforçado por um encantamento de Larys.

Kullat convidou Estus e Wahori para que os acompanhassem pelos Mares Boreais, a fim de conhecerem um pouco mais do Multiverso, mas eles já haviam se comprometido com o restante de seu grupo e, assim que todos os Basiliscos estivessem reunidos, partiriam para o reino de Liseax.

Foi assim que, numa bela manhã de céu azul e mar esmeralda, o *Coroa Azul* enfunou as velas e partiu, marcando o dia em que os Basiliscos e os Senhores de Castelo firmaram um compromisso de amizade, prometendo que se reencontrariam no futuro.

Navegaram por quatro dias inteiros nos mares de Breasal e, apesar do receio de reencontrarem os piratas, a viagem foi tranquila. Graças aos registros coletados na chegada daquele planeta, a bússola espada-escudo funcionou perfeitamente. Conseguiram passar pelo portal e navegar nos Mares Boreais sem problemas.

Contudo, apesar de a tripulação ter recebido um pagamento superior ao normal para aquele tipo de viagem, a morte de Cutelo e de outros marujos na batalha contra os piratas ainda afetava a tripulação.

E a situação era ainda pior entre os passageiros. O objetivo inicial fora atingido, pois o rei havia sido salvo. Mas a alma de cada um deles estava muito mais pesada do que normalmente aconteceria com guerreiros calejados. De alguma forma, cada um ainda sentia, à sua maneira, o Efeito Manticore.

Azio continuava recluso, incomodado com a reação dos homens do *Coroa Azul* a seus músculos e tendões expostos. Ele mesmo não entendia o motivo de tudo que estava acontecendo com ele. Seus sentimentos afloravam incontrolavelmente. Seus sentidos estavam alterados: frio, sono e fome. Sua memória estava repleta de lembranças truncadas, de um passado há muito perdido. E o pior: sabia que fora usado como joguete nas mãos de Volgo. *Seria melhor se eu fosse mesmo só um robô*, pensou, angustiado.

O rei questionava-se por ter sido fraco, por ter perdido a mão, ter servido de isca e ter sido motivo de tantas tragédias. *Como posso ser rei se sou tão fraco?*, martirizava-se.

Laryssa, atormentada com o medo de ser banida da Ordem, sentia toda a pressão e culpa por tudo o que tinha acontecido. Graças às suas decisões, conseguiram resgatar seu pai, mas também foram essas decisões que resultaram em várias mortes, incluindo a de seu mestre Dau. Um peso que ela teria de carregar para o resto da vida.

Kullat, apesar de normalmente ser brincalhão e alto-astral, também sentia fortemente o peso do clima que imperava no navio e relembrava, com tristeza, todos os amigos que tinha perdido na vida.

Thagir, mais introspectivo do que nunca, questionava-se sobre as próprias decisões. Sobre o caminho que escolhera ao se inscrever na Academia dos Senhores de Castelo: uma vida dura, de abnegação, em que a coletividade supera o indivíduo. Sentia saudades de casa, lamentando-se por tudo o que ele e sua família tinham perdido. Não se sentia mais preparado para continuar.

Iki ficou arrasado depois que realizaram uma despedida simbólica para Dau, com um arranjo de flores arremessado nos Mares Boreais. Recluso em sua cabine, passou a comer e dormir muito pouco, sentindo plenamente o impacto da perda do irmão.

Driera, com uma asa mutilada e tendo perdido o amado, tornou--se uma pessoa triste e sombria. Quase não falava. Passava os dias na proa, mirando a água multicolorida dos Mares Boreais. Em silêncio, relembrou mais uma vez o que viu, ao usar seu poder de introspecção táctil com Iki. Eram os últimos e agonizantes momentos de vida de Dau, que murmurava, lutando para se manter acordado enquanto Ivora sugava sua Maru vital:

Driera, se estiver me vendo agora, é porque morri.

Eu te amo e sempre te amarei.

Espero reencontrá-la na eternidade.

E então Dau fechou os olhos e deu o último suspiro.

Driera chorou. Seu dom tornara-se sua maldição.

O efeito do choro da rainha, ou, como eles chamaram depois, o Efeito Manticore, ainda persistia dentro de cada um deles.

Aqueles foram os dias de viagem mais silenciosos e melancólicos de toda a história do *Coroa Azul*.

Se a alma de todos pudesse ser posta numa balança durante a viagem, estaria muito mais pesada do que no início daquela jornada.

Tempos de Mudanças

O *Coroa Azul* navegou tranquilamente pelos Mares Boreais. O primeiro a desembarcar foi Thagir, pois a bússola espada-escudo indicara que Curanaã era o planeta mais perto de todos os destinos. O pistoleiro, apesar de ainda não estar com o ferimento totalmente curado, recuperara-se bem. Convidou Kullat para que fosse com ele até seu castelo, mas o cavaleiro decidiu retornar para Oririn e encontrar a família de Cutelo.

Thagir despediu-se de todos com muito carinho, pedindo para que mantivessem contato e mandassem notícias. A vontade de voltar para casa era tanta que partiu velozmente em um cavalo antes mesmo que o *Coroa Azul* desse meia-volta.

Depois foi a vez de Kullat, pois Oririn era o próximo mundo mais perto. O cavaleiro evitou, mas não conseguiu segurar a emoção na hora do adeus. Desejou sorte para Laryssa no julgamento e novamente deu os pêsames a Driera e Iki. A Axel, desejou que se reencontrassem, e a Tiberius prometeu uma rajada no traseiro se ele não cuidasse bem de seu pupilo. Deu um forte abraço no rei e em Azio, desejando que se adaptassem bem às mudanças neles ocorridas. Com um aceno, jogou-se para trás e saiu voando o mais rápido que pôde, deixando um rastro de fagulhas prateadas no ar.

Larys foi o próximo a desembarcar, retornando a Agas'B e a suas responsabilidades. Laryssa disse ao pai que ficaria com ele e abandonaria a Ordem dos Senhores de Castelo. Mas, quando ele a questionou sobre sua dívida de honra com Driera, ela voltou atrás. Com grande pesar no coração, despediu-se do pai para que pudesse cumprir com sua responsabilidade e ser julgada.

Ela, Driera e Iki retornaram à Academia em Ev've, onde foi realizada uma cerimônia oficial pela morte de Dau e foi iniciado o processo de julgamento da princesa. Azio, que foi acolhido na torre do quadrante 4, resolveu ficar com Laryssa até o veredicto.

A última parada do *Coroa Azul* foi no planeta de origem de Tiberius. Inicialmente ficariam ancorados por um mês inteiro, mas as mudanças não aconteceram apenas com seus antigos passageiros. O capitão resolvera se aposentar da vida de aventuras nos mares do Multiverso.

– O senhor vai ficar bem? – Axel perguntou a Tiberius, que estava terminando de descer a rampa para o cais.

– E como não poderia ficar bem? – respondeu Tiberius, alisando as pontas vermelhas da barba. – Ganhei uma excelente recompensa com a localização de Breasal e vendi meu navio para alguém de confiança que cuidará da joia do meu pai como nenhum outro. Além disso, o preço foi mais do que justo.

– Pena que o novo capitão gastou todas as suas economias, e as de alguns amigos, para poder comprá-lo – respondeu Axel sorrindo.

– Nada que uma ou duas viagenzinhas não deem jeito – respondeu Tiberius, ajeitando um saco cinzento às costas, onde havia juntado apenas algumas poucas lembranças do navio, deixando o restante para o novo dono.

– Então é isso? É assim que acaba? – perguntou Axel, melancólico.

– Meu caro capitão Axel – respondeu Tiberius com um suspiro, olhando com ternura para o novo dono do navio –, é assim que começa.

Palavras para a Lua

Larys acordou em sua cama, no palácio real de Agas'B. Não conseguia dormir. Na verdade, não dormia direito havia semanas. Sentou-se na cama e olhou para a mão verde, que brilhava fracamente. Era uma cópia fiel da que fora cortada, até mesmo nos pequenos detalhes. Larys suspirou e andou até a sacada.

Durante sua ausência como rei, poucas coisas aconteceram em Agas'B. Yaa, a Mãe de Todas as Fadas, mantivera os protocolos do Estado, auxiliando como conselheira e mantendo a ordem.

Quando ele retornou, ficou sete dias com Yaa, contando-lhe tudo de que se lembrava, depois assumiu o reino novamente. Desde então, não havia mais conversado com ela.

O rei fez um movimento com os braços e murmurou algumas palavras. Um brilho surgiu na lua. Fracamente, um rosto refletido na superfície prata surgiu. Era um rosto familiar.

– Saudações, Mãe de Todas as Fadas – disse o rei, curvando-se em respeito.

– Não precisamos de formalidades, querido Larys – Yaa respondeu, suavemente. – Por que me chamou?

– Preciso falar com alguém. Alguém que não me veja como rei, mas como uma pessoa como outra qualquer.

– Estou aqui – disse Yaa amavelmente. – Diga-me o que o perturba.

O rei ergueu a mão verde, como se tentasse tocar a lua. Suspirou, lembrando que Laryssa estava para ser julgada pela Ordem dos Senhores de Castelo.

– Lutei anos e anos para derrubar Kendal e, depois de tanta luta, consegui recuperar minha filha, apenas para colocá-la em perigo novamente. E porque foi me salvar, ela poderá perder tudo o que mais queria – desabafou, com lágrimas nos olhos.

– Larys – a voz da Mãe de Todas as Fadas ecoava docemente –, o Multiverso é um lugar perigoso, cheio de tiranos, ditadores e usurpadores. Mas também é um lugar repleto de maravilhas, sonhos e bondade. Nossa filha deve aprender por si mesma a viver com isso e a defender o que achar justo.

– Arcando com as consequências – o rei complementou.

– Assim como você, meu querido – Yaa concluiu.

O rei entendeu. Deveria mesmo aceitar o que aconteceu, arcar com a culpa que sentia e seguir adiante. Por si mesmo, por sua filha e, principalmente, por seu povo.

– Obrigado, minha querida.

O rosto arredondado de Yaa brilhou e sumiu em um sorriso, deixando Larys a contemplar a lua por mais alguns instantes.

Ecos no Coração

Kullat cavalgou a noite inteira. O sol surgia por trás das montanhas quando o cavaleiro finalmente chegou à trilha que levava a seu castelo. Era outono em Oririn, e as estradas de cascalho estavam cobertas de folhas amareladas, deixando um cheiro agradável no ar.

Durante a viagem, Kullat relembrou a emoção da família de Cutelo quando ele entregou a sacola com o tesouro. A mulher foi forte e não chorou diante do filho, apenas secou uma lágrima furtiva que teimava em surgir-lhe nos olhos. A pequena sacola foi entregue, como prometido, ao filho de Cutelo. O menino lembrava muito o cozinheiro, com o queixo arredondado e as orelhas pequenas. Olhou para Kullat com sua inocência infantil e agradeceu, encabulado.

– Como meu pai morreu?

Não havia na pergunta a gravidade comum ao assunto. O garoto mal conhecia o pai. Havia visto Cutelo apenas algumas vezes na vida. Kullat ficou em silêncio por alguns instantes.

– Como um herói – disse, finalmente. – Seu pai morreu como um herói, ajudando outras pessoas em um momento difícil.

– Como um Senhor de Castelo?

– Sim, pequeno Ruvian... Como um Senhor de Castelo – Kullat respondeu com a voz embargada.

Sentiu os olhos marejarem e procurou se desvencilhar da dolorosa lembrança ao ver o velho carvalho, o primeiro limite de sua propriedade. As folhas amarelas caíam levemente, carregadas pelo vento outonal. Atrás da árvore, a torre principal do castelo parecia riscar o céu, crescendo imponente no horizonte alaranjado. Era uma construção grande no topo de um enorme rochedo. O portão de ferro tinha três vezes o tamanho de um homem e dava acesso a um pátio de entrada circular, feito de pedras claras.

O cavaleiro sorriu ao ver que, no pátio, duas figuras conhecidas estavam acampadas, sob a vigília constante de duas enormes dragoas, que, ao verem o dono, bufaram arcos de fumaça para os indesejados visitantes.

– Juma! Rudra! – exclamou o cavaleiro, chamando os dragões pelo nome. – Como estão as minhas fofas?

Elas responderam com um rugido de contentamento e se aproximaram do cavaleiro. Kullat passou a mão pela cabeça triangular de Juma, alisando-lhe as escamas negras da testa, que cobriam também as costas e o rabo, em harmonia com as garras negras. O dorso era dourado e bem largo. Rudra também ganhou um carinho. Era menor e mais nova. Tinha o nariz achatado e grandes olhos amarelos. Era de uma raça de dragões vermelhos, com escamas escarlates a cobrir todo o corpo, exceto o abdômen, no qual se podiam ver grandes escamas prateadas.

– Mestre! Mestre! – gritou o Bobo, correndo em direção ao cavaleiro.

Juma expeliu fumaça pelas enormes narinas, como se advertisse o intruso de que não era uma boa ideia se aproximar de Kullat. O Ladrão segurou o amigo, gritando em desaprovação. O Bobo se assustou, e ambos caíram no chão. Kullat riu da dupla atrapalhada. Acariciou novamente as escamas vermelhas de Rudra e balançou a cabeça, fazendo um sinal para as duas dragoas.

Juma e Rudra rugiram e abriram as asas. Em instantes, levantaram voo, sumindo no céu azul.

– Vamos entrar, cavalheiros – disse, ainda rindo dos dois homens caídos.

Sentaram-se no jardim interno para conversar. O Ladrão contou que esperaram Kullat por semanas. Como ninguém respondia aos seus chamados, pularam o portão, mas não conseguiram entrar no castelo por causa de Juma e Rudra, que surgiram do céu rugindo e soltando fumaça e fogo. Também não conseguiram sair do pátio e ficaram ali, como prisioneiros a céu aberto. Por sorte, tinham mantimentos da viagem anterior e conseguiam pegar lenha das árvores do pátio principal, sempre sob o olhar vigilante das dragoas.

Kullat riu ao ouvir a história. Pensou que talvez precisasse ter algum criado um dia. Mas deixou a ideia de lado rapidamente. O Bobo também riu, mas Kullat não entendeu o motivo das risadas do homem ruivo, vestido com roupas coloridas e chapéu com guizos. O Ladrão apenas fez uma careta, revirando os olhos.

– Agora, digam, como foi a investigação? – perguntou Kullat.

– Encontramos! Encontramos o bracelete do mestre pistola! – o Bobo respondeu, pulando pelo jardim.

– Mestre pistola? – Kullat fez uma cara de interrogação. – Ah! Você quer dizer pistoleiro!

– Isso. Pistola. Aquele que atira em tudo, sabe?

O Bobo pôs as mãos na cintura e fez o movimento típico dos pistoleiros, esticando os braços para frente como se sacasse armas invisíveis. Em seguida, simulou dar tiros no Ladrão, mexendo os dedos.

– Khrommer, me ajude... – Kullat murmurou, sabendo que toda conversa com o Bobo tinha um pouco de loucura.

O cavaleiro alisou o cavanhaque e olhou para o Ladrão, esperando uma explicação mais "normal".

– Bem, na verdade não encontramos – disse o Ladrão, ajeitando-se no sofá. – Falamos com Anteos, e ele realmente ouviu alguns rumores de um homem que fazia surgir armas nas mãos. A descrição era muito parecida com a do bracelete perdido.

– Onde está esse homem? – Kullat perguntou, com grande interesse.

O Bobo continuava a atirar, pulando pelo jardim como um louco e deixando o amigo irritado. O Ladrão se levantou e deu um cascudo no companheiro, que finalmente parou e se sentou, emburrado.

– Em Kynis – respondeu o Ladrão, após se sentar novamente. – Pode ser mesmo o bracelete do pai de Thagir, mas não tenho certeza. Anteos disse que um amigo tentou achar o tal homem, mas não conseguiu.

Kullat agradeceu ao Ladrão e o pagou pelos serviços prestados.

– Se essa pista levar ao bracelete – disse Kullat –, então sua dívida estará paga.

O Ladrão assentiu e recebeu o pagamento, com indisfarçada alegria.

Pensando em onde poderia achar uma mesa de jogo, pegou o Bobo pelo braço e saiu, em direção à cidade.

Depois de um dia de reflexões, do alto da torre, Kullat olhava o sol se pôr no horizonte, lançando raios dourados no céu azul. Sentia ainda um desconforto a lhe pressionar o peito. Uma angústia o machucava, trazendo à tona sentimentos tristes.

Pensou em Willroch, que parecia estar morto no vulcão, aos pés de Volgo. Em seu coração pesou a amizade perdida pela sede de poder do antigo amigo.

O sol lançava seus últimos raios no céu. Estrelas surgiram timidamente no firmamento, piscando em alguns pontos. A temperatura caiu, e um vento frio soprava do mar.

Kullat sentia que algo estava errado com Thagir. Por várias vezes durante a viagem viu o amigo parado, olhando para o quebra-cabeças que a filha havia lhe dado. Quando tentava conversar sobre o que o incomodava, o amigo mudava de assunto e falava sobre amenidades, como a beleza do Multiverso, ou relembrava as aventuras que tinham vivido juntos.

Algo havia mudado depois da viagem a Breasal, e Kullat não gostava disso.

Seu peito doía, como se alguém lhe apertasse o coração. Lembrou-se de uma frase de Monjor, escrita nos livros da Academia: "O mundo seguiu adiante. Às vezes, não podemos mudar o que passou. Mas o que passou pode nos mudar".

O Senhor de Castelo olhou emocionado para o céu estrelado. O som das harpas e o choro da rainha continuavam a ecoar em seu coração.

Realmente, aqueles eram tempos de mudança.

O Velho e o Novo

A quarta torre de Ev've é chamada de Wintermute em homenagem ao poderoso tecnomago de mesmo nome que serviu à Ordem durante as Guerras Espectrais. Wintermute fica a oeste da ilha e é a torre responsável pela vigília do quarto quadrante, sendo o maior centro tecnomágico da ilha. Não possui qualquer muralha de proteção, mas seus encantamentos tecnológicos são capazes de impedir que armas ou magias atravessem suas defesas.

No enorme saguão de metal, com paredes repletas de luzes, Laryssa esperava sentada, ao lado de uma porta feita de luz clara, a chegada de Azio. Ela usava uma túnica simples, de cor verde, com uma faixa amarrada na cintura. A vestimenta era comum aos aprendizes do segundo estágio. Olhava sem interesse para os demais guerrins que andavam pelo saguão, carregando livros e papiros eletrônicos nas mãos.

Um guerrin de cabelos coloridos e espetados passou por ela, fitando-a com um leve sorriso. Era um garoto bonito, de olhos verdes, mas Laryssa desviou o olhar. Não queria falar com ninguém.

Ela estava aflita, pois tinha certeza de que suas atitudes em Breasal resultariam em seu banimento da Ordem dos Senhores de Castelo. Mas aquilo poderia ser um alento para sua alma, pois não veria mais a tristeza de sua antiga mestra Driera e, então, poderia retornar a Agas'B e ficar ao lado de seu querido pai.

Um barulho agudo indicava que a porta de luz estava se abrindo. Laryssa levantou-se para receber o amigo, mas tomou um susto ao vê-lo. O corpo de Azio estava coberto com um estranho polímero transparente. Por baixo da pele artificial, a princesa podia ver músculos e tendões dourados. Os olhos arredondados piscavam em verde. Azio olhou para a princesa e sorriu.

– Era o que tinham no momento – disse, percebendo seu espanto. – Está transparente agora, mas depois vai mudar. Eles disseram que não sabem como reproduzir a pele binaliana.

– Parece que você voltará à sua busca – disse a princesa, após se recompor do susto. – Quem sabe não temos sorte com os registros das bibliotecas?

O autômato concordou, pensando que, depois que o feitiço negro de Volgo dissipou uma barreira em sua mente, uma infinidade de *flashes* de memória haviam sido liberadas em seu cérebro. Imagens da guerra civil em Binal e de milhares de outros de sua raça o enchiam de esperança. Em breve, a jornada em busca de sobreviventes de seu planeta natal seria retomada.

Azio pegou na mão da princesa. O toque quente fez Laryssa sentir novamente aquele desconforto agradável, que sentia apenas com ele – aquele novo Azio que mudava a cada momento.

Ambos saíram de mãos dadas da enorme torre de metal, voltando para o centro de treinamento para aproveitar o último dia antes do início do julgamento da princesa.

Apesar de felizes por estarem juntos, sabiam que nada mais seria como antes.

A Dor do Vazio

A brisa da tarde primaveril, a fragrância de flores recém-floridas, o canto de pássaros que bordejavam no céu azul, nada daquilo trazia paz para o coração de Driera.

Desde que retornara de Breasal, não conseguira mais exercer suas funções de Dan da Academia e por isso solicitara uma licença. Continuou em Ev've, pois fora ali que conhecera Dau. Agora lhe restavam apenas lembranças.

Por semanas andou por toda a ilha, revisitando os lugares em que costumava passear com Dau. E, naquela linda e suave tarde, escolheu o panteão de heróis. Era uma área verdejante ao ar livre que geralmente vivia repleta de alunos da Academia. Mas, àquela hora, poucas pessoas se encontravam ali.

Usava uma túnica com capuz para esconder a tristeza. A Senhora de Castelo andava vagarosamente, com a única asa encolhida e com as mãos cruzadas à frente do corpo.

Andou de estátua em estátua, lendo as placas uma por uma, relembrando que, certa vez, Dau fizera questão de ler todas as placas com ela. Como eram centenas de efígies, levaram horas para chegar até as duas estátuas mais antigas de todas, que haviam sido erigidas havia mais de três mil e duzentos anos.

Uma delas era a de Monjor, o primeiro dos heróis das Guerras Espectrais. A estátua representava um homem alto e forte, com barba espessa e cabelos longos, penteados em um rabo de cavalo. O rosto era talhado com o vigor da juventude, mas mesclado com a sabedoria da meia-idade. As vestes de tecido cru e as espadas e facas em bainhas rústicas demonstravam que se tratava de um inteligente e hábil guerreiro. Uma das mãos repousava sobre o peito e a outra estava espalmada para cima, como se colhesse pingos de chuva.

A placa revelava uma das frases mais conhecidas dos Senhores de Castelo e que se tornara um dos Treze Dias: "A sorte favorece os preparados". Driera ficou parada em silêncio, lembrando que Dau dizia que aquele era o Dia de que menos gostava. "Há coisas que você nunca vai estar preparado para enfrentar", dizia ele.

– É verdade, meu amor – sussurrou Driera para si mesma, olhando para a placa com pesar. – Eu não estava, e ainda não estou, preparada para ficar sem você...

Então suspirou, e uma lágrima escorreu em seu rosto. Vagarosamente andou até a outra estátua, da primeira heroína das Guerras Espectrais: Avada. A efígie era de uma mulher de cabelos rebeldes e compridos. Vestia um vestido fluido, com detalhes de laços e linhas nas mangas e no busto. As botas baixas de couro tinham ornamentos circulares nas laterais. Na cintura, uma bainha guardava uma espada curta. Em uma mão, segurava uma vara mágica, na outra, havia uma pequena coruja empoleirada. As feições eram de alguém endurecido pela vida. Sua placa dizia: "Eu matei o cão negro. Porque matar às vezes é necessário".

Driera lembrou o que Dau havia dito, muito tempo atrás. "Esta era a frase que meus mestres em campo mais gostavam de dizer quando eu era um guerrin: 'Matar às vezes é necessário'. Mas sempre complementavam com outra: 'Às vezes, também é preciso morrer!'", finalizara, parecendo profetizar o que aconteceria com ele.

Suspirando profundamente e enxugando as lágrimas com a manga da túnica, ela voltou para o complexo médico de Ev've, assim como fazia todas as tardes, desde que chegara de Breasal.

Entrou sem precisar de autorização, pois os cuidadores e auxiliares já estavam acostumados a vê-la diariamente. Subiu as escadas brancas em caracol até chegar ao último andar da construção, dezenas de metros acima do solo. Apreensiva, hesitou um instante, antes de abrir a porta de folhas duplas. Depois entrou.

– Como ele está hoje? – perguntou para um jovem de túnica azulada, que olhava por uma vigia em uma porta.

– Do mesmo jeito que ontem. Aliás, do mesmo jeito de quando chegou aqui... – respondeu o rapaz, com ternura, mas visivelmente triste.

– Não melhorou nada? Nem um pouquinho? Não perguntou de mim? – ela questionou, desanimada.

– Infelizmente, não – disse o jovem com indulgência na voz. – Ele continua repetindo aquilo sem parar. Não sabemos mais o que fazer para ajudá-lo!

– Ele precisa de tempo e paciência. O trauma foi muito grande para ele – respondeu Driera, meneando a cabeça, pensativa.

Ela se aproximou da porta e olhou pela vigia de vidro. Sentado no meio de um aposento todo branco e acolchoado, sem nenhum móvel, Iki balançava o corpo para frente e para trás incessantemente. Baixinho, ele continuava a repetir, sem parar, uma mesma frase.

– Está tudo vazio, está tudo tão vazio...

Um Último Pergaminho

Thagir estava sentado sozinho na biblioteca de seu palácio em Newho. O enorme aposento era um misto de biblioteca e sala de armas, misturando o conhecimento de papiros e livros de diversas partes do Multiverso e armas das mais diversas origens e usos. Uma perfeita combinação entre diplomacia e força.

O céu límpido de verão podia ser visto pela grande janela da biblioteca, onde incontáveis estrelas brilhavam intensamente, já que aquela era uma das poucas noites sem lua em Newho.

Fazia apenas algumas semanas que retornara para casa, mas nesse ínterim já havia recebido três pergaminhos da Ordem dos Senhores de Castelo de Curanaã, solicitando seus serviços. Os dois primeiros foram recusados de imediato, pois Thagir prometera a sua esposa que ficaria em casa por algum tempo. Ele não se preocupou, pois eram situações que até mesmo um guerrin daria conta. Sua esposa, Danima, sabendo das recusas e extremamente feliz por ter o marido em casa, marcou uma festa para toda a família em comemoração às "férias" de seu esposo.

Contudo, sobre a mesa de madeira iluminada por uma única vela, estava o terceiro pergaminho de convocação. Havia chegado naquela manhã e, diferentemente dos dois anteriores, não fora respondido de imediato.

A missão referia-se a uma situação urgente, delicada e complexa, algo que deveria ser tratado por um Senhor de Castelo com muita experiência diplomática. Thagir tinha certeza de que conseguiria resolver a situação em pouco tempo, mas o local da missão faria com que se ausentasse, no mínimo, por três semanas.

Ele já havia lido e relido o pergaminho dezenas de vezes e, a cada vez que o lia, mudava de opinião. Às vezes decidia pedir que Danima mudasse a data da festa, mas não achava que seria justo. Outras vezes, decidia-se por recusar a missão, mesmo sabendo que seria muito difícil que outro Senhor de Castelo conseguisse lidar com aquela situação tão bem quanto ele. Poucos conseguiriam, e nenhum deles estava a menos de quatro semanas de viagem.

Desde cedo o dilema o martirizava. Passou o dia emburrado e escondeu o pergaminho da família, pois não queria desapontá-la. Sabia que a esposa entenderia e até o incentivaria a aceitar a missão, uma vez que tinha plena consciência da importância dos Senhores de Castelo para o Multiverso. Mas aquele era um fardo que Thagir teria de carregar sozinho, pelo menos por enquanto.

Depois de remoer a situação durante o dia inteiro, logo depois do pôr do sol, Thagir entrou na biblioteca e escreveu sua resposta ao Conselho. Mas, por mais de uma hora, ficou olhando para o papiro, pensando nas consequências de suas palavras. O peso daquela decisão o oprimia, pois certamente era algo inesperado e decepcionante.

O que é que estou fazendo?, pensou cabisbaixo, sentindo-se pesado, como se carregasse um Trogon nas costas. Releu o pergaminho com a resposta, como se quisesse se certificar de que tinha mesmo escrito aquilo, e meneou a cabeça negativamente. *Não posso mandar isto. Vai decepcionar muita gente.* Levantou-se e suspirou profundamente, andando ao redor da mesa, sempre olhando para a carta sobre a mesa. *Está decidido. Vou queimar esta carta e fazer outra!*

Thagir praticamente se lançou sobre o pergaminho, como se estivesse capturando um animal perigoso. Com um suspiro final, começou a mover a carta lentamente para a chama da vela, prestes a queimá-la.

– Pai! Pai!

Duas crianças entraram correndo na biblioteca. Sorriam e saltitavam contentes. Eram duas meninas belas como fadas e felizes como poucas. Alana, com seus recém-completos 12 anos, e Lara, que fizera 7 anos havia pouco tempo, corriam e brincavam, esfuziantes, pelo aposento.

Com o rosto redondo e avermelhado, Alana parou de correr e sorriu para Thagir.

– Papai, está na hora do jantar. Hoje tem macarrão verde com molho de cogumelos! A mamãe que fez e mandou a gente te chamar.

– Macarrão verde? – disse Thagir, abaixando-se para procurar Lara, que havia entrado debaixo da mesa de madeira. – Será que vai ter queijo também?

– Vai sim, papai – Lara respondeu, com os longos cabelos cacheados. – Eu peguei escondido na cozinha para você – finalizou a menininha, sorrindo.

– Ah, minha flor! – respondeu Thagir sorridente, pegando a pequenina no colo e abraçando-a calorosamente. – Você conhece todos os gostos de seu velho pai, não é mesmo?

– Fui eu que falei para ela – disse emburrada a mais velha, cruzando os braços e fazendo bico.

– Vocês duas são incríveis – disse Thagir, abraçando também a outra filha. O amor e a alegria entre eles eram imensos. – Tudo bem, vão na frente que eu já encontro com vocês lá.

Thagir deu mais um abraço nas filhas e ganhou um grande beijo duplo, um de cada lado do rosto. As duas saltitaram e correram para a porta da biblioteca esbanjando energia e alegria.

Ele estendeu o pergaminho para a chama da vela.

Mas, antes de sair, Alana parou repentinamente e se virou, olhando diretamente para Thagir.

– Papai! – gritou. – É muito bom ter você aqui com a gente de novo. Tomara que seja assim para sempre.

E beijou a palma da mão, assoprando-a para Thagir, que agarrou o beijo flutuante e o colocou no bolso, como se o guardasse com carinho. Ela saiu correndo atrás da irmã, gritando que chegaria primeiro à mesa do jantar. Os gritos de alegria e os risos ficavam cada vez mais distantes, até sumirem por completo.

Thagir ainda segurava a carta, que tinha apenas uma ponta chamuscada pela chama da vela. Uma lágrima escorreu silenciosa e caiu sobre o pergaminho, deixando uma mancha molhada no papel amarelado.

Com um sopro forte, apagou a vela. Depois, enrolou e amarrou o pergaminho, colocando-o sobre as mãos esticadas. Fez um barulho estranho com a boca e um morcego albino, surgido do teto da biblioteca, voou e pegou o pergaminho, saindo em seguida pela janela, em direção ao Conselho da Ordem dos Senhores de Castelo de Curanaã.

Thagir suspirou novamente, pois seu destino estava selado.

Engraçado como coisas tão simples podem mudar toda uma vida, pensou sorridente.

Aquele beijo voador foi o suficiente para que ele tomasse sua decisão final. Em vez de queimar a carta e aceitar a missão, o gesto da filha o fez entender o que realmente era importante na vida. E o importante para ele era sua família.

Enquanto caminhava pelos corredores, rumo ao salão de refeições, sentiu o peso das costas sumir. Estava leve e tranquilo. Sabia que os Senhores de Castelo teriam que encontrar outra pessoa para a missão e sabia também que aquela seria a menor das surpresas para a Ordem. Mas isso já não era problema dele.

Aquele último pergaminho mudaria sua vida para sempre.

Sorrindo, lembrou-se com certa alegria da última frase de sua carta: "... e é por isso que eu, Thagir Idrarig, regente de Newho, comunico minha baixa da Ordem dos Senhores de Castelo".

Epílogo

O balanço do navio, o rangido de cordas, o estalar da madeira em movimento e o cheiro da fumaça do candeeiro. Volgo adorava a vida no mar desde a infância, quando navegava com seu tio em seu planeta natal. Eram lembranças de tempos felizes, mas que o faziam sofrer. Sofria porque tudo aquilo não mais existia. Seu planeta era apenas uma sombra suave na história do Multiverso. Há milênios foi totalmente obliterado da existência.

Por muito tempo, num canto obscuro de sua memória, conseguiu reprimir aquelas lembranças. Mas agora, sentado numa velha cadeira na cabine do capitão Tempestuoso, tendo como companheiros apenas seu cajado e o corpo azulado de Willroch a seu lado, as memórias de dias felizes o arrasavam.

Já fazia semanas que ele e Willroch haviam escapado do vulcão em Breasal, porém, embora mais fraco, ainda sentia o efeito da lamúria encantada da rainha manticore.

Com ódio por não poder mais esquecer, cerrou o punho esquelético com tanta força que as unhas se cravaram na pele. Sem que percebesse, um pequeno filete de sangue vermelho escorreu pela mão.

– Maldito! – exclamou Volgo para si mesmo. – Eu devia voltar lá e usar todo o poder dos espectros para matar aquele bicho maldito! – finalizou, dando um soco na cama.

Uma batida, vindo da porta da cabine, o interrompeu.

– O que foi? – respondeu rispidamente.

Um dos finos avatares de marujo, criado e controlado pelo Tempestuoso, passou sinuosamente por debaixo do vão da porta e, como uma cobra, elevou-se até ficar em pé na frente de Volgo.

– O capitão – a voz do marujo era seca e monótona – mandou avisar que estamos quase chegando ao portal de Kynis.

Volgo não respondeu, apenas assentiu com a cabeça e fez um gesto com a mão esquelética para que o outro saísse. O detalhe dourado da manga da túnica vermelha refletiu com a luz do candeeiro, mas o marujo não saiu.

– Mais alguma coisa? – Volgo perguntou impaciente.

– Sim. O capitão quer saber quais serão as próximas ordens.

– Depois que entrarmos em Kynis, peça para ele enviar uma mensagem para Bemor Caed dizendo para nos encontrar o mais rápido possível no porto de Choran. Mas diga que seja cuidadoso, não quero que estrague seu disfarce.

Sem esperar um novo sinal, o marujo foi revirando o corpo para trás, até tocar o chão com a cabeça. Continuou se dobrando e deslizou por baixo da porta, até sumir por completo.

Compenetrado, Volgo começou novamente a repassar mentalmente seu plano. Já tinha feito aquilo uma infinidade de vezes, mas era uma forma de amenizar o Efeito Manticore.

Lembrou-se de dezoito anos atrás, quando estivera em Agas'B pela primeira vez e fizera um pacto com Kendal. Dera-lhe três objetos: um anel azul com poderes mágicos, um pergaminho antigo com a indicação da localização de três dos quatro fragmentos do Globo Negro e um jarro com a essência dos Dhuggaols.

Avançou sete anos na memória, quando estava em Oririn e usou o poder de seu cajado para conseguir a primeira pedra-prisão de espectros. Um Gaiagon morrera, mas, para Volgo, o ser colossal fora apenas mais um obstáculo que teve de ser removido. Com raiva, recordou quando conheceu Kullat, um Senhor de Castelo. Graças à sua interferência, Volgo sofreu um ataque fatal, caindo das colinas Wanann e mergulhando no violento rio Orin. Para não morrer, criou uma proteção rochosa ao seu redor, que o manteve em suspensão.

Com um arrepio, sentiu novamente a angústia de passar nove anos submerso e imóvel, porém lúcido. Relembrou também a sensação de êxtase que sentira durante todos aqueles anos, pois, enquanto se recuperava, uma ínfima rachadura na pedra-prisão permitira que ele absorvesse os espectros presos lá dentro.

Como se tivesse sido no dia anterior, recordou que, mesmo retornando triunfalmente do fundo do mar, muito mais poderoso do que antes e com a primeira etapa de seu plano finalizada, sentira uma enorme frustração quando Kendal não respondera a seus chamados. Somente depois de um ano, Volgo conseguira voltar novamente para Agas'B e descobrir que Kendal havia sido derrubado e que o trono havia retornado para o legítimo rei.

Mesmo com esse revés, estudou e procurou informações sobre a derrota de Kendal. Após muito estudo, concluiu que Azio, ao destruir o artefato com as próprias mãos, de algum modo absorveu toda a energia do Globo Negro. O poder em Azio era vital para a próxima fase de seu plano, pois era a única forma que conhecia de poder quebrar a casca de um ovo de manticore.

Seu plano inicial era conseguir um ovo e levá-lo até onde Azio estava. Mas, além de não conseguir encontrar o autômato em nenhum lugar do Multiverso, seus asseclas também não conseguiram entrar sozinhos no ninho e roubar um dos ovos da rainha manticore. Então, formulou uma mudança de estratégia. Sabia que a única forma de prosseguir com seu plano seria se, em lugar de levar o ovo até Azio, levasse o autômato até o ovo.

Baseado em todas as histórias que ouvira em Agas'B, certamente não conseguiria capturar Azio e mantê-lo prisioneiro por muito tempo. Por isso, e como Azio certamente estaria no festival que comemorava o seu ato de bravura, decidiu sequestrar a princesa, por quem o autômato demonstrava uma fidelidade inquestionável. Certamente ele a seguiria, não importasse para onde ela fosse levada.

De uma forma um pouco diferente do plano inicial, em vez de capturar a princesa, o rei é quem foi sequestrado. O que Volgo não esperava era que vários Senhores de Castelo estariam no festival. Novamente, usou a mente para reverter a situação. Usou os castelares para distrair os manticores, deixando o ninho menos protegido.

A sorte favorece os preparados!, pensou Volgo sorridente, citando para si uma das antigas frases usadas pelos Senhores de Castelo.

Dentro do vulcão, apesar de Ivora ter sido morta, o plano se mantinha como esperado. O poder do Globo Negro, suspenso dentro de Azio, foi finalmente libertado por completo. Depois que as lágrimas da rainha penetraram a casca do ovo, Willroch o quebrou para conseguir fundir a casca e a gema em suas mãos. O próprio Volgo poderia ter reivindicado o poder, mas não tinha certeza de que o veneno concentrado no ovo seria neutralizado pelo choro da rainha. Por isso precisava de alguém que fosse confiável, mas também descartável.

Ainda sentado, Volgo olhou para Willroch. A pele estava azulada, e os lábios, roxos. Na testa, gotas de suor indicavam febre. Deitado, o poeta respirava fracamente. O dorso das mãos estava coberto de pequenos cristais violeta, que pareciam brotar do nó dos dedos até os punhos.

Espero que o choro da rainha o salve, Willroch. E que você não vire um morto-vivo por completo!, pensou Volgo, alisando a careca e deixando à mostra várias tatuagens no braço seco. *Caso contrário, terei de achar outra maneira de conseguir a magia de Ágnia.*

Como em resposta às reflexões de Volgo, a respiração de Willroch se alterou. Antes fraca e profunda, agora estava mais acelerada. O corpo continuava azulado, repleto de veias amareladas e feridas pustulentas.

De repente, Willroch arqueou a coluna, abriu a boca e inspirou profundamente, puxando o ar para os pulmões. Em seguida, seu corpo se assentou novamente na cama e ele expirou um bafo poeirento e pútrido.

Por vários minutos, nada mais aconteceu. Volgo pegou o candeeiro e analisou o rosto azulado de Willroch. Os lábios rachados e as fissuras no rosto magro o deixavam com um aspecto ainda mais fúnebre.

Um raio caiu no mar, perto do navio, iluminando a cabine com um clarão azul. O estrondo foi enorme e assustador. No mesmo instante, Willroch abriu os olhos, amarelos e injetados.

– Bem-vindo de volta ao mundo dos vivos – disse Volgo.

Os olhos vermelhos e o sorriso malicioso formavam uma figura de aspecto aterrador. Com sua voz cavernosa, Volgo concluiu, como se falasse consigo mesmo:

– Ainda há muito a fazer.

Linha do Tempo

No início de tudo

No início, existia apenas a Maru, que vibrava livremente pela existência. Certa vez, a consciência universal decidiu criar o tempo, consolidando a Maru em névoa boreal, em sóis, planetas e luas. Assim foi gerado o Multiverso, que continuou a evoluir naturalmente por milhões de anos.

ANO	
950 milhões	A névoa boreal age como ligação extrafísica entre planetas, gerando posteriormente os primórdios dos Mares Boreais.
1 bilhão a 2,3 bilhões	Ocorre a concentração de um tipo específico de Maru, que gera a vida. Mundos evoluem e surgem as primeiras civilizações.
2,4 bilhões	Um dos mundos gerou criaturas mágicas, semelhantes a lulas espectrais que naturalmente conseguiram mergulhar na quarta dimensão e abandonar seu mundo. Durante séculos, vagaram pela névoa boreal alimentando-se da energia da interação entre as marés dos Mares Boreais e os mundos. O deslocamento não natural dessas energias pelas criaturas espectrais ocasionava rupturas tempo-dimensionais que, muitas vezes, desestabilizava o entorno dos planetas, gerando estática interdimensional. Trinta e quatro planetas se desintegraram.

Primeiro Conselho: A Era Nopporniana

O aumento das desarmonias causadas pelos espectros e as alterações nas marés dos Mares Boreais geravam riscos de romper toda a estrutura do Multiverso. A consciência universal personificou-se em uma ilha viva, chamada Ev've, e entrou em contato mental com o ser com a maior sabedoria de todos os mundos: Nopporn, que foi guiada até a ilha. Este evento marca o início do calendário da Ordem dos Senhores de Castelo.

ANO

Zero Nopporn viaja pelos Mares Boreais em um navio que surgiu de uma névoa, chegando em Ev've. Nopporn e Ev've tentam convencer os espectros a abandonarem os Mares Boreais, mas eles atacam Nopporn e fogem.

1 Nopporn convoca com a mente os principais líderes, regentes e comandantes de todos os planetas que possuíam civilizações. A comunicação mental de Nopporn funcionava bem, mas quando os líderes chegaram a Ev've não conseguiram se entender, pois as línguas eram diferentes. Nopporn criou então uma "língua geral" que foi disseminada mentalmente para que todos pudessem se comunicar. Iniciaram-se discussões sobre as estratégias de como capturar os espectros, sem que se chegasse a nenhum consenso.

2 Nopporn cria o Primeiro Conselho de Nopporn, com nove representantes eleitos. Ela se tornou a décima integrante e a regente do Conselho. Definição de que as decisões seriam realizadas por votação dos nove membros e, em caso de empate, a própria Nopporn tinha o voto de desempate.

3 As estratégias foram definidas, os exércitos, convocados, e uma batalha em todo o Multiverso começou a ser travada. Esse foi o primeiro ano em que o grupo se intitulou Ordem dos Senhores de Castelo.

4 a 11 Alguns planetas habitados foram destruídos pela desarmonia gerada pelos espectros na Maru dos planetas, que, quando explodiam, liberavam enormes quantidades de frequências desarmônicas, as quais eram absorvidas por esses espectros. Nessas guerras, surgiram os primeiros heróis do Multiverso.

12 Muitos espectros foram destruídos na batalha, mas o intuito era capturá-los. A certa altura do combate, um enorme grupo de espectros se reuniu em um setor de um universo, e as tropas de Nopporn foram concentradas todas lá. A guerra foi avassaladora, planetas foram sacrificados para que os espectros pudessem ser capturados. Dos milhares de espectros, apenas 1.266 sobreviveram e foram capturados. Nessa última guerra, dois heróis são dados como mortos, pois desapareceram em batalha: uma heroína chamada Avada e um herói chamado Monjor.

13 Por ser contrária ao assassinato, Nopporn decidiu que a única solução seria enclausurar os espectros em gemas mágicas especiais e bani-los. Em cada gema seriam colocados entre setenta e cem espectros. Nopporn convocou o poder de Ev've e, da névoa Boreal, dezesseis gigantes Gaiagons (seres compostos por elementos da natureza) foram criados. As pedras-prisão foram fundidas aos Gaiagons e estes foram espalhados pelo Multiverso, para hibernarem para sempre.

14 Nopporn cria artefatos mágicos, chamados de bússolas espada-escudo, para que os navegadores pudessem continuar a navegar pelos Mares Boreais.

15 Criação do Livro dos Dias.

16 Criação do símbolo do Conselho de Nopporn.

18 Os planetas começaram a ser classificados em quadrantes, dependendo de suas características naturais de magia e de seu desenvolvimento tecnológico.

25 Primeiro grande festival em comemoração à vitória nas chamadas Guerras Espectrais. O Conselho definiu que a cada 25 anos um festival seria realizado para comemorar a vitória.

32 Construção do Castelo Central de Ev've e do Muro dos Registros, que registra todos os nomes de todos os Senhores de Castelo desde o ano zero.

34 Inauguração do panteão de heróis à frente do Muro dos Registros. Foram erigidas, inicialmente, duas estátuas dos heróis mais famosos das Guerras Espectrais: a heroína Avada e o herói Monjor.

96 Criada a Academia da Ordem dos Senhores de Castelo. Primeira vez que o símbolo do Conselho de Nopporn é utilizado para representar a Ordem dos Senhores de Castelo.

97 Construção das quatro torres de treinamento dos quadrantes.
a 100 Construção do complexo central (sede do Conselho de Nopporn).

1003 Criadas as primeiras sedes locais da Ordem fora de Ev've. Mundos e reinos começaram a solicitar a criação de Conselhos locais dos Senhores de Castelo. Criadas as primeiras bibliotecas de registro.

1899 Nopporn morre e é incorporada por Ev've.

Segundo Conselho: A Era Sonnyana

A Ordem dos Senhores de Castelo se espalha rapidamente por todo o Multiverso, graças à sua filosofia de incentivo à paz e à prosperidade nos planetas e reinos dos quais faz parte.

ANO

1899 Eleição do Segundo Conselho.

2000 É comemorado o aniversário de dois mil anos da criação do Multiverso unido.

2378 É registrado no Livro dos Dias que, pela primeira vez, a língua comum é conhecida em todos os mundos civilizados mapeados.

2740 Por sugestão de Sonny, o último conselheiro do Segundo Conselho, foi votada a Lei Secular, que estabelece que cada membro do Conselho deveria governar por, no máximo, cem anos (pelo calendário de Ev've), sem direito à reeleição.

2747 Morte do último conselheiro supremo do Segundo Conselho.

Terceiro Conselho

A Ordem dos Senhores de Castelo é a instituição mais respeitada em todo o Multiverso. Existem milhares de Senhores de Castelo e centenas de planetas possuem Conselhos locais da Ordem.

ANO	
2747	Eleito o Terceiro Conselho. A primeira votação do novo Conselho definiu o nome da Segunda Era em homenagem a Sonny, seu último Conselheiro Supremo. Em homenagem a Nopporn, a partir daquele ano o Conselho de Ev've também seria conhecido como Conselho de Nopporn. Foi votado que, também a partir daquele ano, cada período de regência de cada Conselheiro Supremo seria uma era em si.
2748	Eleição do primeiro conselheiro supremo do Terceiro Conselho de Nopporn. **Início da Era Ututaliana** – Regente Pisamehe.
2750	Morte de Shaterquill, uma das integrantes do Terceiro Conselho. Foi votado que, a partir daquele momento, em caso de impossibilidade de participar do Conselho, outro membro da Ordem seria eleito no lugar daquele que ficou ausente.
2858	**Início da Era Minerati** – Regente Vittalev.
2950	**Início da Era Brakiana** – Regente Brak(kan). Kan: designação que significa "guerreiro".
3030	**Início da Era Labirstina** – Regente Tavor de Eklamn.
3091	Volgo se torna eremita e vive recluso no alto de uma montanha.
3105	**Início da Era Cantisiana** – Regente Tamara.
3113	Volgo termina seu período de reflexão e deixa a montanha.
3195	Thagir e Kullat se formam na Academia e são convocados para sua primeira missão, cerca de um ano antes do normal. Foram decisivos na guerra do planeta Enora contra o tirano Tabot.

3205 **Início da Era Oririana** – Regente N'Quamor.

3237 Volgo viaja para Agas'B, em busca do poder do Globo Negro.

3239 Volgo faz um pacto com Kendal e viaja pelos Mares Boreais, seguindo pistas da localização de Gaiagons pelo Multiverso.

3244 Chegada de Volgo em Oririn, quando se torna o feiticeiro de um soberano menor chamado Orko.

3245 Os gêmeos, príncipes herdeiros de Ágnia, partem para Oririn, em uma jornada de descobrimento.

3246 Volgo captura os herdeiros de Ágnia, mas estes fogem e são protegidos por Kullat. Volgo é ferido gravemente e afunda no rio Ori, criando uma magia de suspensão que o prende em uma rocha mágica. É dado como morto.

3254 A princesa Laryssa, do reino de Agas'B, rouba três partes do Globo Negro e foge de casa. Kullat e Thagir salvam a princesa. O Globo Negro e Kendal são destruídos.

3255 Volgo ressurge do fundo do mar em Oririn.

3257 O rei Larys, de Agas'B, é sequestrado por Volgo. O poder do Globo Negro é revelado em Azio. O ovo de manticore é quebrado, e Willroch funde mãos e braços à casca e à gema do ovo de manticore. Morte de Dau. Thagir pede baixa da Ordem dos Senhores de Castelo.

Mapas

AGAS'B
QUADRANTE 1
Desfiladeiros de Nog
Kalclan
Região de acesso aos Mares Boreais
Tym
Rio Emil
Minas Prípios
Planícies de Alons
Fordwolk
Dokre

BREASAL
NÃO CLASSIFICADO
Ilha de Edimgrir
Mund
Breschi
Ilha de Alenmar
Olkstad
Floresta Tempestuosa
Bestas de Wyen
Amele
Região de acesso aos Mares Boreais
Cordilheira Lawndar

CUIDADO!

Este é o manticore vigia. Ele guarda a entrada do seu ninho e defende sua rainha com ferocidade inigualável. Fique atento, pois ele o seguirá com os olhos aguçados, esperando o momento certo de atacar.

MONTAGEM

- Faça uma cópia em papel resistente (recomendação mínima: 180 g).
- Recorte ao redor de todo o manticore.
- Dobre conforme indicado.
- Seccione as linhas A, B e C e use fita adesiva para prender a área escura atrás do manticore.
- Cole as abas da base com fita adesiva.

Acesse <www.SenhoresDeCastelo.com.br> para ver outros modelos e tamanhos.

CUIDADO!

Este é o manticore vigia. Ele guarda a entrada do seu ninho e defende sua rainha com ferocidade inigualável. Fique atento, pois ele o seguirá com os olhos aguçados, esperando o momento certo de atacar.

MONTAGEM

- Faça uma cópia em papel resistente (recomendação mínima: 180 g).
- Recorte ao redor de todo o manticore.
- Dobre conforme indicado.
- Seccione as linhas A, B e C e use fita adesiva para prender a área escura atrás do manticore.
- Cole as abas da base com fita adesiva.

Acesse <www.SenhoresDeCastelo.com.br> para ver outros modelos e tamanhos.

markgraph

Rua Aguiar Moreira, 386 - Bonsucesso
Tel.: (21) 3868-5802 Fax: (21) 2270-9656
e-mail: markgraph@domain.com.br
Rio de Janeiro - RJ